EMILIJANA

MAGIE DER ZEITZAUBERER

Die Chronik der Elfenprinzessin

Band 2

von

NINA C. CHARLESTON

Deutsche Erstausgabe November 2017

Lektorat: Petra Schmidt, www.lektorat-ps.com

Covergestaltung: Nina C. Charleston

Titelbild: © EFKS/Shutterstock.com

Herstellung & Verlag: Amazon Media EU S.à r.l.,
5 Rue Plaetis, L-2338 Luxemburg

Impressum:

Nina C. Charleston, c/o AutorenServices.de,

König-Konrad-Str. 22, 36039 Fulda

nina@nina-c-charleston.de

www.nina-c-charleston.de

www.facebook.com/Nina.C.Charleston

www.instagram.com/nina_c.charleston

ISBN: 978-1-5220-2690-7

Wenn der Mond blutet am Himmelszelt, werden zwei Kinder, durch das Schicksal der Welt verbunden,
den rechtmäßigen König zurück in seine Heimat führen.
Die Auserwählten werden das Blut der mächtigen vier Völker
in sich tragen und diese so für immer aneinander binden
und in Frieden vereinen.
Die Kluft zwischen den Welten wird durch ihre Liebe
für immer verschlossen werden.
Sie und ihre Kinder werden die magische Welt
in ein neues Zeitalter führen.

(Prophezeiung der Bergelfen)

PROLOG

Es war zu spät. Sie hatte die Pforte in die Menschenwelt bereits betreten. Alles, was er noch erkennen konnte, war ihre dunkle Silhouette, die mit dem schillernden Licht des Elfen-Tores verschmolz. Verzweifelt rief er ihren Namen, doch das Leuchten des Portals wurde schwächer. Sie war weg. Er hatte sie nicht mehr aufhalten können.

Wild entschlossen stürmte er auf das Tor zu, an den Wachen vorbei, die Roandir dort zurückgelassen hatte. Vermutlich hatte er dies getan, um ihn davon abzuhalten, Emilia zu folgen. Gerade als er es erreicht hatte, wurde er jedoch von den Kriegern ergriffen. Verbissen kämpfte er gegen sie an. Er wollte doch einfach nur zu ihr. Er musste noch mal mit ihr reden. Alles erklären. Ihr sagen, was sie ihm bedeutete. Warum begriffen das diese Kerle denn nicht? Eisern hielten die Wachen ihn fest. Er hatte keine Chance gegen sie. Sie hatten ihn zu viert gepackt und schleiften ihn nun mit Gewalt vom Tor weg.

Es sei nur zu seinem Besten, behaupteten sie. Woher wollten diese *Affen* überhaupt wissen, was gut für ihn war? Ständig war jemand der Meinung, besser als er selbst zu wissen, was gut für ihn war. Damit war nun Schluss. Mit zusammengebissenen Zähnen wand er sich in dem stählernen Griff der Elfenkrieger. Unermüdlich kämpfte er und schrie Emilias Namen. Aber sie konnte ihn ja nicht mehr hören. Sie war bereits in der Menschenwelt angekommen. Das schillernde Licht erlosch.

Endlich, nachdem sich das Tor verschlossen hatte, ließen die Wachen ihn los und traten einen Schritt zurück. Eine Hand legte sich beruhigend auf seine Schulter und er hörte eine sanfte Frauenstimme sagen:

„Sie wird zurückkehren, Merkur, das spüre ich. Aber zuerst braucht sie Zeit. Gib ihr diesen Freiraum, dann wird sich alles zum Guten wenden." Merkur drehte sich um und funkelte Elandiel wütend an.

„Hättet Ihr mich nicht gezwungen, Emilia von vorne bis hinten zu belügen, wäre all das nie passiert! Wenn sich die Prophezeiung nicht erfüllt, ist das allein EURE Schuld!", schrie er sie an und Tränen stiegen in seine Augen. Wütend wischte er diese weg und stürmte in Richtung Wald davon. Er musste jetzt allein sein.

Elandiel schluckte schwer, erwiderte jedoch nichts. Unbehelligt ließ sie Merkur ziehen. Sie wusste genau, dass er recht hatte. Sie hatte versagt.

„Emilijana, es tut mir so leid", flüsterte sie und eine Träne stahl sich nun auch in ihre Augen. Sie wischte sie weg und drehte dem Tor ebenfalls den Rücken zu.

KAPITEL 1

Als sich das Elfen-Tor hinter Emilia verschlossen hatte, brach eine Welt in ihr zusammen. Obwohl es ihre Entscheidung gewesen war, den Elfen den Rücken zu kehren, fühlte es sich nun, da sie es tatsächlich getan hatte, absolut falsch an.

Sie konnte die Tränen nicht mehr länger zurückhalten. Ihre Großmutter nahm sie in den Arm und versuchte, sie zu trösten. Roandir und seine Männer sicherten währenddessen die Umgebung.

Es dauerte, bis sich Emilia wieder beruhigt hatte und sie bereit war, den Weg nach Hause fortzusetzen. Granny reichte ihr ein Taschentuch und Emilia wischte sich die Tränen aus dem Gesicht. Anschließend liefen sie, umringt von den Kriegern, den altbekannten Waldweg entlang. Eigentlich hätte Emilia sich freuen sollen, endlich wieder nach Hause zu kommen, aber das wohlige Gefühl wollte sich einfach nicht einstellen. Im Gegenteil, sie erwartete hinter jedem Gestrüpp einen Höllenhund oder sonstige Ungeheuer.

Nachdem sie den Wald hinter sich gelassen hatten, konnte sie endlich ein bisschen aufatmen. Als sie das kleine Haus in der Ferne erblickte, machte ihr Herz dann doch einen kleinen Hopser. Sie waren zu Hause.

„Es sieht aus wie vor dem Brand“, hauchte Emilia ehrfürchtig. Granny nickte. Die Elfen hatten ganze Arbeit geleistet. Niemand würde einen Unterschied merken, niemand würde Fragen stellen, wie sie das Haus innerhalb weniger Tage wieder in den alten Zustand bekommen hatten. Emilia hatte sich darüber bisher noch gar keine Gedanken gemacht. Sie waren etwas mehr als eine Woche in der Elfenwelt gewesen, in der Menschenwelt jedoch war die Zeit anders verstrichen. Dieses Hin und Her der Zeiten brachte sie so durcheinander, dass sie eigentlich gar nicht mehr wusste, welchen Tag sie überhaupt hatten. Zum Glück hatte ihr Smartphone den Brand überstanden, da sie es in der Hosentasche gehabt hatte. Wenn sie Glück hatte und irgendwo ein Ladekabel auftreiben konnte, würde sie auch wieder Teil der modernen Welt sein können. Vielleicht würde sie dann auch erfahren, welches Datum sie hatten.

Als sie am Haus angekommen waren, stellte Emilia überrascht fest, dass alle Tiere schon wieder da waren.

„Ich dachte, die Tiere seien bei Joe?“, fragte Emilia verblüfft.

„Das waren sie auch. Die Elfen haben sie gestern Abend zurückgeholt“, entgegnete Granny.

„Und was haben sie Joe erzählt?“, fragte Emilia weiter.

„Dass ich meinen Besuch doch nicht antreten konnte, da meine Cousine erkrankt war. Ich hätte es leider erst erfahren, als ich die Tiere bereits abgegeben hatte“, beantwortete sie ihre Frage. „Joe weiß ja nichts von dem Brand“, ergänzte Granny ihre Erklärung und zwinkerte Emilia zufrieden zu.

„Und wie hat er auf die Elfen reagiert? Es muss ihm doch komisch vorgekommen sein, dass wildfremde Leute ihm Tiere bringen und diese wieder holen?“, bohrte Emilia weiter.

„Er glaubt, dass ich die Leute engagiert habe, da ich ja nicht in der Lage bin, so viele Tiere alleine zu treiben.“

„Und die spitzen Ohren?“, fragte Emilia.

„Die hat er sicher nicht bemerkt“, wiegelte Granny ab und machte eine wegwerfende Geste. „Weißt du, mein Kind, die Menschen, die nicht an Magie glauben, können sie auch nicht sehen. Ich brauchte Jahre, bis ich deinen Großvater so sehen konnte, wie er wirklich war. Daher können sich die Elfen frei unter den Menschen bewegen, ohne aufzufallen.“

„Daher meinten immer alle zu mir, dass sie meine Ohren gar nicht so hässlich fanden, wie ich immer tat“, entgegnete Emilia überrascht.

„Richtig. Aber sag mal, was haben sie dir denn in der Elfenwelt überhaupt beigebracht?“, fragte Granny verblüfft. „Wenn du nicht mal die wichtigsten Grundkenntnisse besitzt?“

„Das frage ich mich allerdings auch, Granny“, antwortete Emilia und seufzte tief. „Elandiel ging es nur um meine Kräfte. Alles andere wurde mir verschwiegen. Ich weiß nicht richtig, wie man Tore benutzt, und ich weiß auch sonst nichts über die Elfenwelt. Ich wusste ja nicht mal, dass es Dörfer außerhalb Andorins gibt. Das musste ich erst von Seras Mutter erfahren.“

„Na ja, nun sind wir ja wieder hier, und wenn dein Vater zurück ist, sehen wir weiter. Er wird dich ausbilden können, ohne dass du nach Andorin zurückmusst“, entgegnete Granny und lächelte ihr aufmunternd zu.

„Du bist zuversichtlich, dass wir es schaffen?“, fragte Emilia unsicher und sah ihre Großmutter von der Seite an.

„Ja, mein Kind, das bin ich. Anderenfalls würde ich dich nicht gehen lassen", erwiderte diese mit zitternder Stimme. „Komm, gehen wir hinein und schauen uns drinnen um", wechselte Granny das Thema. Emilia war dankbar dafür und gemeinsam betraten sie die gemütliche Wohnküche.

Emilia war sprachlos, als sie sich im Haus umsahen. Es WAR Magie. Anders konnte man es nicht beschreiben. Alles war so, wie sie es verlassen hatten. Nur ein paar Kleinigkeiten konnten die Elfen nicht ersetzen. Elektrogeräte zum Beispiel. Der alte Fernseher fehlte, wobei der sowieso nie benutzt worden war, und das Radio war nicht mehr da. In Emilias Zimmer war es dasselbe. Ihr E-Reader lag verschmort auf ihrem Schreibtisch. Jemand musste gewusst haben, wie viel dieser ihr bedeutet hatte, und hatte ihn daher hiergelassen. Liebevoll strich sie über das Gerät und klappte die Schutzhülle auf. Natürlich funktionierte er nicht mehr. Dafür war ein neues Bücherregal in ihrem Zimmer aufgestellt worden und alle ihre Lieblingsbücher hatten darin ihren Platz gefunden. Vorsichtig strich Emilia über die Einbände.

Da entdeckte sie ein Buch, das nicht hierher gehörte. Sie erkannte es jedoch sofort. Behutsam zog sie es heraus und bewunderte erneut den wunderschön gearbeiteten Einband. Es war kein Buch aus dieser Welt, das wusste sie. *Magie der Elfen* lautete der schlichte und einfache Titel. Es war das Buch, das sie so lieblos auf den Küchentisch geworfen hatte an ihrem letzten Abend in Andorin. Emilia fragte sich, wie es wohl so schnell hierhergekommen sein konnte. Ehrfürchtig öffnete sie es und ein kleines Stück Pergament fiel heraus. Mit zitternden Fingern hob Emilia das

Stück Papier auf und faltete es auseinander. In großen, geschwungenen Lettern las sie:

Liebe Emilia,
auch wenn du unsere Welt verlassen hast, wirst du immer ein Teil von ihr sein. Dieses Buch wird dir helfen, deine Wurzeln kennenzulernen und zu verstehen. Es wird dir helfen, deine Kräfte weiterentwickeln zu können, und vielleicht kehrst du eines Tages zurück in dein wahres Zuhause.
In Liebe, deine Tante Elandiel

Emilia knüllte den Zettel zusammen und warf ihn in eine Ecke. Was glaubte sie eigentlich, wer sie war? Und auf einmal bezeichnete sie sich selbst als Tante? Emilia lachte verächtlich auf. Noch vor wenigen Tagen war der Königin diese Anrede noch „zu alt“ erschienen, aber die Herrscherin drehte nun mal alles so hin, wie es für sie gerade bequem war. Wütend stellte sie das Buch wieder zurück ins Regal und kehrte ihm den Rücken zu. *Deine Kräfte weiterentwickeln* ... Das war alles, was diese Frau im Sinn hatte. In diesem Moment war sie froh, Andorin hinter sich gelassen zu haben. Sie musste nach vorne blicken und die Zeit dort vergessen. Es war die richtige Entscheidung gewesen, wenn sie nicht zum Spielball einer herrschsüchtigen Königin werden wollte, die sich zufällig ihre Tante schimpfte. Wobei Elandiel ja eigentlich ihre Großtante war.

In ein paar Tagen würde sie nochmals zurückkehren müssen, um ihr Schicksal zu erfüllen. Sie und Merkur mussten ihren Vater aus der Gefangenschaft der Feuerelfen befreien. Bei dem Gedanken an Merkur stiegen ihr sofort wieder Tränen in die Augen. Wütend wischte sie diese weg und atmete tief durch. Sie musste aufhören, an ihn zu denken. Er lebte in Andorin und sie in der Menschenwelt. Es konnte keine gemeinsame Zukunft für sie beide geben. Außerdem waren sie zu verschieden.

Emilia hatte schon immer gewusst, dass sie nach der Schule studieren wollte. Tierärztin war schon immer ihr großer Traum gewesen. Das war es, worauf sie die letzten Jahre hart hingearbeitet hatte. Sie hatte die besten Noten in ihrer Klasse und jede Universität würde sie nach der Schule mit Kusshand aufnehmen. All das konnte sie doch nicht für einen Elfen aufgeben, den sie kaum kannte und der sie bisher von vorne bis hinten belogen hatte. Nein, das konnte nicht gut gehen. Sie würde an ihrem Plan festhalten. Sobald sie mit der Schule fertig war, würde sie studieren gehen und irgendwann eine eigene kleine Praxis auf dem Land eröffnen. Merkur kam in diesem Plan nicht vor. Um sich dies selbst nochmals zu verdeutlichen, nickte sie energisch und atmete anschließend tief durch.

Wenn alles gut ging, musste sie nur noch einmal in die Elfenwelt. Anschließend würde sie mit dem Elfenthema abschließen können. Den Gedanken, dass ihr Vater den Thron nach Elandiel besteigen würde, verdrängte sie. Vielleicht wollte oder konnte er dies auch gar nicht mehr tun nach seiner langen Gefangenschaft. Vielleicht war er sogar ganz froh, den Elfen ebenfalls den Rücken kehren zu können. Emilia wusste jedoch tief in ihrem Inneren, dass sie sich alles nur schönredete. Es war, wie Elandiel geschrieben hatte. Sie war eine Halbelfe und sie würde immer Teil dieser Welt sein. So lange ihr Vater Teil davon war auf jeden Fall. Unmöglich konnte sie ihn schon wieder verlieren.

Ein Klopfen an der Tür riss sie aus ihren Gedanken.

„Alles in Ordnung bei dir, mein Kind?“, fragte es durch die geschlossene Tür.

„Ja, komm ruhig herein!“, gab Emilia zurück und setzte sich auf ihr Bett. Granny trat ein und setzte sich neben sie. Aufmerksam sah sie sich im Zimmer um.

„Es ist sehr schön geworden, findest du nicht?“, fragte sie. Emilia nickte nur.

„Meinst du, es war richtig, dass wir so übereilt geflohen sind?“, fragte Emilia vorsichtig.

„Kind, natürlich war es das. Du wolltest Abstand und den hast du nun. Nun liegt es an dir, was du daraus machst. Es muss kein Abschied für immer sein. Das entscheidest ganz allein du. Nimm dir die Zeit und hör auf dein Herz.“ Da war er wieder, der eine Satz, der sie seit einigen Tagen immer wieder verfolgte:

„*Hör auf dein Herz,* das hat Glorijana zu mir gesagt, als ich sie an meinem ersten Tag außerhalb des Krankenhauses getroffen habe, weißt du noch?“, fragte sie ihre Großmutter. Diese nickte und antwortete:

„Ja, mein Kind, und es ist wichtig, dass du diesen Rat beherzigst. Mach dich nicht unglücklich wegen eines Fehlers, den Elandiel begangen hat. Wäge genau ab, wohin deine Reise dich wirklich führen soll und wer dich auf diesem Weg begleiten darf.“ Liebevoll strich sie ihrer Enkelin über die

Wange, stand wieder auf und ging zur Tür. „In einer Viertelstunde gibt es Mittagessen.“ Mit diesen Worten zog sie die Tür hinter sich zu und ließ Emilia alleine mit ihren Gedanken zurück. Diese seufzte tief und ließ sich rücklings in die Kissen fallen. Kaum zu glauben, was in den letzten Tagen alles geschehen war. Und dieses Haus! Sie sah sich noch mal ehrfürchtig um. Auferstanden, wie der Phönix aus der Asche. Obwohl alles genau gleich aussah wie vor dem Feuer, fühlte Emilia sich nicht richtig wohl. Sie wusste nicht, ob es die schreckliche Erinnerung daran war, wie sie das Haus hatte in sich zusammenbrechen sehen, oder ob es an der Elfenmagie lag, mit der das Haus wieder erbaut worden war. Daher beschloss sie, nach draußen zu gehen, um sich die Beine zu vertreten und dem seltsamen Gefühl, das das Haus in ihr auslöste, zu entfliehen.

Als sie die Küche durchquerte, roch es bereits lecker nach Essen. Dennoch stellte sich bei Emilia kein Hungergefühl ein. Die ganze Geschichte schlug ihr doch sehr auf den Magen.

„Ich bin noch ein paar Minuten draußen und schau nach den Tieren!“, rief sie Granny zu.

„Tu das, Kind“, gab diese zurück und rührte in den Töpfen auf dem altmodischen Herd.

Emilia trat vor die Tür und erschrak, als sich ein Elfenkrieger aus dem Schatten des Hauses löste.

„Roandir, hast du mich erschreckt! Ich hatte nicht gedacht, dass du noch da bist. Ich hätte vermutet, Elandiel braucht dich am Schloss“, begrüßte sie den Krieger. Dieser schüttelte nur den Kopf.

„Eure Sicherheit genießt im Moment höchste Priorität“, erwiderte dieser und zwinkerte ihr fröhlich zu. „Daher hat sie ihre besten Männer für euch abbestellt.“

„Wirst du mich dann ab sofort auf Schritt und Tritt begleiten?“, fragte sie weiter. Ihr Unbehagen war ihr deutlich anzuhören. Roandir nickte. Er war nicht sehr gesprächig, aber das wusste Emilia bereits und es war ihr ganz recht so.

„Ich wollte nur eine Runde über den Hof drehen. Nach den Tieren schauen und so. Darf ich das alleine oder brauch ich dafür auch deinen Schutz?“ Es wäre ihr lieber, noch ein bisschen allein sein zu können.

„Wir haben die gesamte Ranch umstellt. Hier kannst du dich frei bewegen. Aber bitte ruf uns sofort, wenn du etwas Seltsames entdeckst!“, gab dieser zurück.

„In Ordnung“, entgegnete Emilia, nickte ihm freundlich zu und machte sich auf den Weg zu den Ställen.

Fox und Kim sprangen hinter ihr her. Die beiden freuten sich sichtlich, wieder zu Hause zu sein.

Als Emilia am Brunnen vorbeikam, betrachtete sie automatisch ihre Handfläche. Der Schnitt war kaum mehr zu erkennen. Dennoch lief es ihr kalt den Rücken hinunter, wenn sie an die Geschehnisse der letzten Tage dachte. Wie knapp sie damals dem Tod entronnen war. Damals ... Kaum ein paar Tage waren seither in der Menschenwelt vergangen. Das Seil war erneuert worden, das konnte man deutlich erkennen. Dennoch würde Emilia es in Zukunft nur noch mit ihren Arbeitshandschuhen anfassen. Das war sicher.

Schnell lief sie weiter und begrüßte alle Tiere, fütterte die Hasen und Enten und streichelte die Kühe. Auch die Schweine bekamen eine extra Portion Futter von ihr. Doch all das tat Emilia wie in Trance. In Wirklichkeit war sie die ganze Zeit in Gedanken bei Merkur. Sein verzweifeltes Rufen, als sie das Tor durchquert hatten, hallte noch immer in ihrer Erinnerung wider. Ob sie sich das wohl nur eingebildet hatte? Sie musste es sich eingebildet haben, denn sie hatte Andorin ja bereits verlassen gehabt, als sie seinen Schrei vernommen hatte. Granny hatte ihr versichert, dass niemand gerufen hatte. Resigniert schüttelte sie den Kopf und versuchte, den Gedanken an ihn zu verdrängen. Allerdings war das nicht so einfach.

„Emilia! Essen!“, rief Granny über den Hof. So verabschiedete sie sich von den Tieren und lief zurück zum Haus.

Das Essen verlief recht schweigsam. Emilia hing ihren Gedanken nach und Granny wollte sie hierbei nicht stören.

KAPITEL 2

In den folgenden zwei Tagen gingen die beiden Frauen ihren Routinetätigkeiten nach und versuchten so, allmählich zur Normalität zurückzukehren. Emilia war jedoch sehr still und in sich gekehrt. Sie schaffte es einfach nicht, die Geschehnisse der letzten Tage hinter sich zu lassen. Ständig marterte sie sich mit der Frage, ob sie wohl überreagiert hatte. Ob sie wohl Elandiel missverstanden haben könnte? Der Gedanke an Merkur quälte sie am meisten. Sie vermisste ihn schrecklich und hatte ein schlechtes Gewissen, dass sie ihn einfach so hatte stehen lassen, nachdem er doch den Mut gefunden hatte, sich ihr anzuvertrauen. Ihr Verhalten war nicht fair gewesen. Sie hatte ihm versprochen gehabt, nicht böse zu sein. Aber konnte man so ein Versprechen überhaupt halten, wenn man solch eine Offenbarung erzählt bekommt? Hätte nicht jeder so reagiert in dieser Situation? Sie hätte sich wenigstens von ihm verabschieden können. Sie hätte noch mal das Gespräch mit ihm suchen müssen. Jetzt war es zu spät. Sicherlich würde er nie wieder ein Wort mit ihr reden nach dem filmreifen Abgang, den sie hingelegt hatte. Geflohen war sie. Weil sie nicht den Mut gehabt hatte, sich den Tatsachen zu stellen. Diese und ähnliche Gedanken wälzte sie von morgens bis abends und nachts raubten sie ihr den Schlaf. Auch Sophia war aufgefallen, dass ihre Enkelin kaum noch aß, und man sah ihr an, dass sie oft weinte. Granny beobachtete diese Entwicklung mit Argwohn.

„Was ist?“, fragte Emilia beim Abendessen, als sie merkte, dass ihre Großmutter sie verstohlen musterte.

„Ich mache mir Sorgen, Kind. Du bist so blass und still geworden. Ich erkenne dich nicht wieder“, erwiderte diese wahrheitsgemäß. Emilia zuckte mit den Schultern und sofort schossen ihr die Tränen in die Augen. Schnell blickte sie in eine andere Richtung, sodass es ihre Großmutter nicht sehen konnte. Diese schüttelte bekümmert den Kopf und legte ihr bestärkend die Hand auf den Unterarm.

„Wenn du mit mir darüber reden willst ... Du weißt, ich habe immer ein offenes Ohr für dich“, versuchte sie erneut, zu Emilia durchzudringen.

„Ich weiß. Danke“, erwiderte diese knapp. „Ist es okay, wenn ich schlafen gehe?“, fragte sie direkt im Anschluss. Granny seufzte und zog ihre Hand zurück, dann nickte sie und antwortete:

„Aber natürlich, Kind. Ich räume den Tisch alleine ab. Geh nur gleich hoch. Schlaf gut!“ Granny erhob sich, gab ihr einen Kuss auf die Stirn und machte sich daran, den Tisch abzuräumen. Emilia ging rasch mit Fox nach oben. Nach einer Katzenwäsche ging sie in ihr Zimmer. Sie war so in Gedanken versunken, dass ihr gar nicht auffiel, dass Fox freudig an ihr vorbeistürmte und schwanzwedelnd vor einer dunklen Ecke des Zimmers stehenblieb. Erst als sich eine Gestalt daraus löste, fuhr sie erschreckt zusammen.

„Merkur!“, flüsterte sie entsetzt.

„Hallo Emilia“, begrüßte er sie mit rauer Stimme.

„Hi“, antwortete sie unsicher. Sie wusste nicht, wie sie sich verhalten sollte. Einerseits hätte sie ihn anschreien wollen und gleichzeitig wünschte sie sich nichts sehnlicher, als in seine Arme zu fallen und ihn nie wieder loszulassen. Sie wurde regelrecht von ihren Gefühlen überrannt. Sie wusste nicht, ob sie wütend sein oder sich freuen sollte. Sie hatte in den letzten beiden Tagen pausenlos an Merkur gedacht. Und nun war er da.

„Du bist hier“, stellte sie sinnloserweise fest.

„Das bin ich“, antwortete er.

„Wieso?“, fragte sie weiter. Er machte einen beherzten Schritt auf sie zu, traute sich jedoch nicht, sie zu berühren. Ganz dicht vor ihr blieb er stehen und maß sie mit einem intensiven Blick.

„Weil ich nicht mehr ohne dich leben kann und es auch nicht will!“, stieß er nach einigen Sekunden aufgebracht aus und fuhr sich durch seine zerzausten, schwarzen Haare. Diese Geste brachte das Eis in Emilia zum Schmelzen. Bevor er sich versah, flog sie ihm um den Hals.

„Ich habe dich so vermisst!“, heulte sie los und warf Merkur dabei fast um. Nachdem er das Gleichgewicht wiedergefunden hatte, zog er sie noch fester an sich und sog tief den Duft ihrer Haare ein.

„Mach so was nie wieder! Hörst du?“, sagte er mit zitternder Stimme.

„Was?“, fragte Emilia.

„Lass mich nie wieder einfach allein“, entgegnete er ernst und sah sie liebevoll an.

„Ich verspreche es dir“, schluchzte sie „Die letzten beiden Tage waren die schlimmsten meines Lebens.“

„Warum bist du nicht zurückgekommen?“, fragte Merkur nun und schob sie von sich weg, um sie ansehen zu können.

„Ich dachte, du willst mich vielleicht nicht mehr nach meinem Abgang. Außerdem will ich nicht mehr von Elandiel angelogen und benutzt werden und sowieso bin ich noch immer sauer auf dich, weil du mich schamlos belogen hast“, erwiderte sie, und je mehr sie redete, desto mehr geriet sie in Rage. Sie rückte wieder ein bisschen von ihm ab und verschränkte ihre Arme vor der Brust. Herausfordernd blickte sie ihn an. Das Gespräch in Merkurs Wohnung tauchte wieder vor ihrem inneren Auge auf und sogleich fragte sie sich, ob sie ihm nun wirklich vertrauen konnte.

„Es tut mir alles so leid, Emilia. Bitte glaub mir das“, flüsterte er und ergriff ihre Hand. Er sah ihr tief in die Augen und der Widerstand, der sich in Emilia aufgebaut hatte, schmolz binnen Sekunden. Sie schluckte schwer und nickte. Merkur fuhr fort:

„Elandiel hat mir versprochen, dass sie in Zukunft keine Spiele mehr spielen wird. Außerdem ist das sowieso bald kein Problem mehr“, fügte er an. Emilia sah ihn fragend an. „Hast du es schon vergessen?“, entgegnete er und lachte. „Ihre Amtszeit endet bald. Sobald dein Vater zurück ist, wird er die Regentschaft übernehmen und sie wird sich auf ihren Landsitz zurückziehen.“ Emilia nickte und sah ihn noch ein paar Sekunden forschend an, dann murmelte sie:

„Ach, was soll’s …“ Merkur sah sie verblüfft an, da er nicht sofort begriff, was Emilia ihm damit sagen wollte. Bevor er richtig verstand, was geschah, hatte sie bereits beide Arme um seinen Hals geschlungen und ihn zu einem leidenschaftlichen Kuss zu sich heruntergezogen. Merkur hatte sich schnell gefasst und schon legten sich seine warmen Hände behutsam auf ihre Hüften. Fordernd erwiderte er ihren Kuss, als hinge sein Leben davon ab.

„Du hast mir so gefehlt", hauchte er, als er sich endlich von ihren Lippen hatte lösen können, und knabberte dabei genüsslich an ihrem Ohr. Heiße Schauer durchliefen ihren Körper. Seine Hände wanderten nun forschend über ihre Haut. Das Verlangen in Emilia schien übermächtig zu werden. Sie zerrte an Merkurs Hemd, bis sich ihre Hände den Weg unter den Stoff freigelegt hatten. Zärtlich strich sie über seinen muskulösen Bauch. Merkur griff mit einer Hand hinter sich, zog sein Hemd kurzerhand über den Kopf und warf es achtlos zu Boden. Nun hatte Emilia freien Zugang zu seinem nackten Oberkörper. Gierig erkundeten ihre Hände jeden Zentimeter seiner Haut. Merkur hob sie mühelos hoch und warf sie übermütig aufs Bett. Als er Emilia das Oberteil ausziehen wollte, hielt sie ihn jedoch zurück.

„Warte!", keuchte sie. „Ich denke, wir sollten nichts überstürzen ...", stammelte sie und zog ihr Shirt wieder zurecht. Merkur lächelte wissend.

„Stimmt, ich kann mich an die Jungfrau in Nöten erinnern", erwiderte er und biss sie scherzhaft in den Hals. Emilia kicherte.

„Ist es okay, wenn wir DAMIT noch eine Weile warten?", fragte sie ihn unsicher und biss sich dabei auf die Lippe.

„Emilia, ich warte mein gesamtes Leben auf dich, da kann ich auch noch ein paar Wochen länger warten." Er küsste sie sanft auf den Mund. Stöhnend ließ sie ihre Lippen von seiner

Zunge teilen und alles um sie herum versank im Nebel. Es gab nur noch das Hier und Jetzt. Emilia wusste nicht, wie lange sie sich so geküsst hatten. Als er sich sanft von ihr löste, war sie ganz benommen. Sie musste erst mehrmals blinzeln, um wieder klar sehen und denken zu können.

„Bleibst du heute Nacht wieder hier?“, fragte sie mit heiserer Stimme.

„Wenn ich darf?“

„Auf jeden Fall!“, antwortete sie und gab ihm nochmals einen flüchtigen Kuss auf den Mund.

„Wir sollten schlafen. Morgen ist der große Tag“, entgegnete Merkur und gähnte genüsslich.

„Was? Morgen schon?“, fuhr Emilia auf und saß von einem Augenblick auf den anderen kerzengerade im Bett. „Bist du etwa nur deswegen hier? Hat SIE dich geschickt?“, fragte sie argwöhnisch und rückte ein Stück von ihm ab. Er sah sie jedoch liebevoll an, schüttelte den Kopf und lächelte.

„Nein, ich bin nicht deswegen hier. Sie weiß gar nicht, dass ich hier bin. Ich habe mich nicht bei ihr abgemeldet. Du kannst mir wirklich vertrauen, Prinzessin“, flüsterte er, griff nach ihren Händen und küsste sie.

„Entschuldige“, murmelte sie. „Ich bin wohl ein bisschen paranoid.“ Sie legte sich wieder ins Bett und kuschelte sich an ihn.

„Wie lange wirst du weg sein, wenn du die ganze Nacht hierbleibst?“, fragte Emilia nach. „Die Sache mit der Zeitverschiebung habe ich noch immer nicht so genau verstanden“, gab sie zerknirscht zu.

„Da sich unsere Welt gerade nahe an eurer Welt befindet, vergeht nicht so viel Zeit. Ich schätze, ich werde ungefähr einen Tag fehlen, wenn ich hier übernachte. Emilia sah ihn fragend an, bevor sie jedoch einen Ton sagen konnte, lächelte er, seufzte theatralisch und sagte:

„Okay, ich erklär's dir. So, wie ich dich kenne, gibst du vorher sowieso keine Ruhe, nicht?" Er zwinkerte ihr zu und sie nickte.

„Hast du mir das angesehen?", fragte sie überrascht. Er schüttelte den Kopf, lachte und stupste ihr mit dem Zeigefinger auf die Nase.

„Deine Gedanken haben mich geradezu angesprungen", erwiderte er und lachte nochmals herzlich. Emilia wurde rot, als sie bemerkte, dass sich ihre Gedankenbarriere vor lauter Küssen geöffnet hatte. Schleunigst bemühte sie sich, ihre Gedanken wieder in den Griff zu bekommen. Als sie damit fertig war, sah Merkur sie fragend an.

„Fertig? Kann ich?", fragte er. Emilia nickte und antwortete:

„Ich bin so weit."

„Okay, du musst es dir vorstellen wie euer Sonnensystem. So ist es mit den verschiedenen Welten auch. Die Welten drehen sich um Asgard. Jede Welt rotiert dabei in seiner eigenen Geschwindigkeit und in seiner eigenen Umlaufbahn. Daher kommen sich die Welten mal näher und mal sind sie weiter voneinander entfernt. So entstehen die Zeitverschiebungen. Im Moment liegen unsere Welten näher beieinander. Daher vergeht die Zeit ähnlich. Morgen Abend, wenn die Mondfinsternis beginnt, haben unsere Welten dieselbe Zeitschiene erreicht. Für einen kleinen Moment verläuft die Zeit in beiden Welten gleich. Vielleicht spielt die Mondfinsternis daher eine so große Bedeutung in der Prophezeiung. Ich weiß es nicht“, erklärte er ihr. „Anschließend driften die Welten wieder auseinander und die Zeitverschiebung wird wieder größer.“

„Ach so ist das“, antwortete Emilia und überlegte. „Asgard, ich kenne den Namen aus der Geschichte Islands. Ich habe mich viel mit Island beschäftigt, nachdem mein Vater verschwunden war. War das nicht die Welt der Götter, die vor vielen tausend Jahren zerstört wurde?“, fragte sie nun interessiert nach.

„Ja, so in der Art ...“, antwortete Merkur vage und gähnte dabei. „Die ganze Geschichte, wie sie bei den Elfen erzählt wird, werde ich dir ein anderes Mal erzählen. Ich bin müde und wir sollten morgen wirklich fit sein.“ Eigentlich hatte sich Emilia geschworen, sich nicht mehr so einfach abspeisen zu lassen, wenn es um wichtige Informationen bezüglich der magischen Welt und der Elfen ging, aber da sie nun ebenfalls feststellte, wie müde sie war, gab sie sich geschlagen und nickte.

„Okay, schlaf gut“, flüsterte sie, gab ihm einen Kuss und löschte das Licht. Fox’ leises Schnarchen drang bereits an ihr Ohr. Sie schmiegte sich an Merkur und war im Nu eingeschlafen.

KAPITEL 3

Am nächsten Morgen wurde sie vom Krähen des Hahnes geweckt. Emilia fühlte sich wie neu geboren. Leise schlich sie sich aus dem Bett und schlüpfte schnell ins Bad, um Merkur noch ein bisschen schlafen zu lassen. Nachdem sie, frisch geduscht und mit geputzten Zähnen, wieder in ihr Zimmer kam, war Merkur verschwunden. Emilia sah in allen Ecken des Zimmers nach. Fox war ebenfalls nicht mehr da. Vermutlich war dieser jedoch einfach hinunter zu Kim und Sophia gegangen. Aber Merkur würde ja sicher nicht bei ihrer Granny zum Frühstücken sein. Oder doch? Entsetzt sprang sie, nur mit Bademantel bekleidet, die Treppe hinunter. Granny sah sie aufgeschreckt an.

„Ist was passiert?“, fragte diese. Emilia sah sich um, konnte Merkur jedoch nirgends entdecken.

„Ähm, nein, nichts! Ich dachte, ich hätte jemanden hier unten reden hören“, stammelte Emilia in Ermangelung einer besseren Ausrede. „Ich zieh mich schnell an, dann helfe ich dir!“, rief sie und rannte wieder nach oben. Als sie ihre Klamotten schnappte, entdeckte sie einen Zettel auf ihrem Schreibtisch, auf dem ihr Name stand. Schnell faltete sie ihn auf:

Wir treffen uns um neun am Tor. Roandir wird dich sicher dorthin geleiten. Bitte komm in Elfenkleidung.
Merkur

Emilia drehte den Zettel mehrmals in ihren Händen. Mehr stand nicht drauf. Ein bisschen enttäuscht über die unpersönliche Nachricht legte sie das Stück Papier wieder auf den Schreibtisch. Da jedoch zeitgleich die Nervosität in ihrem Inneren auf ein Maximum anzusteigen drohte, hatte sie keine Zeit, sich länger damit zu befassen. Aufgeregt rieb sie sich ihre feuchten Hände an ihrem Bademantel ab und überlegte, was sie anziehen sollte. Elfenkleidung hatte Merkur verlangt. Sie kramte in ihrem Wäscheberg und beförderte eine der Blusen, die sie mit Sera gekauft hatte, und eine der schlichten, engen, schwarzen Elfenhosen zutage. Dann suchte sie noch ihre bequemen Elfenstiefel und schon war sie bereit. Als sie sich im Spiegel betrachtete, war sie ganz zufrieden mit ihrem Outfit. Die grüne Bluse mit den Trompetenärmeln und der schönen Stickerei betonte ihre Figur perfekt. Anschließend beschloss sie noch, ihre Haare elfenmäßig zusammenzubinden, sodass ihre spitzen Ohren besser zur Geltung kamen. Dafür flocht sie die vorderen Haare links und rechts am Kopf nach hinten und band die Zöpfe am Hinterkopf zusammen, sodass man ihre Ohren schön sehen konnte. Vermutlich betrieb keine andere Elfe solch ein Aufhebens wegen ihrer Ohren, für Emilia waren diese nun jedoch zu etwas ganz Besonderem geworden. Etwas, was sie von den Menschen auch äußerlich abhob. Bis gestern hätte sie nicht gedacht, dass sie sich noch mal freuen würde, wie eine Elfe gekleidet zu sein. Aber der gestrige Abend hatte alles verändert. Es spielte keine Rolle mehr, was von ihnen erwartet wurde. Niemand konnte sie zwingen zu heiraten und Kinder zu bekommen, wenn sie das nicht wollten. Elandiel war die längste Zeit Herrscherin gewesen und ihr Vater würde sich anders verhalten. Er würde sie niemals zu etwas zwingen, was sie nicht wollte. Und vielleicht war Merkur tatsächlich ihr Schicksal. Dennoch wollte sie die ganze Sache langsam angehen lassen und vor allem wollte sie den ECHTEN Merkur erst richtig kennenlernen. Es fiel ihr noch immer schwer, damit umzugehen, dass er ihr anfangs etwas vorgemacht hatte. Aber tief in ihrem Inneren wusste sie, dass er ab dem Moment, als sie ihm etwas bedeutete, sein wahres Ich gezeigt hatte. Ihre Gedanken drifteten zu ihrem gemeinsamen Nachmittag in Silvjanamar und ihr Herz schlug sofort ein paar Schläge schneller. Dieser Tag hatte ihr Leben verändert. An diesem Tag war Merkur einfach nur er selbst gewesen.

„Emilia! Wo bleibst du denn?“, rief Granny von unten hoch.

„Komme!“, rief sie zurück. Sie griff noch schnell in ihre Schmuckschatulle und beförderte eine antike Kette mit verschnörkeltem Anhänger daraus hervor. Dieser war aus Altsilber gefertigt und in seiner Mitte schimmerte ein heller, schillernder Regenbogen-Mondstein. Einen Augenblick betrachtete sie die Kette und nickte dann zufrieden. Anschließend legte sie sich das Schmuckstück um den Hals. Emilia hatte die Kette bereits zu ihrer Geburt bekommen. Ihr Vater hatte ihr einst erklärt, dass der Stein ihr persönlicher Glücksstein sei. Und Glück könnte sie heute auf jeden Fall gebrauchen. Nachdem sie sich nochmals kurz im Spiegel gemustert hatte, rannte sie leichtfüßig aus ihrem Zimmer, die Treppe hinunter.

„Da bist du ja endlich. Ich dachte schon, du bist aus den Latschen gekippt, nachdem du seit Tagen kaum gegessen hast“, begrüßte sie Granny besorgt. Als sie sich jedoch zu Emilia umdrehte, blieben ihr die restlichen Worte buchstäblich im Halse stecken.

„Kind! Du siehst ja viel besser aus als gestern!“, rief sie erfreut aus. „Und du trägst deine Elfenkleidung“, stellte sie verblüfft fest. „Was ist gestern passiert?“, fragte sie in einem strengen Tonfall und stemmte die Arme in die Seiten. Emilia sah jedoch ein leichtes Schmunzeln um ihre Mundwinkel, daher beschloss sie, die Wahrheit zu sagen.

„Merkur war da“, stieß sie freudig aus.

„Und ich vermute, ihr habt euch vertragen?“

„Ja, haben wir“, gab Emilia zurück und wurde rot.

„Aber ich werde nun hoffentlich nicht Urgroßmutter?“, fragte sie entsetzt und verschränkte die Arme vor der Brust.

„GRANNY! Nein! Was denkst du denn von uns? Ich mache nicht denselben Fehler wie meine Mutter. Keine Sorge!“, entgegnete sie und sah ihre Großmutter beleidigt an.

„Na, da bin ich aber beruhigt“, erwiderte Sophia erleichtert. „Nun setz dich und iss was.“ Sie stellte Emilia eine große Portion Rührei mit Speck hin und diese begann sofort gierig zu essen. Nun erst merkte sie, wie wenig sie die letzten Tage wirklich zu sich genommen hatte. Lange hätte ihr Körper das nicht mehr mitgemacht. „Trefft ihr euch in Andorin? Oder warum trägst du deine Elfenkleidung?“, fragte sie ihre Enkelin, als diese mit dem Frühstück fertig war. In diesem Moment kehrte die Anspannung in Emilia zurück.

„Ich muss nach dem Frühstück zum Tor. Dort wartet Merkur auf mich. Roandir wird mich begleiten“, antwortete Emilia mit belegter Stimme. „Heute ist DER Tag, Granny. Heute muss ich zurück, um mein Schicksal zu erfüllen …“, flüsterte sie und ihre Stimme zitterte nun leicht.

„Gott steh uns bei!“, flüsterte Granny und lehnte sich auf die Arbeitsplatte.

„Es wird alles gut laufen, da bin ich sicher“, brachte Emilia wenig überzeugend heraus.

„Komm zu mir, Kind! Lass dich noch mal drücken.“ Granny zog Emilia in eine nicht enden wollende Umarmung. Sie legte all die Liebe hinein, die sie für ihre Enkelin empfand. Emilia war ihr dankbar für diese Geste. Es gab ihr Mut und Kraft. Als Granny die Umarmung löste, nahm sie Emilia bei den Armen und schob sie ein Stück von sich weg. Sie sah ihr in die Augen und sagte:

„Ich habe Angst, mein Kind, das kann ich nicht leugnen, aber ich bin mir sicher, dass ihr es schaffen werdet. Ihr werdet gesund wieder nach Hause kommen. Und du wirst deinen Vater an deiner Seite haben. Ich spüre es.“ Emilia nickte und schluckte schwer.

„Du trägst deinen Glücksstein? Das ist gut. Denk immer daran: Hör auf dein Herz, dann wirst du immer das Richtige tun.“ Sie gab Emilia einen Kuss auf die Stirn. „Und nun geh, lass ihn nicht warten!“, sagte Granny mit einem Zittern in der Stimme. Dann drehte sie ihrer Enkelin schnell den

Rücken zu und stützte sich wieder auf die Arbeitsplatte. Emilia konnte sehen, wie ihre Großmutter litt. Sie war nur stark, um ihr Mut zu machen. Innerlich war Granny genauso ängstlich und aufgewühlt wie sie selbst. Kurz überlegte sie, ihrer Großmutter tröstend eine Hand auf die Schulter zu legen, zog sie aber in der Bewegung wieder zurück. Granny hatte recht. Sie musste gehen. Jetzt. Wenn sie noch länger hier stehen bleiben würde, würde sie den Absprung vielleicht nicht mehr schaffen. Sie flüsterte:

„Ich hab dich lieb." Dann wandte sie sich schnell ab und verließ das Haus.

„Ich dich auch", flüsterte Granny und Tränen tropften vor ihr auf die Arbeitsplatte, als Emilia den Raum bereits verlassen hatte.

Roandir hatte schon auf sie gewartet.

„Ich muss mich noch von Fox verabschieden", sagte sie mit belegter Stimme. Fox sprang schwanzwedelnd herbei und leckte Emilia das Gesicht ab, als sie sich zu ihm hinunterbegab, um ihn in die Arme zu nehmen.

„Versprich mir, dass du gut auf sie achtgibst, sollte ich nicht mehr zurückkommen", flüsterte sie ihm ins Ohr. Nun lief ihr doch eine Träne die Wange hinunter. Verstohlen wischte Emilia sie weg. Sie wollte nicht, das Roandir sah, welch große Angst sie in Wirklichkeit hatte. Sie drückte Fox noch mal fest und flüsterte mit erstickter Stimme in sein Fell: „Ich hab dich so lieb. Du bist mein bester Freund." Fox leckte ihr die Tränen, die sich nun doch einen Weg bahnten, von ihrem Gesicht und wedelte mit dem Schwanz. Eine Hand legte sich auf ihre Schulter.

„Wir müssen los“, vernahm sie Roandirs sanfte Stimme. „Du wirst sie alle wiedersehen, das verspreche ich dir.“ Emilia nickte und wischte sich die übrigen Tränen aus dem Gesicht. Sie streichelte Fox nochmals über den Kopf und stand auf. Anschließend atmete sie ein paarmal tief durch, bis sie spürte, dass der Druck der Tränen in ihrem Inneren nachließ. Dann sah sie Roandir an und nickte. Zusammen mit zwei weiteren Kriegern machten sie sich auf den Weg zum Elfen-Tor.

KAPITEL 4

Emilia sah zur Ranch zurück und ihr Herz zog sich schmerzhaft zusammen. Sie sah Fox mit fragendem Blick auf dem Hof sitzen. Er verstand nicht, warum ihn sein Frauchen heute nicht mitnahm. Granny konnte sie nirgends sehen. Vermutlich war es besser so. Sonst hätte sie es sich vielleicht doch noch anders überlegt. Sie fühlte sich sprichwörtlich wie ein Lamm, das zur Schlachtbank geführt wurde. Ein verliebtes Lamm. Ihre Gefühle waren in dem Moment, als sie den Wald erreichten, auf dem Höhepunkt der Widersprüchlichkeit angelangt. Da war die Freude, Merkur gleich wiederzusehen. Die Wut, die sie gegenüber Elandiel empfand, und der Widerwille, ihr gleich wieder gegenübertreten zu müssen, um gute Miene zum bösen Spiel zu machen. Die Ungewissheit, was sie erwarten würde, wenn sie in Island angekommen waren. Die Hoffnung, ihren Vater wiederzubekommen. Und die Angst davor, in welchem Zustand er sich befand. Hatte Mephisto, der Herrscher der Feuerelfen, ihn gebrochen? Hatte er ihn einer Gehirnwäsche unterzogen oder hatte er ihn inzwischen gar getötet? Alles in allem wusste sie eigentlich gar nicht genau, welches Gefühl sie zulassen sollte.

Daher versuchte sie, sich auf die positiven Dinge zu konzentrieren und das war nun zuerst das Wiedersehen mit Merkur.

Endlich hatten sie das Tor erreicht. Roandir öffnete es und ließ Emilia den Vortritt. Auf der anderen Seite angekommen, wurde sie sofort von zwei Armen in Beschlag genommen. Merkur küsste sie stürmisch und schob sie sofort wieder von sich weg, als Roandir das Tor durchquert hatte.

„Wir wollen ihn ja nicht eifersüchtig machen“, flüsterte er Emilia schelmisch zu. Der Elfenkrieger verkniff sich ein Grinsen. Natürlich war ihm der Kuss nicht entgangen. Verlegen zupfte sich Emilia ihr Oberteil zurecht, das unter Merkurs Attacke verrutscht war, und wandte sich nun an Roandir.

„Kommen die beiden anderen nicht mit?“, fragte sie.

„Nein, sie kehren zurück zur Ranch. Hier haben wir genug Krieger, die unser Unternehmen begleiten werden.“ Emilia nickte.

„Und was nun?“, fragte sie.

„Wir müssen zuerst zum Schloss. Elandiel und Haldur erwarten uns bereits. Sie haben letzte Instruktionen, die sie mit uns besprechen wollen“, mischte sich Merkur ein. Roandir nickte bestätigend und Emilia stöhnte.

„Na dann“, brummte sie wenig begeistert.

Es war ein seltsames Gefühl, wieder hier zu sein. Noch vor wenigen Tagen hatte sie es nicht erwarten können, von hier fortzukommen, und nun schien ihr alles wieder so vertraut. Die wunderschönen, großen Blumen, die es in der Menschenwelt nicht gab, der wundervolle alte Wald am Wegesrand und vor allem Merkur. Verstohlen sah sie ihn von der Seite an. Er bemerkte es nicht. Seine Kieferknochen malmten. Anscheinend war er innerlich auch nicht so cool, wie er nach außen hin vorgab zu sein. Kurzerhand ergriff sie seine Hand. Er sah sie kurz lächelnd an und dann verschränkten sie ihre Finger ineinander.

„Was sagen wir Elandiel?“, flüsterte Emilia ihm zu.

„Nichts. Sie weiß, was ich für dich empfinde. Ich habe ihr gesagt, dass ich dich nicht mehr anlügen will und kann. Wir hatten einen großen Streit, nachdem du weg warst“, setzte er grinsend hinzu. „Ich bin sicher nicht länger ihr Liebling.“

„Na ja, eigentlich hat sie ja genau das erreicht, was sie wollte, oder?“, fragte Emilia zerknirscht und hob ihre verschränkten Hände als Beweis.

„Ja, irgendwie schon. Aber vielleicht war es einfach immer unser Schicksal, und hätte sie sich nicht eingemischt, wären wir schon früher zusammengekommen ...“, überlegte er laut.

„Sind wir das? Zusammen?“, fragte Emilia etwas verlegen.

„Na, nach was sieht das denn sonst für dich aus?“, fragte Merkur lachend und hob ebenfalls ihre verschränkten Hände.

„Da hast du wohl recht“, gab Emilia lachend zurück.

„Du siehst süß aus, wenn du rot wirst, hat dir das schon mal einer gesagt?“ Er hielt an und wandte sich ihr zu. Sanft strich er ihr über die roten Wangen.

„Hrm, hrm“, räusperte sich jemand in ihrer Nähe. Roandir hatte ein paar Meter vor ihnen Halt gemacht. „Wir sollten uns vielleicht ein bisschen beeilen. Wenn alles gut läuft, habt ihr ab morgen alle Zeit der Welt füreinander“, sagte er und grinste schelmisch, was Emilia nur dazu brachte, noch dunkler anzulaufen.

„Entschuldige“, murmelte sie. Sie ließ Merkurs Hand los und lief Roandir hinterher. Merkur lächelte und folgte ihnen.

Als sie am Schloss ankamen, wurden sie bereits von Haldur und Elandiel am Tor erwartet.

„Schön, dass ihr pünktlich seid“, begrüßte sie die Königin. Haldur nickte zustimmend. „Wir werden direkt aufbrechen“, sprach Elandiel weiter. „Roandir, sag deinen Männern Bescheid“, wandte sie sich knapp an den Krieger. Dieser nickte, verbeugte sich ergeben und verschwand im Schlosshof.

„Ich dachte, wir würden noch eine Einweisung bekommen?“, fragte Emilia verblüfft. „Wir wissen ja gar nicht, was wir zu tun haben.“

„Unsere Pläne haben sich heute Morgen geändert“, erwiderte Elandiel kurz angebunden.

„Ah, sehr schön, da kommt Roandir schon mit unserer Eskorte“, unterbrach Haldur das Gespräch.

„Unserer?“, fragte Merkur. „Werdet ihr uns begleiten?“

„Das ist die Planänderung, von der ich eben gesprochen habe“, antwortete Elandiel an Haldurs statt. Roandir war zwischenzeitlich mit seinen Männern bei ihnen angekommen. Die Krieger verneigten sich und standen dann geordnet in Reih‘ und Glied vor ihrer Königin.

„Seid gegrüßt“, eröffnete Elandiel nun den offiziellen Teil ihrer Rede und richtete sich in ihrem üblichen, geschäftsmäßigen Tonfall an alle Anwesenden. „Da die Zeit drängt, werdet ihr alle zusammen in unseren Plan eingewiesen. Da die Grundausbildung von Emilia und Merkur nicht abgeschlossen ist, haben Haldur und ich beschlossen, die beiden nach Askja zu begleiten. Wir brechen daher sofort auf und nehmen nicht das Tor, das uns direkt in die Stadt bringt, sondern das Elfen-Tor am Meer. Wir werden daher einen Fußmarsch durch die Höhlen unternehmen müssen. So werden wir, wie es sich für Gäste gehört, vor den Mauern der Stadt ankommen und höflichst um Einlass bitten. Wir haben uns für diesen Weg entschieden, da wir der Meinung sind, dass Mephisto sich sonst schnell in die Enge getrieben fühlen könnte, wenn zwei Könige, mit einer Armee im Rücken, unangekündigt mitten in seiner Stadt auftauchen." Elandiel machte eine kurze Pause und sah alle Beteiligten an. Ein zustimmendes Nicken ging durch die Reihen.

„Ihr beide", sie wandte sich an Merkur und Emilia, „haltet euch vorerst bitte komplett im Hintergrund. Wir wissen nach wie vor nicht, welche Rolle ihr bei den Verhandlungen um Roman spielen werdet. Wir möchten euch als Trumpf einsetzen können, wenn es an der Zeit ist. Daher habe ich diese Mäntel für euch mitgebracht. Ich bitte euch, diese in Askja überzuziehen. Durch die Kapuzen werden sie eure Gesichter nicht so schnell erkennen." Sie händigte den beiden dunkle, lange Mäntel aus. Emilia nahm ihren entgegen und sah ihn an.

„Aber er kennt uns doch gar nicht. Oder? Ist es nicht auffälliger, wenn wir beide verhüllt vor ihm stehen?", fragte sie offen. Merkur hatte sich den Mantel bereits umgehängt.

„Ich schätze, da es sich um Umhänge der Schlosswache handelt, dass unser Heer dieselben Mäntel tragen wird, richtig?", beantwortete Merkur die Frage und sah zu Elandiel.

„So ist es, Merkur. Ihr werdet so vorerst nicht ins Auge stechen. Was deine andere Frage betrifft, Emilia. Wir gehen davon aus, dass Mephisto sehr wohl über die Prophezeiung unterrichtet wurde. Er unterhält überall seine Spione. Da du deinem Vater wie aus dem Gesicht geschnitten bist, wird er dich sofort erkennen. Auch Merkur sollte kein Risiko eingehen. Er hat die schwarzen Haare der Feuerelfen. Mephisto wird das sofort bemerken. Ich bitte euch inständig: Tut nichts Unüberlegtes! Lasst UNS die Verhandlungen führen!" Sie sah die beiden eindringlich an. Merkur und Emilia nickten.

„Dann brechen wir nun auf. Roandir, hast du an die Fackeln gedacht?", fragte Elandiel den Krieger. Dieser nickte stumm. „Sehr schön."

Elandiel und Haldur führten den Trupp an. Sie gingen zu Fuß, was Emilia ein bisschen überraschte. Danach folgten Emilia und Merkur. Die Heerschar bildete den Schluss. Emilia schätzte, dass es ungefähr fünfzig Krieger sein mussten. Sie sah unauffällig zu Merkur, der ganz nah an ihrer Seite lief. Wie gern hätte sie seine Hand gehalten.

„Verschließe deinen Geist!", raunte er ihr zu. Emilia biss sich auf die Unterlippe. Das hatte sie vor lauter Aufregung total vergessen. Schnell konzentrierte sie sich und legte sieben Schlösser vor ihre Gedanken.

Als sie in der Stadt angekommen waren, machten die Leute ehrfürchtig Platz für die Prozession. Alle verbeugten sich vor ihnen. Oder vielmehr vor Elandiel. Emilias flaues Gefühl im Magen wuchs stetig. Verbissen versuchte sie, die Menschen am Straßenrand auszublenden. Stattdessen konzentrierte sie sich darauf, ihren Geist zur Ruhe zu bringen. Sie musste darauf gefasst sein, ihre Kräfte einsetzen zu müssen. Und dafür musste sie sich zuerst sammeln. Das war jedoch leichter gesagt als getan. Nach ein paar erfolglosen Versuchen beschloss Emilia, es noch mal zu probieren, wenn sie in Askja angekommen waren. Vielleicht fiel es ihr leichter, sich zu konzentrieren, wenn sie einmal zum Stehen kommen würden. Als Emilia sich nun umsah, stellte sie fest, dass sie sich bereits im Wald auf dem Weg zum Nord-Tor befanden.

„Ich dachte, wir nehmen ein anderes Tor?“, flüsterte sie Merkur leise zu. Eigentlich war es unnötig, zu flüstern, da das Getrappel der fünfzig Krieger hinter ihnen sowieso jedes Wort übertönte.

„Ja, wir nehmen in Island ein anderes Tor zur Ankunft, aber das Nord-Tor ist immer das Tor nach Island“, erklärte er ihr. Emilia sah ihn fragend an. Sie hatte kein Wort verstanden. Merkur lächelte und versuchte es ihr zu erklären:

„Du musst es dir vorstellen, wie wenn du in einen Aufzug steigst. Er bringt dich in die Etage, in die du willst, allerdings nur innerhalb desselben Hauses. Das heißt, das Nord-Tor kann uns zu jedem Tor bringen, das im Reich der Feuerelfen liegt. Verstehst du?“ Emilia sah ihn ungläubig an und fragte entgeistert:

„Woher um alles in der Welt kennst du dich mit Aufzügen aus?“ Merkur lachte.

„Na, ist doch ganz einfach. Ich habe dir doch erzählt, dass Roman, ich meine, dein Vater, mir immer die Magazine mitgebracht hat mit den Filmpostern. Und da habe ich mal was über Aufzüge gelesen. Da ich nicht wusste, was das für

Teile sind, habe ich Roman gefragt. Und er hat mir dasselbe nur andersherum erklärt." Emilia lachte.

„Er hat dir erklärt, dass ein Aufzug so was wie ein Elfen-Tor ist?", fragte Emilia amüsiert.

„Ja", gab Merkur leicht gekränkt zurück, da sie sich darüber lustig machte. Emilia lenkte direkt ein, als sie bemerkte, dass sie ihn mit ihrer Antwort getroffen hatte.

„Wie funktioniert das dann? Es gibt doch keine Knöpfe im Tor, oder?"

„Nein, natürlich nicht. Derjenige, der das Tor öffnet, bestimmt, welches Tor das Ziel ist."

„Und woher weiß man, welche Tore es gibt?", fragte Emilia weiter.

„Das lernt man in der Ausbildung", entgegnete Merkur.

„Aber du hast die Ausbildung doch auch noch nicht gemacht und bist schon durch mehrere Tore gegangen", warf Emilia ein und sah ihn fragend an. Er fuhr sich nervös über den Nacken.

„Also wie ich in die Menschenwelt komme, das hat mir Roandir gezeigt, da sollte ich ja hin. Nur nach Askja, das war ein Blindflug. Ich hatte etwas zu diesem Tor in der Bibliothek gelesen, als ich nach Informationen zu meinen Fähigkeiten gesucht hatte. Da dacht' ich, ich versuch es einfach mal", entgegnete er und grinste sie verschmitzt an.

„Hätte da nichts schiefgehen können?", fragte Emilia weiter.

„Du meinst so was wie das, dass er einen ausgewachsenen Troll nach Andorin bringt?" Roandir lachte hinter ihnen auf. Merkur lief rot an.

„Danke für das Beispiel", gab dieser zerknirscht zurück. „Ja, das ist wohl etwas schiefgelaufen. Zumindest bin ich an dem Tor angekommen, an dem ich ankommen wollte", redete Merkur weiter und zuckte mit den Schultern. „Aber sobald wir unsere Ausbildung beginnen, werden wir ja lernen, auf was es wirklich ankommt. Habe ich recht?", fragte er Emilia und sah sie forschend an. Diese zuckte zusammen und erwiderte mit einem unsicheren Lächeln und ohne ihn direkt anzuschauen:

„Ja, bestimmt."

„Wir sind da", riss sie Elandiel aus ihrer Unterhaltung. Emilia war froh, dass sie in diesem Moment das Nord-Tor erreicht hatten. So musste sie sich nicht weiter mit Merkur über die Tatsache unterhalten, ob sie in der Elfenwelt bleiben würde oder nicht. Im Moment wollte und konnte sie diese Entscheidung einfach nicht treffen.

„Männer, folgt mir!", hörten sie Roandirs Stimme erschallen. Er beschwor das Elfen-Tor. Emilia erblickte das ihr bekannte Flimmern im Inneren des Tores. Als das Portal geöffnet war, schritten die Krieger rasch hindurch. Als Emilia und Merkur ihnen folgen wollten, wurden sie jedoch von Elandiel und Haldur zurückgehalten.

„Roandir und seine Männer werden erst die Umgebung sichern, bevor wir das Tor betreten", erklärte Elandiel den beiden. Die letzten Krieger näherten sich inzwischen dem Tor. Emilia konnte, zu ihrer großen Erleichterung, Lethan in der Mitte der letzten Kriegerreihe ausmachen. Sie winkte ihm freudig zu. Er konnte natürlich nicht winken, aber er zwinkerte ihr munter zurück. Emilia fühlte sich gleich ein

Stück wohler. Jeden Freund mehr konnte sie gut brauchen, um ihre Mission zu erfüllen. Es war einfach ein anderes Gefühl, zu wissen, dass einem Freunde den Rücken freihielten, als Wildfremde, denen es egal war, was mit einem passierte.

Als der letzte Krieger das Tor durchquert hatte, erlosch das Flimmern. Dafür konnte Emilia nun ein anderes, ihr ebenfalls vertrautes Schillern und Glitzern zwischen den Bäumen hinter dem Tor ausmachen. Ein Schwarm blau leuchtender Schmetterlinge bildete die Vorhut. Es musste eine ganze Kompanie Waldgeister sein, die sich ihnen dort näherte. Als diese den Schutz der Bäume verlassen hatten, nahmen sie ihre wahre Gestalt an. Ihnen voran schwebte Glorijana auf sie zu.

„Wir möchten euch Glück wünschen für euren Auftrag", vernahmen sie ihre glockenhelle Stimme. Sie blieb vor Emilia stehen und sah sie an. „Du trägst bereits einen starken Talisman", ihre Hand glitt über Emilias Kettenanhänger. Dieser begann auf ihrer Haut leicht zu prickeln. Sie sah an sich hinunter und bemerkte, dass der Anhänger für den Bruchteil einer Sekunde aufleuchtete. Als Glorijana die Hand wieder wegnahm, war das Leuchten verschwunden.

„Ich möchte, dass du den Anhänger nicht abnimmst, egal, was passieren mag", fuhr sie fort. „Die Person, die ihn dir geschenkt hat, liebt dich sehr. Diese Liebe wird dir Schutz bieten, wenn du ihn brauchst. Außerdem möchte ich, dass du dies hier ebenfalls an dich nimmst." Sie überreichte Emilia ein kleines, filigran gearbeitetes Fläschchen. Andächtig nahm sie das Geschenk entgegen und betrachtete es eingehend. Das Gefäß war mit einem schillernden Gas gefüllt. Es erinnerte Emilia an die hellen Nebel, die die Waldgeister annahmen, wenn sie durch die Wälder schwebten.

„Dies ist einer der mächtigsten Zauber meines Volkes. Wirf die Phiole auf den Boden, sodass sie zerbricht. Im selben Moment wird an dieser Stelle ein Tor entstehen, das dich zurück nach Andorin führen wird. Nutze es nur in der allergrößten Not. Und denk immer daran, Emilijana, folge der Stimme deines Herzens, dann wird alles gut gehen. Viel Glück!" Ohne ein weiteres Wort des Abschieds drehten Glorijana und ihr Heer ihnen den Rücken zu und verschwanden als glitzernder Nebel im Wald. Die blauen Schmetterlinge hinterher. Alle schauten ihnen noch einige Sekunden gebannt nach.

„Danke", murmelte Emilia perplex. In dem Moment begann sich das Tor wieder zu materialisieren. Haldur stellte sich vor sie und zog sein Schwert. Emilia hielt den Atem an. Sie erblickten eine Gestalt, die schnell näherkam und dann aus dem Tor trat. Es war Lethan.

„Alles in Ordnung, ihr könnt das Tor passieren", erklärte er und verbeugte sich. Dann ließ er den anderen den Vortritt. Als Erstes ging Haldur hindurch. Elandiel schickte Merkur hinterher. Emilia sah ihm sehnsüchtig nach. Sie hätte sich sicherer gefühlt, wenn sie an seiner Seite die Welten hätte wechseln dürfen. Elandiel wies Lethan an, ebenfalls auf der anderen Seite auf sie zu warten. Na toll, dachte Emilia. Dann kam nun wohl die längst überfällige königliche Standpauke auf sie zu, auf die sie schon die ganze Zeit gewartet hatte.

„Emilia, mir war es wichtig, nochmals mit dir alleine zu reden. Ich möchte mich in aller Form bei dir für mein Verhalten entschuldigen. Haldur und Merkur haben mir inzwischen deutlich vor Augen geführt, dass mein Handeln falsch war und sogar den Fall unserer Mission hätte bedeuten können. Ich habe versucht, mich aktiv in euer Schicksal einzumischen. Wohin dies geführt hat, haben wir gesehen. Ich bin sehr froh, dass du und Merkur wieder Freunde seid. Alles andere bleibt euch überlassen. Ich habe Merkur ausdrücklich gesagt, dass er nur noch seinem Herzen folgen soll. Ich bitte dich daher inständig um Vergebung." Elandiel neigte tatsächlich das Haupt vor Emilia. Diese war so überrascht darüber, dass sie nicht wusste, was sie erwidern sollte. Nach ein paar Sekunden des Schweigens hatte sie sich jedoch wieder gefasst und antwortete:

„Gut, ich nehme deine Entschuldigung an." Was hätte sie auch anderes sagen sollen nach dieser Ansprache?! Es tat ihr dennoch gut, zu hören, dass Merkur nun seinem Herzen folgte.

„Schön. Und nun, lass uns hinübergehen zu den anderen." Elandiel lächelte Emilia zu und sie schritten, Seite an Seite, durch das Tor.

Emilia wusste nicht, was sie erwartet hatte, aber sicher nicht diesen Anblick. Sie standen mitten in einer großen Höhle. Keine hundert Meter von ihnen entfernt konnte sie einen pechschwarzen Sandstrand erkennen. Das Meer brandete sanft an dessen Ufer. Zwei große Felsbrocken lagen im flachen Wasser des Meeres und ragten majestätisch daraus empor. Sie mussten sich an einer

Steilküste befinden, die von einem unterirdischen Höhlensystem durchzogen wurde.

„Ich dachte, wir wollten nach Askja. Der Vulkan liegt doch mitten auf der Insel. Zu Fuß werden wir Tage dorthin brauchen!“, gab Emilia entsetzt von sich.

„Keine Sorge. Diese Höhlen wurden von den Elfen erbaut und mit einem besonderen Zauber versehen. Wir werden in einer Stunde in Askja sein. Der Zauber bewirkt auch, dass die Höhlen von Menschen weder gefunden noch betreten werden können“, erklärte Elandiel und legte beruhigend ihre Hand auf Emilias Schulter.

„Es funktioniert ähnlich wie die Magie eines Elfen-Tores“, setzte Merkur hinzu. „Du kannst es dir vorstellen wie das Portal, das wir nach Silvjanamar durchquert haben.“ Erst wenige Tage war es her, dass Merkur, zusammen mit Emilia, das Portal nach Silvjanamar durchschritten hatte. Emilia konnte sich noch gut an den urwüchsigen, vor Magie nur so strotzenden Ort erinnern, den die Elfen auch den *Magischen Wald* nannten. Merkur hatte ihr damals erklärt, dass das Portal nach Silvjanamar ein besonderes war, da es nicht nur Elfen nutzen konnten, sondern auch alle anderen Wesen der magischen Welt. Es stand quasi immer offen und musste nicht beschworen werden.

„Ah, okay, jetzt versteh ich es“, erwiderte Emilia.

Elandiel sah ihn verblüfft an. Sie hatte offenbar nicht damit gerechnet, dass Merkur über dieses Wissen verfügte. Dieser zuckte mit den Schultern.

„Ich hab viel über Island gelesen in der großen Bibliothek“, erklärte er und Elandiel lachte.

„Sehr schön. Dann kannst du ja unsere Reiseleitung übernehmen“, erwiderte sie scherzend und zwinkerte ihm gut gelaunt zu. „Nun sollten wir aber weiter“, wechselte sie das Thema und wurde wieder erst. „So wie es aussieht, haben die Soldaten die Umgebung bereits gesichert“, erklärte sie und machte sich auf den Weg in das Höhlensystem.

Die Wachen hatten sich aufgeteilt. Eine Hälfte bildete die Vorhut, die andere die Nachhut. So marschierten sie in die Dunkelheit. Die Höhlen waren wenig spektakulär. Es war dunkel, nass und roch modrig. Zum Glück hatte Roandir seine Männer mit reichlich Fackeln ausgestattet, sodass sie zumindest genug erkennen konnten. Immer wieder zweigten kleinere Höhlen ab. Emilia bekam eine Gänsehaut bei der Vorstellung, sich hier drinnen zu verirren. Aber die Elfenkrieger, die den Weg vorgaben, schienen genau zu wissen, welche Abzweigungen sie zu nehmen hatten, was Emilia ein bisschen beruhigte. Der Marsch durch die Höhlen verlief schweigsam. Jeder hing seinen eigenen Gedanken nach. Emilia warf immer wieder einen prüfenden Blick zu Merkur. Dieser schien ebenso nervös zu sein wie sie. Er musste ihre Blicke bemerkt haben, denn er wandte sich ihr zu und flüsterte:

„Ich hasse enge Räume.“ Emilia konnte seinen Kiefer mahlen sehen, als er seinen Blick wieder geradeaus richtete.

Nach einer knappen Stunde Marsch blieb Elandiel plötzlich stehen.

„Zieht bitte nun alle eure Umhänge an und setzt die Kapuzen auf“, befahl sie. Alle leisteten ihren Worten umgehend Folge. Danach gingen sie weiter. Von hier aus konnten sie bereits den hellen Ausgang der Höhle erkennen. Emilia musste sich beherrschen, um aus Angst nicht nach Merkurs Hand zu greifen. Ihre Nervosität war wieder auf ein Maximum angewachsen. Die Tatsache, nicht zu wissen, was auf sie zukam, brachte sie allmählich beinahe um den Verstand. Ihr Herz schlug ihr bis zum Hals. Sie konnte kaum atmen, so heftig klopfte es in ihrer Brust. Was, wenn ihr Vater so zerstört war, dass er sie nicht mehr erkannte? Was, wenn sie ihn gar nicht finden würden? Vielleicht war das alles eine Falle und sie wurden bereits erwartet und direkt abgeschlachtet, noch bevor sie ein Tor herbeirufen konnte. Ihr wurde schwindelig. Sie musste sich an den Felsen festhalten, um nicht umzukippen. Sofort war Merkur an ihrer Seite und hielt sie fest.

„Elandiel! Halt! Emilia!", rief er und wandte sich dann umgehend Emilia zu:

„Alles wird gut", wiederholte er immer wieder und sah ihr tief in die Augen.

„Tief atmen. Denk an was Schönes!", redete er beruhigend auf sie ein. Die Krieger hatten auf Elandiels Befehl hin angehalten.

„Was fehlt ihr?", fragte Elandiel besorgt. Emilia hatte sich inzwischen am Rand der Höhle hingesetzt und bemühte sich, gleichmäßig tief ein- und auszuatmen.

„Geht gleich wieder", keuchte sie.

„Lasst ihr uns einen Augenblick allein, bitte?", fragte Merkur Elandiel. Diese nickte und gab den Soldaten den Befehl, ein paar Meter weiter eine kleine Rast zu machen, sodass Merkur und Emilia zumindest halbwegs ungestört sein konnten. Als die Soldaten und die Königin von ihnen abgerückt waren, setzte Merkur sich zu Emilia auf den Boden, schob die Kapuze von ihrem Kopf und strich ihr sanft über die Wange.

„Sieh' mich an, Prinzessin!", flüsterte er liebevoll. Sie hob ihren Blick vom Boden der Höhle und sah in seine hellgrauen Augen. Diese schimmerten im Moment beinahe silbern.

„So ist es gut", redete er in beruhigendem Tonfall weiter. „Konzentriere dich einfach auf mich. Schalte alle anderen Gefühle aus. Wir müssen nur diesen einen Tag überstehen. Das werden wir schaffen. Die Sterne stehen gut für uns. Und du hast gehört, was Glorijana gesagt hat. Hör auf dein Herz. Die Waldgeister sehen die Zukunft und sie glauben an uns, Emilia. ICH glaube an uns. Hörst du? Wir schaffen das." Emilia nickte. Sie konzentrierte sich noch immer ganz auf Merkurs Augen. Langsam fühlte sie, wie eine Wärme sie durchdrang. Ihr Puls wurde langsamer und der Knoten, der sich in ihrer Brust gebildet hatte, löste sich. Ihre Angst war weg. Sie konnte wieder frei atmen.

„Hast du mich gerade manipuliert?", fragte sie erstaunt. Merkur lächelte verlegen und nickte.

„Ich beherrsche es zwar noch nicht richtig, aber ich werde besser", erwiderte er. „Haldur meinte, ich müsse daran arbeiten. Ich konnte es ja bereits damals, als du das erste Mal in Andorin warst. Weiß du noch? Als du alles hinwerfen wolltest." Emilia nickte. „Aber damals war ich noch sehr unbeholfen. Haldur hat mir in den letzten Tagen gezeigt, wie ich meine Feuerelfen-Kräfte freilegen kann, und was soll ich sagen? Es klappt."

„Na, dann war das ja genau das, was wir benötigt haben“, gab Emilia munter zurück und stand auf.

„Du kannst aber jetzt nicht auch meine Gefühle manipulieren, sodass ich was mache, das ich eigentlich gar nicht will, oder?“, fragte sie entsetzt, als ihr die Tragweite von Merkurs Worten bewusst wurde. Die Feuerelfen waren nämlich Meister darin, andere zu manipulieren und so zu ihren persönlichen Marionetten zu machen, wenn sie das wollten.

„Zum Beispiel dich willenlos machen und dann verführen?“, fragte er anzüglich und trat einen Schritt näher.

„Das ist nicht witzig, Merkur!“, erwiderte sie und boxte ihm in den Bauch. Wovon er sicher nichts spürte, bei all den Muskeln, die er da hatte. Merkur lachte laut auf.

„Das ist mein Ernst!“, gab Emilia empört zurück.

„Prinzessin, ich würde dich nie auf diese Weise manipulieren, selbst wenn ich es könnte. Aber keine Angst, so gut bin ich noch nicht, und ohne Lehrer werde ich das auch nie so gut hinbekommen“, beantwortete er ihre Frage lachend. Emilia atmete erleichtert auf. „Also an deiner Meinung über mich müssen wir noch gründlich arbeiten. Was du mir alles zutraust!“, ergänzte er und schüttelte, gespielt entrüstet, den Kopf. Dann legte er Emilia einen Arm um die Schultern, drückte ihr einen Kuss auf den Ansatz ihrer Haare, bevor sie in die Nähe des Heeres kamen, und zog ihr die Kapuze wieder auf den Kopf.

„Es kann weitergehen!“, rief er in die Menge. „Alles wieder in Ordnung.“ Elandiel warf den beiden einen abschätzenden Blick zu und wandte sich dann wieder dem

Ausgang zu. Das Heer voran, durchschritten sie den Höhlenausgang. Alles blieb ruhig. Emilia atmete tief ein, als sie die Schönheit der Landschaft erblickte, die vor der Höhle auftauchte. Sie standen mitten in einem Krater. Da war sie sich sicher.

„Ist das der Krater von Askja?", fragte sie und deutete auf den türkis-blauen See, der sich zu ihren Füßen ausbreitete.

„Ja, das ist er. Der Vulkan ist derzeit inaktiv", antwortete Elandiel.

„Kommt, wir müssen da lang", ertönte Roandirs Stimme. Das Heer marschierte zu einem Pfad, der aus dem Krater heraus auf ein Plateau führte.

„Wie kommt es, dass keine Touristen hier sind?", fragte Emilia weiter.

„Oh, es sind sicher Touristen hier. Aber in der Menschenwelt. Wir befinden uns in der Welt der Feuerelfen", antwortete Elandiel und schmunzelte.

„Dann ist das so wie in Avalon und Glastenbury?", flüsterte Emilia ehrfürchtig.

„So ist es. Es ist derselbe Zauber, den die Priesterinnen in Avalon verwenden", gab Elandiel geduldig zurück. Da sie in dem Moment den Pfad erreicht hatten, der sie nach oben führte, mussten sie ihr Gespräch unterbrechen, da der Weg so schmal war, dass sie im Gänsemarsch hintereinander her laufen mussten. Emilia wollte noch ein paar Fragen zum Thema Avalon stellen. Elandiel hatte gesagt, es sei der Zauber, den die Priesterinnen VERWENDEN. Gegenwart! Außerdem verstand sie die Geschichte mit den Zeitzonen noch immer nicht. Gerade als sie oben angekommen war und Elandiel weiter befragen wollte, verschlug es Emilia jedoch die Sprache angesichts dessen, was sie nun erblickte. Sie standen auf einem Plateau, umringt von schneebedeckten Bergen. Rechts von ihnen erstreckte sich ein großer See, der magisch glitzerte und aus der Tiefe zu leuchten schien.

„Wir Elfen nennen ihn den Feuersee", erklärte Elandiel und deutete auf das große Gewässer. Emilia nickte nur stumm, denn ihr Blick war inzwischen weitergewandert zu der pechschwarzen Stadt, die sich vor ihnen aufgebaut hatte. Das musste sie sein, die Hauptstadt der Feuerelfen, ASKJA. Schwarz und bedrohlich erstreckten sich ihre Tore in den Himmel. Hohe Mauern, die das gesamte Gelände der Stadt umringten, machten es ihnen unmöglich, einen Einblick in die Stadt zu erhalten. Nur die Spitzen der Schlosstürme ragten darüber empor. Diese schillerten pechschwarz in der Mittagssonne.

Elandiel erhob ihre Stimme, um ihr Heer zu sammeln.

„Vor uns liegen die Tore von Askja", begann sie ihre Rede. „Bitte denkt daran, dass wir in friedlicher Absicht kommen. Ich möchte kein unnötiges Blutvergießen." Die Krieger nickten zustimmend. Emilia schnürte es den Hals zu. *Blutvergießen*! Wo war sie hier nur hineingeraten?!

KAPITEL 5

Nachdem Elandiel ihre Ansprache gehalten hatte, setzte sich die Truppe wieder in Bewegung. Sie marschierten direkt auf das bedrohliche Tor zu, das sich nun nur noch wenige hundert Meter vor ihnen befand.

Elandiel und Haldur führten das Heer an, gefolgt von Emilia und Merkur. Alle schwiegen. Angespannt knetete die Königin ihre Hände vor der Brust. Mit ihrer weißen, bodenlangen Robe und dem wallenden blonden Haar sah sie, im krassen Gegensatz zur Schwärze der Stadtmauern, aus wie ein Engel. Haldur schritt mit ernster Miene neben ihr. Er trug seine übliche graue Robe und seine Krone mit den leuchtend weißen Steinen. Seine rechte Hand ruhte in der Nähe seines Schwertes, bereit, dieses jeden Moment zu benutzen.

Nach endlos wirkenden Minuten hatten sie das Tor erreicht. Zwei Wachen waren davor postiert. Beide trugen schwarze, glänzende Rüstungen. Ihr Brustharnisch war mit einer roten Flamme, dem Wappen der Feuerelfen, verziert. Sie trugen schwarze Umhänge mit Kapuzen und schwarze Helme, die nur die Augen und den Mund frei ließen. Ihr langes, schwarzes Haar hing ihnen als Zopf über den Rücken. Als sie den Feuerelfen gegenüberstanden und diese sie anblickten, setzte Emilias Herz eine Sekunde aus. Panik machte sich in ihr breit, als sie in die Augen der beiden Soldaten blickte! Diese waren komplett schwarz, kein bisschen Weiß umrandete die Iris und die Pupillen loderten feuerrot. Emilia musste unweigerlich an die leuchtend roten Augen des Höllenhundes denken. Ein eiskalter Schauer lief ihr über den Rücken. Nun verstand sie, warum Merkur hätte entdeckt werden können, als er seinen kleinen Besuch nach Askja unternommen hatte. Mit seinen hellgrauen Augen fiel er hier auf wie ein bunter Hund.

Die schwarzen Augen blickten sie kühl und abschätzend an.

„Was wollt ihr hier?“, fragte einer der beiden mit vor Kälte klirrender Stimme.

„Bitte meldet eurem König, dass Elandiel von Andorin und Haldur von Angorogh hier sind, um mit ihm friedlich zu verhandeln“, beantwortete Elandiel höflich die Frage. Der Wächter musterte sie finster mit seinen lodernden Augen. Die beiden Herrscher ließen sich von dem Elfen jedoch nicht aus der Ruhe bringen und erwiderten seinen Blick fest. Emilia hielt die Luft an. Was würde nun geschehen?

„Und warum kommt ihr dann mit einer Armee im Rücken?“, fragte der Feuerelf weiter.

„Sie dient nur unserem eigenen Schutz“, erwiderte Elandiel kühl. Die beiden Wachen tauschten kurz einige Blicke aus, nickten dann und das Tor öffnete sich wie von Geisterhand. Ein Rabe, der vermutlich durch das Öffnen des Tores aufgescheucht worden war, flog laut krähend in Richtung Schloss davon.

„Ihr könnt passieren“, sagte der Wachmann und deutete auf die beiden Herrscher. „Das Heer nicht.“ Emilia sah entsetzt zu Merkur. Was nun? Sie konnten doch nicht ohne Schutz nach Askja gehen. So wären sie Mephisto hilflos ausgeliefert. Panik stand in ihren Augen. Merkur nickte ihr beruhigend zu.

„Nichts, was wir nicht erwartet hätten“, flüsterte er ihr zu und berührte sie unauffällig eine Sekunde am Arm. Emilia sah nun mit weit aufgerissenen Augen zu, wie Elandiel kurz ein paar Worte mit Haldur wechselte. Dieser nickte. Elandiel rief Roandir zu sich.

„Geht zurück nach Andorin und wartet am Tor! Wir verfahren wie besprochen!“, befahl sie ihm. Roandir nickte und zog sich mit dem Heer zurück.

„Was ist mit diesen beiden?“, fragte nun der zweite Wächter und deutete auf Emilia und Merkur. Wir sagten: keine Soldaten.“ Elandiel stellte sich schützend vor die beiden Kinder und antwortete:

„Dies sind unsere Diener. Sie sind unbewaffnet. Ihr könnt sie gern durchsuchen.“ Der Soldat nickte und verzichtete auf die Durchsuchung. Man konnte ja mit einem Blick sehen, dass sie keine Schwerter bei sich trugen. Emilia und Merkur senkten den Blick, als sie hinter Elandiel und Haldur das Tor in die Stadt durchschritten. Für Merkur war das alles nichts Neues. Er war vor ein paar Tagen schon einmal hier gewesen. Emilia kam jedoch aus dem Staunen nicht mehr heraus. Die ganze Stadt war aus Lavastein erbaut worden. Alle Häuser waren schwarz. Vom untersten Stein bis zur Dachspitze. Nur die Straßen hoben sich vom Rest ab. Sie waren mit weißen Kieselsteinen gepflastert.

Als sie das Tor durchschritten hatten, wurden sie von einem weiteren Ritter empfangen, der sich äußerlich nicht von den anderen unterschied. Er befahl ihnen, ihm zu folgen.

Schweigend setzten sie sich in Bewegung. Sie folgten der weißen Straße, die sich eine kleine Anhöhe hinauf zum Schloss schlängelte. Am Wegesrand konnte Emilia Fackeln stecken sehen. Es war sicher ein eindrucksvolles Bild, wenn nachts die Straßen im Feuerschein schimmerten. Dennoch hatte sie keine besondere Lust, Askja bei Nacht durchqueren zu müssen. Allerdings würde es wohl darauf hinauslaufen, da sie ja vermutlich auf die Mondfinsternis angewiesen waren. Emilias Herz klopfte noch immer, als würde sie einen Marathon laufen. Langsam fragte sie sich, wie lange ihr Herz dieser Strapaze wohl noch standhalten könnte. Dennoch war sie seit der kleinen Manipulation durch Merkur deutlich ruhiger. Sie malte sich nicht mehr die schlimmsten Szenarien aus. Es war, als hätte er ihre größten Ängste blockiert. Diese waren zwar noch da, aber sie kamen nicht mehr an sie heran. Sie musste Merkur unbedingt fragen, wie er das gemacht hatte.

Als sie endlich vor dem Schlosstor angekommen waren, konnte Emilia erkennen, dass das Schloss aus einem anderen Material gearbeitet war als die Häuser der Stadt. Der Stein war schwarz und glänzte so extrem, dass man sich darin spiegeln konnte.

In diesem Moment öffnete sich das Tor. Langsam und gespenstisch lautlos glitten die schweren Türen auseinander. Ein Diener nahm sie sogleich in Empfang. Auf seiner Schulter saß ein Rabe.

„Tretet ein. Wir haben soeben die Nachricht über Euren Besuch erhalten“, erklärte er und tätschelte den Kopf des Vogels. „Du kannst nun wieder zum Tor“, sagte er an das Tier gewandt. Dieser nickte und flog davon. Emilia traute ihren Augen kaum. Hatte etwa der Rabe die Botschaft ihrer Ankunft überbracht? Mit großen Augen sah sie dem Tier hinterher, das sich bereits im Landeanflug auf das Tor befand. Sie hätte was zu schreiben mitnehmen sollen, um all die Fragen zu notieren, die sich bei ihr gerade auftaten. Hoffentlich kam sie überhaupt noch dazu, irgendwem irgendwelche Fragen zu stellen. Im Moment fühlte sie sich erneut wie ein Lamm, das zur Schlachtbank geführt wurde.

Schweigend durchschritten sie nun gemeinsam das Tor. Nachdem sie eine große Empfangshalle erreicht hatte, flog das Schlosstor laut hinter ihnen ins Schloss. Emilia zuckte zusammen. Ein schwerer Riegel wurde vorgeschoben. Sie waren gefangen. Es gab nur noch einen Weg und der führte geradeaus in die Höhle des Löwen.

Der Diener geleitete sie in einen Seitenteil des Schlosses. Emilia fröstelte in diesem großen, dunklen Gebäude. Alles war alt, kalt und farblos. Sie war froh, den warmen Umhang der Schlosswachen tragen zu dürfen. Dieser spendete zumindest ein bisschen Wärme. Unauffällig sah sie sich um, während sie dem Diener durch etliche lange, triste Gänge folgten. Zum Glück bewegten sie sich im Gebäude nach oben und nicht hinunter in die Kerker. Diese Tatsache ließ Emilia hoffen, dass sie wirklich vorerst wie Gäste des Königs behandelt werden würden. Nach etwa einer Viertelstunde erreichten sie einen Gang, der ein bisschen wohnlicher wirkte. Der Boden war mit einem feuerroten Teppich belegt und die Wände wurden durch zahlreiche Porträts geschmückt, die irgendwelche alten Könige zeigten.

Spannenderweise waren die Augen dieser gezeichneten Personen normal. Vor zwei massiven Holztüren machten sie Halt. Der Feuerelf zog einen großen Schlüsselbund heraus und schloss beide Türen auf.

„Hier sind Eure Gemächer“, richtete der Diener nun das Wort an sie und öffnete die linke Tür. „Der König ist derzeit in einer wichtigen Besprechung. Er wird Euch nicht vor heute Abend empfangen können“, erklärte er in förmlichem Tonfall und schob Elandiel und ihre *Dienerin* durch die offene Tür in den ersten Raum. Dann öffnete er die rechte Tür und bedeutete Haldur und Merkur, dort hineinzugehen. Danach fielen die Türen ins Schloss. Sie hörten das Klappern des Schlüssels. Danach herrschte Ruhe. Ganz automatisch drückte Emilia die Klinke hinunter, aber nichts geschah.

„Wir sind eingeschlossen“, hauchte sie und drehte sich entsetzt zu Elandiel um. Diese stand am Fenster und sah über die Stadt hinweg.

„Mit nichts anderem haben wir gerechnet, Emilia. Komm her zu mir und setz dich.“ Sie drehte sich um und deutete auf die gepolsterte Fensterbank, auf der sie sich soeben niedergelassen hatte. Widerwillig setzte sich Emilia in Bewegung und nahm neben Elandiel Platz.

„Es verläuft alles nach Plan. Wir wussten, dass Mephisto das Heer nicht einlassen würde, und es war uns klar, dass wir hier im Schloss vorübergehend getrennt werden würden. All das ist kein Problem. Im Moment sind wir sicher. Versuch, dich ein bisschen zu entspannen.“

„Entspannen? Ehrlich? Wie soll ich mich den jetzt entspannen?“, fragte sie mit weit aufgerissenen Augen.

Elandiel kicherte.

„Du erinnerst mich an mich, als ich jung war. Ich hätte genauso reagiert“, sagte sie und sah sehnsüchtig in die Ferne. „Ich war ein unbeschwertes junges Mädchen, obwohl ich die Tochter des Königs war. Der Thron lag noch in so weiter Ferne, bis zu dem verhängnisvollen Tag, an dem mein Vater im Kampf getötet wurde. Ab diesem Tag war ich für das Reich der Waldelfen verantwortlich. Eine Verantwortung, derer ich nicht gewachsen war. Mein Bruder war zu dieser Zeit bereits als Botschafter unterwegs und fast nie in Andorin. So stand ich ganz alleine da. Ich war verliebt, bevor ich Königin wurde, musst du wissen. Er war meine große Liebe. Meine einzige Liebe. Ich hätte alles für ihn aufgegeben, aber er wollte das nicht. Er wollte nicht, dass ich den Thron seinetwegen verliere. Mehr als zwei Jahrhunderte regierte ich die Waldelfen, bis ich es nicht mehr aushielt. Ich bat deinen Großvater, den Thron zu übernehmen, sodass ich endlich frei sein konnte, um meinen Geliebten zu heiraten. Er war nur ein einfacher Soldat. Damals undenkbar, dass eine Königin einen Mann von niederem Stand heiratete. Dein Großvater jedoch lehnte ab. Er hatte sich gerade in Sophia verliebt und er konnte und wollte sie nicht in der Menschenwelt zurücklassen. An diesem Tag habe ich den Kontakt zu ihm abgebrochen. Ich war zu enttäuscht gewesen. So blieb ich Königin. Der Mann, den ich liebte, ging fort. Jahre später erfuhr ich, dass er eine andere Frau geheiratet hatte und mit ihr die Kinder hatte, die ich mir immer gewünscht hatte.“ Sie atmete schwer durch und fuhr dann fort: „An diesem Tag habe ich beschlossen, dass ich mit der Trauer um meine verlorene Liebe abschließen musste. Ich hatte durch diese Liebe alles verloren. Meinen Bruder, meine Freude am Leben und die Möglichkeit, mit einem anderen Mann neu anzufangen. Ich wollte endlich wieder glücklich sein. Mein Bruder fehlte mir und auch meinen kleinen Neffen hatte ich noch nie gesehen. Daher beschloss ich, in die Menschenwelt zu gehen und meiner Familie einen Besuch abzustatten. Als ich aus dem Wald trat und mich der Ranch näherte, verließ mich jedoch der Mut. Wie würde Aron auf meinen Besuch reagieren? Daher nutzte ich einen Zauber, der mich vor ihren Blicken verbarg, und beobachtete sie, wie sie glücklich und zufrieden auf der Veranda saßen und Kaffee tranken. Roman erzählte davon, wie er am Morgen ganz alleine auf dem großen Hengst geritten war. Aron hatte ihm daraufhin liebevoll über das braune Haar gestrichen und ihm gesagt, dass er mal ein großer Reiter werden würde, wenn er weiterhin so fleißig üben würde. Roman war so stolz gewesen. Mir zerriss es in diesem Moment das Herz. Ich beschloss umzukehren. Ich konnte es nicht ertragen, dass er so ein schönes Leben haben durfte und ich allein auf dem Thron sitzen musste. Als ich wieder in Andorin war, beschloss ich, ihm einen Brief zu schreiben, in dem ich ihn um Verzeihung für unseren Streit bat, und lud ihn zu mir, nach Andorin, ein. Der Bote, den ich schickte, war ein alter Freund deines Großvaters. Vermutlich war es schlussendlich ihm zu verdanken, dass Aron meine Einladung überhaupt annahm. Er kam allein, da Roman ja nichts von der Welt der Elfen wusste. In langen Gesprächen schlossen wir Frieden und Aron war sogar damit einverstanden, dass Roman, wenn er siebzehn Jahre alt wurde, erfahren würde, wer er wirklich war. Er stimmte zu, dass er dann selbst entscheiden dürfe, zu welchem Volk er gehören möchte. Mir fiel ein Stein vom Herzen, da ich wieder Hoffnung hatte, dass wir eines Tages wieder eine richtige Familie sein konnten. Außerdem beschloss ich, das Gesetz dahingehend zu erneuern, dass zukünftig eine Heirat des Herrschers mit einem Elfen jeden Standes zulässig wäre. Auch wenn mir klar war, dass es für mich zu spät sein würde, wollte ich doch Roman von dieser Bürde befreien. Wie es weiterging, weißt du ja bereits. Roman entschied sich für keines der Völker. Er lebte mal hier und mal da und es wurde von allen Elfen toleriert. Er wird ein guter König werden, da bin ich mir sicher. Das Volk liebt ihn."

„Warum erzählst du mir das alles jetzt?", fragte Emilia und sah sie forschend an.

„Mir war es wichtig, dass du die wahre Elandiel kennenlernst und nicht nur die kalte, berechnende Herrscherin Andorins", erwiderte Elandiel bekümmert.

Emilia schwieg. Sie konnte nicht leugnen, dass sie sie oft für kalt und berechnend gehalten hatte.

„Ich denke, als Herrscherin muss man manchmal berechnend sein und seine Gefühle außer Acht lassen", lenkte Emilia ein.

„Vielleicht", murmelte Elandiel und sah in die Ferne.

„Was ist aus dem Mann geworden, den du einst geliebt hast? Lebt er noch?", fragte Emilia weiter.

„Ja, soweit ich weiß schon. Seine Frau war im Kindbett gestorben. Seither lebt er alleine", gab sie leise zurück. Sie sah noch immer in die Ferne. Emilia konnte nur ihren Rücken sehen.

„Habt ihr euch je wieder getroffen?“

„Nein!“ Elandiel drehte sich wieder zu Emilia um. Tränen schimmerten in ihren Augen. „Es ist zu spät für uns“, gab sie mit belegter Stimme zurück.

„Ich weiß, ich bin noch sehr jung und ich habe nicht besonders viel Erfahrung mit Jungs, aber ich denke, es ist nie zu spät, um für die wahre Liebe zu kämpfen“, gab Emilia im Brustton der Überzeugung zurück. „Zumindest ist es in den Büchern immer so, die ich lese“, fügte sie etwas verlegen an. Elandiel lächelte sie liebevoll an und strich ihr sanft über die Wangen.

„Danke, mein Kind. Vielleicht hast du recht. Du weißt gar nicht, wie froh ich bin, dass du hier bist.“ Sie nahm sie zärtlich in die Arme. Es war das erste Mal, dass Emilia wirklich das Gefühl hatte, dass Elandiel ihre Tante war.

„Ich bin froh, dass du mir die Wahrheit erzählt hast“, antwortete Emilia ihr dankbar. In diesem Moment wurden sie von einem Klopfen an der Tür unterbrochen. Sie fuhren auseinander und sahen sich entsetzt an.

„Wer ist da?“, fragte Elandiel in ihrem hochmütigen Königinnen-Tonfall „Zieh deine Kapuze über und halt dich irgendwo im Hintergrund“, flüsterte sie Emilia zu.

„Ich bringe Ihnen eine Kleinigkeit zur Stärkung, Eure Majestät!“, drang der Tonfall eines jungen Mädchens durch die schwere Tür.

„Komm herein!“, gab Elandiel zurück. Sie hörten den Schlüssel im Schloss und sogleich wurde die schwere Tür aufgeschoben. Ein junges Mädchen mit pechschwarzen Haaren kam herein und stellte ein Tablett mit Tee und Gebäck auf einen Tisch. Das Mädchen sah sich aufmerksam im Zimmer um. Ihr Blick blieb an Emilia haften. Diese zog schnell die Kapuze tiefer ins Gesicht und sah zu Boden. Dennoch fiel ihr auf, dass das Mädchen sie freundlich anlächelte. Trotzdem fand Emilia ihren Anblick gruselig. Diese pechschwarzen Augen ...! Gespenstisch! Das Mädchen machte einen Knicks und ging zur Tür hinaus. Emilia wartete darauf, dass der Schlüssel im Schloss herumgedreht wurde, aber nichts geschah. Sie zog die Kapuze vom Kopf. Elandiel hatte sich und Emilia bereits eine Tasse Tee eingeschenkt und sich mit einer kleinen Zange einen Keks auf einen Teller gelegt.

„Komm, Emilia, setz dich. Eine kleine Stärkung wird uns guttun“, forderte Elandiel sie auf. Emilia stürzte auf ihre Tante zu, riss ihr unsanft den Keks aus der Hand und pfefferte ihn zurück auf das Tablett. Sie nahm ihr die Tasse weg und sah sie entgeistert an.

„Elandiel, dieser Mephisto hat versucht, mich umzubringen! Wie kannst du nur auf die Idee kommen, hier überhaupt irgendwas zu trinken oder zu essen?“, fuhr Emilia sie an. Elandiel sah sie entsetzt an.

„Du hast recht. Vermutlich können wir ihm wirklich nicht mehr trauen.“ Sie wischte sich die restlichen Kekskrümel von den Fingern.

„Los komm. Wir müssen versuchen, zu Haldur und Merkur zu kommen“, gab Emilia weiter den Ton an. Elandiel zog eine Augenbraue nach oben.

„Noch bin ich hier die Königin, mein Kind“, erwiderte sie in königlichem Tonfall. „Außerdem sind wir eingeschlossen, du hast doch vorher selbst versucht, die Tür zu öffnen. Wir müssen warten, bis Mephisto uns empfängt“, gab sie zurück und machte es sich in einem Sessel bequem.

„Oder bis er uns vergiftet hat?“, antwortete Emilia aufmüpfig. „Bitte entschuldige den aufsässigen Tonfall, aber es geht hier auch um mein Leben. Vielleicht sogar ausschließlich um mein Leben, daher möchte ich nicht hier herumsitzen und darauf warten, wie ein Lamm zur Schlachtbank geführt zu werden“, gab Emilia leicht gereizt zurück.

„Und wie gedenkst du, aus dem Zimmer zu kommen?“, fragte Elandiel gelangweilt nach.

„Durch die Tür“, gab Emilia wie selbstverständlich zurück. „Hast du nicht gehört, dass das Mädchen den Schlüssel nicht mehr umgedreht hat, als sie gegangen ist?“ Emilia schlich zur Tür. Elandiel setzte sich kerzengerade in ihrem Sessel auf und sah Emilia zu.

„Sicher werden nun Wachen vor der Tür stehen, Emilia. Das ist vergebliche Liebesmüh.“ Emilia ignorierte den Einwand und drückte ganz behutsam und leise die Türklinke hinunter. Es klappte! Sie Tür war offen! Langsam öffnete sie diese nun einen Spalt breit und blickte hinaus. Niemand war zu sehen. Vorsichtig steckte sie den Kopf zur Tür hinaus, um auch auf die andere Seite des Ganges einen Blick werfen zu können Sie musste sichergehen, dass die Luft wirklich rein war. Plötzlich ergriff sie eine Gestalt in dunkler Kapuze und hielt ihr den Mund zu. Emilia strampelte wie wild und versuchte, sich aus dem Griff des Angreifers zu lösen. Die Hand des Mannes verrutschte leicht vor ihrem Mund, sodass sie die Gunst der Stunde nutzte und herzhaft zubiss. Die Gestalt unterdrückte einen Aufschrei, fluchte leise, ließ sie aber nicht los. Da löste sich eine zweite Person aus dem Schatten einer Steinfigur, die neben ihrer Tür stand, und schob sie, zusammen mit dem ersten Mann, zurück in ihr Zimmer. Emilia schlug noch immer wild um sich. Als sich die Tür wieder hinter ihr geschlossen hatte, sagte eine bekannte Stimme zu ihr im Flüsterton:

„Meine Güte, Emilia, musstest du so heftig zubeißen? Ich bin's nur! Ich lass dich jetzt los, aber bitte schrei nicht! Sonst wissen die Wachen gleich, dass etwas nicht stimmt.“ Merkur ließ Emilia los und diese atmete ein paarmal tief durch.

„Sag mal, spinnst du?“, stieß sie schließlich keuchend aus und griff sich ans Herz. „Musstest du mir so eine Angst einjagen? Ich dachte, mein letztes Stündlein hätte geschlagen“, beschwerte sie sich bei ihm. Ihr Puls raste noch immer.

„Entschuldige! Ich hatte nur Angst, dass du die Wachen des ganzen Schlosses auf den Plan rufen würdest, wenn du vor Schreck über den Anblick zweier vermummter Gestalten aufschreien würdest“, gab Merkur liebevoll zurück und strich ihr sanft über die noch roten Wangen. Emilia hielt seine Hand fest, bevor er sie von ihrem Gesicht wegziehen konnte. Eigentlich hätte sie ihn anschreien wollen, da er sie so hart angegangen war, aber überraschenderweise verrauchte all die Wut, die sie eben noch auf Merkur gehabt hatte, unter dem warmen Gefühl seiner Berührung.

„Ich bin so froh, dass du da bist", hauchte sie. Merkur schaute kurz zu Elandiel und Haldur, die am Fenster standen und miteinander debattierten, wie sie weiter vorgehen würden. Sie nahmen keine Notiz von den beiden. Kurzentschlossen legte Merkur seine andere Hand in Emilias Nacken und zog sie zu sich heran, um sie zu küssen. Emilia konnte die Angst, die auch er um sie gehabt hatte, deutlich in seinem Kuss spüren. Bisher war ihr nicht klar gewesen, was ein Kuss alles aussagen konnte. Sie küsste ihn mit derselben Intensität zurück. Viel zu schnell jedoch löste sich Merkur wieder von ihr. Nachdem sie wieder Herr ihrer Sinne waren, sahen sie prüfend zu den beiden Herrschern. Diese standen nun mit starrem Blick am Fenster und sahen über die Stadt hinaus. Ein ungutes Gefühl ergriff Emilia.

„Was ist los?", fragte sie und zog Merkur mit sich zum anderen Fenster, welches in dieselbe Richtung zeigte.

Dort angekommen, traute Emilia ihren Augen nicht. Der Mond stand inzwischen am Himmel und färbte sich am Rand bereits rot. Die Mondfinsternis hatte begonnen. Zeitgleich hatte der Feuersee angefangen zu blubbern und zu brodeln und auch das Wasser leuchtete in einem glühenden Rot. Nun machte er seinem elfischen Namen alle Ehre.

„Oh, mein Gott!", murmelte Emilia. „Bricht der Vulkan etwa aus?" Ihre Stimme klang hysterisch. „Los! Wir müssen von hier verschwinden!", rief sie und zog an Merkurs Ärmel. Dieser starrte nach wie vor gebannt auf den See.

„Sieh nur!", hauchte er. Emilia blickte wieder auf den See und da sah sie es auch.

Direkt aus dem See stieg eine schwarze Armee empor! Höllenhunde! Sie konnte die schwarzen Gestalten mit ihren glühend roten Augen genau erkennen.

„Er hat sie gerufen“, gab Elandiel tonlos von sich.

„Wir müssen meinen Vater suchen und dann nichts wie weg von hier!“, rief Emilia panisch. Doch noch bevor sie sich vom Fenster abwenden konnte, folgte eine Armee teuflischer Wesen den Höllenhunden. Sie hatten behaarte Beine mit Hufen, die Oberkörper waren nackt und rot. Auf ihrem zerzausten schwarzen Haar konnte Emilia Hörner erkennen. Lange Hörner.

„Die kommen direkt aus der Hölle“, murmelte Haldur.

„Die große Göttin steh uns bei“, flüsterte Elandiel. In diesem Moment wurde die Tür aufgerissen und eine Garnison Wachen stand davor. Bewaffnet bis zum Hals.

„Mitkommen! König Mephisto erwartet euch!“, blaffte sie einer der Soldaten an. Erschrocken sahen sie sich an. Merkur zog schnell seine Kapuze über den Kopf und Emilia tat es ihm nach. Elandiel und Haldur folgten der Aufforderung in majestätischer Ruhe.

„Das gilt auch für euch!“, herrschte der Wächter nun Emilia und Merkur an. Mit tief gesenkten Köpfen schlossen die beiden sich Elandiel und Haldur an, die bereits langsam zur Tür gegangen waren. Der Hauptmann ging ihnen voraus. Acht weitere Soldaten folgten den Gefangenen. Sie richteten Speere auf ihre Rücken. Emilia hätte so gern Merkurs Hand genommen, aber das ging ja leider nicht. Sie durften weiterhin kein Aufsehen erregen. So durchschritten sie mehrere dunkle Korridore. Jedes Mal, wenn ein Fenster in

Sicht kam, reckte Merkur den Hals, um sehen zu können, was draußen vor sich ging.

„Jetzt wissen wir auch, warum sie die Türen nicht mehr abgeschlossen haben“, murmelte er Emilia zu. „Die ganze Unterwelt muss da draußen auf den Beinen sein.“ Emilia sah ihn entsetzt an.

„Was gibt es da zu tuscheln?“, herrschte sie einer der Wachen an.

„Auf, weiter!“ Zwei Wachen stießen ihnen unsanft ihre Speere in den Rücken. Emilia biss die Zähne zusammen, um nicht laut aufzuschluchzen. Sie überlegte sich, ob nicht jetzt der richtige Zeitpunkt gekommen wäre, um ein Tor zu rufen. Aber was würde dann aus ihrem Vater werden? Nein, sie mussten versuchen, mit Mephisto zu reden. Sie schluckte gegen den Kloß an, der begann, ihr die Kehle zuzuschnüren.

Nachdem sie unzählige dunkle Gänge abgeschritten waren, kamen sie an ein bewachtes Tor. Die Männer, die dort Wache hielten, öffneten es sofort. Der Hauptmann schritt zügig hindurch und verbeugte sich tief. Er machte einen Schritt zur Seite und deutete mit einer ausladenden Geste auf Elandiel, Haldur, Merkur und Emilia.

„Ich bringe Euch die Gefangenen!“, sagte er und blickte währenddessen permanent auf den Boden.

„Danke! Du kannst dich entfernen“, ertönte eine kalte Stimme. Ohne den Blick zu heben, trat der Mann den Rückzug an. Erleichterung schien sich in ihm auszubreiten. Emilia sah ihm unauffällig nach. Als der Hauptmann den Saal verlassen hatte, fiel das schwere Tor ins Schloss.

KAPITEL 6

Emilia sah sich in der großen Halle um. Es war dunkel. Nur ein paar Fackeln erhellten den Raum. Ein langer, gemusterter Teppich verlief von der Tür zu einem kleinen Podest. Auf diesem stand ein schwerer, schwarzer Thron, auf dessen Lehne zwei Raben saßen und sie argwöhnisch beobachteten. Ein Mann in langem, schwarzem Umhang trat aus dem Schatten neben dem Herrscherstuhl hervor. In einer Seelenruhe kraulte er beiden Raben den Bauch und drehte sich dann in Zeitlupe zu ihnen um. Die Anspannung war beinahe greifbar. Emilia krallte ihre Hand automatisch in den Ärmel von Merkur, als der Mann den Blick auf sie richtete. Aus rot lodernden Augen sah er sie an.

„Oh, mein Gott!“, entwich es ihr tonlos. Der Mann sah aus wie Merkur! Die roten Augen ausgenommen. Er lachte ein kaltes Lachen.

„Elandiel von Andorin und Haldur von Angorogh, wie schön, dass ihr mich besuchen kommt. Was verschafft mir die Ehre?“, fragte er. Seine Stimme triefte vor Sarkasmus und Hohn. Haldur fand als Erster seine Stimme wieder und antwortete souverän:

„Mephisto von Askja! Du hast dich verändert seit meinem letzten Besuch hier. Auch war deine Gastfreundschaft früher eine andere!“ Emilia bewunderte Haldur dafür, dass er trotz der Situation, in der sie sich befanden, die Ruhe bewahrte und solch spitze Worte wählte.

„Jeder wird so empfangen, wie es ihm gebührt, lieber Haldur", entgegnete Mephisto kalt.

„Womit haben wir es verdient, wie Vieh eingesperrt und hergetrieben zu werden?", mischte sich nun auch Elandiel in ihrem hochmütigsten Tonfall ein.

„Liebste Elandiel, ich denke, ihr selbst wisst das am allerbesten, habe ich recht?", entgegnete er ebenso hochmütig. Elandiel biss die Zähne zusammen, Emilia befürchtete, sie könnte ihm jeden Moment an die Gurgel springen. Die Königin hatte sich jedoch bestens im Griff.

„Leider scheint mein Gedächtnis ein bisschen gelitten zu haben, denn ich kann mich nicht daran erinnern, dich jemals verärgert zu haben. Dies scheint mir doch eher andersherum der Fall zu sein", gab diese zurück.

„Du redest nicht etwa von deinem sogenannten *Botschafter*, den ich mir ein paar Tage, sagen wir mal, ausgeborgt habe?", fragte er und grinste Elandiel teuflisch an.

„Ja, in der Tat rede ich von meinem Neffen, der hinterrücks von dir gefangen worden ist", entgegnete Elandiel kalt.

„Du wirst dich freuen zu hören, dass ich ihn nicht mehr benötige. Ich verfolge nun andere Pläne. Du kannst ihn also gern zurückhaben, oder zumindest das, was noch von ihm übrig ist", entgegnete er und lachte ein kaltes, lautes Lachen. Er machte eine Geste in die linke Ecke des Saales. Weitere Fackeln flammten auf und Emilia stieß einen schluchzenden Schrei aus. Umgehend rannte sie in die Ecke, wo eine leblose Gestalt zusammengekrümmt auf dem Boden lag. Mit zittrigen Händen fuhr sie seinen Hals entlang, auf der Suche nach einem Puls. Die Sekunden erschienen ihr wie eine Ewigkeit, bis sie das sanfte Pulsieren endlich spüren konnte. Er lebte, gerade mal so.

„Dad! Hörst du mich? Alles wird gut, hörst du? Wir bringen dich hier raus!“, flüsterte sie unter Tränen. Roman hob langsam und mühsam den Kopf und sah Emilia für eine Sekunde an. Danach fiel er wieder kraftlos in sich zusammen.

„Du Monster!“, schrie Emilia Mephisto an, der das Schauspiel belustigt beobachtet hatte. Er lachte laut auf und rief:

„Na, wenn das nicht die kleine Tochter ist, von der er so viel erzählt hat. Schön, dich nun endlich persönlich kennenzulernen. Nur schade, dass wir nicht mehr Zeit miteinander haben. Wir hätten vielleicht *Freunde* werden können.“ Er hatte wieder diesen vor Hohn triefenden Tonfall an sich und beobachtete Emilia aufmerksam. Dieser Elf lebte vom Leid der anderen, das wurde Emilia nun klar. Seine roten Augen flackerten wie das Feuer der Hölle. Emilia starrte ihm eiskalt entgegen und sagte nichts. Sie würde sich von diesem Monster nicht aus der Reserve locken lassen.

„Und wen hast du mir hier noch mitgebracht, Elandiel?“, wandte er sich nun Merkur zu.

„Wir haben eure Truppen gesehen“, mischte sich Haldur nun in das Gespräch ein und versuchte somit, Mephistos Aufmerksamkeit noch ein bisschen von Merkur fernzuhalten. „Man könnte meinen, ihr fürchtet uns? Wir, die wir unbewaffnet und ohne Geleitschutz vor dir stehen, machen dir doch nicht solche Angst, dass du die ganze Unterwelt benötigst, um dich zu verteidigen?“, fragte er spitz. Mephisto wandte seine Aufmerksamkeit tatsächlich von Merkur ab. Dieser atmete erleichtert auf. Emilia kümmerte sich weiter um ihren Vater, versuchte aber dennoch, dem Gespräch zu folgen.

„Wie schön, dann sind meine Truppen schon eingetroffen? Wunderbar", entgegnete Mephisto freudig und rieb sich die Hände.

„Diese Truppen benötige ich nicht wegen euch. Ich, Mephisto von Askja, fürchte nichts und niemanden mehr, denn ich bin ab sofort der Herrscher über alles Böse dieser Welt. Die Truppen Utgards folgen mir allein. Heute Nacht hat der Blutmond nicht nur die Tore der Unterwelt geöffnet, nein, er wird auch das Ende einer Welt einläuten, wie ihr sie kennt. Es freut mich, dass ihr gekommen seid, um an diesem Spektakel teilzuhaben. In der Tat wird es für mich nun ein Leichtes sein, heute Nacht mit meinen Truppen Andorin und Angorogh zu überrennen und somit Herrscher über das gesamte Elfenvolk zu werden. Jetzt, da eure Völker schutzlos und ohne Führung sind." Mephisto grinste die beiden Herrscher kalt an.

Elandiel und Haldur tauschten entsetzte Blicke aus.

„Warum so bestürzt, meine Lieben? Wundert es euch etwa, dass ich mir andere Verbündete gesucht habe, nachdem ihr mich so hintergangen habt?", redete Mephisto weiter. Elandiel und Haldur sahen verblüfft zu Mephisto.

„Wir dich hintergangen?", brauste Haldur auf. „Davongejagt wurden wir. Eine Stunde Zeit hattest du uns gelassen, um zu verschwinden und dein Land nie mehr zu betreten. Einfach so, ohne Grund!", fuhr Haldur auf. „Und

Ainema hast du damit das Herz für immer gebrochen", fügte er in traurigem Tonfall an. Emilia hatte nun ihre volle Aufmerksamkeit Mephisto zugewandt. Sie sah, dass er eine Sekunde mit sich kämpfte. Sie glaubte, einen Funken Liebe in seinen Augen aufflackern gesehen zu haben. Nur für den Bruchteil einer Sekunde glaubte sie, dass das lodernde, gierige Feuer in seinen Augen erloschen war. Jedoch nur, um anschließend noch wütender wieder aufzuflammen.

„Dass du es wagst!", schrie Mephisto ihn an. „Dieses abgekartete Spiel mit deiner Tochter. Die Liebe sollte mich zu einem Bündnis verleiten, in dem ich meine eigentlichen Ziele aus den Augen verlieren sollte. Alles nur Lügen. Sie hatte mich verhext und ihr wolltet mich benutzen!" Er spuckte voll Abscheu aus. „Nur gut, dass ich treue Untergebene um mich habe, die den Betrug aufgedeckt und mich gewarnt hatten", redete Mephisto weiter.

„Das ist eine Lüge!", fuhr Haldur auf. „Wir hatten immer die besten Absichten. Meine Tochter ist an deinem Verhalten beinahe zerbrochen." Haldurs Stimme brach. Mephisto schluckte und wandte ihnen den Rücken zu. Er streichelte seine Vögel und schien zu überlegen.

„Was wirfst du uns vor?", fragte Elandiel geradeheraus.

„Das fragst du allen Ernstes?", entgegnete Mephisto und drehte sich mit vor Hass glühenden Augen zu ihr um. „DU schickst mir den Wolf im Schafspelz und wagst es, mir diese Frage zu stellen? Von wegen Botschafter und Friedensverhandlungen, dass ich nicht lache!" Mephisto warf den Kopf in den Nacken und lachte hämisch. „Einen Attentäter hast du mir geschickt. Beinahe wäre dein Plan aufgegangen, aber mein Stellvertreter hat ihn überführt, bevor er zur Tat schreiten konnte."

„Das ist doch der Gipfel!", entfuhr es Elandiel. „Nichts davon ist wahr! Welche Beweise konnte er dir vorlegen, dein sogenannter *Stellvertreter*?", fragte Elandiel weiter nach.

„Er brauchte keine Beweise vorzulegen, da er mein vollstes Vertrauen genießt. Er hat sich seine Position hart erarbeitet und er würde für mich in den Tod gehen", entgegnete Mephisto.

„Und wer ist dieser Elf? Warum stellst du ihn uns nicht vor?"

„Oh, ich brauche ihn dir nicht mehr vorzustellen. Du kennst ihn besser, als ihm lieb ist ...", fuhr Mephisto fort.

Elandiel und Haldur blickten sich überrascht an.

„Was soll dieses Spiel, Mephisto?", mischte sich nun Haldur ein. „Wer ist dieser ominöse Elf?"

„Ich bin mir sicher, dass auch du das Gemunkel damals vernommen hast, dass die Tochter des Königs sich mit einfachen Wachen um die Häuser treibt und wer weiß was sie sonst noch so alles mit ihnen getan hat ...", redete der König der Feuerelfen weiter. Seine Genugtuung über die Verunsicherung seiner Feinde war ihm deutlich anzusehen.

„Dass du es wagst!", fuhr Elandiel auf. „Niemals bin ich mit den Wachen *um die Häuser gezogen*! Was erlaubst du dir? Was soll dieses Spielchen?"

Mephisto lachte kalt.

„Mir ist klar, dass du dich nicht gern an die Zeit erinnerst, als du dem armen Leibwächter deines Vaters hinterherscharwenzelt bist wie eine läufige Hündin, wo doch er deine Gefühle nicht erwidert hat ..."

Elandiel und Haldur sogen tief die Luft ein.

„Was erlaubst du dir?“, fuhr Haldur ihn an. „Solche Gerüchte hat es nie gegeben.“

„Nein?“, fragte Mephisto überrascht. „Na, dann muss ich wohl weiter ausholen ...“

„Das wird nicht nötig sein!“, erklang eine arrogante Stimme hinter ihnen. Niemand hatte gemerkt, dass sich das Tor geöffnet hatte.

„Castor!“, entfuhr es Elandiel. Jegliche Farbe war aus ihrem Gesicht gewichen.

„Siehst du? Ich wusste, du erkennst ihn wieder“, sagte Mephisto und in seinen Augen blitzte die Vorfreude auf das, was nun geschehen würde.

„Was um alles in der Welt wird hier gespielt?“, fragte sie mit zittriger Stimme. Sie begann zu wanken. Zum Glück konnte sie Haldur noch rechtzeitig genug festhalten, sodass sie sich wieder fangen konnte, bevor sie zusammengeklappt wäre. Emilia und Merkur waren ebenso verblüfft über das Auftauchen eines Elfen, der eindeutig dem Waldreich zugehören musste. Er hatte blonde, lange Haare und wasserblaue Augen. Nur sein kaltes Grinsen, das sein makelloses Gesicht zu einer merkwürdigen Fratze verzog, passte so gar nicht zu seiner sonstigen Schönheit.

„Meine liebste Elandiel! Du hast dich nicht verändert“, erwiderte der Elf Namens Castor und fuhr ihr sanft mit der Hand über die Wange.

„Was man von dir nicht gerade behaupten kann“, erwiderte sie, fuhr zurück und schlug seine Hand beiseite. Castor lachte auf.

„Und noch immer dasselbe Temperament wie früher. Das habe ich schon immer an dir geliebt“, sagte der Waldelf und musterte Elandiel von oben bis unten. Verlangen blitzte in seinen blauen Augen auf.

„Was tust du hier?“, fragte Elandiel verwirrt.

„Ich habe mich darum bemüht, meinen Stand zu erhöhen, meine Liebste. Damals war ich nicht gut genug für dich, als dass ich dich hätte zur Frau nehmen dürfen. Also habe ich Mittel und Wege gesucht, um dir ebenbürtig zu sein. Leider war es mir nicht möglich, dies in deinem Reich zu tun. Daher habe ich mich kurzerhand nach Askja abgesetzt und dich in dem Glauben gelassen, dass ich irgendwo mit Frau und Kind auf dem Land versauere. Ich wusste, du würdest nie nach mir suchen, da es dich zu sehr geschmerzt hatte, mich zu verlieren. Mir ging es genauso! Du hast mir gefehlt!“ Die letzten Worte hauchte er mit einem erotischen Unterton und versuchte wieder, Elandiel zu berühren.

Elandiel zuckte zurück und stieß gegen die Wand in ihrem Rücken.

„Das kann nicht dein Ernst sein!“, hauchte sie. „Ich erkenne dich nicht wieder!“ Noch ehe Castor etwas erwidern konnte, wurden sie durch Mephisto unterbrochen.

„Castor! Was ist hier los?“, fuhr der König der Feuerelfen auf. „Was soll dieses Liebesgeschwafel? Was hast du mit diesem Weibsstück zu schaffen? Ich dachte, sie sei dir zuwider!“

Elandiel schnaubte empört. Castor drehte sich langsam zu Mephisto um und grinste ihn hämisch an.

„Vielleicht habe ich da die Tatsachen ein kleines bisschen verdreht“, erklärte Castor lachend.

„Was soll das bedeuten? Antworte!“, schrie Mephisto ihn an.

„Diese Geschichte, so wie viele andere, mein Freund, waren alles Teile eines großen Plans und du, mein Lieber, hattest das Glück, eine der Hauptrollen zu spielen“, entgegnete Castor und polierte lässig seine Fingernägel an seinem Hemd. Er betrachtete sie einen Moment und sah dann wieder zu Mephisto. „Elandiel und ich, wir waren Geliebte. Seelenverwandte. Nur leider war uns das Glück eines gemeinsamen Lebens nicht vergönnt, da eine Königin keinen einfachen Krieger wie mich ehelichen durfte. Schweren Herzens nahmen wir Abschied voneinander, aber ich konnte ohne sie nicht leben. Mir war klar, ich musste einen höheren Rang bekommen. Am besten einen ebenbürtigen, denn wer möchte schon gern unter seiner Frau stehen? Zu meinem Glück kamst du auf den Plan. Verzweifelt auf der Suche nach einer Frau, die dir einen Thronfolger schenken würde. Mir war klar, sollte dein Versuch, ein Kind zu zeugen, scheitern, dass du dann einen Nachfolger in deinen eigenen Reihen benennen würdest. Daher sah ich zu, dass ich dein engster Vertrauter wurde. Es war nicht leicht, das gebe'ich zu, da ich als Waldelf nicht gerade der vertrauenerweckendste Kandidat war, aber ich schaffte es dennoch, meine Loyalität zu beweisen. Auch wenn dafür ein paar, sagen wir mal, *kleine Notlügen* nötig waren.“ Er machte eine kleine Pause, um die Spannung zu steigern.

„Du hast mich belogen? Du hast mir all die Jahre etwas vorgespielt?“, hauchte Mephisto ungläubig und das Rot seiner Augen flackerte. „Mich? Den Meister des Gedankenlesens und der Manipulation?“

„Jep, von vorne bis hinten und du hast nichts gemerkt. Du warst so leichtgläubig. Ich hatte freie Hand.“ Nochmals lachte er auf, in Erinnerung an all die Geschichten, die er Mephisto erzählt hatte. „Die arme Ainema zum Beispiel, sie hat dich wahrlich geliebt, und Angorogh wäre ein guter Verbündeter für dich gewesen, daher musste ich dafür sorgen, dass die Verhandlungen so scheiterten, dass keiner der Beteiligten je wieder einen Fuß in das Land des anderen setzen würde“, fuhr Castor stolz fort. Er grinste Haldur und Mephisto triumphierend an. „Auch andere Heiratsanfragen hoher Damen habe ich postwendend im Keim erstickt. Ich wollte dich in dem Glauben lassen, dass du allein stehst, ohne Aussicht auf einen Erben. Als dann Elandiel mit dir Verhandlungen führen wollte, ergriff mich Panik. Sie brauchte einen Erben, du brauchtest einen Erben. Allein die Vorstellung, dass ihr euch zusammentun könntet und du meine große Liebe heiraten würdest, trieb mich zur Weißglut. Nein, das konnte ich nicht zulassen. Daher musste ich erneut in die Trickkiste greifen. Also tischte ich dir die Geschichte mit dem Attentat auf. Vorsichtshalber habe ich Romans Erinnerungen noch ein bisschen manipuliert. Hättest du ihn gefoltert, wäre er der Meinung gewesen, wirklich einen Anschlag auf dich geplant zu haben. Aber du warst inzwischen so leichtgläubig, dass du nicht einmal einen Beweis sehen wolltest. Mein Wort genügte dir vollkommen.“ Wieder machte Castor eine applausheischende Pause. Mephisto war blass und stumm auf seinem Thron zusammengesunken.

„Wieso kannst du Gedanken in dieser Form manipulieren?“, fragte der Herrscher der Feuerelfen tonlos. „Das können Waldelfen nicht. Zumindest nicht in diesem Ausmaß. Keiner außer uns kann das!“

„Sagen wir mal so. Ich habe meinen Freundeskreis ein bisschen erweitert, mein lieber Mephisto. Die Reisen nach Utgard dienten keineswegs dazu, allein DIR eine Allianz mit der Unterwelt zu verschaffen, oh nein. Der Deal war ein ganz anderer. Eine Seele für ein Königreich und so viel Macht, wie es sich kein Elf vorstellen kann. Ich wurde mit Kräften ausgestattet, die du dir nicht einmal erträumen ließest.“ Wieder grinste er teuflisch. „Nachdem ich dein Vertrauen hatte und als dein Stellvertreter für dich die Strippen zog, war es vollends ein Leichtes, dich dazu zu bringen, mich als deinen Nachfolger einzusetzen. Als ich erfuhr, dass sich die Waldelfen Hilfe aus der Menschenwelt holten, um die Macht über alle Elfenvölker zu bekommen, war es für mich kein Problem gewesen, dem kleinen Mädchen ein paar Höllenhunde auf den Hals zu hetzen, sodass du der Böse warst. Du, der du den armen König der Bergelfen grundlos, bei Nacht und Nebel, davonjagtest. Du, der den armen Roman jahrelang gefangen hielt und ihn foltertest, um seinen Willen zu brechen. Ja, es passte wunderbar in deine Rolle, dass du nun auch noch seiner Tochter und seiner Mutter nach dem Leben trachtest“, erklärte Castor seelenruhig weiter und sah Mephisto von oben herab an.

„Du mieser kleiner Verräter!“, schrie Mephisto und spuckte Castor vor die Füße. „Wachen!“, rief er. „Nehmt diesen Mann fest und lasst ihn hinrichten!“ Vor Wut überschlug sich seine Stimme. Nichts rührte sich. Das Tor, hinter dem die Wachen vermutlich stehen sollten, blieb verschlossen. „WACHEN!“, rief Mephisto abermals. Castor grinste ihn teuflisch an.

„Ruf nur, so lange du willst. Es wird dir niemand zu Hilfe eilen. Ab sofort erteile ICH hier die Kommandos. Das Schloss wurde, ohne weiteren Widerstand, von meinen neuen Soldaten übernommen.“ Er musterte Mephisto eingehend. Er schien es zu genießen, dass dem Herrscher der Feuerelfen die Panik ins Gesicht geschrieben stand.

„Warum?“, hauchte dieser. „Warum hast du mich dermaßen hintergangen? Du hättest die Krone in den nächsten Jahren sowieso erhalten. Warum heute? Warum so?“, flüsterte Mephisto und klammerte sich verkrampft an den Armlehnen seines Thrones fest.

„Wie schön, dass du fragst. Das, mein Lieber, ist überhaupt der schönste Teil an der Geschichte“, antwortete Castor und machte wieder eine schöpferische Pause, um das Gesagte besser wirken zu lassen. Alle sahen ihn gebannt an. Man hätte eine Stecknadel fallen hören, so still war es im Saal.

„Alles fing damit an, dass dich dein Streben nach Macht und Unabhängigkeit in Verhandlungen mit dem Herrscher der Finsternis geführt hatte. Er versprach dir uneingeschränkte Macht über das Feuer und die Gedanken. Alles, was er als Gegenleistung dafür wollte, war die Seele deines erstgeborenen Kindes.“ Er lachte laut auf. Emilia und Merkur sogen scharf die Luft ein. Das konnte nicht wahr sein. Merkur WAR der Erstgeborene. Aber davon wusste niemand. Sie durften sich auf keinen Fall verraten. Emilia schlug das Herz bis zum Hals. Wenn sie nur ein wenig näher zusammenstehen würden, dann könnte sie ein Tor herbeirufen und sie könnten alle verschwinden. Fieberhaft überlegte sie, wie sie erreichen könnte, dass die anderen näher zu ihr kämen.

„Ja und? Der Handel war eine Luftnummer. Ich bin kinderlos und werde dies auch für immer bleiben. Das weißt du so gut wie ich“, wandte Mephisto ungerührt ein.

„Es ist richtig, dass du, seit deiner schweren Verletzung, die dir dein Gegner, übrigens auf meinen Befehl hin, im Kampf zugefügt hat, keine Kinder mehr zeugen kannst. Jedoch ist die Annahme, dass du keine Kinder hast, falsch!“, erwiderte Castor. Er lachte, als er das Entsetzen, das nun allen Anwesenden im Gesicht stand, erblickte. Merkur wich automatisch einen Schritt zurück und versteckte sein Gesicht tiefer unter der Kapuze.

„Was soll das heißen?“, fragte Mephisto und seine Stimme überschlug sich.

„Nun, da es mir auf die Dauer zu anstrengend war, ständig Ausreden erfinden zu müssen, warum du eine Ehe mit dieser oder jener Dame ausschließt, habe ich beschlossen, deiner Fortpflanzungsmöglichkeit ein für alle Mal ein Ende zu setzen. Solltest du doch ehelichen, wen du wolltest. Hauptsache, es entstünden aus dieser Ehe keine Kinder. Daher habe ich einen sehr guten Kämpfer auf dich angesetzt, der, wie wir nun wissen, ganze Arbeit geleistet hat." Castor sah Mephisto herausfordernd an. Dieser war blass geworden.

„Du Monster!", schrie Mephisto auf. Gerade als er sein Schwert ziehen wollte, um Castor auf der Stelle niederzustrecken, hob dieser die Hand. Mephisto erstarrte in der Bewegung. Nur seine Augen suchten panisch den Grund dafür, dass er sich nicht mehr rühren konnte.

„Du fragst dich sicher, was es mit diesem Kind auf sich hat, das ich erwähnte?", fuhr Castor ungerührt fort. Er sah Mephisto einen Augenblick fragend an, da dieser sich jedoch nicht dazu äußern konnte, nickte er und fuhr fort: „Ich deute dies mal als ein *JA*. Also, wo war ich? Ja, genau! Da ich mich wunderte, dass der *Dunkle Herrscher* mit dir solch einen Handel abgeschlossen hatte, habe ich nachgeforscht. Ich war mir sicher gewesen, dass der Herr der Finsternis dich nicht ohne Gegenleistung, die du auch erbringen kannst, mit dieser Macht ausstatten würde. Welche dir nun übrigens auch nichts mehr nützen wird, nur so nebenbei erwähnt. Ebenfalls war mir klar, dass er von deiner nicht mehr vorhandenen Zeugungskraft wissen musste. Der Teufel weiß alles. Schließlich fand ich heraus, dass du vor über siebzehn Jahren einen Sohn gezeugt hattest." Er sah Mephisto lächelnd an und schnippte mit dem Finger, sodass sich Mephisto aus seiner Starre lösen konnte. „Na, dämmert es, wer die Mutter dazu sein könnte?", fragte er ihn unschuldig.

„Ainema", hauchte Mephisto. Castor klatschte übertrieben in die Hände.

„Sehr schön! Wie ich sehe, bist du schnell von Begriff."

„Wo ist das Kind? Warum habt ihr mich all die Jahre im Dunkeln gelassen?“, herrschte Mephisto nun Haldur an. Dieser wägte die Worte genau ab, bevor er antwortete:

„Ainema hatte auch mich über dieses Kind im Dunkeln gelassen. Sie hat es in der Einöde auf die Welt gebracht und ausgesetzt.“ Er hielt sich genau an die Wahrheit, da ihm bewusst war, dass Mephisto über Kräfte herrschen musste, die ihm seine Gedanken problemlos offenlegten. Er vermied es, Merkur anzublicken, und er vermied es, daran zu denken, dass er wusste, wo sich besagtes Kind befand.

„Und wo ist das Kind jetzt?“, fragte er entsetzt weiter. Die Tragweite seines Handels schien ihm in diesem Moment bewusst zu werden, als er Castor siegessicher lachen sah.

„Das, mein alter Freund, möchte ich dir gern erzählen. Die Geschichte ist zu amüsant“, redete der Waldelf weiter und kicherte wie ein Schulmädchen, was in einem grotesken Gegensatz zum Ernst der Lage stand.

„Wie es der Zufall nämlich will, hat Elandiel nicht nur das Mischlingsbalg mitgebracht, er deutete abfällig auf Emilia, sondern auch ihren Schützling hier.“ Er zeigte auf Merkur und machte eine auffordernde Geste. Nachdem sich Merkur nicht rührte, fuhr er auf: „Na los, Junge, komm her und nimm endlich diese lächerliche Kapuze ab. Sieh deinem Vater in die Augen!“ Er hatte sich nun vollends zu Merkur umgedreht und forderte ihn erneut auf, vorzutreten. Merkur blieb noch immer wie angewurzelt stehen. Alle Anwesenden spannten sich automatisch an. Merkur richtete sich auf und atmete tief durch. Er trat einen Schritt näher zu den anderen, sodass sie sich beinahe berührten. Emilia wusste, was er vorhatte.

Wenn sie ein Tor zur Flucht schaffen wollten, musste alles schnell gehen. Allerdings hatten sie nicht mit Castors Kraft gerechnet.

„Ich werde dich nicht noch einmal bitten!“, fuhr er Merkur an. Dann erhob er seine Hand und ließ in seiner Handfläche einen Feuerball entstehen. Alle sogen die Luft ein. Castor ging einen Schritt auf Merkur zu. „Tu, was ich dir sage, oder deiner kleinen Freundin wird es schlecht ergehen.“ Er erhob die Hand ein Stück weiter und deutete auf Emilia, die wie gefesselt neben ihrem Vater auf dem Boden kauerte. Sie spürte eine Wärme, die von ihrer Halskette in ihr Herz überging. Sofort wurde sie ganz ruhig und in eben diesem Moment, indem Merkur einen Schritt nach vorne machen wollte, um auf Castor zuzugehen, schoss sie auf und stellte sich mit ausgebreiteten Armen vor ihn. Castor lachte ein kaltes Lachen.

„Du glaubst, du kannst mich aufhalten? Ein Kind? Mit einem Bruchteil Elfenblut? Was glaubst du, was du gegen mich ausrichten kannst? Geh zur Seite oder ich werde dich auf der Stelle vernichten!“ Castor schrie sie so aufgebracht an, dass sie ein paar Spucke-Tropfen im Gesicht trafen. Nur mit großer Kraft widerstand sie der Versuchung, sich das Gesicht abzuwischen. Er starrte sie wütend an. Emilia konnte den Wahnsinn, der in seinen Augen flackerte, sehen. Merkur hatte verstanden, was zu tun war. Er legte unauffällig eine Hand auf Emilias Rücken, sodass ihre Kräfte miteinander verschmelzen konnten. Sofort bildete sich ein Schutzschild um die beiden, so wie sie es noch vor wenigen Tagen im Schlossgarten geübt hatten. Castor lachte erneut auf.

„Und ihr glaubt wirklich, dass mich euer lächerlicher kleiner Elfenzauber aufhalten kann? Mich, der ich über die vollen Kräfte Utgards verfüge?“ Er lachte vor Hohn und warf den Kopf in den Nacken. Dann hob er in Zeitlupe die Hand mit dem Feuerball, bereit, ihn abzufeuern.

In diesem Moment passierte alles zeitgleich. Mephisto sprang vor und packte Castor am Arm. Es entstand ein Gerangel zwischen den beiden. Dies war die Chance, auf die Emilia so sehnlichst gewartet hatte.

„Elandiel, Haldur, hierher!“, rief sie und riss sich die Phiole vom Hals. Sie stürzte auf ihren Vater und riss Merkur mit sich. Ihr Kraftfeld geriet ins Wanken und erlosch. Emilia schleuderte die Phiole an die Wand, neben der ihr Vater, noch immer bewusstlos, lag. Die Phiole zerbrach und sogleich blendete sie ein gleißend helles Licht. Vor ihnen öffnete sich ein helles Tor, das in allen Regenbogenfarben schimmerte.

„Los!“, rief Emilia mit sich überschlagender Stimme „Alle rein da!“ Sie konnten hören, wie Castor hinter ihnen aufschrie, wie ein wildes Tier, dem gerade seine Beute abhandenkam. Merkur und Haldur hatten Roman unter den Armen gepackt und zerrten ihn zum Tor. Emilia rannte hinterher. Nur Elandiel drehte sich um und stand wie gebannt da, als Castor, mit vor Zorn roten Augen, hinter ihnen her stürmte. Mephisto packte ihn wieder und schleuderte ihn mit all seiner Kraft nach hinten.

„Elandiel, lauf!“, schrie Emilia. Endlich erwachte die Königin aus ihrem Bann und drehte sich zum Tor um. In diesem Moment entglitt Castor sein Feuerball. Entsetzt schrie er auf. Der Ball traf Elandiel direkt am Rücken. Mit vor Schreck geweiteten Augen taumelte die Herrscherin auf Emilia und das Tor zu. Blitzschnell griff Emilia ihr unter die Arme, konnte ihr Gewicht aber kaum halten. Castor hingegen stand starr vor Entsetzen.

„Elandiel, das wollte ich nicht! Ich habe das alles doch nur für uns getan“, stammelte er. Mephisto nutzte diesen Moment, rannte auf das Tor zu und half ihr, Elandiels Körper durch das Portal zu ziehen. Hinter sich hörten sie nur noch einen markerschütternden Schrei und das Bersten von Stein. Emilia drehte sich um und sah, dass der Thronsaal komplett in Flammen stand. Castor stand in der Mitte und schrie wie ein wild gewordenes Tier. Der Steinboden war geborsten und dazwischen stieg heißes Magma auf. Sie spürte die Hitze, die nun auch auf das Portal übergriff. Mit Mühe riss sie ihren Blick von Castor los und versuchte, ein bisschen schneller zu rennen, was unter dem Gewicht Elandiels gar nicht einfach war. Gerade als eine Stichflamme hinter ihnen her schoss, schloss sich das Tor in ihrem Rücken. Castor und Askja waren verschwunden. Die sengende Hitze war weg.

KAPITEL 7

Als sie endlich auf der anderen Seite ankamen, ließ sich Emilia entkräftet auf die Knie fallen. Elandiel fiel unsanft auf den Waldboden.

„Elandiel! Sag was! Bitte!“, rief Emilia und kniete sich über die Königin. Sie schüttelte sie an der Schulter und klopfte ihr leicht an die Wangen. Aber tief in ihrem Herzen wusste sie es bereits.

„Sie ist tot, mein Kind“, hörte sie eine sanfte Stimme neben sich sagen. Jemand zog sie von Elandiel fort und nahm sie in den Arm. Emilia erkannte Merkurs Duft. Sie vergrub ihr Gesicht in seiner Halsbeuge und brach in heftigen Schluchzern zusammen.

Sie wusste nicht, wie viel Zeit vergangen war, als sie sich endlich ein bisschen beruhigen konnte. Der Mond stand am Himmel und Emilia hörte das vertraute Rauschen der Bäume. Noch immer saß sie, an Merkur gekuschelt, auf dem harten Waldboden. Nun löste sie sich aus seiner Umarmung, wischte sich die Tränen von den Wangen und sah sich suchend um. Elandiels Körper war verschwunden.

„Wo ist sie? Wo haben sie sie hingebracht?“, fragte Emilia hysterisch.

„Sie haben sie zurück zum Schloss gebracht. Das Heer hatte den Befehl gehabt, hier zu warten, und als wir zurückgekommen sind, haben sie Elandiel sofort mitgenommen.“

„Wo ist mein Vater?“, fragte sie entsetzt weiter.

„Er ist in Sicherheit. Sie haben ihn ins Haus der Heiler gebracht“, antwortete Merkur und streichelte ihr sanft über das Haar.

„Ich denke, auch wir sollten nun dorthin aufbrechen“, vernahm Emilia nun Haldurs Stimme. Merkur nickte. „Auch Ihr solltet mit uns kommen“, wandte sich der König nun an eine weitere Gestalt, die Emilia bisher gar nicht richtig wahrgenommen hatte. Im Schatten am Waldrand saß, zusammengekauert wie ein Häufchen Elend, Mephisto. „Ihr seid ebenfalls verletzt und solltet das versorgen lassen“, sprach Haldur weiter auf ihn ein. Dieser hob den Kopf, sodass man seine roten Augen im Dunkeln leuchten sehen konnte. Sofort überkam Emilia eine Gänsehaut bei diesem Anblick. Allerdings stiegen nun auch wieder die Bilder in ihrem Kopf auf, wie Mephisto ihr geholfen hatte, Elandiels toten Körper zu bergen. Die widersprüchlichsten Gefühle stürmten auf sie ein, als sie den Mann, der die Seele seines Sohnes verkauft hatte, hier sitzen sah. Vom Schicksal gebeutelt und völlig kraftlos. In diesem Moment konnte Emilia keinen Hass für diesen Mann empfinden. Er war genauso hintergangen worden, wie sie alle, und sie war ihm dankbar, dass er ihr geholfen hatte, Elandiel mitzunehmen.

„Ich habe es nicht verdient, dass man mir hilft“, vernahmen sie nun seine schwache Antwort. „Ich habe Unglück über uns alle gebracht“, fuhr er fort, senkte seinen Kopf und vergrub ihn zwischen seinen Knien. Emilia war, als wäre das Leuchten in seinen Augen nicht mehr so stark wie noch in Askja.

„Selbstmitleid hilft niemandem von uns. Nun steh schon auf und komm mit uns!“, fuhr Haldur ihn nun an. „Deine Rolle in diesem Stück ist noch nicht vorbei. Wir brauchen dich noch, das bist du uns allen schuldig, aber vor allem bist du es deinem Sohn schuldig.“ Merkur zuckte leicht zusammen, als er als Sohn dieses Mannes angesprochen wurde. Mephisto jedoch nickte und erhob sich.

Schweigend legten sie den Weg zum Haus der Heiler zurück. Der Vollmond schien hell, sodass sie problemlos den Weg erkennen konnten. Emilia hielt sich krampfhaft an Merkur fest. Sie würde ihn nie wieder loslassen.

KAPITEL 8

Granny hatte sie bereits vor dem Haus der Heiler erwartet. Sie und Fox stürzten sich zeitgleich auf Emilia. Fox versuchte, ihr die Hände abzulecken, während Granny sie gar nicht mehr loslassen wollte.

„Ich bin so froh, dass dir nichts passiert ist, mein Kind", schluchzte sie. Emilia brach sofort wieder in Tränen aus.

„Elandiel, ... sie ist ..." Weiter kam sie nicht.

„Ich weiß, mein Kind." Erneut entwich Sophia ein Schluchzen. „Ich bin so froh, dass du wieder da bist." Mehr konnte Granny nicht sagen. Emilia löste sich irgendwann aus ihrer Umklammerung und sah ihre Großmutter an.

„Wo ist mein Vater? Wie geht es ihm?", fragte sie noch immer mit Tränen in den Augen.

„Es geht ihm den Umständen entsprechend gut. Sie haben ihn gewaschen, seine Wunden gereinigt und verbunden und ihn anschließend in einen Heilschlaf versetzt", antwortete Granny und schnäuzte sich kräftig die Nase. „Ich durfte ihn nur ganz kurz sehen."

„Kann ich zu ihm?", fragte Emilia.

„Nein, Kind. Nicht während des Heilschlafes. Außerdem könntest du im Moment sowieso nichts für ihn tun", entgegnete Granny.

„Emilia, mir wäre es wohler, wenn du dich ebenfalls untersuchen lassen würdest", mischte sich nun auch Merkur in das Gespräch ein und deutete auf ihr Bein.

„Nein, das ist nicht schlimm“, entgegnete Emilia kurz, sie hatte keine Lust, sich untersuchen zu lassen.

„Deine Kleidung ist komplett versengt. Bist du sicher, dass du keine Verbrennungen oder sonstige Verletzungen hast?“, drängte Merkur weiter. Emilia sah an sich hinunter und stellte fest, dass sie tatsächlich große Brandlöcher in den Klamotten hatte.

„Das muss von dem Feuer stammen, das ich noch gesehen habe, bevor sich das Tor schloss. Ich glaube, Askja ist im Feuer des Vulkans ertrunken“, hauchte sie. „Es ging alles so schnell, ich habe nicht gemerkt, dass ich den Flammen so nah gekommen bin.“ Sie tastete vorsichtig die Stellen ab, an denen ihre Kleidung zerstört war. „Nein, alles in Ordnung“, murmelte sie. „Ich möchte am liebsten einfach nur nach Hause ins Bett“, stellte sie kläglich fest.

„Was ist mit dir?“, wandte sich Merkur nun das erste Mal an seinen Vater.

„Mir fehlt nichts Schlimmes. Ein paar Brandwunden und ein paar Prellungen. Das geht vorüber“, wehrte dieser die Besorgnis seines Sohnes ab.

„Ich denke, es wäre dennoch besser, du würdest dich versorgen lassen“, erwiderte Merkur in einem distanzierten Tonfall. „Soll ich dich zum Gästehaus bringen?“, wandte er sich nun wieder Emilia zu. Diese nickte dankbar.

„Aber bitte lass mich nicht allein“, flüsterte sie.

„Nie im Leben“, gab er ebenso leise zurück und küsste sie sanft auf die Stirn.

„Ich werde hierbleiben, falls es Neuigkeiten von Roman gibt“, brachte sich nun Granny ebenfalls in das Gespräch ein.

„Und ich werde dafür sorgen, dass Sie erst mal ärztlich versorgt werden“, fuhr sie fort. Sie hakte sich bei Mephisto unter und nötigte ihn dazu, ihr ins Haus der Heiler zu folgen. Emilia war ihrer Granny äußerst dankbar, dass sie ihnen Mephisto vom Hals schaffte. Sie wusste noch immer nicht, wie sie ihre Gefühle ihm gegenüber einordnen sollte.

„Ich werde mich auch schlafen legen. Oder braucht ihr mich noch?“, meldete sich Haldur zu Wort, dessen Anwesenheit sie schon beinahe vergessen hatten. Fragend sah er Merkur an. Dieser schüttelte nur müde den Kopf. Haldur nickte.

„In dem Fall wünsche ich euch eine gute Nacht. Und Merkur! Mach dir keine Sorgen. Wir bekommen das alles in den Griff. Ich habe da schon eine Idee“, sagte er zum Abschied. Dann drehte er sich um und marschierte in die Dunkelheit.

„Ich habe trotzdem Angst, Merkur“, stieß Emilia heiser aus.

„Ich auch“, antwortete er. Sie standen sich gegenüber und sahen sich tief in die Augen.

„Ich verspreche dir, dass ich nicht zulassen werde, dass der Herrscher der Dunkelheit, oder wie der heißt, deine Seele bekommt. Nur über meine Leiche!“ Emilia sah wild entschlossen aus.

„Ich liebe dich“, antwortete Merkur und gab ihr einen sanften Kuss auf den Mund.

KAPITEL 9

Als sie das kleine Haus am Waldrand erreicht hatten und miteinander die Treppe zu Emilias Zimmer hinaufstiegen, kam es ihr gar nicht so vor, als sei es erst ein paar Tage her, dass sie von hier Hals über Kopf geflohen war. So viel war seither passiert. Sie war so froh, dass sie sich mit Elandiel noch aussprechen konnte, bevor diese sterben musste. Wieder machte sich ein schwerer Kloß in ihrem Hals breit. Sie schluckte mehrmals, aber er ging nicht weg. Als sie im ersten Stock angekommen waren, stürzte sie hastig ins Bad und schloss die Tür hinter sich. Sie brauchte ein paar Minuten, um sich wieder zu sammeln. Merkur schien zu verstehen, was in Emilia vor sich ging, denn er drängte sie nicht herauszukommen und er stellte auch keine Fragen.

„Ich geh noch mal nach unten und mach uns einen Tee“, war alles, was er sagte, als sie ihn vor der verschlossenen Tür hatte stehen lassen. Hierfür war sie ihm unsagbar dankbar.

Schwer atmend stützte sie sich auf den Rand der Waschschüssel und sah sich ihr Bild im Spiegel an. Sie sah tatsächlich aus, als wäre sie soeben aus einem brennenden Haus geflohen. Es war ihr bis zu diesem Moment wirklich nicht bewusst gewesen, dass sie dem Feuer so nahe gekommen war. Ihr Blick wanderte hinunter zu ihrer Halskette. Da erst kam die Erinnerung an das warme Gefühl, welches sie in Askja überkommen hatte, zurück. In diesem Moment hatte sie gewusst, dass sie alles schaffen konnte, wenn sie es nur fest genug wollte. Was hatte Glorijana gesagt? Die Liebe der Person, die ihr den Stein geschenkt hatte, würde ihr Schutz bieten. Ja, die Liebe ihres Vaters hatte heute Abend bewirkt, dass sie aus Askja hatten fliehen können. Emilia lief ein eiskalter Schauer den Rücken hinunter bei dem Gedanken daran, was geschehen wäre, wären sie auch nur eine Minute länger dortgeblieben. Sie wollte und konnte sich nicht vorstellen, was mit den Bewohnern der Stadt passiert war. Unweigerlich musste sie an das Mädchen denken, das ihnen den Tee gebracht hatte. Nein, sie musste aufhören, darüber nachzudenken. Es führte zu nichts. Morgen früh würden sie sicher mehr erfahren. Haldur würde schon herausbekommen, was im Gange war. Sie sah nochmals ihr Spiegelbild an und beschloss, dass sie so, wie sie aussah, nicht ins Bett gehen konnte. Daher zog sie ihre zerrissene Kleidung aus und warf sie achtlos in eine Ecke auf den Boden. Da war sowieso nichts mehr zu retten. Anschließend stellte sie sich unter die warme Dusche und ließ eine Ewigkeit das wohlig warme Wasser über ihren Kopf laufen. Dabei hatte sie das Gefühl, als könnte es all ihre Gedanken reinwaschen.

„Emilia!“, ertönte eine Stimme an der Tür. „Alles okay?“

„Ja, ich komme gleich“, antwortete sie und stellte das Wasser ab. Geschickt angelte sie sich ein Badetuch und band es wie einen Turban um den Kopf. Danach schlang sie sich ein weiteres Badetuch um den Körper und ging hinunter zu Merkur. So setzte sie sich an den Tisch. Er gab ihr einen Kuss auf die Stirn und stellte ihr eine Tasse dampfenden Tee vor die Nase. Dann setzte er sich zu ihr.

„Geht es dir ein kleines bisschen besser?“, fragte er und musterte sie genau.

„Das sollte ich eigentlich dich fragen, oder? Nach all dem, was du heute Abend ertragen und erfahren musstest. Wie kommst du damit klar?“, fragte Emilia ihn. Er zuckte mit den Schultern und stand auf. Er sah schweigend zum Fenster hinaus. Emilia stand auf und trat hinter ihn.

„Ich bin für dich da, egal, was passieren wird. Das, was ich vorher gesagt habe, das war kein leeres Gerede. Ich will und kann ohne dich nicht mehr leben!“ Merkur drehte sich um und sah Emilia in die Augen. Emilia sah so viel Schmerz und Angst darin, aber ebenso viel Liebe und Verlangen.

„Lass uns nach oben gehen“, sagte er mit rauer Stimme. „Ich möchte heute Abend nicht mehr reden. Ich will nur vergessen.“ Dann zog er Emilia leidenschaftlich an sich und küsste sie, als würde dieser Kuss seine Seele retten können. Nachdem er sich wieder von ihren Lippen gelöst hatte, schnappte er sie und trug sie auf den Armen nach oben. Er stieß die Zimmertür mit dem Ellbogen auf, durchschritt rasch das Zimmer und legte Emilia sanft aufs Bett. Anschließend legte er sich auf sie und seine Lippen versiegelten die ihren. Und auf einmal war es für beide klar, sie gehörten zusammen. Für immer. Merkur löste das Badetuch von Emilias Haaren und warf es zu Boden. Anschließend küsste er sie so stürmisch, dass sie beinahe keine Luft mehr bekam. Alle Sorgen, alle Ängste verloren für einen kleinen Augenblick an Bedeutung. Emilia erwiderte den Kuss mit derselben Intensität. Sie verloren sich in ihrer Liebe und blendeten alles Böse der Welt aus. In diesem Moment wusste Emilia ganz sicher, dass sie keine Sekunde länger auf Merkur warten wollte oder konnte. Wer wusste schon, was der Morgen bringen würde? So schob sie Merkur ein Stück von sich weg, knöpfte mit ungeschickten Fingern sein Hemd auf und streifte es über seine muskulösen Schultern. Sie glühte regelrecht vor Verlangen. Sanft ließ sie ihre Hände über seinen Rücken gleiten. Merkur beugte sich wieder über sie, um ihren ganzen Körper mit Küssen zu verwöhnen. Jeder Kuss jagte ein wohliges Kribbeln durch Emilias Körper. Als er an ihrem Dekolleté angekommen war, löste er vorsichtig das Handtuch und hielt inne. Durchdringend sah er Emilia an. Sie wusste, dass er ihr im Moment bis tief in die Seele blickte, und es fühlte sich richtig an.

„Bist du dir sicher?“, fragte er leise.

„Ja! So sicher, wie man nur sein kann“, hauchte sie mit zittriger Stimme. Dann fiel das zweite Badetuch ebenfalls zu Boden und Merkurs Hose direkt hinterher. Emilia stöhnte leise auf, als Merkur vorsichtig in sie eindrang. Er beobachtete sie aufmerksam. Er wollte auf keinen Fall, dass er ihr in irgendeiner Art und Weise wehtat.

„Alles okay?“, fragte er sanft und knabberte an Emilias Ohrläppchen.

„Ja“, gab sie zurück. Dann gaben sich die beiden ganz ihrer Liebe und ihrem Verlangen hin und vergaßen für diese Zeit all ihre Sorgen und Ängste.

Als sie danach zusammengekuschelt im Bett lagen, kehrten die Sorgen zurück und Emilia fiel es schwer, abzuschalten. Sie hatte Angst, dass ihre gemeinsame Zeit begrenzt sein könnte.

KAPITEL 10

Am nächsten Morgen wurden die beiden durch Radau in der Küche geweckt. Merkur sprang blitzschnell aus dem Bett, zog sich seine Hose an und hechtete zur Tür hinaus. Emilia streifte sich ebenfalls schnell was über und rannte hinterher. Unten angekommen, konnten sich die beiden ein Lachen nicht verkneifen. Sera stand in der Küche, umgeben von einem Scherbenhaufen.

„Ich wollte euch Frühstück machen …“, jammerte diese, „… aber die Kaffeekanne ist mir aus der Hand gerutscht. Bitte entschuldigt, dass ich euch geweckt habe“, sagte sie zerknirscht. Emilia fiel ihr kurzerhand um den Hals und küsste sie auf die Wange.

„Ich kenne niemanden, den ich heute Morgen lieber in unserer Küche sehen würde als dich“, begrüßte sie ihre Freundin. Diese lief vor Freude rosa an.

„Hey!“, machte Merkur auf sich aufmerksam. „Und was ist mit mir? Siehst du mich nicht gern in deiner Küche?“, fragte er und stemmte mit gespieltem Ärger die Arme in die Seite. Emilia löste sich von Sera und gab Merkur einen Kuss auf die Wange.

„Nein!“, sagte sie laut. „Dich, mein Lieber, sehe ich lieber in meinem Bett, als in der Küche“, gab sie schlagfertig zurück. Sera brach in schallendes Gelächter aus, als sie Merkurs verzücktes Grinsen sah. Emilia rannte die Treppe hinauf.

„Ich zieh mich schnell an und dann helfe ich dir in der Küche!“, rief sie von oben hinunter.

„Lass dir Zeit!“, rief Sera. „Na los, Amor! Renn deiner Holden hinterher!“ Sie zwinkerte Merkur zu. Dieser drückte ihr noch schnell einen Kuss auf die Wange und sagte:

„Schön, dass du da bist.“ Dann lief er ebenfalls die Treppe hinauf. Leise schlüpfte er zu Emilia ins Badezimmer.

„Schade, dass du schon angezogen bist“, sagte er anzüglich und grinste frech. Emilia küsste ihn auf den Mund und lachte. Dann ging sie zur Tür, um Merkur im Bad allein zu lassen. Gerade als sie hinausgehen wollte, fragte er sie unsicher:

„Geht es dir gut? Bereust du es auch nicht?“ Emilia drehte sich zu ihm um und strahlte ihn an.

„Wie könnte ich die schönste Nacht meines Lebens bereuen?“, fragte sie. Er lachte erleichtert auf und warf ihr eine Kusshand zu. „Bis gleich“, sagte sie und schloss die Tür hinter sich.

„Ich bin so froh, dass ihr wohlauf seid“, begrüßte Sera nun Emilia mit zitternder Stimme, als diese wieder in der Küche angekommen war. „Das mit Elandiel ist so schrecklich.“ Sera hatte Tränen in den Augen. Emilia konnte nur nicken und suchte sich schnell eine Beschäftigung, bei der sie Sera nicht in die Augen sehen musste. Fahrig kramte sie in den Schubladen nach Besteck und Tellern und deckte eifrig den Tisch auf der Veranda. „Du möchtest nicht über gestern reden, oder?“ Sera war hinter sie getreten. Emilia legte alles, was sie noch in der Hand hatte, auf den Tisch, stützte sich darauf ab und sah einen kurzen Augenblick ins

Leere. Dann schüttelte sie den Kopf. Eine Träne tropfte aus ihren Augen auf ihre Hand. Sera drehte sie vorsichtig zu sich um und nahm sie tröstend in die Arme. „Schhh ... Es ist alles gut. Es ist vorbei. Du musst nicht darüber reden, wenn du nicht möchtest.“ Emilia war ihr dankbar dafür und versuchte, ihre Fassung wiederzuerlangen. Gerade als sie sich von Sera löste, trat Merkur auf die Veranda. Er küsste Emilia die Tränen von den Wangen und sagte:

„Alles wird gut werden. Wir schaffen das. Gleich nachher reden wir mit Haldur“, versuchte er, sie zu beruhigen. Emilia nickte.

Sera platzte beim Frühstück beinahe vor Neugierde, aber sie hatte genug Taktgefühl, um nicht noch mal nachzufragen, was gestern alles geschehen war. Nachdem sie jedoch das Geschirr gespült hatten und ein Bote die Ankunft Haldurs angekündigt hatte, hielt sie es nicht mehr länger aus.

„Okay Leute, ich weiß, ich habe gesagt, ihr müsst nicht darüber reden, wenn ihr nicht wollt. Aber könnt ihr mir zumindest einen kurzen Überblick über alles verschaffen, was gestern passiert ist? Zumindest so viel, dass ich nicht ganz so im Dunkeln tappe? Unsere Königin ist tot und der verhassteste Herrscher der Elfen plötzlich bei uns zu Gast. Also BITTE, was ist da gestern passiert?“

„Das, mein Kind, ist eine lange Geschichte und muss leider warten, denn ich habe etwas Dringendes mit Merkur zu besprechen“, ertönte nun die Stimme Haldurs, der soeben die Veranda betreten hatte. „Merkur, ich möchte dich bitten, mich auf einen kleinen Spaziergang zu begleiten“, fuhr der

König der Bergelfen fort. Niemand hatte bemerkt, dass Haldur das kleine Haus betreten hatte. Vermutlich hatten sie das Klopfen einfach nicht gehört, da sie im Garten gesessen hatten. Sera verbeugte sich vor dem König.

„Kann Emilia mitkommen?“, fragte Merkur.

„Ich denke, es ist besser, wenn Emilia sich im Haus der Heiler einfindet. Ihr Vater wird jeden Moment aufwachen“, antwortete dieser. Emilia sprang auf.

„Sera, kommst du mit?“, fragte sie ihre Freundin.

„Klar“, erwiderte diese.

„Merkur, du kommst alleine klar?“, fragte Emilia, als sie sich von ihm verabschiedete. Er strich ihr liebevoll über die Wange und antwortete:

„Natürlich. Viel wichtiger ist nun, dass du bei deinem Dad bist, wenn er aufwacht. Ich komme nach, versprochen.“ Sie trauten sich nicht, sich unter den Augen von Merkurs Großvater zu küssen. Emilia winkte ihm daher nur nochmals zu, bevor sie die Haustür hinter sich schloss.

Auf einmal war sie wahnsinnig aufgeregt.

„Ich habe Angst, Sera. Was ist, wenn er einen bleibenden Schaden davonträgt? Er wurde immerhin fünf Jahre gefangen gehalten und gefoltert.“ Panik stand in Emilias Augen. Sera drückte ihre Hand und sah sie fest an.

„Alles wird gut werden, glaub mir. Lianna weiß, was sie tut. Und nun komm!“ Sie zog Emilia hinter sich her.

„Ich bin so froh, dass du wieder da bist“, sagte Emilia leise.

„Ich auch“, erwiderte Sera und strahlte über das ganze Gesicht.

Als sie das Haus der Heiler erreicht hatten, rannte Granny ihnen bereits entgegen.

„Gut, dass du da bist, mein Kind. Er ist soeben aufgewacht“, rief diese ihr ganz aufgeregt entgegen.

„Ehrlich? Und?“, fragte Emilia nicht minder aufgeregt.

„Sieh selbst“, antwortete Granny und strahlte sie an. „Er hat gleich nach dir verlangt.“ Emilia drehte sich zu Sera um, diese nickte ihr nur bestätigend zu und sagte:

„Na los, auf was wartest du noch?! Ich bleibe so lange hier und warte auf euch.“ Sera setzte sich in den Wartebereich und holte ein Buch aus ihrer Tasche. Granny setzte sich neben sie.

„Kommst du nicht mit?“, fragte Emilia.

„Nein, mein Kind. Dieser Moment soll dir allein gehören. Ich komme in ein paar Minuten nach. Und jetzt lauf endlich, er wartet schon sehnsüchtig auf dich“, erwiderte Granny und zwinkerte ihr zu.

Emilia rannte zu dem Zimmer, aus dem ihre Großmutter gerade erst gekommen war. Als sie vor der Tür stand, hielt sie einen Moment inne, um sich zu sammeln. Dann klopfte sie leise an. Sie atmete nochmals tief durch, als ein dumpfes „Herein“ ertönte, und öffnete dann vorsichtig die Tür. Sie hatte sich diesen Moment ungefähr hunderttausendmal vorgestellt, aber jetzt, da er gekommen war, war alles anders. Ihr Vater lag in dem weiß bezogenen Bett, sein Gesicht war eingefallen, seine langen, braunen Haare lagen matt um sein fahles Gesicht herum. Emilia erschrak, als ihr der schlechte Zustand ihres Vaters bewusst wurde. Langsam schloss sie die Tür hinter sich und trat ein bisschen näher.

„Emilia“, brachte Roman mit kratziger, leiser Stimme heraus. „Ich bin so froh, dich zu sehen. Komm her zu mir.“ Er versuchte, sich ein kleines bisschen im Bett aufzurichten. Dann breitete er seine Arme aus und Emilia stürzte sich, ohne weiter darüber nachzudenken, hinein. In dem Moment, als sie ihren Vater in die Arme schloss, fiel all die Beklommenheit von ihr ab. Es war vorbei. Sie hatte ihren Vater endlich wieder. Nach all der Zeit. Tränen liefen ungebremst über ihre Wangen.

„Ich bin so froh, dass du wieder da bist“, brachte Emilia unter lautem Schluchzen hervor. Mehr konnte sie nicht sagen. Roman hielt sie so fest, wie er nur konnte, und streichelte ihr sanft den Rücken. Nachdem Emilia sich etwas beruhigt hatte, schob er sie sanft ein Stück von sich weg.

„Emilia, du bist erwachsen geworden“, bemerkte er mit vor Tränen glitzernden Augen. „Ich habe so viel Zeit mit dir verpasst.“ Die Trauer stand ihm ins Gesicht geschrieben. Emilia war sich nicht sicher, ob es nur die Trauer um ihre verpassten Jahre war, die ihn beschäftigte, oder ob er das von Elandiel bereits erfahren hatte. Sie schluckte schwer und antwortete:

„Wir können die verlorene Zeit zwar nicht zurückholen, aber wir können ja versuchen, in Zukunft mehr Zeit miteinander zu verbringen.“

„Ja, du bist wirklich erwachsen geworden“, erwiderte er stolz. Dann wurde er ernst. „Ich danke dir, mein Kind. Ich danke dir von ganzem Herzen, dass du all diese Gefahren auf dich genommen hast, nur um mich zu retten. Ich hätte es nicht mehr lange geschafft“, sagte er und Emilia konnte hören, dass ihn jedes Wort, das er aussprach, schmerzte. Er schluckte schwer. „Nun sind wir wohl König und Prinzessin“, setzte er traurig hinzu und atmete tief durch. „Eigentlich hatte ich mir geschworen, dass ich, sollte ich jemals lebend aus Askja herauskommen, der Elfenwelt den Rücken kehren würde, da ich einfach nur noch mit dir und deiner Mutter ein glückliches Leben führen wollte. Aber Mum hat mir erzählt, dass Claire die Hoffnung schon vor Jahren aufgegeben hatte und einen neuen Freund hat. Und wie ich höre, tendierst du auch zu einem Leben in Andorin?“ Er zwinkerte ihr verschwörerisch zu. „Ich muss mich wohl erst noch an den Gedanken gewöhnen, dass du nun eine junge Frau bist, aber wenigstens kann ich mich nicht über die Wahl deines Freundes beschweren“, scherzte er und knuffte sie spielerisch in die Rippen.

„DAD!“, rief Emilia empört und lachte. „Ich dachte, du seist EBEN ERST aufgewacht, wie Granny mir erzählt hatte. Aber so, wie es aussieht, hattet ihr bereits genügend Zeit, den neuesten Klatsch und Tratsch auszutauschen.“ Roman lachte, griff sich jedoch sofort schmerzhaft an die Rippen.

„Alles in Ordnung?“, fragte Emilia besorgt.

„Ja, ja, alles gut“, erwiderte er und atmete ein paarmal tief durch.

„Über meinen weiteren Aufenthalt in Andorin habe ich bisher noch nicht ernsthaft nachgedacht“, kam Emilia wieder zurück zum eigentlichen Thema. Na ja, so ganz stimmte das nicht. Sie hatte sich zwar nie offiziell dazu entschlossen, für immer hier zu bleiben, aber wenn sie ehrlich zu sich war, dann wusste sie ganz genau, dass sie an

Merkurs Seite bleiben würde, und sein Lebensmittelpunkt war Andorin.

„Das können wir ja noch besprechen“, antwortete ihr Vater, lächelte jedoch wissend. „Wo steckt er überhaupt? Mein zukünftiger Schwiegersohn?“, wechselte Roman nun das Thema und blickte sich, gespielt suchend, nach Merkur um.

„DAD!“, rief Emilia und verdrehte die Augen. „So weit sind wir noch lange nicht! Und er ist mit Haldur spazieren. Ich vermute, sie besprechen das neue Problem, das sich aufgetan hat.“ Emilia traute sich nicht, es beim Namen zu nennen. Sie hatte das Gefühl, es könnte sich sonst sofort der Erdboden auftun und der Fürst der Finsternis selbst würde daraus emporsteigen und ihr Merkur aus den Armen reißen. Romans Miene verfinsterte sich.

„Dann habe ich das nicht geträumt. Es stimmt also wirklich? Mephisto hat tatsächlich die Seele seines Sohnes verkauft, um mehr Macht zu erlangen?“ Emilia nickte und kämpfte schon wieder mit einem großen Kloß im Hals. Sie spürte die Tränen aufsteigen und stand auf. Schnell lief sie zum Fenster und sah hinaus in die wunderschöne Natur von Andorin.

„Sie werden einen Weg finden, der Merkur rettet, Emilia. Da bin ich sicher“, versuchte Roman, sie mit belegter Stimme zu beruhigen.

„Und wie soll das gehen?“, fragte Emilia mit erstickter Stimme zurück. „Er kann ja schlecht an der Tür zur Hölle klingeln und sagen, dass er mit dem Geschäft seines Vaters nicht einverstanden ist.“ Nun machten sich ihre Tränen doch wieder selbstständig. Wütend wischte sich Emilia mit beiden Händen über das Gesicht.

„Wir müssen einfach abwarten, was Haldur für eine Idee hat. Er ist ein sehr weiser und alter Mann. Er wird wissen, was zu tun ist. Da bin ich mir sicher.“ Emilia trat wieder zu ihrem Vater ans Bett und schmiegte sich erneut in seine Arme.

„Das hat mir so gefehlt! Mit dir an meiner Seite waren alle Probleme schon immer nur noch halb so groß.“ Roman strich ihr liebevoll über das Haar und gab ihr einen Kuss darauf. Ein Klopfen an der Tür unterbrach ihre Zweisamkeit. Granny streckte den Kopf herein.

„Es wird Zeit für deinen Schlaf, mein Junge. Komm, Emilia, wir schauen später noch mal vorbei.“ Enttäuscht stand Emilia auf und drückte fest die Hand ihres Vaters.

„Bis später, Dad.“

Alles kam ihr heute vor wie ein Traum. Sie fühlte sich, als wäre ihr Kopf in Watte gepackt. Sie hatte gar nicht die Kapazität, um all das Neue verarbeiten zu können. Nachdem sie Sera im Wartebereich abgeholt hatten, machten sich die drei Damen auf den Weg zu Miralais Café, um etwas zu Mittag zu essen. Emilia war wenig überrascht, als sie Lethan bereits an einem der großen Tische sitzen sah. Sie setzten sich zu ihm und lasen stumm die Speisekarten. Nachdem sie bestellt hatten, blickten alle auffordernd zu Emilia.

„Was ist?“, fragte diese. „Hab ich etwa Dreck auf der Nase? Oder was zwischen den Zähnen?“ Sie rieb sich heftig über die Nasenspitze. Granny schüttelte lachend den Kopf.

„Wir hatten gehofft, dass du uns nun endlich in euer Abenteuer von gestern Abend mitnimmst. Wir wissen nach wie vor kaum, was geschehen ist. Wir erfahren nur hier und da ein paar Bruchstücke. Also bitte, erzähl uns, was passiert ist.“

Emilia atmete tief durch. Dann begann sie widerwillig zu erzählen. Sie berichtete von ihrer Ankunft in Askja, der Gefangennahme, Elandiels Geschichte über Castor, dem Einmarsch der Krieger Utgards in Askja, dem Verrat Castors an Mephisto, dessen Wahnsinn und ihrer plötzlichen Flucht. Bei Elandiels Tod versagte ihr die Stimme. Anschließend benötigte sie ein paar Augenblicke, bis sie weitersprechen konnte.

„Mich würde brennend interessieren, was aus Askja geworden ist ...“, fuhr sie nun fort. „Habt ihr was darüber gehört? Und wo ist Mephisto überhaupt?“, fragte sie nun in die Runde. Jeder zuckte nur mit den Schultern.

„Über Askja habe ich noch nichts gehört, und Mephisto wurde heute Morgen aus dem Haus der Heiler entlassen, aber wo er hingegangen ist, weiß ich nicht“, erwiderte Granny.

„Lethan, hast du Merkur heute Vormittag schon irgendwo gesehen?“, wandte sich Emilia nun an ihn.

„Ja, er war mit Haldur spazieren. Ist aber schon eine Weile her. Vielleicht ist er inzwischen wieder bei euch zu Hause und wartet auf dich?“, gab Lethan die Antwort.

„Ja, vielleicht ... Ich werde nach dem Essen mal nach ihm sehen“, beschloss Emilia.

KAPITEL 11

Bei ihnen zu Hause war Merkur jedoch nicht. Daher beschlossen Emilia, Sera und Granny, sich zum Schloss zu begeben. Lethan musste wieder zurück an die Arbeit. Ein komisches Gefühl überkam Emilia, als sie den Herrschersitz erreicht hatten. Äußerlich war alles wie immer. Das einzig andere war die schwarze Flagge, die hoch oben am Turm im Wind wehte. Auch die Wachen trugen andere Uniformen. Sie waren nun komplett in Schwarz gekleidet. Emilia erinnerte dies ein bisschen an die Wachen in Askja. Unweigerlich fröstelte es sie.

„Ist alles in Ordnung?“, fragte Sera.

„Ja, ist nur ein seltsames Gefühl, herzukommen, wo Elandiel doch nicht mehr da ist, findet ihr nicht?“, antwortete Emilia beklommen. Granny und Sera nickten. Die Wachen ließen sie passieren und verneigten sich tief.

„Ich muss mich wohl noch an den Gedanken gewöhnen, dass ich nun Prinzessin von Andorin bin“, murmelte Emilia, als die Wachen außer Hörweite waren. „Wohin gehen wir nun?“, fragte sie die beiden anderen Frauen.

„In den Thronsaal“, gab Granny wie selbstverständlich zurück. Gediegenen Schrittes machten sie sich auf den Weg. Das mulmige Gefühl in Emilias Bauch wuchs von Schritt zu Schritt. Ihr Herz schlug schneller. Ihre Fantasie ging mal wieder mit ihr durch. Sie stellte sich vor, dass Elandiel im Thronsaal aufgebahrt war, geschützt durch einen gläsernen

Sarg, so wie Schneewittchen. Als sie den Saal endlich erreicht hatten, war sie einerseits erleichtert, festzustellen, dass weder ein Sarg hier stand noch Elandiels toter Körper hier aufgebahrt worden war, andererseits war es ein ungutes Gefühl, allein in Elandiels Heiligtümern zu stehen.

„Sie scheinen nicht hier zu sein“, sprach Sera aus, was die anderen ebenfalls schon festgestellt hatten.

„Lasst uns nach Hause gehen“, beschloss Emilia. „Es bringt ja nichts. Die beiden können überall sein. Wenn wir daheim auf ihn warten, wird er uns am ehesten finden.“ Emilia machte auf dem Absatz kehrt und beeilte sich, das Schloss schnellstmöglich zu verlassen. Die Vorstellung, in Zukunft selbst hier zu Hause zu sein, ängstigte sie.

Beim Gästehaus angekommen, genossen sie das schöne Wetter im Garten.

„Wann ist die Beerdigung? Weiß man das schon?“, fragte Emilia.

„Ich glaube, das hängt davon ab, wann es deinem Vater wieder besser geht. Außerdem müssen die anderen Völker erst informiert werden. Es kann schon eine Woche dauern, bis alles vorbereitet ist“, antwortete Sera.

„Müssen wir irgendwas machen? Ich meine, wir sind ihre Familie. Müssen wir was vorbereiten?“, fragte Emilia weiter.

„Nein, das machen alles die Priester und die Diener. Mach dir keine Gedanken, Emilia.“ Sera strich ihr sanft über den Arm.

„Mir kommt das alles so unwirklich vor“, seufzte Emilia. „Wir sitzen hier bei schönstem Wetter, lassen es uns gut gehen und Elandiel ist tot. Ich kann es noch immer nicht glauben. Ich habe immer das Gefühl, als müsste sie jeden Moment vor der Tür stehen, um uns auf eine Tasse Tee zu besuchen. Geht es euch nicht genauso?“, fragte sie die beiden anderen. Diese nickten.

„Das braucht seine Zeit, bis man es wirklich fassen kann, mein Kind. Als dein Großvater starb, dachte ich wochenlang immer wieder zur Essenszeit: Jetzt geht gleich die Tür auf und Aron kommt verschwitzt, aber glücklich aus dem Stall herein und erzählt mir, was er den ganzen Tag getan hat. Aber er kam nicht mehr.“ Emilia konnte in Grannys Stimme hören, dass sie der Verlust ihres Mannes noch immer schmerzte, obwohl es schon so viele Jahre her war, dass er gestorben war.

Eine Zeit lang hing nun jede der Frauen ihren Gedanken nach. Irgendwann stand Sera auf und machte eine Kleinigkeit zu Essen. Nachdem sie alle satt waren, verabschiedete sie sich. Sie versprach, am nächsten Morgen wieder zu kommen.

Merkur kam an diesem Abend nicht mehr. Langsam machte Emilia sich ernsthaft Sorgen. Was, wenn etwas geschehen war? Sie schüttelte den Kopf und schob die düsteren Gedanken beiseite. Haldur wurde sicherlich gut bewacht. Allerdings hatte sie heute auch keine Wachen des anderen Königreiches gesehen, wenn sie es sich recht überlegte. Da sie sehr müde war, beschloss sie, ins Bett zu gehen und das Fenster offen zu lassen. Merkur würde den Weg ja finden. Trotz der Unruhe, die sie wegen Merkurs Abwesenheit plagte, schlief sie rasch ein. Jedoch war es kein erholsamer Schlaf. Sie träumte von Feuer und Dämonen und davon, dass ihr Merkur für immer entrissen wurde.

KAPITEL 12

Als sie mitten in der Nacht aufschreckte und sich im Zimmer umsah, stellte sie enttäuscht fest, dass sie noch immer alleine war. Merkur war nicht gekommen. Dem Stand des Mondes nach zu urteilen, würde es bald hell werden. Daher beschloss sie, sich nicht mehr hinzulegen, sondern sich anzuziehen und eine Runde laufen zu gehen. Fox konnte sie um diese Uhrzeit leider noch nicht zu einem kleinen Spaziergang begeistern. Also machte sie sich alleine auf den Weg. Sie rannte los, ohne sich über ihr Ziel Gedanken zu machen. Dennoch führte sie ihr Unterbewusstsein recht zielstrebig. Keine halbe Stunde später stand sie vor Merkurs Haus. Der Mond war inzwischen verblasst und die Sonne blitzte rot am Horizont hervor. Sie tauchte alles in eine wunderschöne, warme Farbe. So sah sogar das Häuschen gar nicht mehr so schäbig aus, vor dem Emilia nun stand. Vorsichtig drückte sie die Klinke hinunter und wunderte sich nicht, dass abgeschlossen war. Was hatte sie erwartet? Sie klopfte leise. Nichts geschah. Nach ein paar Minuten klopfte sie erneut. Eine Frau, die gerade ihre Katze zur Tür hinausließ, rief ihr zu:

„Der ist seit Tagen nicht hier gewesen, Schätzchen." Sie sah Emilia abschätzend an.

„Okay, danke schön", antwortete sie und machte sich so schnell wie möglich auf den Rückweg. Die Frau sah ihr argwöhnisch hinterher.

Was nun? Emilia war ratlos. So machte sie sich auf den Heimweg und sprang, im Haus angekommen, erst einmal unter die Dusche. Langsam machte sich Angst in ihr breit. Zweifel begannen an ihr zu nagen. Wollte er sie nicht sehen? Hatte sie sich in ihm getäuscht? Hatte er sie nur erobern wollen und nun, wo er bekommen hatte, was er wollte, war alles vorbei? Emilia spürte, wie ihr die Hitze pulsierend ins Gesicht schoss. Ihr Herz pochte wild.

„Nein!", sagte sie laut, um ihre Gedanken mit Nachdruck zu vertreiben. Sie schüttelte den Kopf und begann, sich heftig die Haare einzuschäumen, als würde das helfen, die Zweifel wegzuwaschen. Nachdem sie fertig war, zog sie sich an und machte Frühstück. Als Granny herunterkam, war der Tisch bereits reichlich gedeckt.

„So früh schon auf? Konntest nicht schlafen, oder?", fragte diese besorgt und musterte ihre Enkelin eindringlich. Emilia wandte ihr den Rücken zu. Manchmal hatte sie das Gefühl, dass ihre Granny auch ohne Elfenmagie Gedanken lesen konnte. Sie zuckte mit den Schultern und holte die Kaffeekanne, um ihrer Großmutter einzuschenken.

In diesem Moment kam Sera. Sie klopfte kurz und trat direkt ein. Inzwischen fühlte sie sich hier ebenfalls zu Hause und für Sophia und Emilia gehörte sie komplett zur Familie dazu.

„Guten Morgen! Na, gut geschlafen?", fragte sie. Emilia zuckte nur mit den Schultern.

„Hätte besser sein können", murmelte sie. Sera sah sie forschend an.

„Ich glaub, ich kann deine Stimmung heben. Ich habe nämlich gute Nachrichten für dich“, sagte sie grinsend. „Ich weiß, wo Merkur steckt“, fuhr sie stolz fort.

„Und wo?“, fragte Emilia, ihr Herz raste.

„Haldur hat ihn mitgenommen nach Angorogh“, antwortete Sera und angelte sich ein Brötchen.

„Was? Und er geht einfach von hier weg, ohne mir was zu sagen?“, brauste Emilia auf. Erregt fuhr sie sich durch ihre langen, braunen Haare und marschierte wütend auf die Terrasse hinaus. Draußen atmete sie tief durch und rief verzweifelt:

„Ich wusste es, ich wusste es ... Wie konnte ich nur so dumm sein ...“ Sera sah Granny überrascht an. Diese zuckte mit den Schultern und sagte:

„Sieh du nach ihr, mein Kind, ich glaube, mit dir kann sie besser über ihn reden als mit ihrer alten Großmutter.“ Sophia nickte Sera aufmunternd zu und machte eine Geste, als wolle sie ein Huhn verscheuchen. Sera nickte, stand auf und ging Emilia hinterher.

„Was ist los, Emilia? Was wusstest du?“, eröffnete Sera das Gespräch. Sie legte ihr freundschaftlich die Hand auf den Arm und sah sie warm an. Emilia löste sich aus Seras Berührung.

„Komm mit, ich erzähl es dir“, entgegnete Emilia verlegen und marschierte in den Garten. Sera folgte ihr. Als Emilia sicher war, außer Hörweite des Hauses zu sein, platzte es aus ihr heraus:

„Seit gestern habe ich das seltsame Gefühl schon ... Er meldet sich nicht ... Er ist nirgends zu finden ... Er wollte mich die ganze Zeit einfach nur flachlegen, und nun, da ihm das gelungen ist, lässt er mich fallen“, stieß sie verzweifelt aus und raufte sich erneut die Haare. Dann lief sie auf und ab wie ein Tiger im Käfig.

„Er hat was???“, fragte Sera verblüfft und entsetzt zugleich. Sie stellte sich ihrer Freundin in den Weg und hielt sie an beiden Schultern fest. Emilia sah auf den Boden und scharrte mit dem Fuß.

„Wir haben miteinander geschlafen“, erklang es nun jämmerlich. Sie hob den Kopf und sah Sera an. „Ich dachte, das wüsstest du. Immerhin warst du gestern Morgen hier und hast gesehen, dass er hier geschlafen hatte.“

„Ja, aber er hat ja in letzter Zeit öfters bei dir geschlafen und es ist nie was passiert ...“, entgegnete Sera sanft. Sie setzte sich in den Schatten eines großen Baumes und zog Emilia neben sich.

„Aber du hast diese Andeutungen gemacht“, erwiderte Emilia verblüfft.

„Süße, das war doch nur dummes Gerede“, entgegnete Sera und seufzte. Sie rieb sich mit der Hand über die Stirn. „Wie war es?“, fragte sie ohne Umschweife. Emilia lief rot an und antwortete kleinlaut:

„Es war schön ...“

„Habt ihr verhütet?“, fragte sie weiter. Emilia war verblüfft, diese Frage von Sera zu hören. Leider musste sie diese Frage mit einem Kopfschütteln beantworten.

„Wir haben beide nicht dran gedacht“, flüsterte Emilia. „Alles war so anders an diesem Abend. Elandiel war tot, Merkur schwebt in tödlicher Gefahr und alles wirkte so aussichtslos und endlich. Wir haben nicht nachgedacht und uns einfach gehen lassen“, erwiderte Emilia, senkte den Kopf und klemmte ihn zwischen die Knie.

„Okay, das ist gar nicht gut“, antwortete Sera.

„Du denkst also auch, dass er mich nur ausgenutzt hat?“, fragte Emilia mit Tränen in den Augen. Sera legte einen Arm um sie und streichelte ihr sanft über die Schulter.

„Wenn ich mir eines sicher bin, dann ist es die Tatsache, dass er dich über alles liebt. Emilia, er war schon verrückt nach dir, als er dich noch gar nicht persönlich kannte. Er liebt dich wirklich. Mach dir darüber bitte keinen Kopf“, antwortete sie wahrheitsgemäß.

„Und warum hat er sich dann nicht mehr bei mir gemeldet? Er verschwindet einfach in eine andere Welt und sagt nicht mal tschüss ...“, jammerte Emilia weiter.

„Vermutlich hat ihm Haldur keine Zeit dazu gelassen“, erwiderte Sera. „Aber Kindchen, das ist im Moment auch unser kleinstes Problem“, sagte sie und sah Emilia ernst an. Diese schaute auf und erstarrte unter Seras ernstem Blick.

„Du meinst, ich könnte schwanger sein?“, hauchte sie entsetzt. Die Elfe nickte ernst.

„Es gibt Kräuter, die kannst du nehmen, dann kann sich das Kind nicht entwickeln“, redete Sera eindringlich auf ihre Freundin ein. „Ich weiß, wo wir die herbekommen. Los, lass uns gleich aufbrechen.“ Sera stand auf und zog sie hoch.

„Aber vielleicht ist auch gar nichts passiert“, wehrte Emilia ab. Sie kannte diese Kräutergeschichte aus den Filmen, die im Mittelalter spielten, da nahmen die Frauen solche Kräuter und danach lagen sie in einer Blutlache und litten starke Schmerzen unter einer Fehlgeburt. Alles in ihr sträubte sich dagegen, so etwas auszuprobieren. Daher schüttelte sie Seras Arm ab.

„Nein. Es ist sicher nichts passiert“, sagte Emilia im Brustton der Überzeugung. Dann lief sie schnell ins Haus, da sie wusste, dass Sera das Thema in Grannys Hörweite nicht mehr ansprechen konnte.

KAPITEL 13

Granny schwieg und fragte nicht nach, welches Thema die beiden Mädchen beschäftigt hatte. Dafür war Emilia ihr sehr dankbar. Beim Frühstück ertappte sie sich immer wieder dabei, daran zu denken, was Sera über Merkurs Liebe zu ihr gesagt hatte. Es erfüllte sie mit solch einem warmen Gefühl in der Magengegend, dass sie das Thema Schwangerschaft erst einmal ausklammerte. Es wird schon nichts passiert sein, dachte sie leichthin. Andere versuchen Jahre, ein Kind zu bekommen, warum sollte es bei ihr direkt beim ersten Mal klappen?

„Woher wusstest du eigentlich, dass Merkur in Angorogh ist?“, unterbrach Granny das Schweigen der beiden. Sera zuckte zusammen, sie schien tief in Gedanken gewesen zu sein. Schnell räusperte sie sich und antwortete:

„Lethan hat es mir erzählt. Er hat es von seinen Wachkollegen erfahren, als er wissen wollte, wo die gesamte Kompanie von Haldur abgeblieben ist.“

„Weißt du, wo Mephisto inzwischen ist?“, mischte sich nun auch Emilia in das Gespräch ein.

„Anscheinend sei er mit den beiden mitgegangen“, antwortete Sera. Dabei sah sie Emilia nicht an. Offenbar war sie ein bisschen beleidigt, weil diese sie im Garten so hatte stehen lassen. Emilia tat dies nun leid. Daher versuchte sie, Sera weiter in ein Gespräch zu verwickeln.

„Sicher wollte er Ainema wiedersehen“, vermutete sie. Sera zuckte mit den Schultern.

„Ja, kann sein“, flüsterte sie nachdenklich. Dann schob sie abrupt den Stuhl zurück und stand auf.

„Mir fällt gerade ein, ich muss noch schnell eine Besorgung für meine Mutter erledigen. Ich komme heute Nachmittag wieder vorbei.“ Noch bevor Emilia etwas erwidern konnte, war Sera schon im Hausflur verschwunden.

„Sera, warte, ich komme mit!“, rief sie ihr noch hinterher. Zack, da war die Haustür auch schon ins Schloss gefallen.

„Hattet ihr Streit?“, fragte Granny.

„Nein, eigentlich nicht. Ich war nur bei einem Thema anderer Meinung als Sera.“ Emilia stand auf und räumte den Tisch ab. „Gehen wir zu Dad?“, fragte sie anschließend ihre Großmutter.

„Ja, das hätte ich vorgeschlagen. Von daher ist es nicht schlimm, dass Sera weg musste. Sie hätte sowieso nur warten können.“ Emilia nickte.

So machten sie sich erneut auf den Weg zum Haus der Heiler. Als sie dort ankamen, waren sie überrascht zu sehen, dass Roman, schick gekleidet, vor dem Haus saß und sich die Sonne ins Gesicht scheinen ließ.

„Schön, dass ihr kommt“, rief er ihnen freudig entgegen.

„Na, und du wunderschöner Kerl musst Fox sein“, sagte er und streichelte den fuchsbraunen Hund kräftig am Kopf, als dieser sich voller Freude auf ihn stürzte. „Ich danke dir, dass du meine Tochter so gut beschützt hast.“ Fox sah ihn treu und ergeben an. Emilia stutzte.

„Woher weißt du, wie er heißt?“, erwiderte sie perplex. Roman schmunzelte.

„Seit wann hast du denn den kleinen Kerl?“, stellte er die Gegenfrage und sein Schmunzeln wurde breiter.

„Seit knapp fünf Jahren. Ich habe ihn ein paar Wochen nach deinem Verschwinden bei uns im Garten gefunden, er war noch ganz klein“, entgegnete sie wahrheitsgemäß. „Warum?“

Roman schmunzelte immer breiter.

„Wie bist du auf den Namen gekommen?“, fragte er weiter.

„Er hatte einen Zettel um den Hals, auf dem sein Name stand. Fox. Ich fand diesen absolut passend, da er tatsächlich wie ein Fuchs aussieht“, erwiderte sie.

„Und was für eine Rasse ist er?“, wollte er nun wissen.

„Der Tierarzt meinte, er sei ein Islandhund“, antwortete Emilia. Ihr Vater lachte laut auf.

„Na, klingelt es nicht, mein Kind?“ Emilia sah ihn entgeistert an.

„Du willst nicht etwa sagen, dass DU mir den Kerl geschickt hast?“, fragte sie überrascht.

„Doch, genau das möchte ich damit sagen“, antwortete er triumphierend und lachte laut auf.

„Aber wie ...?“, fragte sie verblüfft.

„Mein erster Wächter war ein netter Kerl. Er hatte in der Höhle, in der sie mich gefangen hielten, seine trächtige Hündin dabei. Nachdem die Welpen da waren, schlossen Fox und ich Freundschaft. Ich bat den Wächter darum, dir diesen Hund zu schenken. Er willigte ein und brachte den kleinen eines Morgens selbst durch das Elfen-Tor und setzte ihn bei euch in den Garten. Ich wusste, dass du ihn finden und behalten würdest." Er grinste breit.

Emilia benötigte einige Augenblicke, um das Gesagte setzen zu lassen.

„Aber dann hättest du mir doch auch eine Nachricht mitschicken können, dass ich gewusst hätte, dass es dir gutgeht", warf sie schließlich beleidigt ein.

„Nein, das durfte ich nicht riskieren. Der arme Kerl war schon genug in Gefahr, dadurch, dass er mir diesen Wunsch erfüllt hatte. Nicht auszudenken, was passiert wäre, hätte man ihn erwischt, wie er einen kleinen Welpen, mit der Nachricht des Todfeindes um den Hals, zu dessen Tochter geschmuggelt hätte. Sie hätten ihn strecken und vierteilen lassen", erwiderte ihr Vater und sah ernst drein. Emilia nickte.

„Ja, das versteh ich ..." Gedankenverloren kraulte sie Fox das Ohr.

„Ich hatte gehofft, dass ihr von selbst auf die Idee kommen könntet, dass der ISLANDhund von mir aus Island kommen könnte", ergänzte er bedauernd.

„Ich hatte eine Ahnung", warf Granny ein. „Fox war der einzige Grund, warum ich noch immer an deine Rückkehr geglaubt hatte. Deine Frau hat es leider nicht so gesehen. Sie meinte, ich solle die Hoffnung endlich aufgeben, das mit Fox sei nur ein Zufall, weiter nichts", mischte sich nun Granny in das Gespräch ein.

„Und warum hast du mir nie etwas gesagt?", fragte Emilia nun vorwurfsvoll.

„Ich habe dir erklärt, dass ich mit der Elfengeschichte nichts mehr zu tun haben wollte. Hätte ich dir von meiner Vermutung erzählt, hätte ich dir die ganze Wahrheit sagen müssen, denn wie hätte ein so kleiner Hund den Weg allein aus Island zu euch finden sollen, wenn ihn nicht jemand durch ein Elfen-Tor gebracht hätte? Ich habe dir immer gesagt, wir dürfen die Hoffnung nicht aufgeben. Und das hat reichen müssen." Granny fuhr sich müde durch das Gesicht. „Ich habe es nur gut gemeint, mein Kind." Sie sah Emilia entschuldigend an. Diese strich ihr über den Arm.

„Ich weiß", antwortete sie.

„Nun, da das geklärt wäre, würde ich sagen, wir brechen auf. Ich werde im Schloss erwartet", meldete sich Roman und erhob sich schwerfällig. Anschließend sah er die Damen auffordernd an.

„Bist du etwa schon entlassen worden?", fragte Emilia verblüfft.

„Ja, und ich fühle mich so gut, wie seit vielen Jahren nicht mehr." Stolz legte er seiner Tochter einen Arm um die Schultern und so machten sie sich auf den Weg zum Schloss.

„Andorin hat sich kein bisschen verändert", stellte er fest, während sie durch die Straßen liefen. Inzwischen war reges Treiben, überall, wo sie vorbeikamen. Obwohl die Straßen so voll waren, kamen sie gut voran. Überall, wo sie gingen, machten ihnen die Elfen Platz und verbeugten sich tief vor ihrem neuen König. Wobei, König war er ja noch nicht. Die Krönung würde erst nach der Beerdigung von Elandiel stattfinden. Anschließend würde Emilia vorerst zurückkehren müssen in die Menschenwelt. In ihrem Magen bildete sich bereits ein Knoten, wenn sie nur daran dachte. Es fiel ihr unendlich schwer, sich vorstellen zu müssen, dass sie ihren Vater und Merkur hier zurücklassen musste. Aber ihre Mutter würde sie nun mal in ein paar Tagen bei Granny auf der Ranch wieder abholen. Die Ferien waren bald vorbei. Sie würde das Ganze nochmals mit ihrem Vater besprechen, sobald sie ein paar Minuten Ruhe hatten. Nun mussten sie erst einmal ins Schloss kommen.

„Von wem wirst du eigentlich im Schloss erwartet?“, fragte Emilia.

„Haldur hat heute Morgen einen Boten geschickt. Wir müssen dringend besprechen, wie wir weiter vorgehen werden“, entgegnete Roman.

„Dann ist Merkur auch wieder zurück?“, fragte sie und ihr Herz machte einen kleinen Hopser vor Freude.

„Ich nehme es an“, erwiderte er und lächelte. „Na, dich scheint es ja ganz schön erwischt zu haben, so, wie du strahlst.“

„Dad! Sag so was nicht immer, das ist mir peinlich, wenn du das überall rumposaunst“, sagte sie und lief rot an. Roman lachte laut auf.

„An der Liebe muss dir nichts peinlich sein, mein Kind. Die Liebe ist das höchste Gut. Ohne die Liebe wäre das Leben nicht lebenswert. Ich weiß, den Menschen wird erzählt, dass man seine Gefühle nicht immer zeigen darf. Ich sehe das anders. Wenn du jemanden liebst, dann sag es ihm, bevor es zu spät ist. Für seine Gefühle muss man sich nicht schämen.“

Emilia dachte über das Gesagte nach. Er hatte recht.

„Aber es macht mich verletzlich, wenn die Liebe nicht erwidert wird oder sie zerbricht“, gab Emilia zurück.

„Das ist richtig, mein Kind, du bist jedoch noch zu sehr in der Menschenwelt verankert. Ich weiß, die Menschenjungs in Merkurs Alter verdrehen den Mädchen gern den Kopf, verführen sie und lassen sie danach wieder fallen. Bei den Elfen ist es anders. Dadurch, dass jeder die Gedanken des anderen lesen kann, fällt es schwer, jemandem etwas vorzumachen. Natürlich gibt es auch hier Jungs und Mädels, die sich nur zum Spaß miteinander vergnügen, aber dann beruht das auf gegenseitigem Einverständnis.“ Roman blieb stehen und sah Emilia an. „Ich kann deine Ängste und Zweifel spüren, mein Kind, und ich kann dir sagen, dass sie unbegründet sind. Merkur ist ein guter Kerl, auch wenn er bisweilen ein kleiner Macho ist.“ Roman sprach über ihn wie über seinen eigenen Sohn.

„Ihr standet euch sehr nahe, bevor ...“, begann Emilia.

„Sprich es ruhig aus, bevor ich gefangen genommen wurde. Ja, das taten wir. Er war seit vielen Jahren wie ein Sohn für mich“, erwiderte Roman wahrheitsgemäß. „Ich hätte dir gern schon viel früher alles über meine Welt erzählt. Bitte glaube mir! Ich durfte es jedoch nicht. Claire war strikt dagegen. Sie sagte immer, du hättest sowieso schon genügend Fantasie. Wenn du auch noch wüsstest, dass deine Elfengeschichten wahr sein könnten, würde sie dich komplett verlieren.“ Er sah sie liebevoll an. Sie standen mitten auf der gewundenen Straße, die zum Schloss hoch führte. Granny war ein paar Schritte von ihnen entfernt stehen geblieben, um ihnen ihre Privatsphäre zu lassen.

Emilia sah in die Ferne und nickte langsam.

„Aber nun HAT sie mich verloren. Dad ..." Sie wandte sich ihrem Vater zu und sah ihm in die Augen. „Ich möchte hier bei dir bleiben. Natürlich nur, wenn du das willst." Sie sah ihn hoffnungsvoll an.

„Oh Emilia, damit machst du mich zum glücklichsten Vater, den es gibt", erwiderte er, schnappte sie um den Bauch, hob sie hoch und drehte sich mit ihr im Kreis. Viel zu plötzlich setzte er sie wieder ab und hielt sich, mit schmerzverzerrtem Gesicht, die Seite.

„Dad? Alles okay?", fragte Emilia erschrocken und griff sofort nach ihm. Auch Granny war schnell hergerannt.

„Roman, geht es dir gut? Sollen wir einen Heiler rufen?", fragte Sophia besorgt.

„Nein, es geht schon", antwortete er mit zusammengebissenen Zähnen und richtete sich mühsam wieder auf. „Ich hatte mich wohl für einen Augenblick vergessen." Er legte wieder seinen Arm um Emilias Schulter und lief vorsichtig weiter. „Ich denke, wir besprechen alles Weitere nach unserer Unterredung mit Haldur. Deine Mutter wird nicht begeistert darüber sein, und wir benötigen wohl ihre Zustimmung. Okay?", fragte Roman. Emilia nickte beklommen.

KAPITEL 14

Am Tor trafen sie auf Roandir. Er verbeugte sich tief:

„Seid gegrüßt, Eure Hoheit!“, begrüßte er Roman förmlich. Dieser ließ den Arm von Emilias Schultern gleiten und zog den überraschten Roandir, der sich eben wieder aufgerichtete hatte, in eine herzliche Umarmung.

„Roan, mein Freund. Wie schön, dich zu sehen. Bitte lass das Hoheitsgefasel, wir waren früher die besten Freunde, ich hoffe, dass das wieder so werden kann“, sagte Roman und ließ den Krieger wieder los. Dieser lachte ihn freudig an.

„Es ist auch schön, dich zu sehen, Roman. Es hat lange genug gedauert“, erwiderte Roandir und machte den Weg frei, um sie passieren zu lassen.

Als sie im Thronsaal ankamen, war dieser, zu Emilias großer Enttäuschung, noch komplett leer.

„Vermutlich verspäten sie sich ein bisschen“, versuchte Roman, dem Emilias enttäuschter Blick aufgefallen war, sie aufzumuntern. „Keine Sorge, sie werden gleich hier sein.“ Liebevoll streichelte er ihr über den Rücken. Emilia nickte nur und ging dann zum Fenster, um in den Garten zu blicken. Es war ihr im Moment alles ein bisschen zu viel. Diese Unsicherheit in Bezug auf Merkur, sein Leben, ihre Zukunft, die Liebe. Das neue Leben als Elfe. Ihr Vater, der plötzlich wieder da war, und ihr bisheriges Leben, das auf so vielen Lügen und nicht Gesagtem erbaut worden war. Während Emilia ihren Gedanken nachhing, merkte sie nicht, dass sich das Tor des Saales leise geöffnet hatte. Sie erschrak, als sich plötzlich zwei warme Hände von hinten um ihren Bauch legten und sich ein Kopf an ihren schmiegte.

„Ich habe dich so vermisst", flüsterte Merkur ihr ins Ohr. Emilia drehte sich um und blickte in zwei hellgrau-silberne Augen, die sie glücklich anstrahlten. In diesem kleinen Augenblick fielen alle Ängste und Sorgen von ihr ab und es gab, für den Bruchteil einer Sekunde, nur sie beide. Leider endete dieser Moment viel zu schnell. Ungestüm schnappte er ihre Hand und zog sie mit sich zum Eingang. Dort standen mehrere Leute. Emilia konnte sofort Haldur und Mephisto ausmachen, die von einigen Wachen begleitet wurden. Merkur zog sie jedoch an diesen vorbei und machte erst vor einer jungen Frau mit blonden Haaren, blasser Haut und wunderschönen grauen Augen halt.

„Emilia, darf ich dir meine Mutter vorstellen? Ainema." Er strahlte über das ganze Gesicht. Ainema zog die verblüffte Emilia in eine liebevolle Umarmung.

„Ich freue mich so sehr, dich kennenzulernen, Emilia. Merkur hat mir so viel von dir erzählt." Emilia versteifte sich automatisch ein bisschen. Es war ihr unangenehm, von einer ihr fremden Person derart familiär begrüßt zu werden.

„Ich freue mich auch", stammelte Emilia und war froh, als die Umarmung endete und sie einen Schritt zurücktreten konnte. Erst dann fiel ihre Aufmerksamkeit auf Mephisto. Seine Augen glühten nicht mehr rot. Sie sahen nun aus wie die Augen der anderen Feuerelfen, die sie in Askja gesehen hatten. Schwarz mit einer roten Pupille. Emilia riss sich von dem Anblick Mephistos los und beobachtete das gesamte

Schauspiel. Alle begrüßten sich sehr herzlich. Die Begrüßung zwischen Merkur und Roman fiel besonders überschwänglich aus. Aber auch sonst hätte man nicht meinen können, dass Mephisto bis vor zwei Tagen noch der Erzfeind der Bergelfen und der Waldelfen gewesen war. Merkur riss sie aus ihren Gedanken.

„Emilia, ist alles in Ordnung? Du wirkst so teilnahmslos“ Er musterte sie genau.

„Was? Nein, alles in Ordnung, mich überrascht gerade nur der freundschaftliche Umgang hier“, flüsterte sie ihm zu. „Anscheinend habe ich einiges verpasst die letzten zwei Tage.“ Merkur nickte ernst.

„Das ist wohl wahr. Komm, setzen wir uns, wir haben einiges zu bereden.“ Sie ließ sich von ihm zu der großen Tafel ziehen, an der sie schon des Öfteren Nachrichten erhalten hatte, die ihr Leben komplett verändert hatten. Auch Roman hatte sich bereits an den Tisch gesetzt. Emilia hätte erwartet, dass er Elandiels Platz am Kopf der Tafel einnahm, jedoch tat er es nicht. Niemand setzte sich dorthin.

Als alle Platz genommen hatten, räusperte sich Roman und eröffnete den offiziellen Teil ihres Treffens.

„Haldur, Mephisto, Ainema, willkommen in Andorin. Es wäre mir lieber gewesen, wenn schönere Umstände unsere Völker vereint hätten, aber besser spät als nie.“ Er machte eine kleine Pause, blickte in die Runde und fuhr dann fort: „Wie mir meine Boten mitteilten, habt ihr Neuigkeiten, die wir umgehend besprechen müssen?“ Haldur nickte.

„In der Tat, so ist es. Wie ihr sicher wisst, haben wir nach dem Untergang Askjas umgehend Rat in Angorogh gesucht.

Unsere besten Seher haben die Sterne befragt und sind sich sicher, dass die Welt im Wandel ist. Die Prophezeiung erfüllt sich."

„Also ist Askja tatsächlich untergegangen?", hauchte Emilia erschrocken. Haldur nickte und fuhr fort:

„Wir haben unsere Späher ausgesandt, um uns die nötigen Informationen zu beschaffen, die wir für die Planung unseres weiteren Vorgehens benötigen. Wir wissen daher, dass die Elfenstadt Askja dem Erdboden gleichgemacht wurde. Der Vulkan hat die gesamte Stadt verschluckt. Wir gehen davon aus, dass Castor ebenfalls nur ein Werkzeug für den Fürsten der Finsternis gewesen ist. Genau wie Mephisto." Er machte eine kleine Pause, nickte diesem zu und übergab ihm somit das Wort. Mephisto griff es auf und begann mit seiner Rede:

„Ich danke dir, Haldur. Ja, es ist richtig. Castor hat mich an der Nase herumgeführt und mich so, unwissentlich, zum Werkzeug des Bösen gemacht. Er hat all den Hass und die Wut in mir genutzt, um mich gegen euch aufzubringen. Er hat mich manipuliert, ohne dass ich es bemerkt hatte. Nie im Traum hätte ich diese Macht hinter einem Waldelfen gesucht. Daher bin ich wohl naiv und blind in meinen Untergang gelaufen. Ich möchte mich daher vorab bei allen von euch, aus tiefstem Herzen, entschuldigen. Roman, ich habe dir beinahe das Leben genommen in meiner Blindheit. Ich bitte dich, hier vor all den Anwesenden, mir zu verzeihen. Ich verspreche dir, es irgendwann wiedergutzumachen, sofern mir dies möglich sein wird." Er verneigte sich vor Roman. Dieser nickte nur und antwortete:

„Ich nehme deine Entschuldigung an."

„Vielen Dank." Mephisto klang überhaupt nicht mehr wie der kaltblütige Herrscher, den Emilia erst vor knapp zwei Tagen kennengelernt hatte. Sie sah, dass Ainema beruhigend ihre Hand auf seinen Arm legte. Er legte seine Hand auf ihre und sah sie so voller Liebe an, dass Emilia vor Rührung beinahe die Tränen in die Augen gestiegen wären. Mephisto fuhr fort:

„Was ich jedoch am meisten bedauere, ist das, was ich meinem Sohn angetan habe. Merkur und ich hatten gestern viel Zeit, uns miteinander auszusprechen. Ich bin sehr dankbar, dass er mich für meine Fehler nicht hasst, und ich habe ihm versprochen, dass ich die Situation irgendwie zum Guten wenden werde. Ich werde nicht zulassen, dass er durch mich ein Leid erfährt." Er sah Merkur an und dieser nickte.

„Wo wir auch schon bei einem unserer Themen angekommen wären, die wir dringend besprechen müssen", ergriff nun Roman das Wort. „Wie genau stellst du dir das vor? Du hast dem Herrn der Finsternis ein Versprechen gegeben. Glaubst du, er weicht so einfach davon ab, nur weil du ihn darum bittest?"

„Nein, natürlich nicht", antwortete Mephisto und machte eine kleine Pause. Man konnte sehen, wie er mit sich rang, um die nächsten Worte sorgsam zu wählen. „Die Prophezeiung besagt, dass die Kluft zwischen den Welten geschlossen wird. Diese Kluft, so sind sich die Gelehrten sicher, stellt die Welt der Finsternis dar. Sie existiert in den Schatten zwischen den Welten. Schaffen wir es, diese Kluft zu verschließen, ist Merkur gerettet."

„Und was, wenn dies nicht gelingt?“, warf Emilia ein. „Was passiert dann?“

„Dann, mein Kind, werde ich mich an Merkurs Stelle begeben“, erwiderte Mephisto und atmete schwer. Ainema klammerte sich noch ein bisschen fester an seinen Arm, als würde sie ihn so vor dem dunklen Herrscher bewahren können.

„Wie viel Zeit haben wir?“, fragte Roman, bevor Emilia weitere Einwände hervorbringen konnte.

„Bis zu Merkurs siebzehnten Geburtstag“, hauchte Ainema schwach. Mephisto nickte und legte einen Arm um sie.

„Selbst der Herr der Finsternis stiehlt keine Kinderseelen. Er wird ihn sich holen, sobald er volljährig wird“, bestätigte nun auch Haldur.

„Und wann genau wird das sein?“ Wieder war es Emilia, die die entscheidende Frage stellte.

„An Samhain“, vernahm sie nun Merkurs feste Stimme neben sich. Emilia sah fragend in die Runde. Der Begriff Samhain war ihr nicht unbekannt, jedoch konnte sie diesen zeitlich nicht einordnen. Doch noch ehe sie die Frage laut aussprechen konnte, wann genau Samhain war, sagte Haldur in resigniertem Tonfall:

„An diesem Tag wird sich das Schicksal unserer Familie entscheiden.“

„Bis Samhain sind es gerade mal noch zwei Monate“, warf Roman nachdenklich ein. Alle Anwesenden nickten und schwiegen. Emilia war ihm dankbar dafür, dass sie sich nicht als elfischer Nichtswisser hatte outen müssen. Wenn sie richtig mitgerechnet hatte, musste es dann Anfang November sein.

„Was, sagen eure Gelehrten, müssen wir tun, um die Kluft endgültig zu schließen?“, fragte Emilia weiter.

„Das wissen wir nicht, mein Kind“, antwortete Ainema. „Wir hoffen, dass wir noch ein Zeichen erhalten werden.“ Erregt sprang Emilia auf.

„Diese Prophezeiung ist viel zu schwammig!“, rief sie und lief aufgeregt im Saal auf und ab, bis Merkur ebenfalls aufstand und sie stoppte. Er sah sie eindringlich an und sagte:

„Hör mir zu, Emilia, wir schaffen das. Okay? Ich lasse nicht zu, dass ich die Familie, die ich eben erst gefunden habe, wieder verlieren werde.“

„Im Moment müssen wir uns einfach gedulden und abwarten“, sagte Haldur, auch er war aufgestanden und legte beschwichtigend eine Hand auf Emilias Schulter. „Wir wussten auch nicht, was uns erwarten würde, als wir nach Askja aufbrachen, und wir waren dennoch erfolgreich“, redete er weiter und sah sie dabei eindringlich an.

„Ja, aber zu welchem Preis?“, gab diese bitter zurück. „Elandiel ist tot.“

„Vielleicht war dies ihr Schicksal“, gab Haldur leichthin zurück. Er zuckte mit den Schultern und setzte sich wieder auf seinen Platz. „Euer Schicksal ist es, diese Aufgabe zu bewältigen, und ich bin zuversichtlich, dass ihr dies auch schaffen werdet.“ Er war zu seinem üblichen, geschäftsmäßigen Tonfall zurückgekehrt. „Es gibt noch einen weiteren Punkt, den wir besprechen müssen“, wechselte Haldur nun das Thema. „Meine Späher konnten Hinweise darauf entdecken, dass ein Großteil der Feuerelfen vor dem Vulkanausbruch fliehen konnte. Alles spricht dafür, dass sie das Tor nach Asgard genommen haben. Wir werden einen Trupp aufstellen, der dies überprüft. Da die Feuerelfen in uns ihre Feinde sehen, wird Mephisto den Trupp anführen."

„Das Tor nach Asgard war noch aktiv?", fragte Roman verblüfft. Haldur nickte.

„Wann werdet ihr aufbrechen?", fragte Roman weiter.

„Schon morgen", antwortete Mephisto an seiner statt.

„Gut. In zwei Tagen wird die Beerdigung von Elandiel stattfinden. Es wäre gut, wenn ihr bis dahin zurück seid." Mephisto nickte.

„Wie werdet ihr nach Asgard kommen?", wollte Roman wissen.

„Nachdem Askja nicht mehr existiert, gehen wir davon aus, dass uns das Nord-Tor nun direkt hinbringen wird", erwiderte Haldur.

Emilia sah fragend zu Merkur. Sie erinnerte sich an ihren Ausflug in den Tempel, als sie vom Tempelberg aus nach Angorogh, Silvjanamar und Askja geschaut hatten. Da fiel ihr ein, dass sie damals der Meinung gewesen war, dass sie kurz hinter Askja ein paar dunkle Ruinen hatte aufblitzen sehen.

„Liegt Asgard hinter Askja?", fragte sie daher.

Die Herrscher sahen sie verblüfft an, da sie offenbar nicht damit gerechnet hatten, dass sich Emilia in ihr Gespräch einmischen würde. Sie lief rot an. Zum Glück rettete sie Merkur aus dieser peinlichen Lage und antwortete:

„Genau. Asgard liegt noch hinter Askja. Nachdem Asgard zerstört worden war, führte das Nord-Tor nur noch nach Askja. Da nun das Elfenreich Askja dem Erdboden gleich gemacht und das Elfen-Tor dort vernichtet wurde, müsste uns das Nord-Tor nun direkt nach Asgard bringen.“

„Ah okay. Danke für die Erklärung, Merkur“, sagte sie und lächelte ihn an.

„Gibt es sonst noch etwas, das wir im Moment besprechen müssten?“, mischte sich nun Roman in das Gespräch ein.

„Wir würden gern in eurer Bibliothek recherchieren, ob wir Hinweise zum Land der Finsternis finden können“, antwortete Haldur auf seine Frage.

„Das dürfte kein Problem darstellen“, entgegnete Roman. Haldur nickte.

„Wenn es weiter nichts mehr gibt, würde ich sagen, lösen wir unsere Runde nun auf. Ich möchte Emilia gern ihr neues Zuhause zeigen“, sagte Roman und grinste sie schelmisch an. Emilia war verblüfft, wie schnell ihr Vater zwischen dem kühlen Herrscher zum kumpelhaften Vater umschalten konnte.

„Können wir?“, fragte er Emilia. „Merkur, kommst du auch mit?“, wandte er sich dann an den jungen Elfen. Dieser schüttelte den Kopf.

„Ich würde gern noch ein bisschen Zeit mit meinen Eltern verbringen, wenn das okay ist?“, antwortete er unsicher.

„Aber natürlich. Du weißt ja, du bist uns jederzeit willkommen, solltest du deine Meinung noch ändern wollen“, antwortete Roman und zwinkerte Merkur zu.

KAPITEL 15

So machte sich Roman, mit Emilia und Sophia im Schlepptau, auf den Weg in die Privaträume des Schlosses.

Etwas beklommen folgte Emilia ihrem Vater und ihrer Großmutter durch die leeren, weißen Gänge. Es fühlte sich seltsam an, hier einzuziehen, wo dies doch Elandiels Gemächer gewesen waren. Sie fühlte sich wie eine Erbschleicherin. Elandiel war noch nicht einmal beerdigt und sie besichtigten schon ihr neues Heim.

Daher war Emilia nicht wenig überrascht, als sie vor einem großen, gläsernen Tor haltmachten. Zwei Wachen verneigten sich und gaben den Weg frei. Sie betraten einen Durchgang, der über und über mit Pflanzen zugewachsen war. Links bildete die Schlossmauer den Abschluss und rechts erhoben sich Pflanzen-Rankgitter bis an die Decke des steinernen Bogens. Der Weg schien lange Zeit nicht mehr benutzt worden zu sein. Die Pflanzen hatten sich einfach kreuz und quer über den Weg hinweg vermehrt.

Ihr Vater blieb stehen und senkte den Kopf. Er schien sich zu konzentrieren. Nach ein paar Sekunden hob er den Blick wieder und sah die Pflanzen aufmerksam an. Dann machte er mit beiden Händen eine Bewegung, als wolle er die Pflanzen verscheuchen. Wie selbstverständlich leisteten diese seinem Gebieten umgehend Folge und gaben den Weg frei.

„Wow!", war alles, was Emilia verblüfft hervorbrachte. „Ich habe so das Gefühl, dass ich noch immer nicht ganz im Bilde über unsere Kräfte bin." Ihr Vater lachte laut auf.

„Wie könntest du auch?", erwiderte er. „Dies sind Dinge, die du erst in deiner Ausbildung lernen wirst. Du wirst überrascht sein, zu was wir alles fähig sind. Vorausgesetzt, du möchtest diesen Weg überhaupt gehen." Ohne eine Antwort abzuwarten, ging Roman weiter. Emilia und Sophia folgten ihm.

Der Durchgang endete nach ein paar Metern in einem gemütlichen großen Wohnzimmer. Auch hier hatten sich Pflanzen breitgemacht. Roman scheuchte auch diese mit ein paar Handbewegungen an ihren angestammten Platz zurück, sodass sich die Ranken, die wild im Zimmer gewachsen waren, lösten und artig an den für sie vorgesehenen Gittern nach oben kletterten. Die verscheuchten Pflanzen gaben durch ihren *Umzug* eine große Glasfront frei, durch die man eine fantastische Aussicht auf den Wasserfall und den Schlosssee hatte. Die Gischt des Wasserfalls glitzerte atemberaubend schön über dem grün-blauen Gewässer unter ihnen. Emilia hielt den Atem an, als sie ihren Blick über die Aussicht gleiten ließ.

„Es ist noch so wunderschön, wie ich es in Erinnerung hatte", meldete sich Granny zu Wort. Emilia sah sie verblüfft an.

„Aber ich dachte, du warst erst vor ein paar Tagen bei Elandiel zu Besuch?", fragte sie ihre Großmutter.

„Ja, natürlich", antwortete Granny überrascht. „Warum fragst du?"

„Ich glaube, Emilia ist der Meinung, dass wir in Elandiels Gemächern sind, habe ich recht?“, fragte ihr Vater.

„Ja, sind wir das denn nicht?“, entgegnete sie wahrheitsgemäß.

„Nein, Elandiels Gemächer sind am anderen Ende des Schlosses. Das hier, mein Kind, ist mein Reich.“ Roman drehte sich im Kreis und breitete die Arme aus. „Gefällt es dir?“, fragte er.

„Und wie“, erwiderte sie erleichtert. Die Tatsache, dass sie sich nicht wie ein Dieb in das Nest einer eben erst Verstorbenen setzte, machte die Wohnung gleich noch viel schöner. Ihr Vater schien ihre Gedanken aufgeschnappt zu haben, denn er lachte sein warmes lautes Lachen, das Emilia so viele Jahre vermisst hatte.

„Dachtest du etwa, dass es in diesem großen Schloss nur eine Wohnung gibt, in der die Herrscher leben?“

„Ja, irgendwie schon“, gab Emilia ein bisschen verlegen zurück, musste aber zeitgleich über sich selbst lachen.

„Mein Kind, hier gibt es so viele wunderschöne Räume und Zimmer. Wenn wir es nicht wollten, könnten wir uns über Monate aus dem Weg gehen. Diese Räume hier wurden mein Zuhause, als ich mich damals entschieden hatte, bei Hofe zu leben. Ich habe sie nach meinen Wünschen gestaltet.“

„Ach, deshalb war alles so zugewachsen“, erriet Emilia nun richtig.

„Genau. In diesen Gemächern war seit über fünf Jahren keine Elfenseele. Was allerdings bedeutet, dass wir hier erst einmal richtig Ordnung schaffen müssen. Außerdem möchte ich dir noch deine Gemächer zeigen. Du kannst sie ebenfalls nach deinem Geschmack einrichten.“ Ein Leuchten trat in Emilias Augen. Sie durfte also hierbleiben. Doch dann wanderten ihre Gedanken zu ihrer Mutter und Emilia sah betreten zu Boden.

„Was ist los, mein Kind? Irgendwas beschäftigt dich, habe ich recht? Ist es wegen Merkur? Du weißt, er ist hier immer willkommen. Von mir aus kann er hier einziehen“, entgegnete Roman leichthin.

„Roman“, mischte sich nun Granny ein. „Ich bitte dich. Sie ist noch keine siebzehn Jahre alt. Versprich ihr nichts, was du nicht halten kannst. Sie muss zur Schule gehen und ihren Abschluss machen. Außerdem finde ich es keine gute Idee, wenn sie sofort mit ihrem ersten Freund zusammenzieht. Wenn man ihn überhaupt schon als ihren Freund bezeichnen kann nach so kurzer Zeit.“ Sophia hatte ein Blitzen in den Augen und stemmte die Arme kämpferisch in die Seite. Emilia sah sie verblüfft an. Roman schmunzelte nur.

„Ich dachte, du magst Merkur?“, fuhr Emilia auf.

„Das tue ich auch, mein Kind. Wirklich, und ich wünsche dir, dass er für dich die große Liebe ist, die dein Großvater für mich war, aber dennoch bist du noch minderjährig, du hast keinen Schulabschluss und außerdem hat deine Mutter auch noch ein Wörtchen mitzureden.“

„Da hat sie leider recht“, stimmte Roman ihr zu. „Dennoch müssen wir berücksichtigen, dass Emilia in der magischen Welt in Kürze volljährig wird.“

Emilia fuhr sich resigniert mit den Händen durchs Gesicht und rief:

„Das weiß ich doch alles. Was glaubt ihr, warum ich mir seit Tagen den Kopf zerbreche, wie ich das alles unter einen Hut bringen soll?“ Sie ließ sich zerknirscht in einen Sessel fallen. Eine Staubwolke fuhr daraus empor und reizte Emilia zu einem Hustenanfall. Anschließend zog sie die Beine an den Körper, schlang beide Arme um die Knie und vergrub ihr Gesicht.

„Ich würde so gern für immer hierbleiben, sofort ...“, ließ sie sich gedämpft vernehmen. Roman setzte sich neben sie auf die Lehne des Sessels und löste sanft ihre Hände von den Beinen. Sie hob automatisch den Kopf und sah ihn an.

„Ich weiß nicht, was ich machen soll, Dad“, jammerte sie. Tränen standen ihr in den Augen. „Ich will mit Sera und Merkur die Ausbildung beginnen. Ich möchte jedoch auch meinen Schulabschluss machen. Aber die Frage, die mich seit heute Morgen beschäftigt, ist die: Kann ich denn überhaupt zurück? Jetzt, wo die Zeit drängt und wir Merkur retten müssen, bevor er volljährig wird?“ Tränen kullerten ihr die Wange hinunter. Roman nahm sie in den Arm.

„Mach dir keine Sorgen, wir werden das alles irgendwie hinbekommen. Ich muss vorher noch ein paar Erkundungen einholen, aber ich habe da eine Idee, die uns vielleicht weiterbringen wird.“ Roman schmunzelte. Kleine Lachfältchen bildeten sich um seine Augen. Emilia sah ihn fragend an. „Ich erkläre dir mehr, wenn ich weiß, ob meine Idee machbar ist.“

Emilia wusste, dass es keinen Sinn hatte, nachzuhaken. Ihr Vater konnte genauso stur sein wie ihre Großmutter. Sie musste abwarten.

KAPITEL 16

Emilia hatte sich ihre Gemächer, wie diese so schön in der Elfenwelt genannt wurden, dennoch gleich angesehen. Es handelte sich eigentlich um eine kleine Wohnung mit drei Zimmern. Einem Schlafzimmer, einem Wohnzimmer und einer kleinen Bibliothek. Von dieser konnte sie direkt in den Garten, der auch an die Räumlichkeiten ihres Vaters angrenzte. Es war alles wunderschön. Dennoch konnte Emilia sich nicht wirklich darüber freuen. Sie musste dringend mit Merkur reden. Ein weiterer Zweifel begann seit dem Morgen an ihr zu nagen. Sie hatte sich nicht getraut, mit ihrem Vater darüber zu reden, aber sie hatte die Befürchtung, dass Merkur Andorin verlassen könnte. Er hatte nun eine Familie. So wie es aussah, hatten sich Ainema und Mephisto vertragen. Die beiden würden sich gewiss nicht so schnell wieder voneinander trennen wollen, so Gott wollte und sie diese verdammte Kluft schließen konnten. Aber was würde Merkur dann tun? Was sollte ihn in Andorin halten? Bestimmt würde er viel lieber in Angorogh bei seinen Eltern leben.

Emilia seufzte tief, als sie in ihrem Gästehaus angekommen war und sich in ihr Zimmer zurückgezogen hatte. Erschöpft warf sie sich aufs Bett und vergrub ihr Gesicht in den Kissen. Sie konnte noch immer Merkurs Geruch darin wahrnehmen und hoffte, dass er später noch kommen würde. An diesem Abend wartete sie jedoch wieder vergeblich. Sie versuchte, nicht allzu gekränkt zu sein. Schließlich hatte er, nach beinahe siebzehn Jahren, endlich seine Familie gefunden. Dennoch nagte die Eifersucht an ihr. Sonst war er auch öfters nachts gekommen. Schließlich mussten seine Eltern ja sicher auch mal schlafen oder wollten vielleicht auch mal eine Zeit für sich alleine haben. Morgen würde Mephisto nach Asgard aufbrechen. Vielleicht würde Merkur dann ein bisschen Zeit für sie erübrigen können. Sie wälzte sich noch lange in ihrem Bett hin und her, bis sie endlich zur Ruhe kam.

Am nächsten Morgen beschloss sie, mit ihrem Vater im Schloss zu frühstücken. Vielleicht würde sie zufällig auch Merkur über den Weg laufen. Denn wie sie gehört hatte, wohnte dieser im Moment im Gästetrakt bei seinen Eltern.

Lethan hatte Wache an diesem Morgen.

„Guten Morgen", begrüßte sie ihn. „Weißt du zufällig, wo Merkur sich rumtreibt?" Sie bemühte sich, einen beiläufigen Tonfall an den Tag zu legen. Lethan antwortete überrascht:

„Der ist heute Morgen mit Mephisto und seinen Truppen nach Asgard aufgebrochen."

„Was?", fuhr Emilia auf. „Schöner Mist", brummte sie und kickte wütend einen Stein weg, der auf dem Weg lag.

„Hat er dir nichts gesagt?", fragte Lethan überrascht.

„Nein, kein Wort", antwortete sie enttäuscht. „Aber wir sehen uns ja seit ein paar Tagen auch nicht wirklich", murrte sie vor sich hin. Lethan legte freundschaftlich eine Hand auf ihre Schulter und sagte:

„Kopf hoch, Kleine. Das wird sich alles einspielen. Er ist einfach so glücklich, endlich eine eigene Familie zu haben, schätze ich. Er meint es sicher nicht böse."

„Ja, ich weiß, und ich versuche ja auch, ihn zu verstehen, aber langsam rennt mir die Zeit davon. Nach Elandiels Beerdigung muss ich zurück in die Menschenwelt und Merkur weiß es noch nicht mal“, erwiderte sie traurig. „Na ja, es soll nicht dein Problem sein“, versuchte sie das Thema zu wechseln, da Lethan sie gerade sehr seltsam angesehen hatte. „Mach's gut, Lethan“, verabschiedete sie sich und lief mit hängendem Kopf zum Schloss.

Ihr Vater freute sich sehr über das gemeinsame Frühstück.

„Ich habe gute Neuigkeiten“, verkündete er munter, als sich Emilia an den gedeckten Tisch gesetzt hatte. Diese hob den Kopf.

„Ja? Was denn für Neuigkeiten?“, fragte sie hoffnungsvoll.

„Ich habe mich mit unseren Zeitrechnern unterhalten“, antwortete er stolz.

„Was sind Zeitrechner?“, fragte Emilia verblüfft.

„Dies sind Gelehrte, die sich mit nichts anderem beschäftigen, als mit den Zeitrechnungen der Welten. Was weißt du denn schon über die verschiedenen Zeitzonen?“, fragte Roman und sah sie aufmerksam an.

„Nicht viel, nur dass es davon abhängt, in welcher Umlaufbahn die Welten sind und wie nah oder fern sie voneinander liegen“, antwortete Emilia.

„Richtig. Bis vor Kurzem verging die Zeit in der Menschenwelt langsamer als hier. Nachdem sich die Welten am Tag der Mondfinsternis gegenüberstanden und die Zeit, für den Bruchteil einer Sekunde, im Gleichklang vergangen ist, driften sie nun wieder voneinander weg. Das heißt, dass die Zeit nun andersherum verläuft. Verstehst du?", antwortete er.

„Heißt das, dass im Moment die Zeit in der Menschenwelt schneller vergeht als hier?", fragte Emilia nach.

„Genau das heißt es. Nur so ist es möglich, dass ein Jahr bei den Menschen auch ein Jahr bei den Elfen entspricht. Die Zeitverschiebungen wechseln immer in gleichen Zyklen. Im Moment ist das Phänomen der Zeitverschiebung noch nicht stark ausgeprägt. Aber es wird nun von Tag zu Tag stärker", erwiderte Roman.

„Oh, mein Gott. Sollte ich dann nicht längst von Mum abgeholt worden sein?", rief Emilia erschrocken und schlug sich die Hand vor den Mund.

„Eigentlich ja. Zum Glück habe ich es rechtzeitig erfahren, sodass wir deine Mutter benachrichtigen konnten. Du wirst nun auch noch die letzte Ferienwoche bei Granny sein und ich werde dich persönlich zurückbringen", beruhigte Roman sie.

„Weiß sie, dass du zurück bist?", fragte Emilia überrascht.

„Nein. Das möchte ich ihr persönlich sagen. Sie nimmt an, du kommst mit dem Zug. Aber selbstverständlich nutzen wir ein Tor. Wir werden, wie geplant, nach Elandiels Beerdigung aufbrechen. Das müsste gut hinhauen", antwortete ihr Vater.

„Und was ist nun dabei die gute Nachricht?", fragte Emilia weiter.

„Na, ist doch klar!", antwortete er lachend. „Du erhältst Zeit. Wenn du in der Menschenwelt deinen Abschluss machen willst, ist es von Vorteil, wenn dort die Zeit schneller vergeht als hier“, erwiderte er und grinste sie an. „Wir müssen noch genau ausrechnen, wie sich die Zeiten entwickeln. Im Moment besteht noch kein großer Unterschied. Das Phänomen hält auch nur drei Monate an, dann wechselt es wieder. Allerdings sollte das genügen, dass du deinen Abschluss machen kannst“, erklärte er weiter.

„Das Schuljahr beginnt bei den Elfen am Jahresanfang, hat Sera mir erzählt“, überlegte Emilia laut. „Ich bin aber erst im Frühsommer fertig. Wenn das Phänomen nur drei Monate hält, wie sollte es mir dann reichen, den Abschluss zu machen? Ich versteh das alles nicht“, erwiderte Emilia. Ihr schwirrte der Kopf. „Das mit dieser Zeitkiste ist mir einfach zu anstrengend“, stöhnte sie.

„Ach so, stimmt, das weißt du ja noch gar nicht“, erwiderte ihr Vater und schlug sich mit der flachen Hand gegen die Stirn. „Aufgrund der Vorkommnisse in Askja wurde der Schuljahresbeginn verschoben, da noch nicht sicher ist, wo die Feuerelfen in Zukunft bleiben werden. Es steht die Überlegung im Raum, die Feuerelfen ebenfalls hier bei uns zu unterrichten. Da die Umsetzung dieses Projekts jedoch einige Zeit in Anspruch nehmen wird, wird das Schuljahr wohl nicht vor Beltane beginnen“, erwiderte Roman vergnügt. „Also somit erst nach dem 1. Mai“, erklärte er weiter.

„Gut! Ein Versuch ist es wert“, gab sie nun ein bisschen enthusiastischer von sich. „Was werden wir Mum sagen?“

„Die Wahrheit natürlich. Wenn sie möchte, darf sie gern mitkommen. Auch für immer, jedoch fürchte ich, dass es dafür zu spät sein wird." Emilia hörte den Schmerz, der in seiner Stimme mitschwang.

„Liebst du sie noch genauso wie damals?", fragte sie mitfühlend.

„Ja, ich habe nie aufgehört damit. Aber sie anscheinend schon", erwiderte er und seufzte tief. Emilia wusste nicht, was sie darauf sagen sollte. Sie war wenig begeistert gewesen, als ihre Mutter mit diesem neuen Freund angekommen war. Aber Granny hatte ihr gesagt, dass sie ihm eine Chance geben sollte, und dass ihre Mutter vielleicht so besser mit dem Verlust klarkommen würde. Emilia hatte dies so akzeptiert. Auch wenn sie die Hoffnung nie aufgegeben hatte.

„Ist bei dir sonst alles in Ordnung?", fragte Roman und musterte seine Tochter gründlich. Gerade noch rechtzeitig konnte sie ihm ihre Gedankentür vor der Nase zuschlagen. Er lachte laut auf. „Na, wie mir scheint, wurdest du zumindest in den grundlegenden Dingen unterrichtet." Emilia nickte. „Aber nun mal ehrlich. Was ist los?", fragte er erneut.

„Es ist wegen Merkur ...", begann Emilia. „Lethan hat mir vorher erzählt, dass er mit nach Asgard gegangen ist."

„Ja, das ist richtig. Und wo liegt nun dein Problem?", fragte ihr Vater verblüfft.

„Na, dass er es mir nicht gesagt hat", jammerte Emilia weiter.

„Vermutlich hat er es einfach vergessen. Er hat endlich seine Familie gefunden. Das musst du verstehen", entgegnete Roman sanft.

„Ich kann es nicht mehr hören!“, fuhr sie auf. „Das weiß ich alles selber, aber ist es denn zu viel verlangt, sich wenigstens mal für fünf Minuten sehen zu lassen und einem zu sagen, wenn man die Welten wechselt?“, rief Emilia mit erhobener Stimme, sprang auf und lief aufgeregt durch das Zimmer. Roman lachte. Emilia hielt inne und sah ihn verblüfft an.

„Findest du das etwa lustig?“, fragte sie entsetzt.

„Ja, um ehrlich zu sein, schon“, erwiderte Roman.

„Und was bitte ist an meinen Problemen so witzig?“, fragte sie, stemmte die Arme in die Seite und funkelte ihren Vater böse an.

„Die Tatsache, dass sie spätestens heute Mittag zurück sein werden, zum Beispiel. Sie wollen heute nur kurz nach Asgard reisen, um die Lage zu sondieren und dem Volk mitzuteilen, dass die Bergelfen und die Waldelfen nun ihre Verbündeten sind. Das hat dir Lethan wohl nicht gesagt!?“, erwiderte er trocken.

„Ähm ... Nein, das war mir nicht klar“, antwortete sie, lief rot an und starrte zum Fenster hinaus.

„Vermutlich dachte er, dass du es nicht einmal merken würdest, dass er nicht da ist“, versuchte es Roman mit einem versöhnlichen Tonfall.

„Vermutlich hast du recht“, erwiderte sie resigniert.

„Ist es für Merkur nicht gefährlich, die Welten zu wechseln?“, fragte Emilia. Roman zuckte mit den Schultern.

„Ehrlich gesagt, weiß ich das nicht genau. Haldur, Ainema und Mephisto sind wohl der Meinung, dass ihm nichts geschehen wird, so lange er nicht volljährig ist“, entgegnete

Roman und sah ebenfalls in die Ferne, zum Fenster hinaus. Emilia musterte ihren Vater genau.

„Du siehst das anders, habe ich recht?“, fragte sie offen heraus.

„Ich weiß es nicht, Emilia, ich habe nur kein gutes Gefühl dabei. Aber vielleicht liegt das auch noch an den Nachwirkungen meiner Gefangenschaft. Ich habe verlernt, zu vertrauen“, gab er zurück und fuhr sich durch das braune Haar.

„Hoffen wir mal, dass alles gut geht“, sagte sie und setzte sich wieder an den Frühstückstisch.

Das restliche Essen verlief schweigend.

KAPITEL 17

An diesem Tag waren Roman und Emilia damit beschäftigt, die Wohnung auf Vordermann zu bringen. Sie hätten natürlich auch ihre Bediensteten die Arbeit machen lassen können, aber Roman mochte es nicht, wenn andere in seinen Gemächern waren. Was sicherlich auch ein Überbleibsel der Gefangenschaft war. Am späten Nachmittag waren sie mit allem fertig. Emilia hatte eine Liste geschrieben, was sie in ihren Gemächern gemacht haben wollte. Sie würden alles komplett neu gestalten. Sie wusste, dass dies einige Zeit in Anspruch nehmen würde, aber es war ihr egal. Umso länger konnte sie in ihrem wunderschönen Gästehaus bleiben.

Als sie mit ihrem Vater zusammen das Schloss verließ, sahen sie Mephisto und Ainema den Schlossberg hinaufrennen. Emilias Herz machte einen kleinen Hüpfer, da sie damit rechnete, dass Merkur dann ebenfalls in der Nähe sein müsste. Erst als Merkurs Eltern näherkamen, sah Emilia, dass etwas nicht in Ordnung war. Merkur war nicht dabei. Die beiden anderen jedoch waren kreidebleich und man konnte meinen, dass der Teufel selbst hinter ihnen her war. Emilia zog ihren Vater mit sich, den Berg hinunter, sodass sie Ainema und Mephisto schneller erreichen konnten. Sie wusste tief in ihrem Inneren, dass etwas Schreckliches geschehen sein musste. Ihr Magen zog sich zu einem Knoten zusammen, als sie die beiden endlich erreicht hatten.

„Was ist passiert?", schrie Emilia und ihre Stimme überschlug sich vor Panik. Die beiden waren jedoch total aus der Puste und so durch den Wind, dass sie nicht in der Lage waren, in einem kompletten Satz zu antworten.

„Er hat ihn ...", stammelte Mephisto. „Er hat ihn mitgenommen ... Er ... wir konnten nichts tun ..." Dann brach der Herrscher der Feuerelfen in Tränen aus. Emilia erfasste eine Heidenangst. Sie packte Ainema, der etliche blonde Strähnen aus dem sonst so sorgfältig geflochtenen Zopf hingen, und schüttelte sie.

„Ainema! Was ist passiert? Bitte, sag was!", schrie sie sie an. Ainema hob den Kopf und sah Emilia aus glasigen Augen an. Emilia ließ sie los. Die Prinzessin von Angorogh schüttelte den Kopf, um wieder einen klaren Gedanken fassen zu können. Dann stammelte sie mit weit aufgerissenen Augen:

„Er hat ihn sich geholt!"

„Wer hat wen geholt?", herrschte sie Merkurs Mutter an. „Nun sag schon!" Natürlich kannte Emilia die Antwort bereits.

„Der dunkle Herrscher Utgards. Er hat Merkur geholt", rief Ainema mit zitternder Stimme und brach ebenfalls in Tränen aus. Verzweifelt ließ sie sich zu Boden sinken. Emilias Herz blieb in eben diesem Moment stehen. Für den Bruchteil einer Sekunde glaubte sie, den Boden unter den Füßen zu verlieren, doch bevor dies geschah, griff Roman fest nach ihr, sah ihr in die Augen und sagte:

„Wir müssen ihm helfen. JETZT!" Emilia wusste, dass Roman sie manipuliert hatte, nur so war es zu erklären, dass sie nicht auf der Stelle zusammenbrach. Roman hatte sich indes an Merkurs Eltern gewandt und kümmerte sich darum, dass diese wieder auf die Beine kamen.

Emilia blendete alles um sich herum aus und ohne darüber nachzudenken, rannte sie los. Obwohl sie aus den beiden nicht viel herausbekommen hatten, wusste sie genau, wohin sie gehen musste. Eine unsichtbare Macht führte sie. Emilia hielt erst an, als sie das Tor nach Asgard, das früher nach Askja geführt hatte, erreicht hatte. Hier musste es sein. Sie musste das Tor öffnen. Sofort murmelte sie die Beschwörung, die sie schon einmal verwendet hatte, damals, als ihr Haus in Flammen stand, scheiterte allerdings kläglich. Das Tor erschien nicht.

„Scheiße, scheiße, scheiße!“, schrie sie verzweifelt.

In dem Moment tauchten auch schon die anderen auf. Roman hatte es also geschafft, dass Ainema und Mephisto wieder einigermaßen Herr ihrer Sinne waren.

„Ich bekomm das Tor nicht auf!“, rief Emilia völlig außer sich. Roman trat neben sie und versuchte es ebenfalls. Auch ihm gelang es nicht.

„Wir sind verloren“, hauchte Mephisto panisch.

„Wir haben das Tor ebenfalls nicht mehr öffnen können“, vernahmen sie nun Ainemas tränenerstickte Stimme.

„Okay, wir müssen einfach die Ruhe bewahren“, wies Roman sie an. „Mephisto, was genau ist heute hier passiert? Bitte schildere mir alle Einzelheiten.“ Roman hatte beide Hände auf die Schultern des Herrschers gelegt und sah ihm tief in die Augen. Emilia war sich sicher, dass ihr Vater den König beruhigend manipulierte. Es schien zu wirken. Nach wenigen Sekunden wurde der Atem Mephistos gleichmäßiger und die Panik in seinen Augen ebbte ab.

„Wir waren mit unserer Truppe in Asgard“, begann er stockend zu erzählen. „Alles hat problemlos geklappt. Das Tor führte uns direkt in die Mitte der Ruinen. Unseren Leuten geht es gut. Nachdem wir alles geklärt hatten, haben wir uns auf den Rückweg gemacht. Merkur durfte das Tor beschwören. Dieses hat sich auch sofort gezeigt. Alles war so, wie es sein sollte. Wir hatten Merkur zur Sicherheit in unsere Mitte genommen. Wir hielten uns alle drei an den Händen. Der Ausgang nach Andorin war bereits zu sehen, da bildete sich plötzlich ein großer schwarzer Strudel hinter uns. Merkur wurde uns einfach entrissen. Wir konnten ihn nicht halten. Er wurde regelrecht in das schwarze Loch gezogen. Die Macht war zu stark und es ging alles so schnell ...“ Mephistos Stimme brach. „Er hat ihn. Ich weiß es. Und ich bin schuld.“ Er setzte sich auf den Boden, vergrub sein Gesicht in seinen Händen und begann erneut zu schluchzen.

Emilia hingegen war überrascht, dass sie keinerlei Emotionen mehr in sich fand. Sie fühlte sich wie in einer Blase. Abgeschottet von jeglichen Gefühlen. Vermutlich war dies ein Schutzmechanismus ihres Körpers. Alles, was um sie herum geschah, nahm sie nur noch von Weitem wahr. Nun fing auch Ainema wieder an zu schluchzen. Roman sah ratlos zu seiner Tochter und schien ebenso überrascht zu sein wie diese, sie total teilnahmslos vorzufinden.

„Wir müssen versuchen, das Tor zu öffnen“, beschloss er in seiner Verzweiflung. „Emilia, komm‘ her. Gib mir deine

Hand, wir versuchen es gemeinsam." Emilia leistete der Aufforderung, ohne mit der Wimper zu zucken, Folge. Doch auch zu zweit schafften sie es nicht. Erschöpft ließen sie sich gegen einen Baum sinken. „Vielleicht bringt es was, wenn wir es alle versuchen?", überlegte Roman laut.

„Wir versuchen es!", vernahmen sie Ainemas Stimme. Sie schniefte noch einmal, stellte sich dann aber entschlossen vor das Tor. Die anderen folgt ihrem Beispiel. So probierten sie es erneut. Ohne Erfolg.

Sie wollten schon aufgeben, als plötzlich ein Flimmern vor ihnen entstand. Es war jedoch nicht das vertraute, in allen Regenbogenfarben schillernde Flimmern, nein, es war dunkel. Es sah aus, als würde sich ein Strudel aus Rauch bilden.

„Emilia, verschwinde sofort von hier!", schrie ihr Vater sie an. Diese konnte sich jedoch nicht rühren. Wie gebannt sah sie auf den immer größer werdenden, inzwischen fast schwarzen Wirbel. Plötzlich riss sie etwas mit sich und zerrte sie hinter einen dicken Baum. Ainema krallte ihre Finger so fest in ihre Schultern, dass es wehtat. Sie versuchte, sich aus der Umklammerung zu lösen, doch Ainema ließ nicht locker.

„Er darf dich nicht sehen", hauchte sie eindringlich. „Bitte bleib hier und verhalte dich still." Emilia gehorchte. Aber vermutlich nur, weil sie viel zu gebannt davon war, was sich gerade vor ihren Augen abspielte. Ein schwarzer Schemen löste sich aus dem Strudel, es war nicht mehr als eine Rauchwolke. Die Wolke begann sich zu verändern. Sie nahm Gestalt an. Emilia stieß einen spitzen Schrei aus, als sie die Person erkannte, die sich aus dem Rauch löste. Zum Glück hatte Ainema schnell genug die Hand vor ihren Mund gehalten, sodass der Schrei im Keim erstickt wurde.

Vor ihnen stand niemand anderer als Castor.

„Du?“, fragte Roman verblüfft. „Ich dachte, du seist tot“, ergänzte er ein bisschen enttäuscht. Die Gestalt sah Roman eindringlich an. Erst jetzt bemerkte Emilia den Unterschied. Das war nicht Castor. Der Wahnsinn in seinen Augen war kalter Berechnung gewichen. Seine Augen glühten heiß und rot. Dies musste nun auch Mephisto und Roman klargeworden sein. Beide wichen einen Schritt zurück.

„Oh, ich bin nicht Castor“, ertönte eine kalte, grausame Stimme. Emilia liefen sofort eiskalte Schauer den Rücken hinunter. „Castor war nur ein Mittel zum Zweck, aber das wusstet ihr ja sicher. Seine hübsche, sterbliche Hülle kam mir jedoch gerade sehr gelegen. Kann ich doch nur in der Gestalt eines Elfen eure Tore nutzen“, antwortete er und ein satanisches Grinsen machte sich um seinen Mund breit. „Ich will nicht um den heißen Brei herumreden“, wandte er sich nun Mephisto zu. „Wie dir sicher aufgefallen sein müsste, habe ich mir deinen Sohn geholt. Er steht mir offiziell zu.“ Als Beweisstück für diese Aussage holte er ein zusammengerolltes Pergament aus der Tasche und ließ dieses aufrollen. Mephisto schluckte. Gerade als er etwas erwidern wollte, erhob der dunkle Herrscher seine andere Hand. Mephisto verschlug es die Stimme. Er griff sich an den Kehlkopf und versuchte etwas zu sagen, aber es kam kein Wort heraus. Der dunkle Herr lachte laut auf.

„Wie gesagt, ich will keine langen Reden schwingen. Die Seele deines Sohnes wird an seinem Geburtstag mein sein, es sei denn, du trittst an seiner statt in den Vertrag.“ Bei diesen Worten grinste er kalt und seine Augen loderten gierig auf.

„Das war es, was du immer wolltest. Habe ich recht?“ Mephisto war selbst überrascht, dass er wieder Herr über seine Stimme war.

„So ist es“, erwiderte Castor und rollte den Vertrag wieder auf. „Wenn dir also etwas an deinem Fleisch und Blut liegt, stehst du am Tag vor Merkurs Geburtstag wieder hier am Tor. Bis dahin werde ich meinen Spaß mit ihm haben“, sagte er und lachte ein kaltes Lachen.

„Du Scheusal!“, kreischte Emilia aus ihrem Versteck hervor. Sie riss sich von Ainema los und stürmte auf Castor zu. Bevor sie ihn jedoch erreichen konnte, hielt ihr Vater sie fest. „Lass mich los!“, schrie sie und versuchte, sich aus Romans Griff zu wenden. „Ich muss Merkur helfen! Ich habe es ihm versprochen“, wimmerte sie. Castor lachte ein kaltes, klirrendes Lachen.

„Keine Angst, Prinzessin. Du bekommst deinen Geliebten wieder, sofern sich Mephisto an unsere Abmachung hält. Und ich verspreche dir eins: Er wird sich an nichts erinnern.“ Sein Gesicht verzog sich zu einer grinsenden Fratze und er kam einen Schritt auf Emilia zu. Gerade als er ihr über die Wange fahren wollte, zog Roman sie einen Schritt rückwärts. Castor ließ die Hand sinken und richtete seine Aufmerksamkeit wieder auf Mephisto.

„Du hast Zeit bis zum Tag vor Merkurs Geburtstag. Ich erwarte dich bei Sonnenuntergang hier am Tor.“ Ohne auf eine Antwort zu warten, drehte sich der dunkle Castor um und verschmolz mit dem schwarzen Strudel.

„Warte!“, rief Mephisto. „Ich gehe mit dir! Verschone meinen Sohn!“ Das Tor war jedoch bereits verschlossen. Der Herrscher brach auf der Stelle zusammen und weinte bittere Tränen.

„Wir werden einen Weg finden, euch beide zu retten“, versuchte Roman, ihn aufzubauen.

„Aber wie? Er hat Merkur. Wenn wir die Kluft zwischen den Welten verschließen, dann werden wir Merkur für immer verlieren“, hauchte er mit vor Entsetzen geweiteten Augen. Um Emilia wurde es schwarz. Sie brach in Romans Armen zusammen.

KAPITEL 18

Sie erwachte mitten in der Nacht. Panisch raste ihr Herz. Sie hatte geträumt, dass Merkur von Castor in die Zwischenwelt verschleppt worden war und dort nun gefoltert wurde und Höllenqualen erleiden musste. Als er verzweifelt ihren Namen gerufen hatte, war sie aufgewacht. Nun saß sie schweißgebadet in ihrem Bett und griff sich an die Brust. Dort trug sie noch immer ihren Glücksstein. Ihr war, als hätte er bis eben noch schwach geleuchtet. Jetzt war aber alles wieder dunkel. Schlaftrunken sah sie sich um. Fox lag ruhig auf dem Boden und schlief. Das Bett neben ihr war leer, allerdings konnte sie erkennen, dass jemand in ihrem Sessel saß und auch zu schlafen schien. Merkur! Das war ihr erster Gedanke. Dann fiel ihr ein, dass dieser ja sicher zu ihr ins Bett gekommen wäre. Daher machte sie vorsichtig eine kleine Lampe an und war etwas überrascht, als sie ihren Vater in dem kleinen Sessel sitzen sah. Das Licht musste ihn aufgeweckt haben. Er schreckte hoch und sah sich ebenfalls kurz um. Als er Emilia im Bett sitzend erblickte, sagte er leise:

„Gut, du bist endlich aufgewacht. Langsam hatte ich mir doch Sorgen gemacht.“ Er stand auf und setzte sich auf die Bettkante. „Wie fühlst du dich?“, fragte er fürsorglich.

„Gut, denke ich. Ich hatte, glaube ich, einen Albtraum. Aber was tust du hier?“, fragte sie ihn verblüfft.

„Kannst du dich denn gar nicht erinnern? Du wurdest ohnmächtig“, antwortete Roman sanft. „Vermutlich war alles ein bisschen zu viel für dich. Wen wundert das schon ..." Roman fuhr sich mit der Hand über das Gesicht. Erst jetzt fielen ihr die dunklen Schatten auf, die unter seinen Augen lagen.

„Es war kein Traum, habe ich recht?", fragte sie mit zittriger Stimme und Tränen traten ihr in Augen. „Merkur wurde tatsächlich in die Zwischenwelt verschleppt", sagte sie dann tonlos. Roman nickte und zog sie fest an sich. Dann brach alles über sie herein. All die Gefühle, die sie am Mittag meisterhaft verdrängt hatte, suchten sich einen Weg. Verzweifelt klammerte sie sich an ihrem Vater fest und weinte bittere Tränen. Sie konnte sich nicht mehr beruhigen. Ihr Körper begann unkontrolliert zu zittern und sie bekam kaum noch Luft. Ihr Vater musste ihr irgendwann einen Trank zur Beruhigung geben. Wenige Minuten später schlief sie ein.

Als sie das nächste Mal wach wurde, war es helllichter Tag. Vorsichtig richtete sie sich auf. Ihr Schädel dröhnte. Was sicherlich vom Weinen kam. Noch etwas benebelt sah sich um und entdeckte statt ihres Vaters nun Sera, die es sich in einem ihrer Sessel gemütlich gemacht hatte.

„Guten Morgen", krächzte Emilia. Sie räusperte sich. „Wo ist mein Vater?", fragte sie.

„Guten Morgen, Süße. Er musste zurück ins Schloss, alles für den Empfang der Gäste vorbereiten", erwiderte Sera mit belegter Stimme. Auch ihr war anzusehen, dass sie in den letzten Stunden viel geweint haben musste.

„Gäste?", fragte Emilia.

„Na, für Elandiels Beerdigung", beantwortete Sera ihre Frage.

„Oh, mein Gott. Ist das schon heute?“, stöhnte Emilia und ließ sich in die Kissen zurückfallen.

„Ja, das ist es. Du solltest aufstehen und dich anziehen. In zwei Stunden geht es los. Ich hoffe, du packst das?“, fragte sie Emilia besorgt. Diese erhob sich wieder aus ihren Kissen und nickte matt.

„Muss ich ja fast“, erwiderte sie und schleppte sich aus dem Bett. Sie versuchte, den Gedanken an Merkur permanent zu verdrängen. Sie durfte ihren Schmerz heute einfach nicht zulassen.

Nachdem sie geduscht hatte, fühlte sie sich sogar ein klein wenig besser. Sera hatte ihr ein langes, schwarzes Gewand mitgebracht. Es passte wunderbar zu ihrem momentanen Gefühlsleben, dachte Emilia, als sie hineinschlüpfte. Sera legte anschließend noch Hand an und richtete schweigend Emilias Haare. Danach legte sie noch ein bisschen Schminke auf, sodass die Ringe, die sie unter den Augen hatte, nicht allzu sehr auffielen. Als sie fertig waren, gingen sie nach unten zu Granny.

Das Frühstück, das Granny währenddessen in der Küche hergerichtet hatte, verschmähte sie vehement. Ihre Großmutter seufzte tief, aber sie wollte Emilia nicht dazu drängen.

Gemeinsam gingen sie wenig später zum Schloss. Die Trauerfeier sollte im Schlossgarten stattfinden, erzählte Sera ihnen, während sie sich durch die vollen Straßen schieben ließen. Ganz Andorin schien auf den Beinen zu sein. Alle waren sie in Schwarz gekleidet und auf dem Weg, Elandiel die letzte Ehre zu erweisen.

„Wo warst du?“, fragte Emilia Sera nach einer Weile des Schweigens ganz unverblümt.

„Wie, wo war ich? Ich war doch die ganze Zeit neben dir“, antwortete Sera verblüfft.

„Nein, ich meinte, wo bist du vorgestern hin verschwunden? Und gestern hast du dich auch nicht sehen lassen“, erwiderte Emilia und versuchte, nicht allzu vorwurfsvoll zu klingen. Vermutlich klappte das aber nicht so, wie sie sich das vorgestellt hatte. Sera sah unsicher auf die Seite.

„Ich habe versucht, die Kräuter aufzutreiben“, erwiderte sie, nachdem sie sich vergewissert hatte, dass Granny ein paar Meter vor ihnen ging und nichts hören würde. Emilia nickte. „Interessiert es dich gar nicht, ob ich sie bekommen habe?“, fragte Sera überrascht. Emilia zuckte nur teilnahmslos mit den Schultern. Eigentlich war ihr das im Moment alles egal. Je näher sie dem Schloss kamen, desto heftiger tobte in ihr das Gefühlschaos. Ihr Kopf fühlte sich an, als würde er gleich explodieren. Sera schüttelte den Kopf und zog Emilia weiter hinter Sophia her, die bereits einige Meter vor ihnen lief.

Als sie das Schloss erreicht hatten, verkrampfe sich Emilias Magen zu einem festen Knoten. Sie ergriff Seras Hand und drückte diese fest. Sie war so dankbar, nicht alleine zu sein. Wobei Granny ja auch noch da war. Allerdings betrachtete diese den Tod mit anderen Augen. Vielleicht war das so, wenn man alt war und schon viele geliebte Menschen hatte kommen und gehen sehen. Für sie jedoch war der Tod etwas Furchteinflößendes. Daher klammerte sie sich nun, im wahrsten Sinne des Wortes, an Sera. Sie war bisher noch nie auf einer Beerdigung gewesen. Als ihr Großvater gestorben war, gab es keine konventionelle Beerdigung. Inzwischen war Emilia auch klar, wieso. Er war in der Elfenwelt bestattet worden, daher konnten sie nicht dabei sein, da sie ja sonst die Wahrheit erfahren hätte.

Inzwischen hatten sie die Elfenmassen hinter sich gelassen. Andächtig gingen sie durch die leeren Gänge zum Thronsaal.

„Warum ist hier niemand?“, fragte Emilia nach einer Weile unsicher nach.

„Nur die Familie, die engsten Freunde und die geladenen Gäste dürfen an der tatsächlichen Zeremonie teilnehmen. Die restliche Bevölkerung wartet, bis der Sarg das Schloss zum Friedhof verlässt und folgt diesem dann bis zum Grab“, antwortete Sera. Auch ihre Stimme klang nicht so fest wie sonst. Emilia nickte und atmete tief durch. Ihr Herz raste. Ihre Hände wurden feucht. Schnell wischte sie sich diese an ihrem Gewand ab.

Als sie den Garten erreicht hatten, kam ihnen bereits ihr Vater entgegen.

„Emilia, bin ich froh, dass es dir besser geht. Schaffst du das heute?“, fragte er besorgt und schloss sie liebevoll in die Arme. Emilia nickte. Sie war sehr blass. Gern hätte sie eine Antwort gegeben, aber sie wusste, wenn sie den Mund aufgemacht hätte, hätte sie kein Wort herausbekommen. Ihr Vater übernahm nun Seras Job. Er führte Emilia zu dem Pavillon, neben dem sie noch vor wenigen Tagen zusammen mit Merkur, Elandiel und Haldur ihre Fähigkeiten getestet hatte. Der Kloß in ihrem Hals wuchs unablässig. Ihr Herz schlug viel zu schnell und ihre Augen begannen zu brennen. Sie bemühte sich krampfhaft, an etwas anderes zu denken. Daher fixierte sie die Pflanzen, die um sie herum wuchsen, und betrachtete jedes Detail. So erreichte sie, dass zumindest die Tränen, die permanent in ihr aufsteigen wollten, nicht aus ihr herausbrachen. Granny war nun ebenfalls an ihre Seite getreten und hielt sie am anderen Arm fest.

Unter dem Pavillon waren mehrere Reihen Stühle aufgestellt worden. Roman und Granny steuerten, mit Emilia in ihrer Mitte, die vorderste Reihe an. Erst jetzt wurde Emilia bewusst, dass sie von allen umstehenden Gästen genauestens gemustert wurde. Natürlich, dachte sie. Dies war ihr erster offizieller Auftritt als Prinzessin von Andorin. Sofort wünschte sie sich, unsichtbar zu sein. Hilflos drehte sie sich um und erwartete, Sera zu sehen, doch diese war nirgends.

„Wo ist Sera?“, flüsterte sie ihrer Granny zu.

„Sie wird mit ihrer Familie einen Platz weiter hinten einnehmen. Nun komm. Wir müssen uns als Erstes setzen, anschließend werden uns die übrigen Gäste folgen“, erklärte Granny und schob sie liebevoll auf einen der drei Stühle, die in der ersten Reihe standen. Wie Granny vorhergesagt hatte, folgten nun alle Anwesenden ihrem Beispiel.

Als sich alle gesetzt hatten, begann ein Chor zu singen. Es war ein Klagelied, das Emilia durch Mark und Bein ging. Nun konnte sie die Tränen nicht mehr länger aufhalten. Still und leise flossen sie ihr über die Wangen. Granny steckte ihr ein Taschentuch zu und tätschelte ihr aufmunternd das Knie. In diesem Moment betrat ein Elf mit langem, schwarzem, schlichtem Gewand das Podest, das vor dem Pavillon aufgebaut worden war. Er erhob die Hände ausgebreitet gen Himmel und murmelte einige Worte. Emilia nahm an, dass dies ein Elfenpriester sein musste. Als der Geistliche sein Gebet gesprochen hatte und sich der Menge zuwandte, standen alle auf und verneigten sich in Richtung des Mittelganges. Elandiels treueste Soldaten trugen, ebenfalls in schwarze Roben gekleidet, einen weißen Sarg mit gläsernem Deckel auf den Schultern. Emilia schluckte schwer. Elandiel lag darin, als würde sie schlafen. Sie trug ihr übliches weißes Gewand und ihr bezauberndes Diadem. Das blonde Haar lag wie ein Fächer aus Gold auf einem samtenen weißen Kissen. Der Sarg wurde auf dem Podest, auf dem der Priester stand, abgestellt.

Nun begann die eigentliche Trauerrede. Emilia hätte anschließend nicht sagen können, wie lange der Priester geredet hatte. Auch der Inhalt war komplett an ihr vorbeigegangen. Sie hatte die ganze Zeit wie gebannt auf Elandiel gestarrt, die so friedlich in ihrem Sarg lag und nur zu schlafen schien. Jede Minute hatte sie erwartet, dass sich ihre Augen öffneten und dass alles nur ein böser Traum gewesen war. Aber nichts von all dem war geschehen. Elandiel lag weiterhin reglos und tot auf dem samtenen Kissen und ihre Augen würden für immer geschlossen bleiben.

Erst als ihr Vater und Granny sie sacht am Arm zogen, um ihr zu bedeuten aufzustehen, erwachte sie aus ihrer Trance. Die Sargträger hatten Elandiel wieder hochgehoben und trugen sie, den Mittelgang entlang, in Richtung Ausgang.

Roman und Granny hatten Emilia untergehakt und folgten dem Sarg. Emilia konnte hören, dass sich die Gesellschaft hinter ihnen der Prozession anschloss. Ihr Herz schlug noch immer viel zu schnell in ihrer Brust. Sie atmete tief durch, in der Hoffnung, dass sich ihr Pulsschlag beruhigen würde, während sie sich von Roman und Sophia mitziehen ließ.

Im Schlosshof angekommen wartete bereits eine Kutsche, die von drei wunderschönen, weißen Pferden gezogen wurde. Der Sarg wurde aufgeladen und fuhr los. Für Emilia, Sophia und Roman fuhr eine weitere Kutsche vor. Die drei stiegen ein und Emilia konnte das erste Mal, seit einer Ewigkeit, aufatmen. Sie wusste nicht, wie ihr geschah, aber der Knoten in ihrem Magen löste sich und der Kloß in ihrem Hals verschwand. Ihr Blick fiel nun auf die wunderschönen, schneeweißen Pferde und plötzlich war sie sich sicher. Es bestand kein Zweifel.

„Einhörner!?“, hauchte sie ehrfürchtig und starrte wie gebannt auf die eleganten Tiere. Stolz reckten diese ihre Köpfe. Ihre schimmernden Hörner glitzerten in der Sonne. Roman nickte und schluckte schwer, als er sagte:

„Diese prächtigen Tiere waren Elandiels zweite große Liebe. Sie hatte auf dem Land einen Landsitz, auf dem sie diese wundervollen Tiere hegte und pflegte. Sie hatte immer gesagt, die Magie der Einhörner würde sie beruhigen und ihr einen tiefen Frieden schenken.“ Emilia nickte. Sie wusste genau, was Elandiel damit gemeint hatte. Allein der Anwesenheit dieser wundervollen Tiere war es zu verdanken, dass sie wieder frei und normal atmen konnte. Mit zitternder Stimme sagte sie zu ihrem Vater:

„Sie wollte sich nach deiner Rettung dorthin zurückziehen und dir die Herrschaft überlassen." Tränen schossen ihr in die Augen. Ihr Vater zog sie an sich und fuhr ihr tröstend über den Rücken.

„Sie hatte gewusst, dass so etwas passieren könnte in Askja, Emilia. Nun ist es an uns, ihre wunderschönen Tiere weiter zu pflegen. Es sind die letzten in Andorin."

Emilia nickte und wischte sich die Tränen weg. Schweigend betrachtete sie die Landschaft, die langsam an ihr vorbeizog, während sie in Schrittgeschwindigkeit zum Friedhof fuhren. Die Trauergemeinde folgte ihnen zu Fuß.

Die letzte Ruhestätte der Elfen lag deutlich außerhalb der Stadt, mitten im Wald. Er glich einem Friedhof in der Menschenwelt.

Sie fuhren über einen schmalen, weißen Kiesweg durch etliche Reihen weißer Grabsteine. Manche sahen neuer aus, andere waren sicherlich schon mehrere hundert Jahre alt. Zielstrebig steuerten die Kutschen auf die Mitte des Geländes zu. Dort stand eine kleine, weiße, von Efeuranken überwucherte Kapelle. Die Kutschen hielten an und die Wachen luden Elandiels Sarg ab. Der Priester ging auf die Kapelle zu, machte eine Handbewegung und sogleich gaben die Efeuranken den Eingang frei. Die Sargträger gingen hinein und luden den Sarg dort ab. Emilia, Roman und Sophia folgten ihnen. Alle anderen Trauergäste blieben vor dem Gebäude stehen.

In der Kapelle war es recht finster und es roch ein bisschen muffig. Es dauerte ein paar Sekunden, bis sich ihre Augen an die Dunkelheit gewöhnt hatten. Dann konnte

Emilia erkennen, dass sie in einem großen, runden Raum standen, der sich bis in die Decke des Kuppeldaches der Kapelle erstreckte. Gegen das Licht, das durch die geöffnete Tür einfiel, konnte Emilia aufgewirbelte Staubkörnchen tanzen sehen. Die Sargträger hatten Elandiels Sarg in der Zwischenzeit im hinteren Teil der Kapelle abgestellt. Emilia fiel auf, dass die Wände des gesamten Innenraumes mit Steintafeln versehen waren, die ein bisschen größer waren als ein Sarg. Auf vielen der Tafeln waren Namen und Daten eingraviert. Die Platte, vor der Elandiels Sarg stand, war noch leer. Nun löste der Priester diese mit einer einfachen Handbewegung und die Platte glitt geräuschlos zu Boden. Der Sarg wurde in das steinerne Fach, das dahinter zum Vorschein kam, geschoben. Sophia drückte Emilia eine weiße Lilie in die Hand. Sie wusste nicht, wo diese hergekommen war, aber sie nahm sie, machte einen Schritt vor und legte sie auf Elandiels Glassarg. Anschließend legte sie ihre Hand einen Moment darauf und sagte ihr leise Lebewohl. Dann drehte sie sich um, um den Raum zu verlassen. Sie wollte nicht mit ansehen, wie der Sarg von einer schweren Steinplatte bedeckt wurde, die Elandiel für immer in ewiger Finsternis einsperren würde. Als sie bereits den Ausgang erreicht hatte, blieb ihr Blick an einer Grabplatte haften, die ein Bild eines ihr sehr bekannten Gesichts trug. *Aron von Andorin* stand darauf. Hier war also ihr Großvater beerdigt. Emilia strich andächtig die Konturen des Bildes nach und erschrak, als sich ihr eine warme Hand auf die Schulter legte. Sie drehte sich um und sah in die gutmütigen Augen ihres Vaters. Granny hatte sich ebenfalls zu ihnen gesellt.

„Ist es für euch in Ordnung, wenn ich noch einen Moment hierbleibe?“, fragte Granny mit einem Zittern in der Stimme. „Ich war seit seiner Beerdigung nicht mehr hier.“ Roman nickte und führte Emilia hinaus aus der düsteren Kapelle.

Geblendet vom hellen Sonnenlicht kniff sie die Augen zusammen, um erkennen zu können, was vor der Kapelle los war. Alle Gäste hatten sich niedergekniet und das Haupt gebeugt. Emilia war diese Situation sichtlich unangenehm. Sie wusste nicht, wie sie sich verhalten sollte. Roman ignorierte das Geschehen komplett und steuerte auf eine weiße Marmortreppe zu, die in einem steinernen Pavillon endete. Emilia konnte erkennen, dass der Priester, der eben noch die Beerdigung begleitet hatte, sich ebenfalls dort eingefunden hatte. Roman blieb am Fuße der Treppe stehen, Emilia folgte seinem Beispiel. Stumm wartete sie nun, was weiter geschehen würde. Kurze Zeit später gesellte sich Sophia wieder zu ihnen. Emilia hatte das Gefühl, dass ihr die Zwiesprache mit ihrem verstorbenen Mann gutgetan hatte. Sie wirkte irgendwie gelöst.

Roman gab dem Priester durch ein Nicken ein Zeichen. Dieser begann daraufhin mit einer weiteren Zeremonie. Emilia hatte erwartet, dass dies noch zur Beerdigung gehören würde, deshalb war sie doch sehr überrascht, als sie feststellte, dass der Priester, hier auf dem Friedhof, die Krönungszeremonie einleitete. Nach einer kurzen Ansprache des Geistlichen stieg Roman die breiten Stufen hinauf. Emilia und Granny blieben am Fuße der Treppe stehen. Emilia warf einen verstohlenen Blick hinter sich und sah, dass noch immer alle Gäste knieten.

„Müssen wir nicht auch niederknien oder so?“, flüsterte sie Granny zu. Diese schüttelte nur leicht den Kopf.

„Nein, mein Kind. Wir gehören zur Königsfamilie.“ Emilia nickte und nahm es so hin. Ihr Vater hatte sich inzwischen niedergekniet und der Priester setzte ihm nun feierlich seine Krone auf. Diese bestand aus einem feinen, silbernen Reif mit drei grünen Edelsteinen. Anschließend musste Roman noch einen Schwur leisten und dann war die Krönung auch schon vorbei. Als der König sich erhob und sich der Menge zuwandte, standen alle Anwesenden auf und applaudierten. Emilia erschien die Tatsache, dass die Elfen direkt von einer Trauerfeier zu einer Krönung übergingen, recht skurril. Unter ständigem Applaus gingen sie zusammen zu ihrer Einhornkutsche zurück. Als sie losfuhren, lehnte sich Emilia zurück und atmete tief durch. Auch Roman und Sophia wirkten nun ein bisschen entspannter.

„Was passiert nun?“, fragte Emilia.

„Wir fahren zurück zum Schloss, wo die Krönung und der Abschied von Elandiel gebührend gefeiert werden. Und anschließend müssen wir dich leider zurück zu deiner Mutter bringen“, antwortete Roman. Emilia riss die Augen auf.

„Verdammt. Das hatte ich ja völlig vergessen. Ich habe nichts gepackt!“, rief sie entsetzt aus.

„Keine Sorge, wir haben alles für dich erledigt“, antwortete Granny und streichelte ihr beruhigend über die Hand.

„Ich hätte dir den ganzen Stress heute gern erspart, mein Kind, aber leider wird von der Prinzessin erwartet, dass sie an der vollen Zeremonie teilnimmt. Dazu gehört auch das

Fest, das nun kommt. Aber ich bin stolz auf dich, wie gut du dich bisher geschlagen hast“, sagte Roman, sah sie stolz an und legte einen Arm um ihre Schulter. Emilia lehnte den Kopf an seine Brust und sog tief seinen Duft ein. Er erinnerte sie an Kindheit und Geborgenheit. Leider war diese gemeinsame Zeit viel zu schnell vorbei.

Als sie das Schloss erreicht hatten, musste Emilia wieder die Rolle der Prinzessin von Andorin einnehmen. Am Arm ihres Vaters stieg sie aus der Kutsche und begleitete ihn in den hellen, überdimensionalen Festsaal. In diesem Teil des Schlosses war Emilia bisher noch nicht gewesen. Der Saal war sicher größer als ein Fußballfeld. Über die gesamte Länge führten Türen zu einem großen Balkon. Die Decke des Raumes wölbte sich mehrere Meter über ihnen und war durch kunstvolle Malereien verziert worden. Zu gern hätte sich Emilia auf den Boden gelegt und die Bilder, welche die unterschiedlichsten Fabelwesen zeigten, eingehend studiert. Sie war sich sicher, dass die Bilder dem Betrachter eine Geschichte widerspiegelten. Leider war dies für eine Prinzessin wohl unangemessen, vor allem bei solch einem Fest. Daher richtete sie ihre Aufmerksamkeit wieder auf den festlich dekorierten Saal, an dessen Längsseite eine große Tafel aufgebaut worden war, die unter Geschirr und guten Speisen beinahe zusammenzubrechen drohte. Roman dirigierte seine Familie geschickt an den Kopf der Tafel, wo drei Plätze nebeneinander eingedeckt worden waren. Wie Emilia befürchtet hatte, mussten sie hier Platz nehmen. Roman in der Mitte, Emilia und Sophia links und rechts neben ihm. Insgeheim hatte sie gehofft, dass sich Sera neben sie setzen würden, aber leider entsprach dies wohl nicht der Rangordnung, die die Elfen bei dieser Festivität einzuhalten schienen. Die Tafel füllte sich nun relativ schnell. Neben Emilia nahm Ainema Platz, mit Mephisto an ihrer Seite. Zu Sophias Freude wurde diese durch Haldurs Anwesenheit beehrt. Als Emilia die Gäste musterte, die sich in ihrer Nähe befanden, stellte sie verblüfft fest, dass es sich nicht nur um Elfen handelte. Sie sah scheinbar normale Menschen, eine Fee und sogar einen Zwerg. Unauffällig versuchte sie, ihren Vater zu fragen, wer all die Gäste waren. Dieser schien ihr Vorhaben bereits bemerkt zu haben und schmunzelte.

„Du siehst hier alle Herrscher der magischen Welt, zu denen wir Elfen noch regen Kontakt pflegen", flüsterte er. „Da wären die Feen, die Zwerge, die Vampire, die Magier, die Werwölfe, und die Faune", erklärte er weiter „Es fehlt noch Glorijana, aber bei ihr weiß man nie, ob sie kommt. Sie verlässt ihren Wald nicht gern, musst du wissen." Emilias Blick fiel auf einen freien Platz neben der Fee, die sich gerade von einem Diener ein riesiges Glas Wein einschenken ließ. Sie musste Emilias Blick bemerkt haben, denn sie erhob das volle Glas und zwinkerte ihr lustig zu. Sophia war bereits in ein anregendes Gespräch mit Haldur vertieft und schien nichts mehr um sich herum wahrzunehmen. Alles in allem war die Stimmung wirklich ausgelassen. Emilia war erstaunt, dass dies nach einer Trauerfeier der Fall sein konnte. Die Einzigen, die außer ihr ebenfalls recht stumm und einsilbig der Gesellschaft beiwohnten, waren Roman, Mephisto und Ainema.

Sie hatten beschlossen, Merkurs Verschwinden nur den engsten Freunden mitzuteilen, und diesen hatte man das

Versprechen abgenommen, Stillschweigen zu bewahren. Eine Panik darüber, dass es dem dunklen Herrscher möglich gewesen war, unter ihnen im Körper eines Elfen zu wandeln, hätte ihnen gerade noch gefehlt. Das Tor nach Asgard hatte man jedoch zur Sicherheit mit Schutzzaubern und Bannen belegt, in der Hoffnung, dass der dunkle Herrscher diese nicht durchbrechen konnte. Zudem waren Wachen abbestellt worden, die sie über einen Angriff umgehend informieren würden.

Emilia verbrachte den Abend wie in Trance. Hätte sie noch vor wenigen Wochen die Möglichkeit gehabt, sich mit einer Fee oder einem Magier zu unterhalten, wäre sie vermutlich vor Freude ausgeflippt. Heute erschien ihr dies jedoch absolut unwichtig. Sie wollte einfach nur ihre Ruhe haben, mehr nicht. Zudem nagte die Angst an ihr, dass sie Andorin in wenigen Stunden verlassen musste. Wer wusste schon, was sie in der Menschenwelt erwarten würde? Roman musste ihre Stimmung gespürt haben, denn er legte besänftigend eine Hand auf ihren Schenkel.

„Es wird alles gut werden. Mach dir keine Sorgen“, flüsterte er ihr zu. Emilia fragte sich, woher er diese Zuversicht nehmen konnte. Im Moment fühlte sie sich, als würde sie vor einem riesigen, dunklen Abgrund stehen und nach unten direkt in ihr Verderben blicken.

Nachdem das Essen vorüber war, erhoben sich die Gäste und tanzten zum Klang der Musik, die zu spielen begonnen hatte. Emilia nutzte die Gelegenheit und verzog sich auf den großen Balkon, der an den Saal anschloss. Sera musste sie beobachtet haben, denn es dauerte keine Minute, da stand sie auch schon neben ihr und nahm sie in den Arm. Sie sagte kein Wort und Emilia war ihr dafür sehr dankbar. Sie war es leid, ständig dieses leere *„Es wird alles gut“*-Gefasel zu hören.

Nach einer Weile löste sich Emilia von Sera. Diese sah sie ernst an und begann dann zu sprechen. Sie wählte ihre Worte mit Bedacht, da sie keinen erneuten Streit heraufbeschwören wollte.

„Ich weiß, du wolltest nichts von den Kräutern wissen, ich habe sie dir dennoch besorgt. Es war ein bisschen schwierig, da mein Vater nichts davon mitbekommen durfte, aber ich habe es geschafft.“ Behutsam zog sie ein seidenes Taschentuch aus ihrem Kleid und steckte es Emilia zu, die gerade widersprechen wollte. Sera legte ihr jedoch einen Finger auf die Lippen und hielt sie davon ab, ihr die Kräuter wieder zurückzugeben. „Bevor du mir wieder widersprichst, hör mir bitte zu“, fuhr sie fort. „Du musst die Kräuter nicht nehmen. Aber wenn du doch der Meinung bist, dass MEHR passiert sein könnte, hast DU die Wahl.“ Sie gab Emilia einen Kuss auf die Wange und drückte sie fest an sich. „Ich hab dich lieb. Und ich werde dich vermissen“, flüsterte die Elfe mit zittriger Stimme. Dann drehte sie sich auf dem Absatz um und verschwand zwischen den Tanzenden. In Emilias Hals bildete sich erneut ein Kloß. Nun war es so weit. Der Abschied war nicht mehr aufzuhalten. Sie wollte Sera noch hinterherrufen, sie konnte sie jedoch nicht mehr entdecken. Kurz betrachtete sie die getrockneten Blätter, die in dem Tuch lagen, das Sera ihr gegeben hatte, wickelte sie dann schnell wieder ein und ließ anschließend alles in ihrer Robe verschwinden. Sie blickte über die Wälder Andorins, die sich unter ihr erstreckten, und ihr Herz wurde noch schwerer, als es ohnehin schon war.

Es dauerte keine fünf Minuten, da kam ihr Vater zu ihr heraus.

„Da bist du ja, ich hatte dich schon gesucht. Es wird Zeit“, sagte er und sah Emilia aufmerksam an. „Meinst du, du kommst in der Menschenwelt alleine klar?“, fragte er besorgt. „Du musst nicht gehen, wir können mit deiner Mutter sicher eine Einigung finden“, redete er weiter. Emilia schüttelte nur den Kopf.

„Nein, ich habe beschlossen, diesen Weg zu gehen, und ich möchte es auch machen. Wir haben einen Plan und der ist gut. Ich werde meinen Abschluss in der Menschenwelt machen und anschließend hier mit Sera und Merkur die Ausbildung beginnen“, erklärte sie mit fester Stimme und wunderte sich selbst über diese Worte, da sie eigentlich nichts lieber getan hätte, als sich in ihrem gemütlichen Zimmer in ihrem Gästehaus für immer von der Außenwelt abzuschotten. „Und am Wochenende komme ich euch immer besuchen“, warf sie noch ein. Roman nickte und geleitete sie sicher über die Tanzfläche.

„Wo ist Granny?“, fragte Emilia überrascht.

„Sie wollte noch hierbleiben. Sie unterhält sich gerade sehr gut mit Haldur“, entgegnete Roman und zwinkerte ihr verschwörerisch zu.

„Dad! Er sieht aus, als könnte er ihr Sohn sein“, entfuhr es Emilia entsetzt.

„Richtig“, antwortete ihr Vater, „er sieht aber auch nur so aus. Haldur ist sicherlich schon mehrere hundert Jahre alt“, fügte er an und lachte. Emilia verzog das Gesicht zu einer Grimasse. Das überstieg nun eindeutig ihre Vorstellungskraft.

„Ich muss mich doch noch von ihr verabschieden“, fiel es ihr dann plötzlich ein. Sie wollte schon umdrehen, als ihr Vater sie daran hinderte.

„Granny, Haldur, Mephisto und Ainema werden am Tor auf uns warten“, erwiderte ihr Vater ruhig. Emilia nickte erleichtert und folgte ihm.

KAPITEL 19

Schweigend und in Gedanken versunken kehrten sie zurück zum Haus. Als sie endlich ankamen, begrüßten Fox und Kim sie überschwänglich.

„Oh, ihr Armen", sagte Emilia zu ihnen, „mit euch war heute ja noch gar niemand draußen." Sofort bekam Emilia ein schlechtes Gewissen, da sie in all dem Trubel ihren treuesten Freund total vergessen hatte. Fox schien sich daran nicht zu stören, er leckte ihr freudig die Hände und versuchte schwanzwedelnd an ihr hochzuspringen, um auch das Gesicht mit seiner Zunge erreichen zu können. Emilia wehrte ihn liebevoll ab.

„Es wird Zeit. Am besten holst du schnell deine Sachen, sie liegen gepackt in deinem Zimmer", riss ihr Vater sie aus dem Spiel mit dem Hund. „Und am besten ziehst du dich normal an", ergänzte er und deutete auf die schwarze Robe. Emilia nickte.

„Was ist mit dir? Du kommst doch auch mit in die Menschenwelt, oder?", fragte sie ihn und deutete auf seine Kleidung und die Krone. Roman nickte.

„Ich habe ein paar Sachen hier deponiert, ich werde mich ebenfalls kurz umziehen, während du dein Gepäck holst." Emilia rannte die Treppe nach oben, während Roman im Bad in Jeans und T-Shirt schlüpfte.

In ihrem Zimmer angekommen fiel ihr der Abschied noch viel schwerer, als sie erwartet hatte. Es war ja nur für eine

Woche, redete sie sich permanent ein, während sie sich die schwarze Robe über den Kopf zog und diese zurück in den Schrank hängte. Dann schlüpfte sie in eine blaue, zerrissene Jeans und einen schwarzen, dünnen Pullover, den ihr irgendjemand bereits auf das Bett gelegt hatte. Schweren Herzens stellte sie ihre bequemen Elfen-Stiefel in den Schrank und zog stattdessen ihre alten Sneakers an. Abschließend schnappte sie den vollgepackten Rucksack, der auf dem Boden neben dem Bett lag, und warf ihn sich über die Schulter. Dabei fiel etwas Hartes, Schweres auf den Boden. Emilia drehte sich um und bückte sich danach. *Magie der Elfen* las sie den Titel des Buches, das ihr herausgefallen war. Sie drückte es fest gegen ihre Brust und eine Träne kullerte über ihre Wange. Sofort musste sie daran denken, dass dies nun das Einzige war, was ihr von Elandiel geblieben war. Liebevoll strich sie über den Rücken des Buches und öffnete den Deckel. Ein Schluchzen entrang sich ihrer Kehle, als ihr ein zerknülltes Stück Pergament entgegenleuchtete. Granny musste die Nachricht, die Elandiel ihr geschrieben hatte, gefunden und sie in das Buch zurückgelegt haben. Dankbar strich sie den Zettel glatt.

„Emilia, bist du so weit?", fragte ihr Vater, der in der offenen Tür stand. Sie nickte und gemeinsam gingen sie zur Haustür. Emilia sah sich nicht noch einmal um.

Als die Tür ins Schloss gefallen war, atmete sie tief durch. Es fühlte sich falsch an, jetzt zurückzugehen, aber sie hatten einen Plan und sie würde versuchen, sich daran zu halten.

Fox und Kim tobten ausgelassen durch die Nacht. Als sie sich dem Wald näherten, begannen sie nach den

Glühwürmchen zu schnappen, die frech um ihre Köpfe kreisten. Normalerweise hätte Emilia dies aufgemuntert, aber heute half das alles nichts.

„Wer hat meine Sachen aus Grannys Haus geholt?“, fragte sie, kurz bevor sie das Tor erreichten.

„Ich war dort“, antwortete Roman. „Ich hatte Sehnsucht nach meiner alten Heimat und außerdem wollte ich Granny den Weg nicht schon wieder zumuten. Sie ist nicht mehr die Jüngste“, sagte er und seufzte tief.

„Danke, Dad!“, erwiderte sie mit erstickter Stimme. Mehr konnte sie in diesem Moment nicht sagen, er verstand sie auch so. Erst jetzt wurde ihr bewusst, dass sie das Buch noch immer an ihre Brust drückte.

Als sie das Tor erreichten, war von den anderen noch nichts zu sehen oder zu hören.

„Wir warten ein paar Minuten, sie kommen sicher gleich“, schlug Roman vor und sah sich dabei genau um. Emilia fand es heute ein bisschen unheimlich, es war so dunkel und still.

Zum Glück dauerte es keine fünf Minuten, bis sie Hufgetrappel hören konnten. Emilia drückte sich eng an Roman.

„Keine Panik, das sind sie. Ich habe ihnen erlaubt, die königliche Kutsche zu nehmen.“ Emilia atmete erleichtert auf. Bevor die anderen ankamen, musste sie noch eine Frage loswerden, die ihr auf der Seele lastete.

„Was ist, wenn Castor uns auflauert?“, fragte sie ängstlich und sah ihren Vater an. „Kann es nicht sein, dass er auch hinter mir her ist?“

„Seit seinem letzten Auftritt glauben wir nicht, dass er noch Interesse an dir hat. Du hast mich befreit und wir denken, dass er deine Aufgabe damit als erledigt betrachtet. Vermutlich sieht er in dir, als Mischlingskind, keine weitere Gefahr“, entgegnete er und kratzte sich dabei am Hinterkopf.

„Aber du klingst nicht sehr sicher“, bohrte Emilia weiter. Roman zuckte mit den Schultern. Bevor er jedoch noch etwas erwidern konnte, wurde ihr Gespräch durch die Ankunft der Kutsche unterbrochen.

Die Verabschiedung artete in ein großes Durcheinander aus. Jeder wollte Emilia nochmals umarmen und ihr ein bisschen Mut mit auf den Weg geben. Eigentlich war es seltsam, dass sie so ein großes Aufhebens darum machten, da sie ja in kürzester Zeit wieder zurückkehren würde.

Als sich alle verabschiedet hatten, öffnete Roman das Tor. Emilia sah genau zu und prägte sich die Beschwörung genau ein. Als das Tor erschien, nahm Roman sie fest an die Hand. Emilia hatte Fox an die Leine genommen und hielt diese so fest, dass ihre Knöchel weiß hervortraten.

„Egal, was passiert, lass meine Hand nicht los. Hörst du?“, forderte Roman sie auf. Seine Stimme klang ziemlich angespannt. Emilia nickte. Sie drehte sich noch mal um und winkte allen zum Abschied. Sera, die glücklicherweise auch mitgekommen war, wischte sich die Tränen von den Wangen.

Dann fokussierte sie erneut das Portal und schritt beherzt hindurch. Zum Glück fühlte sich alles an wie sonst auch. Der einzige Unterschied lag darin, dass sie sonst meistens mit Merkur die Welten gewechselt hatte. Sie spürte außerdem, dass Roman eine andere Richtung einschlug, wenn man das so sagen konnte. Sekunden später standen sie im hellen Sonnenschein auf einer kleinen Lichtung. Das Flimmern des Tores erlosch und zurück blieben nur sie drei.

KAPITEL 20

Emilia nahm aus der Ferne das Rauschen der Straße und das Geschrei spielender Kinder wahr.

„Wo sind wir?“, fragte sie verblüfft. Roman lachte erleichtert auf.

„Na, im Park hinter unserem Haus“, erwiderte er. Emilia sah durch eine kleine Öffnung im Gebüsch und tatsächlich, sie befanden sich keine hundert Meter von ihrem Zuhause entfernt. Roman zog sie hinter sich her durch ein kleines Schlupfloch in den Hecken, das sich sofort, nachdem sie es durchschritten hatten, wieder hinter ihnen verschloss. So kamen sie beinahe am Ausgang des Parks heraus. Sie überquerten die Straße und steuerten auf das kleine Reihenhaus zu, in dem ihre Familie wohnte. Emilia kam alles plötzlich so fremd vor. Schon jetzt wünschte sie sich nur zurück nach Andorin. Die Hand ihres Vaters hielt sie noch immer fest umklammert. Sie fühlte sich wie ein kleines Kind, das zum ersten Mal in seinem Leben in der Großstadt war. Als sie vor dem kleinen Haus angekommen waren, hielt Roman an und sah sich aufmerksam um.

„Hat sich ja nichts verändert hier“, stellte er fest. Emilia konnte ihm seine Nervosität anhören. Nachdem sie fünf Minuten schweigend das Haus betrachtet hatten, räusperte sie sich.

„Wollen wir nicht hineingehen?“, fragte sie unsicher.

„Natürlich“, stimmte er ihr zu. Sie durchquerten den Vorgarten und Emilia klingelte an der Tür. Es tat sich nichts. Sie klingelte nochmals. Plötzlich wurde die Tür aufgerissen und Emilia sah in das wütende Gesicht von Steve, Mutters Freund.

„Ach, du bist es, Emilia“, begrüßte er sie wenig herzlich. „Ich dachte schon, die Bälger von nebenan machen wieder Klingelstreiche“, setzte er entschuldigend hinzu. „Schön, dass du wieder da bist. Wir hatten erst heute Abend mit dir gerechnet“, plapperte er weiter. „Danke, ab hier übernehme ich“, wandte er sich nun an Roman. „Was schulden wir Ihnen?“, fragte er und zog seine Geldbörse heraus.

„Die letzten Jahre mit meiner Frau, schätze ich“, erwiderte dieser mit einem schiefen Grinsen. Steve sah ihn unverständlich an. Roman lächelte unsicher und streckte ihm die Hand hin.

„Freut mich, Sie kennenzulernen, ich bin Roman Scott“, stellte er sich höflich vor. Steve erstarrte.

„Oh, bitte entschuldigen Sie ...“, stammelte Steve unsicher und lief rot an. „Ich dachte, Sie seien ein Taxi-Fahrer, der Emilia vom Bahnhof hergebracht hat. Oh, wie peinlich. Ähm, ja, kommen Sie doch erst mal rein.“ Er schob Roman und Emilia in den Hausflur und schloss die Tür.

„Claire?“, rief er die Treppe hinauf. „CLAIRE! Setz Kaffee auf, ich glaub‘, wir haben Besuch.“

Roman nickte dankbar und ging hinter Emilia die Treppe zur Wohnung hinauf. Steve folgte ihnen und wischte sich den Schweiß von der Stirn.

KAPITEL 21

Als sie die kleine Wohnküche betraten, drehte sich Emilias Mutter, die gerade damit beschäftigt war, Kaffee zu machen, um und strahlte ihre Tochter an.

„Emilia, schön, dass du wieder da bist“, rief sie. Sie wollte soeben auf sie zueilen und sie in die Arme schließen, als Roman hinter ihr die Küche betrat. Claire blieb wie angewurzelt stehen. Sie sah aus, als hätte sie einen Geist gesehen.

„Roman!“, hauchte sie. „Das ist unmöglich ... Wie ... Wo ...“ Emilia holte ihr schnell einen Stuhl und Claire setzte sich wie in Trance darauf.

„Hallo Claire“, sagte Roman liebevoll. In seinen Augen konnte Emilia so viel Schmerz erkennen. Sie wollte sich nicht vorstellen, was im Moment in ihren Eltern vor sich ging.

„Ähm, ich geh mal eine Runde um den Block. Ich denke, es ist besser, wenn ihr das mal ohne mich klärt“, warf Steve ein, und ohne eine Antwort abzuwarten, holte er seine Jacke und trabte die Treppe hinunter. Claire nickte geistesabwesend, ließ Roman dabei jedoch nicht aus den Augen. Als die Tür unten ins Schloss gefallen war, atmete Roman auf und sagte:

„Schön, dann können wir alles in Ruhe bereden, das macht es einfacher. Emilia, bringst du den Kaffee an den Tisch? Er wird deiner Mutter guttun.“ Emilia nickte und machte sich ans Werk. Roman setzte sich zu Claire an den

Tisch und nahm ihre Hände in seine. Sie zuckte kurz zusammen, ließ ihn aber gewähren.

„Du lebst“, hauchte sie. Dann entzog sie ihm ihre Hände und strich ihm stattdessen liebevoll von der Wange bis zum Kinn. „Du hast dich nicht verändert“, sagte sie leise. Ihre Stimme zitterte.

„Doch, das habe ich ...“, flüsterte er. In seiner Stimme lag all der Schmerz, den er die letzten Jahre hatte ertragen müssen.

„Wo bist du all die Jahre gewesen?“, fragte sie nun weiter. Emilia reichte ihnen die gefüllten Kaffeebecher und setzte sich zu ihnen an den Tisch.

„Das ist eine lange Geschichte“, erwiderte Roman seufzend und lehnte sich zurück. Dann begann er zu erzählen. Er berichtete von seiner Gefangenschaft, den Jahren in der Fremde, er erzählte Claire, wie er Fox zu ihnen geschickt hatte, in der Hoffnung, sie würden den Hinweis deuten können und weiter auf ihn warten. Nachdem Roman geendet hatte, nahm er einen großen Schluck Kaffee. Niemand traute sich, etwas zu sagen. Claire biss sich nervös auf der Unterlippe herum. Dann hob sie den Kopf und sah Roman an. Tränen standen ihr in den Augen.

„Ich hatte die Hoffnung bereits aufgegeben, als Fox in unser Leben kam. Als der Tierarzt uns sagte, dass es sich um einen Islandhund handelte, traute ich meinen Ohren kaum. Deine Mutter war felsenfest davon überzeugt, dass es ein Zeichen sei, aber ich wagte nicht, mein Herz erneut an diese Hoffnung zu verlieren. Als dann die Jahre ins Land zogen, ohne dass wir ein Lebenszeichen von dir erhalten hatten, habe ich beschlossen, einen Neuanfang zu machen", flüsterte sie bedauernd. Roman nickte ernst.

„Ich verstehe dich, Claire. Es ist gut. Ich möchte dich auch nicht dazu überreden, zu mir zurückzukommen. Ich möchte nur, dass du weißt, dass ich dich nach wie vor liebe." Claire nickte, erwiderte jedoch nichts. Stattdessen betrachtete sie eingehend ihre Hände. Nach einer kleinen Pause fragte sie weiter:

„Wie konntest du entkommen und wie hast du Kontakt zu Emilia aufnehmen können?" Roman nickte Emilia zu.

„Ich denke, den Part solltest du erzählen." Emilia atmete tief durch. Dann erzählte sie die Geschichte, wie sie zu den Elfen gekommen war und wie sie Roman retten konnten. Sie vermied es gekonnt, Merkur zu erwähnen. Sie wusste, hätte sie seinen Namen ausgesprochen, wäre sie sofort in Tränen ausgebrochen. Als sie den Bericht abgeschlossen hatte, hätte ihre Mutter wahrscheinlich keinen Tropfen Blut mehr gegeben, wie man so schön sagte. Emilia konnte sehen, wie es in Claire arbeitete. Es brodelte regelrecht. Sie kämpfte mit den widersprüchlichsten Gefühlen. Der Angst einer Mutter, dass ihr Kind sich in Lebensgefahr begeben hatte, dem Ärger auf Sophia, dass sie dies zugelassen hatte und der Freude darüber, dass alle heil nach Hause gekommen waren.

„Alles, was zählt, ist, dass ihr wieder gesund zu Hause seid", antwortete sie schlussendlich. Emilia sah ihren Vater an.

„Claire, da ist noch etwas, das du wissen solltest", sagte Roman zögerlich.

„Ich weiß nicht, wie viel Geschichten ich heute noch ertragen kann, aber gut. Was muss ich noch wissen?", fragte Claire mit belegter Stimme.

„Ich wurde heute Nacht zum König von Andorin gekrönt“, entgegnete er geradeheraus. Claire hielt die Luft an.

„Das ist noch nicht alles“, redete nun Emilia weiter. „Ich werde nach meinem Schulabschluss ebenfalls nach Andorin gehen und dort meine Ausbildung bei den Elfen antreten.“ Nun war es heraus. Kurz und schmerzlos. Na ja, zumindest kurz. Claire stand auf und ging zum Fenster. Sie verschränkte die Arme vor der Brust und sah hinaus. Nach einer Weile atmete sie tief durch und drehte sich zu den beiden um.

„Emilia, ich denke, du solltest auspacken und vielleicht möchtest du noch unter die Dusche, bevor wir essen“, forderte ihre Mutter sie in einem ganz beiläufigen Tonfall auf. Emilia kannte ihre Mutter jedoch besser. Claire wollte mit Roman alleine reden. Beziehungsweise würden sie miteinander streiten. Fragend sah sie ihren Vater an. Dieser nickte und so verließ sie, zusammen mit Fox, die Küche. In ihrem Zimmer warf sie ihren Rucksack in die Ecke und versuchte angestrengt, an der Tür zu lauschen. Jedoch sprachen die beiden so leise, dass Emilia kein Wort verstehen konnte. Nach einiger Zeit hörte sie, wie die Haustür ins Schloss fiel. Vermutlich waren Teresa oder Steve nach Hause gekommen. Vorsichtig öffnete sie ihre Tür einen Spalt breit und lugte hinaus. Es war Steve. Roman und Claire hatten ihr Gespräch unterbrochen, als sie die Tür gehört hatten.

„Ich denke, es ist besser, wenn ich nun gehe“, hörte sie ihren Vater sagen. Leise schloss Emilia die Tür wieder und wartete, bis es klopfte.

„Herein!", rief sie. Roman trat in ihr Zimmer und sah sich aufmerksam um.

„Hier hat sich ebenfalls nicht viel verändert", stellte er schmunzelnd fest und setzte sich zu seiner Tochter aufs Bett. „Ich muss aufbrechen, mein Kind", sagte er und sah vor sich auf den Boden.

„Du holst mich ja Freitag ab, oder?", antwortete sie hoffnungsvoll. „Was das angeht, Emilia ...", begann Roman stockend, „sind deine Mutter und ich übereingekommen, dass du hier im Moment besser aufgehoben bist als in Andorin. Du solltest dich auf die Schule konzentrieren und für deine Prüfungen lernen." Er sah sie weiterhin nicht an, während er zu ihr sprach, sondern blickte starr zu Boden.

„Sie hat es also verboten", antwortete Emilia bitter. Roman nickte.

„Das war der Deal. Du bleibst hier und machst deinen Abschluss und darfst dafür in den Ferien und nach den Prüfungen zu mir kommen." Emilia sah enttäuscht aus.

„Was ist mit Merkur? Was ist mit der Prophezeiung? Sollte ich nicht öfter in Andorin sein?", fragte sie mit tränenerstickter Stimme. Roman hob den Blick, sah ihr in die Augen und zog sie dann in eine feste Umarmung.

„Du kannst im Moment in Andorin nichts tun. Merkur ist weg, bis wir ihn gegen Mephisto austauschen können. Um alles andere kümmern sich unsere Gelehrten und Haldurs beste Seher. Sobald wir Erkenntnisse haben, die dich betreffen, werden wir dich heimholen. Versprochen. Ich bitte dich aber auch um ein Versprechen, Emilia ..." Er schob sie auf Armeslänge von sich und sah sie ernst an. Sie nickte.

„Um was für ein Versprechen?“, fragte sie traurig. Sie wusste, was nun kommen würde.

„Ich bitte dich darum, nicht auf eigene Faust nach Andorin zu kommen. Die Gefahr, dass du von den Dämonen der Finsternis gefangen genommen werden könntest, ist zu groß. Ich weiß, ich habe vorhin gesagt, dass wir nicht davon ausgehen, dass der Fürst der Finsternis noch Interesse an dir hat, aber sicher wissen wir es nicht. Außerdem bist du nicht sehr geübt, was das Reisen mit den Elfen-Toren anbelangt. Du könntest verloren gehen. Also bitte halte dich von der Pforte fern“, bat Roman sie eindringlich.

„Schon gut, schon gut, ich habe es verstanden“, maulte Emilia. „Kommst du mich wenigstens ab und zu besuchen und berichtest mir, was bei euch so vor sich geht?“, fragte sie mit belegter Stimme.

„Sicher“, versprach er. Emilia nickte und sah auf den Boden. Eine Träne tropfte aus ihren Augen direkt auf die Dielen. Roman stand auf und gab ihr einen Kuss auf den Scheitel.

„Ich hab dich lieb, mein tapferes, großes Mädchen. Bis bald.“ Emilia konnte hören, dass auch er einen Kloß im Hals hatte. Sie sprang auf und warf sich ihm um den Hals.

„Ich hab dich lieb, Daddy“, stieß sie unter Tränen aus und klammerte sich fest an ihn. Er streichelte ihr beruhigend über den Rücken. Nach einiger Zeit schob er sie von sich weg und sagte:

„Ich muss zurück zum Fest, Emilia. Die Leute werden bald merken, dass ich nicht mehr da bin.“ Er wischte ihr die Tränen von den Wangen und sah sie nochmals eine Sekunde liebevoll an.

„Bis bald", sagte er, drehte sich um und ging. Emilia sah ihm vom Fenster aus nach, bis er in dem kleinen Wäldchen im Park verschwunden war. Sie glaubte sogar, das Schillern des Elfen-Tores durch die Äste erkennen zu können. Vermutlich bildete sie sich das jedoch nur ein. Auch nachdem sie sicher war, dass ihr Vater längst wieder bei den anderen im Ballsaal war, blickte sie noch eine ganze Weile hinaus in die Dämmerung. Erst, als ihre Mutter sie zum Abendessen rief, erwachte sie aus ihrer Starre.

„Ich hab keinen Hunger", antwortete sie. Dann zog sie die Schuhe aus und warf diese achtlos auf den Boden. Anschließend ließ sie sich ins Bett fallen und vergrub ihren Kopf im Kissen. Ihr war zum Heulen zumute, aber offenbar hatte sie sich in den letzten Tagen leer geweint. Zumindest kamen gerade keine Tränen mehr. Sie versuchte sich vorzustellen, wie es sein würde, so lange Zeit von der Elfenwelt und ihrem Vater getrennt zu sein. Hatte sie doch jetzt schon Sehnsucht nach all ihren Lieben. Doch vor allem vermisste sie Merkur.

„Komm ins Bett, Fox", flüsterte sie und hob die Bettdecke an. Fox sprang freudig hinein und kuschelte sich an sie. „Ich brauch heute jemanden zum Kuscheln", flüsterte sie in sein Fell und schmiegte sich an ihn. Komplett angezogen und mit ihrem Hund im Arm schlief sie ein. Sie bekam nicht mit, dass ihre Mutter noch nach ihr gesehen hatte, und sie bekam auch nicht mit, dass ihre Schwester nach Hause gekommen war und ein riesiges Theater vollführt hatte, als ihre Mutter ihr die Wahrheit über ihren Vater berichtet hatte. Außerdem bekam sie auch nicht mit, dass Steve an diesem Abend auf dem Sofa schlafen musste, weil er und ihre Mutter sich ebenfalls noch heftig in die Haare bekommen hatten. Emilia schlief den Schlaf der Gerechten. Das hatte sie sich nach all der Aufregung auch verdient.

KAPITEL 22

Am nächsten Morgen wurde sie von ihrer Mutter geweckt.

„Aufstehen, Liebling“, flüsterte sie und rüttelte sie sanft am Arm. „Fox, raus aus dem Bett“, schimpfte sie halbherzig. „Das mir das nicht zur Gewohnheit wird!“, fügte sie in einem etwas strengeren Tonfall an.

„Bestimmt nicht“, murmelte Emilia verschlafen. Als ihre Mutter wieder gegangen war, um das Frühstück zu richten, quälte sich Emilia ebenfalls aus dem Bett. Sie zog sich frische Kleider an und machte eine Katzenwäsche. Das musste genügen, zu mehr konnte sie sich heute nicht aufraffen. Während sie sich richtete, überlegte sie, wie viel Zeit wohl inzwischen in der Elfenwelt vergangen war. Ob das Fest wohl überhaupt schon zu Ende war, und ob Granny in Andorin bleiben oder ebenfalls nach Hause zurückkehren würde. Bis Emilia zum Frühstück kam, waren die anderen der Familie schon beinahe fertig mit dem Essen. Die Begrüßung zwischen ihrer Halbschwester und ihr fiel sehr kühl aus. Vermutlich musste Teresa die Nachricht über ihren anderen Vater auch erst verdauen, wobei sie und Roman sowieso nie das innigste Verhältnis zueinander gehabt hatten.

Das Frühstück verlief recht schweigsam. Emilia war dies sehr recht. Steve stand als Erster auf. Das Zurückschieben seines Stuhles zerriss die Stille unnatürlich. Er verabschiedete sich kurz und knapp für die gesamte Woche. Er und Claire sahen sich nur am Wochenende. Emilias

Mutter atmete beinahe erleichtert auf, als Steve die Haustür hinter sich ins Schloss gezogen hatte. Emilia hatte keine Zeit, sich weiter Gedanken über die beiden zu machen, da sie ihre Mutter zur Eile antrieb. Heute war der erste Schultag. Die Schule begann am ersten Tag zwar später, dennoch musste Emilia nun schauen, dass sie den Bus noch rechtzeitig erwischen würde. Aber eigentlich war es ihr egal. Ihr altes Leben erschien ihr geradezu unwichtig. Sie fragte sich, wie ihr der Schulabschluss in der Menschenwelt noch vor wenigen Tagen so wichtig erscheinen konnte. Heute war dieser Wisch Papier, den sie am Ende der Schulzeit als Abschlusszeugnis erhalten würde, einfach nur bedeutungslos. Dennoch erhob sie sich wie in Trance, nahm ihren Rucksack entgegen, den ihr ihre Mutter hinstreckte, und machte sich auf den Weg zur Bushaltestelle.

Sie wusste nicht, wie sie die Haltestelle erreicht hatte, ohne von einem Auto überfahren worden zu sein, trotzdem saß sie eine Viertelstunde später im Schulbus. Ihre Klassenkameraden ignorierte sie geflissentlich. Sie steckte sich die Kopfhörer ihres alten MP3-Players in die Ohren und suchte vergeblich nach dem Lied, das sie in dieser Stimmung dringend gebraucht hätte. Sie drückte die Playlist rauf und runter und ärgerte sich über das alte Teil, das noch nicht mal ein Display hatte. Daher nahm sie sich fest vor, nach der Schule ein neues Ladekabel für ihr Smartphone zu organisieren und nach einem neuen E-Reader zu schauen. Auf dem Handy war das eindeutig komfortabler mit der Titelauswahl. Nachdem sie schlussendlich doch noch ein paar Lieder gefunden hatte, die sie gesucht hatte, lehnte sie sich zurück, ließ sich von der Musik berieseln und starrte zum Fenster hinaus.

Als sie die Schule erreicht hatten und sie aus dem Bus ausgestiegen war, begann es gerade zu regnen. Das Wetter passte hervorragend zu Emilias Stimmung. Sie überlegte, ob es in Andorin wohl überhaupt jemals regnen würde. Bisher kannte sie dort nur wunderschöne Sommertage.

An diesem Tag schleppte sich Emilia von Klassenzimmer zu Klassenzimmer. Sie versuchte, dem Unterricht zu folgen, aber jeder Lehrer hielt ihnen denselben öden Vortrag. Sie waren der Abschluss-Jahrgang und das bedeute, dass sie sich nun ranhalten mussten, um die Prüfungen in wenigen Monaten zu bestehen. Bei dem Gedanken daran, dass sie die Prüfungen vor wenigen Wochen noch in Angst und Schrecken versetzt hatten, entfuhr Emilia sogar ein beinahe hysterisches Kichern, welches ihr die Aufmerksamkeit der ganzen Klasse eintrug. Schnell vergrub sie sich hinter ihrem Notizblock und tauchte die restliche Stunde nicht mehr dahinter auf.

Nach sechs Stunden war sie erleichtert, dass der erste Schultag überstanden war. Da es aufgehört hatte zu regnen, beschloss sie, nicht mit dem Bus nach Hause zu fahren. Sie machte einen kleinen Umweg und kaufte in der Fußgängerzone ein neues Ladekabel für ihr Handy. Für mehr reichte ihr Geld, das sie dabei hatte, leider nicht. Einen E-Reader würde sie sich online bestellen, beschloss sie. Der Gedanke daran, wieder lesen zu können, munterte sie sogar ein kleines bisschen auf. Gemütlich bummelte sie die Einkaufsstraße hinunter und kam daher viel zu spät zum

Essen nach Hause. Das erwartete Donnerwetter blieb jedoch aus. Emilia machte sich die Reste, die ihre Mutter ihr beiseitegestellt hatte, warm, stocherte anschließend jedoch nur lustlos darin herum. Kurzentschlossen schob sie das Ganze nach drei Bissen Fox hin, der es genüsslich vernichtete. Ihr war irgendwie nicht nach essen zumute.

KAPITEL 23

Die Wochen zogen ins Land und Emilia sah und hörte nichts aus der Elfenwelt. Sie hatte mehrfach versucht, Granny zu erreichen, aber die Leitung blieb stumm. Entweder war diese noch in der Elfenwelt oder sie hatte es schlicht und einfach noch nicht geschafft, sich ein neues Telefon zu besorgen. Sie hatte auch überlegt, Granny einen Brief zu schreiben, aber vermutlich würde der vor Weihnachten ebenfalls nicht ankommen. Daher verwarf sie diese Idee wieder. Emilia quälte sich von Tag zu Tag, von Woche zu Woche. Die Ungewissheit fraß sie regelrecht auf. Sie konnte nicht essen, da ihr permanent übel war, und sie war nur noch müde. Sie überlegte sich inzwischen allen Ernstes, ob sie eine waschechte Depression hatte. Immer öfter wanderten ihre Gedanken zum Elfen-Tor, das nur wenige Meter entfernt von ihr stand und sie beinahe zu rufen schien. Allerdings traute sie sich nicht, das Versprechen, das sie ihrem Vater gegeben hatte, zu brechen.

Eines Samstagmorgens hielt sie es jedoch nicht mehr länger aus. Nach dem Aufstehen beschloss sie, sich das Tor zumindest einmal aus der Nähe anzusehen. Was sollte schon passieren? Draußen war es inzwischen kalt und der ständige Nebel schlug ihr noch zusätzlich aufs Gemüt.

Nach dem Frühstück richtete sie sich wie üblich, um mit Fox eine Runde im Park zu joggen. Als sie den Park jedoch erreicht hatten, bog Emilia schnurstracks in das Gebüsch ab, hinter dem das Tor versteckt war. Es kostete sie ein bisschen Mühe, eine freie Stelle zu finden, durch die sie sich hindurchdrücken konnte, ohne sich Hände und Gesicht an den Zweigen zu zerkratzen. Innerlich fluchte sie darüber, dass sie ihre Kräfte noch nicht so gut im Griff hatte, als dass sie den Zweigen den Befehl hätte geben können, sich von selbst zurückzuziehen und ihr den Weg freizugeben. Aber zum Glück gelang ihr der Zutritt auch so.

Vorsichtig sah sie sich um. Gerade als sie mit dem Gedanken gespielt hatte, doch einmal zu versuchen, das Tor zu öffnen, trat eine schlanke Gestalt aus dem Schatten eines hohen Baumes. Emilia erschrak und taumelte einen Schritt rückwärts. Bevor sie einen Schrei ausstoßen konnte, hatte die Person sie jedoch gepackt und ihr den Mund zugehalten.

„Pst ...", zischte die Person ihr ins Ohr. Emilias Herz schlug ihr bis zum Hals. Verdammt, was hatte sie sich nur dabei gedacht? Panisch versuchte sie, sich aus der Umklammerung ihres Angreifers zu lösen. Leider hatte sie nicht die geringste Chance. Fox sprang sofort an Emilias Angreifer hoch und ... begrüßte diesen schwanzwedelnd ... Emilia hielt vor Verblüffung in ihrem Kampf inne.

„Ganz ruhig", vernahm sie nun eine ihr bekannte Stimme. „Ich bin's nur", beruhigte sie Roandir. Sogleich entspannte sie sich in seinem Griff und dieser ließ die Hand sinken.

„Was tust du hier?", fragte Emilia überrascht und schnappte nach Luft.

„Na, was wohl?", antwortete er scherzhaft. „Ich hab ein Auge auf dich", erklärte er belustigt. Emilia sah ihn fragend an.

„Musstest du mich so erschrecken? Hättest dich ja auch einfach normal bemerkbar machen können“, maulte sie nun. Roandir zuckte mit den Schultern und antwortete:

„Bitte entschuldige, aber ich hatte Angst, dass du vor Schreck aufschreist, wenn ich urplötzlich vor dir auftauche. Und ich hatte keine Lust, dass hier gleich jede Menge Leute stehen, die denken, dass man hier im Gebüsch ein Mädchen vergewaltigt oder Ähnliches ...“ Emilia nickte. Das leuchtete ihr ein.

„Heißt das, du sitzt seit Wochen hier oben im Gebüsch?“, fragte sie.

„Nein“, erwiderte er und lachte nun laut auf. „Ich hab mich bei deinen Nachbarn einquartiert. Roman hat mir ein Ferienapartment bei ihnen angemietet. So bekomme ich immer mit, was du so treibst“, antwortete er und lächelte entschuldigend. Emilia wusste nicht, was sie sagen sollte. Eigentlich hätte sie wütend sein sollen, dass sie seit über einem Monat beschattet wurde, andererseits war sie froh darüber, endlich ein bekanntes Gesicht zu sehen. Außerdem war die Gewissheit, einen Elfenkrieger in der Nähe zu haben, der einem das Tor öffnen konnte, sehr beruhigend.

„Kommt mit“, forderte er die beiden auf. „Lasst uns zu mir gehen und einen Tee trinken. Hier draußen holen wir uns noch den Tod.“ Emilia stellte erst jetzt fest, dass sie und Fox inzwischen schon ganz nass vom Nebel waren. Sie folgte dem Krieger, der zielstrebig auf das Nachbarhaus zusteuerte. Erst jetzt bemerkte sie, wie menschlich Roandir angezogen war. Er trug eine Blue Jeans, schwarze Turnschuhe und einen dunkelblauen Windstopper.

Allerdings machte er auch in diesen Klamotten eine verdammt gute Figur. Erst als Emilia ein Zucken um Roandirs Mundwinkel erblickte, fiel ihr auf, dass sie ihre Gedanken nicht verborgen hatte. Peinlich berührt, biss sie sich auf die Unterlippe und schloss schnell ihre Gedankentür.

Die Wohnung, in der Roandir untergekommen war, war zwar nicht groß, aber dafür sehr gemütlich. Nachdem sich Emilia an den Esstisch gesetzt hatte, hatte Roandir erst einmal ein Handtuch gebracht, sodass sie sich ihre Haare abtrocknen konnte. Danach war er dann, schweigsam wie immer, in der Küche verschwunden. Dort hörte Emilia nun Tassen klappern und den Wasserkocher brodeln. Sie war überrascht, wie gut Roandir sich hier in der Menschenwelt zurechtzufinden schien. Keine fünf Minuten später stellte er ihr eine dampfende Tasse Kräutertee vor die Nase. Emilia stieg ein ihr bekannter Duft in die Nase und sofort bekam sie Heimweh. Heimweh nach Andorin.

„Anderen Tee habe ich nicht", sagte er entschuldigend. „Ich habe ihn mitgebracht. Ich kann auf viel verzichten, jedoch nicht auf meinen andorinischen Tee", gestand er und lächelte. Emilia war sehr überrascht. Sie hatte in ihm immer nur den Krieger gesehen, aber anscheinend hatte auch er seine weichen Seiten. Sie nickte und nahm einen kleinen Schluck. Der Geschmack der Kräuter breitete sich schlagartig in ihrem Mund aus. Sie wusste, was Roandir meinte, dieser Tee war mit keinem anderen Tee ihrer Welt zu vergleichen. Roandir trank ebenfalls einen Schluck und lehnte sich in seinem Stuhl zurück. Dann sah er Emilia nachdenklich an.

„Hast du etwas aus Andorin gehört?“, platzte sie nun mit der Frage der Fragen heraus. Roandir schüttelte den Kopf.

„Nein, und langsam beunruhigt mich diese Tatsache“, entgegnete er. „Roman hatte mir versprochen, mich regelmäßig zu kontaktieren.“

„Könntest du nicht einfach mal schnell rüber?“, fragte Emilia hoffnungsvoll. „Oder hat er es dir auch verboten?“

„Nein.“ Roandir lachte sein weiches Lachen. „Er hat es mir nicht verboten, aber was wäre ich für ein Wächter, wenn ich dich hier allein lassen würde, um in eine andere Welt zu verschwinden? Roman würde mich strecken und vierteilen lassen, würde er erfahren, dass ich dich auch nur eine Sekunde aus den Augen gelassen habe.“

„Heißt das, du folgst mir echt auf Schritt und Tritt und ich habe dich nicht bemerkt?“, fragte sie nun verblüfft. Roandir nickte.

„Ich bin gut darin, mich zu tarnen“, bestätigte er ihr. „Aber keine Sorge. Ich beobachte dich nur, wenn du dich außerhalb des Hauses aufhältst. Euer Zuhause wurde von uns mit einem Zauberbann belegt. Darin bist du ziemlich sicher.“ Emilia nahm nochmals einen Schluck ihres Tees, da sie nicht wusste, was sie darauf erwidern sollte. Sie hasste es nach wie vor, bewacht zu werden. Andererseits war sie im Nachhinein froh darüber, nicht alleine in der Menschenwelt sein zu müssen. Die Tatsache, einen Elfen bei sich zu haben, gab ihr das Gefühl, noch immer Teil der magischen Welt zu sein. Sie räusperte sich und fuhr fort, ihre Fragen zu stellen:

„Könnten wir nicht gemeinsam …?“ Bevor sie jedoch ihre Frage zu Ende stellen konnte, schüttelte Roandir den Kopf.

„Dein Vater hat dir strengstens verboten, nach Andorin zu kommen. Daran sollten wir uns halten“, antwortete er, stand auf und blickte nach draußen in den Nebel. „Allerdings weiß ich im Moment selbst nicht, wie lang ich diese Ungewissheit noch ertragen kann. Ich habe das Gefühl, dass irgendetwas nicht in Ordnung ist“, fuhr er nachdenklich fort. Emilia nickte.

„Wir brauchen also einen Plan“, sagte sie, und zum ersten Mal seit Monaten fühlte sie sich nicht mehr so hilflos. Roandir lachte laut auf.

„Was stellst du dir vor?“, fragte er, drehte dem Fenster den Rücken zu und sah sie mit seinen leuchtenden Augen forschend an.

Emilia kaute auf ihrer Unterlippe, während sie überlegte.

„Keine Ahnung“, gab sie nach einigen Minuten des Schweigens von sich und warf resigniert die Arme in die Luft. „Du bist der Elfenkrieger. Ich dachte, dir fällt was Gutes ein“, brummte sie. Roandir kam zurück zum Tisch und setzte sich erneut.

„Ich befürchte, es bleibt uns nichts anderes übrig als abzuwarten“, entgegnete er, legte ihr beruhigend eine Hand auf die Schulter und sah sie fest an.

„Lass das!“, fuhr sie ihn an, schob seine Hand weg und wandte den Kopf ab. „Ich mag es nicht, wenn man meine Gefühle manipuliert“, murrte sie. Roandir seufzte.

„Bitte entschuldige, ich wollte dich nur beruhigen. Weiter nichts“, sagte er. Dann stand er wieder auf und räumte die Tassen in die Küche.

„Du solltest nun nach Hause gehen. Deine Mutter wird sicher schon auf dich warten“, forderte er sie auf. Emilia sah auf die Uhr und stellte mit Entsetzen fest, dass sie wirklich schon sehr lange fort war. Sie erhob sich und nahm Fox wieder an die Leine. Bevor sie sich jedoch von Roandir verabschiedete, bat sie ihn noch um zwei Dinge:

„Kannst du mir einen Gefallen tun?“, fragte sie geradeheraus.

„Kommt drauf an ...“, erwiderte er, verschränkte seine Arme vor der Brust und lehnte sich abwartend an den Türrahmen.

„Gibst du mir bitte sofort Bescheid, wenn du was hörst?“, fragte sie mit zitternder Stimme. Roandir nickte. „Und ...“, fuhr sie fort, „da wäre noch etwas ...“ Roandir war ganz Ohr. „Könntest du dich bitte nicht mehr tarnen, wenn du mir folgst? Mir wäre es lieber, ich wüsste, wo du bist“, murmelte sie. Der Krieger schenkte ihr ein strahlendes Lächeln.

„Das lässt sich einrichten“, bestätigte er ihr und schob sie anschließend hinaus in den kalten Herbstmorgen.

Das trübe Herbstwetter erinnerte sie daran, dass es nur noch ein paar Wochen bis zu ihrem siebzehnten Geburtstag waren. Aber darauf freuen konnte sie sich nicht. Mit wem sollte sie schon feiern? All ihre Freunde waren in Andorin oder ... Nein, sie durfte nicht daran denken, wo Merkur war.

Es genügte, dass sie jede Nacht von schlimmen Albträumen geplagt wurde. Ständig sah sie vor sich, wie Merkur gefoltert und gequält wurde, und jeden Morgen betete sie, dass es sich wirklich nur um Träume handelte.

Während sie so ihren Gedanken nachgehangen war, hatte Emilia kaum wahrgenommen, dass sie bereits ihren

Vorgarten erreicht hatte. Sie schloss auf und rettete sich schnell ins Trockene.

Nachdem sie Fox von oben bis unten abgetrocknet hatte, hängte sie ihre nasse Jacke an die Garderobe und lief ins Bad, um sich unter einer heißen Dusche aufzuwärmen. In ihrem Lieblingsjogginganzug machte sie es sich auf ihrem Bett gemütlich und schmökerte in ihrem Elfenlehrbuch. Sie hatte sich fest vorgenommen, die Defizite, die sie in ihrer Ausbildung hatte, schnellstmöglich aufzuarbeiten. Da sie absolut vertieft in ihre Übungen war, bekam sie nicht mit, dass es unten an der Tür geklingelt hatte.

KAPITEL 24

Emilia wurde unsanft aus ihrem Training gerissen, als es leise an der Tür klopfte. Etwas genervt rief sie:

„Herein!“ Sie wunderte sich jedoch, dass Fox freudig bellend zur Tür sprang, als diese sich einen Spalt breit geöffnet hatte.

Als die Tür vollends aufging, traute sie ihren Augen kaum. Mit Tränen in den Augen sprang sie auf und stürmte den beiden entgegen.

„Sera! Lethan! Was macht ihr denn hier?“, rief sie und fiel beiden zeitgleich um den Hals. Als keiner der zwei antwortete, löste sich Emilia und trat einen Schritt zurück. Sie blickte in zwei betretene Gesichter.

„Was ist los?“, fragte Emilia tonlos und spürte, wie ihr Kinn zu zittern anfing. Nun erst sah sie, dass Sera geweint hatte und völlig durch den Wind war.

„In Andorin ist ein Bürgerkrieg ausgebrochen“, platzte Lethan nun mit dem Grund ihres Besuches heraus. „Es passierte bei der Krönungsfeier“, ergänzte er stockend.

Sera schien es nicht gut zu gehen. Sie hatte sich recht zittrig auf den Rand des Sofas gesetzt, auf dem sich Emilias Dreckwäsche stapelte. Emilia schnappte kurzerhand die Klamotten, warf sie achtlos auf den Boden und bedeutete den beiden, sich zu setzen. Dabei ließ sie Lethan jedoch nicht aus den Augen. Unbeirrt fuhr dieser fort:

„Es waren die Abtrünnigen. Sie haben den Moment abgewartet, indem Roman mit dir in die Menschenwelt gegangen war, und haben dann versucht, das Schloss zu übernehmen. Ein Kampf brach aus. Natürlich haben wir versucht, alle Gäste schnellstmöglich in Sicherheit zu bringen. Die meisten konnten fliehen, aber andere …“ Er stockte. „Es gab Tote, Emilia“, brachte er schweren Herzens heraus und atmete tief durch.

„Oh, mein Gott!“, schrie Emilia aus. „Was ist mit Granny? Geht es ihr gut? Wie geht es meinem Vater?“, fragte sie panisch weiter.

„Es geht ihnen gut“, mischte sich nun Sera ein. „Mach dir keine Sorgen.“

Panisch sah Emilia von einem zum anderen und zurück. Lethan legte eine Hand auf ihre Schulter und sah sie fest an.

„Sophia konnte nach Angorogh fliehen und deinen Vater haben wir eben noch am Tor getroffen.“ Endlich beruhigte sich Emilias Atmung. Bevor sie jedoch weiter fragen konnte, fuhr Lethan fort: „Emilia, ich muss dich um einen Gefallen bitten.“ Sie nickte nur. „Sera muss hierbleiben, bis sich die Lage beruhigt hat. Sie ist in Andorin nicht mehr sicher.“ Emilia nickte erneut. „Unsere Eltern …“, redete er weiter und Emilia konnte ihm ansehen, dass ihm jedes Wort schwerfiel. „Unsere Eltern gehören zu den Abtrünnigen“, brachte er schlussendlich heraus. „Wir wussten es nicht“, versuchte er sich zu rechtfertigen. „Aber ich habe Angst, dass sie Sera ebenfalls festnehmen, sollte sie sich weiterhin in Andorin befinden.“ Nachdem er geendet hatte, atmete er schwer durch. Sera hatte den Kopf gesenkt und Tränen tropften aus ihren Augen. Emilia setzte sich neben sie und nahm sie tröstend in den Arm.

„Ihr könnt bleiben, so lange ihr wollt“, antwortete sie und versuchte, ihre Stimme fest klingen zu lassen.

„Danke“, flüsterte Lethan und atmete erleichtert auf. „Ich muss zurück“, sagte er anschießend und stand auf.

„Warte!“, rief Emilia, bevor er die Tür erreicht hatte. „Ist das nicht zu gefährlich? Willst du nicht hierbleiben, bis sich alles beruhigt hat?“

„Nein. Das kann ich nicht. Ich muss beweisen, dass nicht unsere ganze Familie an diesem Komplott beteiligt war. Ich muss den Kriegern helfen, den Putsch zu stoppen und die Verantwortlichen gefangen zu nehmen“, erwiderte er fest entschlossen. Erst jetzt bemerkte Emilia, dass Lethan und Sera noch immer dieselbe Kleidung trugen wie am Tag der Krönungsfeier. Da erst sickerte das Erzählte so richtig in ihr Bewusstsein.

„Moment ...“, warf sie ein. „Ihr sagtet, alles passierte während der Krönungsfeier und mein Dad habt ihr EBEN ERST am Tor getroffen?“ Sera und Lethan nickten.

„Leute, das kann nicht sein!“, rief Emilia. „Ich bin seit über einem Monat zurück! EINEM MONAT!“

Perplex sahen sich Sera und Lethan an.

„Das kann nicht sein, Emilia“, entgegnete Lethan. „Niemals kann solch eine Zeitspanne zwischen den Welten liegen!“

„Wenn ich es dir aber sage, Lethan“, fuhr Emilia aufgebracht fort.

Lethan lief aufgeregt im Zimmer auf und ab und überlegte. Da fiel Emilia die glorreiche Idee ein.

„Los!“, rief sie. „Wir müssen zu Roandir. Vielleicht kann er sich das erklären.“

Die Geschwister fuhren herum und sahen sie perplex an.

„Ihr könnt nicht zurück, Emilia!“, fuhr Lethan auf.

„Wer sagt denn, dass ich zurückwill?“, fragte Emilia perplex. „Roandir ist hier. Er wohnt nebenan in einer Ferienwohnung.“

Sera und Lethan tauschten skeptische Blicke aus.

„Emilia, Schätzchen, bist du sicher, dass es dir gut geht? Es war doch alles ein bisschen viel für dich die letzten Wochen“, mischte sich nun Sera in das Gespräch ein.

„Mensch, Leute, nun glaubt mir doch!“, fuhr Emilia auf und warf verzweifelt die Arme in die Luft. „Ach verdammt!“, schrie sie, als Sera und Lethan sie noch immer mitleidig ansahen. „Ihr bleibt hier und rührt euch nicht vom Fleck!“, befahl sie den beiden und rannte, immer zwei Stufen auf einmal nehmend, die schmale Treppe hinunter zur Haustür. Ohne Jacke und Schuhe durchquerte sie den Vorgarten und steuerte zielstrebig auf Roandirs Unterschlupf zu. Als sie dort angekommen war, klopfte sie wie eine Wahnsinnige an die Tür. Nur Sekunden später wurde diese aufgerissen und Roandir starrte sie fassungslos an.

„Emilia! Was ist geschehen?“, fragte er aufgeregt.

„Du musst sofort mitkommen!“, rief sie, machte auf dem Absatz kehrt und rannte zurück nach Hause.

Leider hatte sie vergessen, einen Schlüssel mitzunehmen, sodass sie nun vor der eigenen Haustür stand und Sturm klingelte. Ihre Mutter machte auf und sah ihre Tochter entsetzt an. Noch bevor diese auch nur eine Frage stellen konnte, war Emilia schon an ihr vorbei nach oben gerannt und Roandir direkt hinterher.

„Ich erklär dir alles später, Mum“, hatte sie noch von oben heruntergerufen und dann die Tür zu ihrem Zimmer hinter sich zugeknallt. Sicherheitshalber schloss sie von innen ab. Sie wollte nicht, dass sie bei ihrer Runde gestört wurden.

KAPITEL 25

Nachdem Sera und Lethan nun Roandir nochmals alle wesentlichen Informationen gegeben hatten, herrschte eine erdrückende Stille in Emilias Zimmer. Nach ein paar Minuten des Schweigens räusperte sich Roandir und begann zu sprechen:

„Emilia hat leider recht. Wir sind tatsächlich schon über einen Monat hier in der Menschenwelt. Wenn in dieser Zeit in Andorin wirklich kaum ein Tag vergangen ist, bedeutet das, dass irgendetwas überhaupt nicht in Ordnung ist." Grübelnd lief er in Emilias Zimmer auf und ab, welches unter der Anwesenheit so vieler Elfen geschrumpft zu sein schien.

„Mein Dad meinte, dass es nach der Mondfinsternis normal sei, dass die Zeit in der Menschenwelt für kurze Zeit schneller vergeht als in der Elfenwelt", warf Emilia ein. Lethan und Roandir nickten.

„Das ist richtig", bestätigte ihr Roandir. „Allerdings nicht in diesem Ausmaß."

„Emilia, überleg nur mal, was das bedeutet!", fiel nun auch Lethan in das Gespräch ein. „Wenn hier ein Monat vergeht, während in Andorin nur ein Tag verstreicht, bedeutet das im Umkehrschluss, dass, wenn du ein Jahr in Andorin bist, die Menschen hier in deiner Welt um dreihundertfünfundsechzig Monate altern! Das sind über dreißig Jahre!" Emilias Blick erstarrte. Das würde also bedeuten, würde sie ihre Ausbildung in Andorin beginnen, würde sie ihre Mutter vielleicht erst wiedersehen, wenn diese schon eine alte Frau war. Emilia wusste nicht, was sie sagen sollte. Alles in ihrem Kopf fuhr Karussell. Sie musste sich setzen, da sie spürte, dass es ihr sonst gleich den Boden unter den Füßen wegziehen würde.

„Wie kann das sein?", mischte sich nun auch Sera ein und machte Emilia ein bisschen Platz auf dem Sofa neben sich. Roandir strich sich mit seiner Hand über sein markantes Kinn und überlegte.

„Ich glaube, mich daran erinnern zu können, dass es schon einmal ein Problem mit den Zeitbahnen gegeben hat. Damals, als Asgard zerstört worden war", begann er zu erzählen. „Meines Wissens war die Verschiebung nicht so gravierend, aber Asgard wurde auch nicht in dem Maß dem Erdboden gleichgemacht wie Askja", fuhr er nachdenklich fort.

„Es könnte also einen direkten Zusammenhang geben zwischen der Zerstörung Askjas und der Zeitverschiebung?", vergewisserte Lethan sich. Roandir nickte langsam, noch immer tief in Gedanken versunken.

„Wie konnte das Problem damals behoben werden?", fragte nun Emilia.

Roandir ließ sich schwerfällig auf Emilias Schreibtischstuhl fallen und seufzte.

„Wenn ich mich richtig erinnere, waren es damals die Zeitzauberer, die zu Hilfe gekommen waren", erwiderte er nach einer kleinen Pause. „An den genauen Ablauf kann ich mich jedoch nicht mehr erinnern", setzte er verzweifelt hinzu und raufte sich die schönen, langen Haare.

„Zeitzauberer?", fragte Emilia unsicher.

„Ich hab mal was davon gehört“, mischte sich nun Lethan ein. „Als wir nach Askja aufbrachen, hatte einer der Soldaten erzählt, dass Zeitzauberer an der Errichtung Askjas maßgeblich beteiligt waren.“

„Das ist richtig“, stimmte Roandir ihm zu. „Das hatte ich beinahe vergessen. Da Askja in der Menschenwelt lag, benötigte die verborgene Stadt einen zusätzlichen Schutz, der den Elfen ihre Lebenszeit bewahrte. Denn Elfen, die für immer in der Menschenwelt leben, verlieren ihre Unsterblichkeit“, erklärte er weiter.

„Gut, das macht Sinn“, gab Emilia zu. „Aber jetzt weiß ich noch immer nicht, was Zeitzauberer sind und wo wir sie finden können.“

„Sie finden können?“, fragte Sera verblüfft.

„Na, ist doch klar!“, rief Emilia aus. „Wenn die Möglichkeit besteht, dass die Zeitzauberer dieses Chaos wieder richten können, müssen wir schnellstmöglich handeln.“ Emilia war aufgesprungen und lief nun ebenfalls wie ein Tiger im Käfig in ihrem Zimmer auf und ab. „Wenn wir nichts unternehmen“, fuhr sie mit zitternder Stimme fort, „wird meine Familie tot sein, ehe ich die Ausbildung in Andorin abgeschlossen habe. Mal abgesehen von der Tatsache, dass ich ungefähr vierzig Jahre alt wäre, ehe wir überhaupt damit beginnen würden.“ Sie schluckte schwer und konnte nur mit Mühe die Tränen zurückhalten. Sera sprang auf und nahm sie in den Arm.

„Das werden wir nicht zulassen“, flüsterte sie. „Wir werden was unternehmen.“ Sera blickte auffordernd in die Runde und die Männer nickten ihr zustimmend zu.

Somit war es beschlossene Sache. Sie würden alles in ihrer Macht Stehende tun, um die Zeitverschiebung wieder in geordnete Bahnen zu lenken.

„Wir müssen mehr über diese Zeitzauberer herausfinden“, erklärte Roandir mit festem Tonfall. „Lethan. Du kehrst sofort zurück und siehst zu, dass du schnellstmöglich Informationen zu diesem Thema findest. Wir müssen herausbekommen, wo genau wir die Zeitzauberer finden können. Emilia hat recht. Wenn sie es damals bei Asgard geschafft haben, besteht die Chance, dass sie es wieder schaffen werden.“ Lethan nickte und stand auf.

„Beeil dich“, hauchte Sera, als sie ihren Bruder zum Abschied umarmte. Dieser sah sie eindringlich an. „Mach bitte keine Dummheiten, so lange du hier bist. Versprich mir das.“ Er sah ihr fest in die Augen.

„Mach dir keine Sorgen um mich“, erwiderte sie. „Emilia wird schon gut auf mich achten.“ Sie gab ihrem Bruder einen Kuss auf die Wange und flüsterte: „Pass auf dich auf.“ Er nickte und wandte sich dann an Emilia:

„Sieh zu, dass sie keinen Blödsinn macht. Du weißt, wie unüberlegt sie handeln kann.“ Emilia nickte und ein Lächeln huschte über ihr Gesicht. Dann schloss Lethan sie fest in die Arme und Emilia hauchte mit tränenerstickter Stimme:

„Gib auf dich acht und komm schnell zurück.“ Lethan ging zur Tür. Er gab Roandir die Hand und dieser klopfte ihm aufmunternd auf die Schultern.

„Ich habe ein Auge auf die jungen Damen“, sagte er. „Halt die Ohren steif.“ Lethan nickte und ging davon, ohne einen Blick zurückzuwerfen.

Nachdem die Haustür ins Schloss gefallen war, ließ sich Emilia stöhnend aufs Bett fallen.

„Was machen wir so lange?“, fragte sie in die Runde.

„Erst mal solltest du deiner Mutter beibringen, dass Sera für eine Zeit hier wohnen wird, und danach sollten wir schauen, dass sie ein paar passende Klamotten bekommt. Wir Elfen sind auf solche Temperaturen, wie ihr sie in der Menschenwelt um diese Jahreszeit habt, nicht eingestellt“, antwortete Roandir und deutete hinaus in den trüben Herbsttag. Das war genau das Richtige, um Sera aufzumuntern.

„Heißt das, wir gehen shoppen?“, fragte sie euphorisch. Emilia verdrehte die Augen und stöhnte.

„Boah, Sera, echt jetzt? Die Welt steht kurz vor dem Untergang und du freust dich jetzt echt auf eine Shoppingtour?“ Sera stemmte die Arme in die Seite und antwortete ein bisschen beleidigt:

„Also das mit dem Weltuntergang ist ja wohl ein bisschen weit hergeholt, findest du nicht? Aber du siehst ja sicher ein, dass ich SO bei der Eiseskälte nicht auf die Straße gehen kann, oder?“ Sie deutete auf ihr dünnes Kleid, das sie zur Krönungsfeier getragen hatte, und fuhr fort: „Und außerdem, was würde es bringen, jetzt Trübsal zu blasen? Die Situation ändern wir damit nicht, hab ich recht? Also wieso sich nicht mit etwas Angenehmem den Tag versüßen?“ Sie funkelte Emilia herausfordernd an. Roandir, der das ganze Spektakel von Emilias Schreibtischstuhl aus beobachtet hatte, brach in schallendes Gelächter aus.

„Nun mal halblang, die Damen. Emilia, ich muss Sera beipflichten. Sie braucht wirklich wärmere Kleidung und warum sich nicht über ein bisschen Abwechslung freuen? Wir können im Moment wirklich überhaupt nichts unternehmen. Lethan wird nun erst einmal ein paar Tage, wenn nicht Wochen, weg sein. So lange sitzen wir hier fest und müssen das Beste aus der Situation machen." Sera stimmte Roandir mit einem übertriebenen Kopfnicken zu.

„Na gut. Ihr habt ja recht und ich gebe mich geschlagen", brummte Emilia. „Aber woher bekommen wir das Geld für Seras Shoppingtour?"

„Geld ist kein Problem", antwortete Roandir und zog ein dickes Portemonnaie aus der Tasche. „Roman hat mich mit genug Bargeld ausgestattet, dass ich tatsächlich die nächsten Jahre hier über die Runden kommen könnte", fügte er breit grinsend an.

„Na schön", sagte Emilia und erhob sich. „Ich rede mit Mum und danach können wir los." Sera hüpfte auf der Stelle und klatschte vor Freude in die Hände. Emilia verdrehte nochmals die Augen und schlüpfte zur Tür hinaus. Wie konnte man sich in so einer Situation nur so kindisch benehmen?

KAPITEL 26

Zähneknirschend hatte Claire zugestimmt, Sera die nächsten Wochen bei sich aufzunehmen. Allerdings nur unter der Bedingung, dass sie Emilia nicht vom Lernen abhalten würde. Der Platz war kein Problem, da Teresa zu Beginn des Semesters in eine kleine Studentenwohnung gezogen war. Nach dem Streit nach Emilias Rückkehr hatte sie Abstand von ihrem Elternhaus gebraucht, was nur verständlich war. Hatte sie doch erst jetzt erfahren, dass Roman nicht ihr Vater war, sondern irgendein Typ, mit dem ihre Mutter in der Schulzeit leiert gewesen war und der sich einen Dreck um die Existenz seiner Tochter scherte.

Begeistert bezog Sera also Teresas ehemaliges Zimmer und anschließend machten sich die drei auf den Weg in die Stadt. Emilia hatte Sera leihweise eine Jeans, einen warmen Pullover und eine Regenjacke überlassen, sodass sie nicht frieren musste, bis sie selbst eingekleidet war.

Die Fahrt mit dem Bus gestaltete sich abenteuerlicher, als Emilia es sich jemals vorgestellt hätte. Sera kam aus dem Staunen gar nicht mehr heraus. Sie war fasziniert vom Bus, den Autos, den Handys, sogar die Straßenlaternen erfreuten sich bei ihr größter Beliebtheit. Emilia war die gesamte Fahrt damit beschäftigt, Sera einzubremsen, da sie die Leute im Bus bereits schräg anblickten.

Nachdem sie in der Innenstadt angekommen waren, wurde es nicht besser.

„Sie ist zum ersten Mal in einer Großstadt“, entschuldigte sich Emilia bei einem älteren Ehepaar, das aufgehalten wurde, da Sera sich den Knopf an der Fußgänger-Ampel ganz genau anschauen musste und fasziniert davon war, dass dieser zu leuchten begann, wenn man drauf drückte. Als dann die Fußgänger-Ampel auch noch von Rot auf Grün schaltete, war sie endgültig aus dem Häuschen. Emilia war kurz davor, trotz der Kälte, die herrschte, Schweißausbrüche zu bekommen, so viel hatte sie damit zu tun, auf Sera achtzugeben. Roandir hingegen folgte ihnen total gelassen. Er schlenderte hintendrein, die Hände in den Jackentaschen, und lächelte amüsiert.

Emilia war froh, als sie endlich die Mall erreicht hatten, in der sie sicher alles finden würden, was Sera benötigte. Sie hatte den Plan gefasst, Sera schnellstmöglich mit Kleidung einzudecken und schnurstracks wieder nach Hause zu bringen. Nur leider hatte sie diese Rechnung ohne ihre Freundin gemacht. Nachdem die zierliche Elfe, mit Tüten beladen, aus der Mall gekommen war, dachte diese keinesfalls daran, direkt wieder zu Emilia nach Hause zu fahren. Mit großen, leuchtenden Augen sah sie sich um und steuerte dann zielstrebig auf ein kleines Café zu, das am Rande der Fußgängerzone gelegen war. Emilia stöhnte auf und rannte hinter Sera her. Diese hatte bereits die Tür geöffnet und sich ein lauschiges Plätzchen am hinteren Ende des Lokals gesucht. Da saß sie nun und studierte seelenruhig die Karte, als Emilia, mit Roandir im Schlepptau, bei ihr ankam.

„Sera, wir sollten heim“, forderte Emilia sie auf und deutete auf die Uhr.

„Warum?“, fragte die Elfe. Leider fiel ihr auf die Schnelle kein passender Grund dafür ein. Sie konnte ja schlecht sagen, dass ihr Seras Verhalten peinlich war.

„Meine Mum wird sicher schon auf uns warten“, antwortete sie daher mit ein bisschen Verzögerung.

„Mach dich nicht lächerlich, Emilia“, antwortete Sera, legte die Karte weg und grinste ihre Freundin an. „Falls es dir entfallen ist, ich kann deine Gedanken und Gefühle empfangen. Ich weiß genau, was du denkst. Jetzt weißt du, wie es mir gegangen ist, als wir dich in die Bibliothek von Andorin mitgenommen haben. Aber wir sind deswegen auch nicht gleich wieder nach Hause gegangen, oder?“, fragte sie ein bisschen vorwurfsvoll. Emilia biss sich auf die Lippen.

„Ja, okay, du hast recht. Genervt warst du jedoch auch“, gab Emilia entschuldigend zurück. „Und es war eine andere Situation“, redete sie weiter. „Mir wäre einfach wohler, wenn wir zu Hause wären und auf Lethan warten könnten.“

„Die Situation war kein bisschen anders“, entgegnete nun Sera empört. „Falls du es nicht mehr weißt?! Ich habe an diesem Morgen erfahren, dass mein bester Freund verschwunden war.“

Bevor die beiden in einen handfesten Streit gerieten, mischte sich nun endlich Roandir ein.

„Mädels, nun beruhigt euch mal. Ihr habt beide recht. Sera, es wäre gut, wenn du dich ein bisschen unauffälliger verhalten würdest. Denn im Gegensatz zu den Menschen hier wussten die Elfen alle, dass Emilia das erste Mal in unserer Welt war. Es war daher nicht schlimm, wenn sie den einen oder anderen Blick auf sich zog. Wir hingegen müssen gut aufpassen, dass wir hier nicht weiter auffallen. Verstehst du mich? Die Menschen wissen nichts von unserer Existenz und das sollte nach Möglichkeit auch so bleiben. Des Weiteren muss ich auch sagen, dass Andorin nicht mit der Menschenwelt vergleichbar ist. Du kennst dich nicht aus im Straßenverkehr und auch sonst unterschätzt du vielleicht die Gefahren, die in dieser Welt auf dich lauern. Daher bitte ich dich, nicht einfach davonzuspazieren. Ich habe Lethan versprochen, auf dich zu achten, er bringt mich um, wenn dir was passiert." Er sah Sera eindringlich an. Diese nickte zerknirscht.

„Und Emilia", fuhr er fort, „ich denke, du solltest dir ein bisschen mehr Zeit nehmen, um Sera alles zu zeigen und zu erklären. Du warst in unserer Welt, du weißt also, was auf Sera hier in deiner Welt alles einprasselt. Nimm sie an die Hand und zeig ihr alles. Des Weiteren gebe ich Sera recht, dass im Moment sicher nichts Spannendes bei dir zu Hause passieren wird. Es ist Samstagmittag, drei Uhr. Deine Mutter wartet bestimmt nicht auf uns und Lethan wird sicher die nächsten Tage nicht auftauchen. Also warum sollten wir drei nicht das Beste aus unserer Situation machen und ein bisschen die Seele baumeln lassen." Demonstrativ setzte er sich neben Sera und griff ebenfalls nach einer Karte. Emilia stöhnte auf und gab sich geschlagen. Tief in ihrem Inneren wusste sie, dass die beiden recht hatten. Also setzte sie sich ebenfalls dazu und murmelte:

„Es tut mir leid, Sera. Ich gelobe Besserung." Sera schenkte ihr ein strahlendes Lächeln und antwortete:

„Kein Problem. Als Entschädigung gehen wir heute Abend ja ins Kino.“ Perplex starrte Emilia sie an und fragte:

„Woher weißt du, was ein Kino ist?“ Sera lachte auf.

„Damals, in Andorin, als ich dich ausgelacht habe, weil du so begeistert von unserer Bibliothek und dem See warst, hast du gesagt, dass du mich einmal daran erinnern wirst, wenn du mit mir das erste Mal ins Kino gehen wirst. Weißt du nicht mehr?“

„Stimmt!“, rief Emilia „Ich erinnere mich, und Lethan hat dann gesagt, dass es für dich zu gefährlich in der Menschenwelt sei.“

„Genau“, bestätigte Sera und ihr Lächeln verschwand plötzlich. „Wer hätte damals noch gedacht, dass es in Andorin einmal so ausarten würde, dass er mich hierher in Sicherheit bringen würde.“ Sie ließ den Kopf hängen und seufzte tief. Emilia nahm sie in den Arm.

„Es ist bestimmt bald ausgestanden. Was können so ein paar Abtrünnige schon gegen die Armee des Königs ausrichten?“, versuchte Emilia sie zu beruhigen. Sera schüttelte den Kopf und antwortete:

„Egal, wie es ausgeht, meine Familie wird verlieren. Sie werden meine Eltern hinrichten, dafür, dass sie sich gegen den König gestellt haben.“ Eine Träne stahl sich in ihre Augen. Schnell wischte sie sie weg.

„Das war mir nicht bewusst ...“, murmelte Emilia entsetzt. „Das würde mein Dad nie zulassen!“, sagte sie aufgebracht. Sera schüttelte den Kopf.

„So sind unsere Gesetze“, erklärte sie und eine weitere Träne suchte sich ihren Weg in die Freiheit.

„Wenn ich mit meinem Vater reden würde? Er würde sie sicher begnadigen“, schlug Emilia nun vor. In Seras Augen keimte ein Hoffnungsschimmer auf.

„Meinst du, das würde er tun?“

Emilia zuckte mit den Schultern.

„Fragen kostet nichts“, erwiderte sie. In dem Moment kam die Bedienung an den Tisch und fragte nach ihrer Bestellung. Emilia bestellte für alle Cappuccinos und Käsekuchen.

Nachdem sie sich gestärkt hatten, musste auch Emilia zugeben, dass diese kleine Abwechslung allen gutgetan hatte. Sie schrieb ihrer Mutter eine WhatsApp, dass sie in der Stadt bleiben würden und abends noch einen Film im Kino anschauen wollten.

Gemeinsam machten sie noch ein bisschen die Fußgängerzone unsicher und Emilia erklärte Sera geduldig alles Neue. Roandir hielt sich wieder im Hintergrund und trug die Einkaufstaschen.

Nachdem sie in einem Fast-Food-Restaurant Burger mit Pommes gegessen hatten, machten sie sich auf den Weg ins Kino. Roandir steckte Emilia genug Geld zu, sodass sie für alle die Tickets sowie eine große Tüte Popcorn bezahlen konnte. Anschließend suchten sie ihre Sitzplätze auf und machten es sich bequem. Sera war hin und weg von all dem, was sie an diesem Tag gesehen und erlebt hatte. Der Kinofilm jedoch schien ihr absoluter Höhepunkte zu sein. Sera hatte sich, sehr zu Emilias Verdruss, für einen Liebesfilm entschieden. „Ein Happy End wird uns guttun“, hatte sie behauptet. Emilia war sich dessen nicht so sicher. Der Film war noch keine halbe Stunde gelaufen, da schlichen sich unweigerlich die Gedanken an Merkur wieder bei ihr ein. Immer, wenn sie ein Paar sah, das sich küsste, musste sie an ihn denken. Dann war alles wieder präsent und der Schmerz über seine Abwesenheit kam ungebremst an die Oberfläche. Emilia war froh, dass es dunkel war. So sah keiner der beiden, dass ihr unablässig die Tränen über das Gesicht rannen.

Nach dem Film nahmen sie ein Taxi nach Hause. Sera plapperte unaufhörlich und schmiedete Pläne, was sie in den nächsten Wochen und Monaten alles unternehmen wollte. Der Taxifahrer hob irritiert die Augenbrauen, da ihm ebenfalls aufgefallen sein musste, dass Sera nicht mit der technologischen Welt vertraut war.

„Sie ist in einer Sekte aufgewachsen, die sich gegen die industrielle Welt stellt und daher jeglichen Kontakt zur Außenwelt unterbindet“, erklärte Emilia ihrem Chauffeur und musste sich selbst ein Grinsen verkneifen, als dieser nur irritiert nickte. Auch Roandirs Mundwinkel zuckten verdächtig. Sera hatte gemerkt, dass sie sich wieder zu auffällig verhalten hatte und schwieg die restliche Fahrt.

Als sie zu Hause angekommen waren, trug Roandir ihnen noch die Taschen bis zur Tür und verabschiedete sich dann von ihnen. Die Mädchen gingen direkt nach oben und verschwanden schnurstracks in ihren Betten. Es war ein anstrengender Tag gewesen.

KAPITEL 27

Die nächsten Wochen zogen quälend langsam dahin. Sera langweilte sich tagsüber und Emilia musste die Schulbank drücken. Die Winterferien standen vor der Tür, jedoch konnte Emilia sich nicht so darauf freuen, wie sie es sonst getan hätte. Eigentlich hatte sie gehofft, dass sie in den Ferien nach Andorin gehen könnte, aber bei der momentanen Lage war daran wohl nicht zu denken. Sera war in der Zwischenzeit damit beschäftigt, Emilias siebzehnten Geburtstag zu planen, der am ersten Ferientag sein würde. Dafür trieb sie sich stundenlang alleine in der Stadt herum. Inzwischen kam sie sehr gut in der modernen Welt zurecht und konnte sich sehr unauffällig verhalten. Meistens zumindest. Leider konnte sie es nicht lassen, den Menschen-Jungs den Kopf zu verdrehen. Jeden Abend erzählte sie Emilia von irgendeinem anderen Typen, der sie zum Eisessen, Kaffeetrinken oder ins Kino eingeladen hatte. Emilia schüttelte dann nur missbilligend den Kopf. Ihr war es nicht recht, dass ihre Freundin ihre Elfen-Reize dermaßen auskostete. Klar, sie war eine Elfe und unwahrscheinlich schön, daher verfiel jeder Mann sofort ihrem Zauber, aber musste sie es so übertreiben?! Immer wieder kamen ihr Merkurs Worte ins Gedächtnis, als sie sich damals am See das erste Mal unterhalten hatten. Kein Mensch könne einem Elfen widerstehen, hatte er gesagt. Sera nutzte dies im Moment schamlos aus. Vielleicht war dies ihre Art, sich von all den schlimmen Dingen, die im Moment geschahen, abzulenken. Sie selbst verbrachte stattdessen jeden Moment damit, zu lernen. Sie wollte die Prüfungen schnellstmöglich hinter sich bringen und nicht auch noch irgendwo durchrasseln. Roandir ließ sich ebenfalls täglich bei ihnen blicken. Auch ihm fiel inzwischen die Decke auf den Kopf.

Am Abend vor Emilias Geburtstag klingelte es plötzlich an der Tür. Die Mädchen waren gerade dabei, sich für den Abend schick zu machen. Sera hatte geplant, dass sie in Emilias Geburtstag hineinfeiern würden. Im Wohnzimmer war bereits alles schön geschmückt, und da Emilia eigentlich keine Freunde hatte, beschränkte sich die Feier auf Sera, Roandir und das Geburtstagskind. Claire, Emilias Mutter, war dieses Wochenende bei Steve, so hatten die drei sturmfreie Bude.

„Roandir! Gehst du schnell und schaust nach, wer an der Tür ist?", rief Sera aus dem Bad. Sie war gerade damit beschäftigt, Emilia noch ein bisschen Schminke aufzutragen.

„Wieso muss ich mich schminken?", fragte diese genervt. „Wir bleiben doch sowieso zu Hause."

„Ist doch egal, wo du bist. Ich finde, an seinem Ehrentag muss man gut aussehen", erwiderte Sera bestimmt und machte noch ein paar letzte Handgriffe. Dann klatschte sie in die Hände und rief freudig: „So, du bist fertig. Ja, so muss das aussehen, wenn man volljährig wird." Aufgeregt schob sie Emilia vor den Spiegel.

„Wow. Das sieht hammermäßig aus", stieß diese aus. „Okay, vielleicht sollte ich mich echt öfters von dir herrichten lassen“, überlegte sie und nahm Sera dankbar in den Arm. Diese nickte zustimmend und antwortete:

„Meine Rede. Und nun komm. Das war sicher der Pizzabote, der geklingelt hat. Ich hab Hunger.“ Sie nahm Emilia bei der Hand und zog sie mit sich. Als sie vor dem Wohnzimmer ankamen, waren sie überrascht, dass sie Roandir mit jemandem reden hörten. Sera hatte die Stimme sofort erkannt und stieß einen Freudenschrei aus. Ungestüm stieß sie die Tür auf und rannte ins Zimmer. Lethan drehte sich erschreckt um und ließ die überschwängliche Begrüßung seiner Schwester über sich ergehen. Emilia rannte hinterher und wartete, bis auch sie endlich Lethan begrüßen durfte. Sie nahm ihn fest in den Arm und drückte ihn freundschaftlich. Als sie ihn wieder losgelassen hatte, starrten ihn alle auffordernd an. Lethans Blick blieb jedoch ein paar Sekunden zu lange an Emilia hängen. Diese sah heute Abend aber auch absolut zauberhaft aus. Ihre langen, braunen Haare hatte Sera zu schönen Locken gedreht, die Augen wurden durch Lidschatten in mehreren Grüntönen hervorgehoben und ihre Wangen durch ein zartes Rouge betont. *„Da du immer so blass aussiehst in letzter Zeit“*, hatte Sera ihr erklärt. Sie trug eine enge, blaue Jeans und eine schöne figurbetonte, dunkelgrüne Bluse. Alles in allem hätte sie so problemlos durch die Clubs der City ziehen können. Lethan schien das auch so zu sehen, denn es dauerte ein paar Augenblicke, bis er sich von Emilias Anblick losreißen konnte. Erst als sich Sera lautstark räusperte, fand er wieder zurück ins Hier und Jetzt. Er schüttelte kurz den Kopf, um wieder klar zu werden, und blickte sich dann im Zimmer um.

„Wie ich sehe, komme ich gerade recht zur Party", stellte er fest und grinste. „Wenn ich das gewusst hätte, hätte ich Blumen mitgebracht, aber ich denke, hiermit seid ihr auch zufrieden." Er zog ein altes, leicht zerfleddertes Buch aus seinem Hosenbund und legte es vor ihnen auf den Tisch.

„Was ist das?", fragten Sera und Emilia wie aus einem Mund. Auch Roandir war aufmerksam nähergetreten. Er strich sanft über den Einband.

„Wo hast du das her?", hauchte er ehrfürchtig.

„Aus der Privatbibliothek des Königs", gestand er etwas zerknirscht.

„Hast es mitgehen lassen, was?", fragte seine Schwester neckisch. Lethan zuckte mit den Schultern, lief aber rot an.

„Was heißt mitgehen lassen? Der König ist Tag und Nacht damit beschäftigt, Abtrünnige zu vernehmen. Ich glaube, er schläft sogar im Kerker. Ich hatte keine andere Wahl", gab er entschuldigend zurück.

„Wie bist du überhaupt in seine Gemächer gekommen?", fragte Roandir skeptisch.

„Ich habe behauptet, dass Emilia etwas vergessen hat und dass ich es ihr bringen muss. So hatte ich gleich eine Ausrede, warum ich das Menschen-Tor passieren musste. Die Tore werden nämlich seit dem Aufstand ständig überwacht", erzählte er weiter.

„Na, stimmt ja auch, oder?", mischte sich nun Emilia ein. „Schließlich haben wir dich dazu angestiftet, Informationen zu suchen", beruhigte sie ihn weiter. „Aber nun lass mal sehen."

Sie drückten sich alle an den kleinen Tisch und begutachteten das gute Stück.

„Sieht verdammt alt aus“, hauchte Emilia ehrfürchtig. Lethan nickte.

„Ich glaube, das ist älter, als wir uns vorstellen können. Ich war froh, dass Glorijana mir sagen konnte, dass ich nur in der königlichen Bibliothek Informationen finden kann. Ich hätte mir sonst wochenlang einen Wolf gesucht in der Schlossbibliothek“, sagte er.

„Konnte Glorijana dir nichts dazu sagen?“, fragte Roandir verblüfft. Lethan zuckte mit den Schultern.

„Konnte oder wollte nicht“, gab dieser zurück. „Sie hat mir nur so weit geholfen, als dass ich die Informationen bekomme, die wir benötigen, um die Zeitzauberer zu finden.“

„Was ja auch im Moment genügt“, mischte sich nun Sera ein und beugte sich voller Neugier über das Buch. „Hast du schon drin gelesen?“, fragte sie.

„Nein“, entgegnete Lethan und schüttelte den Kopf. „Ich habe es geholt und bin so schnell, wie ich konnte, zum Tor gerannt.

„Na, dann nichts wie los“, drängte nun auch Emilia. Ehrfürchtig fuhr sie über den ledernen Einband. Als es blau zu leuchten begann, zog sie rasch wieder ihre Hand zurück.

„Was war das?“, hauchte sie. „Habt ihr das gesehen?“ Lethan nickte und sagte:

„Komisch. Das hat es bei mir nicht getan.“ Emilia traute sich nun nicht mehr, das Buch anzufassen. Dennoch betrachtete sie es eingehend.

Der Titel war in das alte Leder eingebrannt worden, allerdings konnte Emilia die Schrift nicht lesen. Sie war in Runen oder so was verfasst. Um den Titel herum waren kreisförmig Zeichen angebracht, die Emilia schon einmal gesehen hatte. Es mussten Tierkreiszeichen sein.

„Kann das einer von euch lesen?“, fragte sie in die Runde. Sera schüttelte den Kopf. Lethan und Roandir nickten vorsichtig.

„Man lernt es in der Ausbildung, allerdings ist es schon lange her, dass ich einen Text in dieser Sprache lesen musste“, erklärte Roandir und griff nun vorsichtig nach dem Buch. Bei ihm leuchtete es ebenfalls nicht.

„Warum leuchtet es nur bei mir?“, fragte Emilia verblüfft und fuhr nun doch nochmals vorsichtig über den Buchrücken. Sofort begannen die Zeichen darauf wieder blau zu glühen. Schnell zog sie ihre Hand zurück und Roandir schlug es auf. Anscheinend schien es die Elfen nicht weiter zu verwundern, dass Bücher leuchteten. Emilia nahm es daher mal so hin und überließ das Buch dem Elfenkrieger.

„Oh Mann, ich glaube, das wird eine lange Nacht“, stöhnte dieser und ließ sich aufs Sofa fallen. „Lethan, willst du oder soll ich lesen?“, fragte er. Der junge Elf hob abwehrend die Hände, schüttelte grinsend den Kopf und antwortete:

„Ich lasse dir gern den Vortritt. Du hast ein paar Jahrhunderte mehr Übung darin als ich.“ Er lachte und ließ sich in einen Sessel fallen. In dem Moment klingelte es erneut an der Tür. Lethan zuckte zusammen und die beiden Mädchen brachen in schallendes Gelächter aus. Sera rannte los und rief:

„Das ist sicher die Pizza.“ Schon hörte man sie die Treppe hinunterpoltern und die Tür aufreißen. Lethan hob entschuldigend die Schultern und sagte:

„Wie es scheint, muss ich mich an die Geräusche der Menschenwelt noch gewöhnen." Alle lachten.

Da kam seine Schwester schon mit einem riesigen Karton Pizza und zwei Weinflaschen zurück. Sie balancierte alles zum Tisch und stellte es vorsichtig ab. Dann rannte sie in die Küche, um einen Korkenzieher zu holen. Emilia sah ihr verblüfft nach.

„Ich hab ihm ein bisschen schöne Augen gemacht", erklärte Sera belustigt. „Da hat er noch eine zweite Flasche Wein rausgerückt." Emilia verdrehte die Augen und sah Lethan an. Dieser grinste und schüttelte den Kopf. Roandir hatte sich in der Zwischenzeit in das Buch vertieft und las aufmerksam. Sera verteilte die Pizza auf vier Teller und schenkte vier Gläser Wein ein. Anschließend setzten sie sich auf das zweite Sofa, aßen schweigend ihre Pizza, tranken Wein und starrten unentwegt zu Roandir. Dieser verzog keine Miene. Ab und zu nahm er einen Schluck von seinem Glas oder biss von der Pizza ab und vertiefte sich dann wieder in seine Lektüre. Nachdem alle gegessen hatten, hielt es Emilia nicht mehr aus.

„Und? Was steht denn jetzt da?", fragte sie ungeduldig. Roandir blickte über den Rand des Buches, zog eine Augenbraue hoch und grinste sie frech an.

„Soll ich vorlesen?", fragte er.

„Ja bitte", entgegnete Emilia und richtete sich gespannt auf.

Roandir lachte und trank nochmals einen Schluck Wein, während Emilia sich fragte, was daran so lustig war. Dann begann er zu lesen. Emilia verstand kein Wort. Diese Sprache hatte sie noch nie gehört. Ungläubig starrte sie ihn an und fragte:

„Kannst du es nicht übersetzen?“

„Das ist nicht so einfach. Die Botschaft ist nur in der Sprache verständlich, in der sie geschrieben wurde. Ich kann euch lediglich sinngemäß wiedergeben, was in dem Buch steht, wenn ich fertig bin“, erklärte er und vertiefte sich wieder in das Buch. Emilia und Sera stöhnten und ließen sich nach hinten in die Kissen des Sofas fallen.

„Und was machen wir in der Zeit?“, fragte Sera genervt.

„Na, macht doch einfach da weiter, wo ihr aufgehört habt“, schlug Roandir vor. „Ihr wolltet doch in Emilias Geburtstag hineinfeiern. Also hol die DVDs, die du besorgt hast, und legt los.“ Sera begann zu strahlen.

„Dass ich nicht selbst auf die Idee gekommen bin“, sagte sie, stand auf und holte einen Stapel DVDs, die sie am Morgen in der Videothek geholt hatte. Emilia hatte darum gebeten, dass es keine Liebesschnulzen sein durften. Daher hatte Sera eine bunte Auswahl an Komödien und Fantasy-Filmen mitgebracht. Emilia griff sofort nach einer DVD, die ganz oben lag. Ihr Lieblingsfilm. Mit dem konnte man nichts falsch machen. Sie schob ihn in den DVD-Player und schaltete den Fernseher ein. Roandir zog sich zum Lesen in die Küche zurück und machte sich einen Kaffee. Sera löschte das Licht und die drei kuschelten sich gemütlich auf das Sofa.

Lethan sah wie gebannt auf die sich bewegenden Bildern des Fernsehers. So etwas hatte er natürlich noch nie gesehen. Emilia war sich sicher, dass er von der Handlung des Films nichts mitbekam, so fasziniert war er von der

Technik an sich. Schmunzelnd schmiegte sie sich in die Kissen und war zum ersten Mal seit Wochen einigermaßen glücklich. Ihre Freunde waren bei ihr und sie hatten den Schlüssel zur Rettung der Zeit direkt hier in ihren Händen. Sie war sich ausnahmsweise sicher, dass alles gut werden würde.

KAPITEL 28

Die drei mussten auf dem Sofa eingeschlafen sein. Es war noch nicht ganz Morgen, als Roandir zu ihnen ins Wohnzimmer trat und sich laut räusperte. Nur langsam schafften es die drei, wach zu werden. Emilia musste sich irgendwann in der Nacht bewegt haben. Den Kopf hatte sie auf Lethans Schulter liegen und er hatte fest seinen Arm um sie gelegt. Als die beiden jedoch wach genug waren, um festzustellen, wie nahe sie sich gekommen waren, schossen sie blitzschnell auseinander und liefen beide rot an. Sera, die inzwischen auch aufgewacht war, begann zu lachen und rief:

„Lasst das nicht Merkur sehen. Ich glaube nicht, dass er begeistert wäre.“ Emilia sah sie wütend an, ordnete ihre Klamotten und entgegnete:

„Meine Güte, nun mach mal kein Drama daraus.“ Dann plötzlich wurde sie blass, hielt sich die Hand vor den Mund und rannte, so schnell sie konnte, aus dem Zimmer. Im Flur hörte man die Badezimmertür knallen und den Klodeckel auffliegen. Die Elfen sahen sich verwundert an. Sera ging sofort hinterher und klopfte vorsichtig an der Tür.

„War doch nicht böse gemeint, Liebes. Bitte entschuldige. Ich wollte dich nicht aufregen“, sagte sie entschuldigend durch die Tür. Sie erhielt keine Antwort.

„Emilia, ist alles okay?“, fragte sie nun ein bisschen lauter. Da hörte sie die Klospülung.

„Emilia!“, rief sie nun erneut. „Bitte sag was oder lass mich rein.“ Von innen wurde die Klinke heruntergedrückt. Sera öffnete die Tür und schlüpfte ins Badezimmer. Sie fand Emilia am Waschbecken vor, an dem sie sich gerade den Mund ausspülte und das Gesicht kalt abwusch. Anschließend setzte sie sich auf den Badewannenrand, stöhnte laut und zitterte am ganzen Körper.

„Emilia, was ist los?“, fragte Sera, ging vor ihr in die Hocke und nahm ihre Hände. „Du siehst ja grauenvoll aus.“

„Ich hab sicher was Falsches gegessen oder den Wein gestern Abend nicht vertragen“, murmelte sie.

Sera zog skeptisch eine Augenbraue in die Höhe und entgegnete:

„Du hattest nur ein Glas Wein und wir hatten alle dasselbe Essen.“ Emilia zuckte mit den Schultern und stand auf. Sie ging zurück zu den anderen, die sich inzwischen in der Küche um ein kleines Frühstück kümmerten. Bereits beim Geruch des Kaffees wurde ihr erneut übel. Schnell rannte sie zurück ins Badezimmer und kam so schnell nicht wieder heraus. Als sie sicher war, dass nichts mehr aus ihr herauskommen würde, ging sie unter die Dusche. Das Wasser tat ihr gut und sie hatte das Gefühl, dass sich ihr Magen nun langsam wieder beruhigen würde. Es lag sicher am Stress. Sie hatte schon seit vielen Wochen Probleme mit der Verdauung. Ständig war ihr übel und manchmal hatte sie sogar Sodbrennen. Das hatte sie vorher noch nie gehabt. Sie hatte es natürlich im Internet recherchiert und alles deutete darauf hin, dass es psychisch bedingt war. Aber wer konnte ihr dies verübeln? Nach allem, was in den letzten Monaten auf sie eingeprasselt war und nun auch noch die Prüfungen und die Angst um Merkur. Es war einfach zu viel.

Nachdem sie sich fertig angezogen hatte, ging sie zurück in die Küche. Sera streckte ihr kommentarlos einen Kräutertee entgegen, den Emilia dankbar annahm. Sie setzte sich auf einen Stuhl und zog die Beine an den Körper.

„Geht's wieder?", fragte die Elfe. Emilia nickte und nippte an ihrem Tee. Er schmeckte sehr süß und beruhigte ihren Magen. Anschließend sah sie in die Runde.

„Bist du fertig mit Lesen?", brach Emilia das Schweigen. Roandir nickte und legte das Buch auf den Tisch. „Und?", fragte sie weiter.

„Wir müssen nach Silvjanamar", entgegnete er ernst. „Die Überlieferungen sagen, dass sich die Zeitzauberer vor tausenden von Jahren in den *blauen Zeitennebeln* Silvjanamars niedergelassen haben."

„Die *blauen Zeitennebel*?", fragte Sera verblüfft nach. „Davon habe ich noch nie etwas gehört."

„Ich auch nicht", fiel nun auch Lethan ein. Roandir fuhr sich müde mit der Hand durch sein Gesicht.

„Wenn man diesem Buch hier glauben kann, ist es auch schwer, diese Nebel zu finden", entgegnete Roandir. „Die Nebel verweilen nicht an einem Ort. Sie sind mal hier und mal dort." Emilia setzte ihre Tasse ab und stöhnte.

„War ja klar", murrte sie. „Und wie können wir sie dann finden?"

„In dem Buch steht, dass nur diejenigen den Ort finden werden, die die Zeitzauberer zum Wohle des Großen und Ganzen finden wollen. Niemand, der sie zu niederen

Zwecken missbrauchen will, wird je auch nur in die Nähe der Nebel gelangen." Emilia hob den Kopf und dachte nach. Dann hellte sich ihre Miene auf.

„Aber dann könnten wir es schaffen, oder?", fragte sie in die Runde. Sera sah sie skeptisch an und Lethan sah hilfesuchend zu Roandir. Dieser nickte ernst und antworte:

„Ich denke, wir können es schaffen, die Frage ist nur, wo beginnen wir mit der Suche?"

„In Silvjanamar", entgegnete Emilia.

„Schlauberger!", lachte Sera und knuffte ihre Freundin in die Seite. Diese lächelte und so langsam kam wieder ein bisschen Farbe in ihre Wangen. Sie griff sich einem Zwieback, den Sera für sie bereitgelegt hatte, und biss genüsslich hinein.

„Kinder, seid mir bitte nicht böse, aber ich brauche noch ein bisschen Schlaf", meldete sich nun Roandir wieder zu Wort und gähnte herzhaft. „Was haltet ihr davon, wenn ihr drei einen Plan schmiedet und ich mich noch eine Stunde hinlege? Das sollte genügen. Im Moment kann ich jedoch keinen klaren Gedanken mehr fassen." Die drei nickten und Roandir ging hinüber ins Wohnzimmer. Da legte er sich aufs Sofa und war binnen Sekunden eingeschlafen.

„Ich geh noch kurz ins Bad, Zähneputzen und so", sagte Sera und stand auf. Emilia und Lethan blieben allein zurück. Eine Zeit schwiegen sie sich an, bis Emilia die Stille unangenehm wurde. Sie konnte sich nicht helfen, aber irgendetwas hatte sich zwischen ihnen beiden verändert. Waren sie doch bisher gute Freunde gewesen.

„Du hast noch gar nicht erzählt, wie es in Andorin aussieht", brach Emilia das Schweigen. Lethan zuckte mit den Schultern.

„Wie schon gesagt, die Aufständischen sitzen in den Kerkern und der König ist tagein, tagaus damit beschäftigt, sie zu verhören, Urteile zu fällen und so weiter.“

„Was ist mit deinen Eltern?“, fragte sie vorsichtig weiter. Lethan schüttelte den Kopf. „Ich habe bisher nicht mitbekommen, dass man sie ebenfalls gefangen genommen hat. Sie müssen noch rechtzeitig genug untergetaucht sein“, antwortete er und Emilia konnte die Besorgnis in seiner Stimme hören.

„Es tut mir so leid“, flüsterte sie. Lethan räusperte sich und antwortete mit fester Stimme:

„Das muss es nicht. Sie haben sich für diesen Weg entschieden, obwohl sie wussten, dass sie ihn mit dem Leben bezahlen, wenn sie erwischt werden.“ Er stand auf und ging zum Küchenfenster, von dem aus man gerade die Sonne aufgehen sah. Emilia schwieg, da sie nicht wusste, was sie noch hätte sagen können.

„Deine Großmutter macht übrigens Urlaub in Angorogh“, meldete er sich nun wieder zu Wort und Emilia war froh, dass er ein unverfänglicheres Thema angeschnitten hatte.

„Echt jetzt?“, fragte sie amüsiert.

„Ja, nachdem sie Haldur bei sich in Sicherheit gebracht hatte, wollte er sie einfach nicht mehr gehen lassen und deine Granny fühlt sich in seinem Schloss scheinbar pudelwohl“, erzählte er weiter und lachte.

„Woher weißt du das?“, fragte sie nun verblüfft.

„Mephisto hat es Roman erzählt und seine Wachen haben es natürlich weitergetratscht. Sie wird als neue

Königin der Bergelfen gehandelt“, erwiderte er. Emilia blieb der Mund offenstehen.

„DAS ist jetzt nicht dein Ernst?“, rief sie entsetzt aus.

„Doch“, bestätigte Lethan lachend und für einen kleinen Augenblick war es wieder wie früher in Andorin. Leider wurden sie von Sera aus ihrer Unterhaltung gerissen. Diese kam ungestüm in die Küche gerannt, fiel Emilia um den Hals und rief:

„Mensch, Emilia! Warum hast du denn nichts gesagt?“ Emilia sah verblüfft zu Lethan, und noch ehe sie antworten konnte, plapperte Sera weiter: „Wir haben vor lauter Aufregung deinen Geburtstag vergessen. Es tut mir so leid! Es hätte doch alles perfekt sein sollen, und nun so was.“ Emilia lachte laut auf.

„Und deswegen machst du so ein Theater?“, fragte sie amüsiert. „Es ist schon alleine deswegen der beste Geburtstag, den ich mir wünschen konnte, weil ihr drei da seid“, erwiderte sie und drückte Sera noch mal fest an sich.

„Aber die Geschenke und der Kuchen“, jammerte die Elfe weiter.

„Die Geschenke und der Kuchen laufen ja nicht davon“, mischte sich nun auch Lethan ein. Er schlenderte auf Emilia zu und nahm sie nun ebenfalls liebevoll in den Arm.

„Alles Gute“, flüsterte er ihr ins Haar. Sera rannte wieder aus dem Zimmer und kam nach ein paar Augenblicken wieder zurück. Auf ihrem Arm balancierte sie ein großes, bunt eingepacktes Päckchen und oben drauf stand eine schöne Buttercremetorte. Lethan nahm ihr schnell die Torte ab, die bereits gefährlich auf dem Päckchen gewackelt hatte, und stellte sie auf den Tisch. Sera drückte Emilia stolz das Päckchen in die Hand und flötete:

„Happy Birthday!“ Sie gab ihr einen Kuss auf die Wange und drängte sie dann umgehend dazu, das Geschenk aufzumachen. Emilia lachte, da Sera es so wichtig war, und begann nun, ebenfalls aufgeregt, das Papier aufzureißen. Heraus kam eine große Schachtel. Emilia nahm den Deckel ab und staunte nicht schlecht, als sie einen wunderschönen Bilderrahmen herausholte. Sofort schlug ihr Herz schneller, da sie in die über alles geliebten, silbergrauen Augen Merkurs blickte. Natürlich war es nicht wirklich Merkur persönlich, nein, es war eine Zeichnung. Eine sehr detailgetreue Zeichnung. Emilia fragte sich, woher diese wohl stammen mochte. Um Merkurs Bild herum hatte Sera lauter Bilder der letzten Wochen eingeklebt. Trotz der schweren Zeit, in der sie sich befanden, hatte Sera es immer wieder geschafft, Emilia aus ihren düsteren Gedanken herauszuholen und etwas mit ihr und Roandir unternommen. Emilias Augen begannen vor Rührung und Dankbarkeit zu schwimmen. Verstohlen wischte sie sich mit dem Ärmel über die Augen und legte das Bild dann auf den Tisch.

„Danke“, hauchte sie mit zitternder Stimme und schloss ihre Freundin nochmals in die Arme.

„Auch von mir alles Gute“, ertönte nun Roandirs volle Stimme hinter ihnen im Türrahmen.

„Danke dir“, erwiderte Emilia und nahm ihn ebenfalls in den Arm.

„Das Geschenk ist von uns beiden“, vernahm sie nun Sera hinter sich.

Emilia nickte und betrachtete versonnen das schöne Bild.

„Aber die Zeichnung von Merkur ist von Sera“, ließ sich Roandir vernehmen. Emilia blickte auf und sah verblüfft zu ihrer Freundin. Diese lief rot an und starrte auf ihre Füße.

„Ich wusste gar nicht, dass du so gut zeichnen kannst.“

Die Elfe lächelte und zuckte mit den Schultern. Lethan war neben sie getreten und legte seiner Schwester einen Arm auf die Schultern, dann sagte er:

„Das ist die einzige Beschäftigung, bei der unser Wildfang es schafft, über mehrere Stunden einfach mal still zu sitzen. Hab ich recht?“ Er grinste sie frech an. Sera befreite sich von seinem Arm und schubste ihn von sich, musste aber ebenfalls lachen.

„Haben wir dich eigentlich geweckt, Roandir?“, fragte Emilia ein bisschen zerknirscht. Dieser winkte ab.

„Ich hatte genug Schlaf“, antwortete er. „Ich hoffe, ihr habt einen Plan?“

Betreten schüttelten die drei ihre Köpfe.

„Wir hatten ja auch noch keine Zeit“, entgegnete Sera und zog eine Schmollschnute. Roandir lachte und setzte sich zu den dreien an den Küchentisch.

„Wann kommt deine Mutter wieder?“, fragte er. Emilia sah ihn, überrascht über den schnellen Themenwechsel, an.

„Ich denke, morgen Abend. Warum?“ Der Krieger rieb sich über sein Kinn und schien zu überlegen.

„Wir brauchen ein Alibi“, überlegte er laut. Sera, Lethan und Emilia sahen ihn verblüfft an. Roandir lachte und erklärte: „Leute! Echt jetzt? Wir müssen nach Silvjanamar. Die Zeitverschiebung ist so enorm, dass wir unter

Umständen mehrere Wochen weg sein könnten, ehe wir die Zeitennebel gefunden haben." Nun sah er in betretene Gesichter.

„Ich habe nun drei Wochen frei", brach Emilia das betretene Schweigen. „Zwei Wochen Ferien und eine Woche, um einen Essay zu schreiben, der zur Abschlussnote zählt. Zum Glück hab ich den schon fertig." Sie grinste stolz.

„Aber ob drei Wochen reichen?", fragte Lethan. „Und wenn nur ich gehe?" Roandir schüttelte den Kopf.

„Ich habe so das Gefühl, dass Emilia bei dieser Geschichte unabdingbar sein wird." Emilia zog erstaunt eine Augenbraue hoch.

„Wieso denkst du das?", fragte sie offen heraus.

„Zum einen bist du das Mädchen der Prophezeiung und zum anderen hat das Buch auf dich reagiert, und zwar nur auf dich", erwiderte er und sah sie ernst an. „Allerdings weiß ich nicht, wie ich es deinem Vater erklären soll, dass ich dich in die magische Welt mitnehme, obwohl er es strikt verboten hat." Emilia nickte.

„Wo wir beim nächsten Problem wären", warf nun Lethan ein. Alle Blicke flogen ihm zu. „Alle Elfen-Tore in Andorin werden strengstens bewacht. Wir kommen nie ungesehen bis in die Innenstadt, um das Tor nach Silvjanamar zu nehmen." Sera stöhnte genervt auf.

„So ein Käse", murrte sie.

„Und wenn wir meinen Dad einfach einweihen?", fragte Emilia hoffnungsvoll.

„Ich möchte Roman derzeit nicht mit diesem Thema belasten", gab Roandir zur Antwort.

„Emilia, könntest du nicht behaupten, dass du kurzentschlossen zu Sophia gefahren bist? Um dort die Ferien zu verbringen?“, fragte Sera nach. Emilia überlegte kurz, bevor sie antwortete:

„Aber nur, wenn ich meine Mutter vor vollendete Tatsachen stelle und behaupte, dass ich schon dort bin. Ich glaube nicht, dass sie mich in der momentanen Situation gehen lassen würde. Schließlich hätte ich dort direkten Zugang zu einem weiteren Elfen-Tor.“

„Den hättest du hier auch“, warf Lethan ein.

„Sera und Lethan haben recht. Das ist die beste Idee“, mischte sich nun Roandir wieder in das Gespräch ein.

„Aber Granny ist in Angorogh“, warf Emilia nun ein.

„Aber das wissen nur wir“, gab Roandir grinsend zurück.

„Und was, wenn meine Mutter bei Granny anruft?“, fragte Emilia weiter. Ihr war nicht wohl bei dem Gedanken, ihre Mutter dermaßen anzulügen.

„Ich weiß“, rief Sera. Alle sahen sie gespannt an. „Du rufst Claire an und erzählst ihr, dass du Sophia geschrieben hattest, schon vor Wochen, da das Telefon seit dem Brand nicht mehr funktioniert. Leider hast du erst heute das Antwortschreiben erhalten, in dem sie dich darum bittet, die Ferien bei ihr zu verbringen, da sie gerade gesundheitlich angeschlagen ist. Du sagst ihr, dass du bereits im Zug sitzt und der andere Farmer, der deiner Granny manchmal hilft ... Wie heißt er noch gleich?“

„Joe?“, fragte Emilia verblüfft.

„Genau! Du sagst, dass Joe dich am Bahnhof abholen wird und dich auch wieder dort abliefert, wenn die Ferien vorbei sind." Lethan klopfte Sera anerkennend auf die Schultern und sagte:

„Alle Achtung, Schwesterchen, vor dir muss man sich ja richtig in Acht nehmen. Aber der Plan ist gut." Roandir stimmte Lethan zu.

„Bleibt nur noch ein Problem", warf nun Emilia ein. „Wie kommen wir nach Silvjanamar, wenn die Tore bewacht sind?" Roandir grinste.

„Wie es der Zufall so will, hat dein Vater eine kleine Schwäche für Silvjanamar", entgegnete er und machte eine Pause, bis ihn alle ansahen. „Als er damals das Elfen-Tor hier im Park erschaffen hat, hat er daher eine kleine, nennen wir es mal, Abzweigung eingebaut."

„Das heißt?", fragte Emilia neugierig nach.

„Das heißt, dass nicht nur das offene Tor in der Akademie von Andorin nach Silvjanamar führt, sondern auch das Tor hier im Park. Dein Vater war es leid, immer, wenn er nach Silvjanamar gehen wollte, den weiten Weg durch die Stadt nehmen zu müssen. Daher hat er das Tor hier ein bisschen modifiziert und konnte so jederzeit in den *Magischen Wald* verschwinden und niemand in Andorin hat je davon Wind bekommen", erwiderte er lachend. „Nur mir hat er sich anvertraut. Zum Glück, wie ich nun feststellen muss. Wir müssen allerdings vorsichtig sein, da die Abzweigung sehr nahe an Andorin vorbeiführt. Wenn wir unauffällig agieren, haben wir vielleicht Glück und sie bemerken uns nicht." Lethan rieb sich die Hände und rief freudig:

„Na los! Worauf warten wir dann noch?"

KAPITEL 29

Sera war Feuer und Flamme. Endlich durfte auch sie einmal bei einem *richtigen* Abenteuer dabei sein, wie sie es nannte. Emilia dagegen sah der ganzen Geschichte skeptisch entgegen. Natürlich freute sie sich ungemein darauf, endlich, nach so vielen Wochen, wieder die magische Welt betreten zu können und nach Silvjanamar gehen zu dürfen. Sie hatte das Gefühl, das sie in dieser Welt empfunden hatte, das Magische, das Urwüchsige, bereits schmerzlich vermisst. Vielleicht hatte sie das alles auch nur so wundervoll in Erinnerung, da sie diesen Ort unweigerlich mit Merkur in Verbindung brachte. Andererseits hatte sie aber auch einige Bedenken. Was, wenn sie nicht rechtzeitig zurück wären? Was, wenn ihre Tarnung auffliegen würde? Und was, wenn sie die Zeitzauberer nicht finden konnten? Vielleicht existierten diese magischen Wesen ja überhaupt nicht mehr? Lethan und Roandir standen der ganzen Expedition neutral gegenüber.

Nachdem die Mädchen einige Vorräte zusammengepackt hatten, ging es los. Als sie auf der Straße standen, rief Emilia ihre Mutter an. Diese hatte ihr am Morgen sowieso schon eine WhatsApp geschickt, in der sie ihr zum Geburtstag gratuliert hatte, und gefragt, ob alles in Ordnung wäre. Emilia hatte die Nachricht vorerst bewusst ignoriert, da sie beschlossen hatten, dass es das Beste wäre, Claire erst anzurufen, wenn sie das Haus bereits verlassen hätten. Die Geräuschkulisse der Großstadt würde ihre Geschichte, sie befände sich bereits auf dem Bahnhof, noch untermauern. Emilia bedankte sich also bei ihrer Mutter für die Glückwünsche, entschuldigte sich dafür, dass sie sich nicht am Morgen bereits gemeldet hatte und erzählte dann die Geschichte von Granny, dem Brief, dem kaputten Telefon und dass sie sie besuchen müsse, da es Sophia nicht gut ginge. Claire war zwar nicht begeistert, jedoch konnte sie auch nichts dagegen sagen. Vielleicht hatte sie sich auch einfach damit abgefunden, dass ihre Tochter nun erwachsen war. Zumindest in der Elfenwelt. Nachdem das Telefonat beendet war, atmete Emilia hörbar auf.

„Jetzt ist mal eine Last weg“, sagte sie und nickte den anderen auffordernd zu. „Von mir aus können wir starten.“ Die Männer nickten ebenfalls und machten sich umgehend auf den Weg. Sera klatschte aufgeregt in die Hände und hüpfte den beiden wie ein Gummiball hinterher. Emilia konnte sich ein Lächeln nicht verkneifen und folgte schließlich, mit Fox an der Leine, der Prozession. Es war sicherlich ein seltsamer Anblick, wie sie, in viel zu dünner Kleidung für diese Jahreszeit und mit großen, schweren Rucksäcken auf den Rücken, in den nahe gelegenen Park marschierten. Zum Glück war es heute ebenso neblig wie es bereits die letzten Tage und Wochen gewesen war, sodass sie nach wenigen Metern von den Häusern aus, die am Rande des Parks standen, nicht mehr zu sehen waren.

Als sie das Gebüsch mit dem Tor durchquert hatten, blieben Sera, Emilia und Fox am Eingang stehen, während Roandir und Lethan die Gegend sicherten. Nachdem sie sich sicher waren, dass im nahen Umkreis keine Menschenseele zu finden war, stellte sich Roandir vor den Baum, der das Tor markierte, und beschwor das Portal. Innerhalb von Sekunden erschien das ihnen bekannte Flimmern, und der Stamm des Tor-Baumes, der spannenderweise hier ganz anders aussah als in Andorin und bei Granny, wurde aufgelöst und machte dem leuchtenden Portal Platz.

„Nehmt euch alle an den Händen!“, befahl Roandir knapp. „Folgt mir so leise wie möglich, jeder unbedachte Ton könnte uns verraten.“ Beim letzten Teil des Satzes hatte er Sera und Fox scharf angesehen.

Alle nickten und reichten sich die Hände. Emilia hielt Fox fest an der Leine und befahl ihm nochmals eingehend, still zu sein.

Roandir schritt voran in das gleißende Licht. Sofort spürte Emilia, dass er sie in eine andere Richtung führte, als sie nach Andorin hätten nehmen müssen. Dennoch war Emilia, als könnte sie, wie durch einen Schleier, die Schatten der Wächter neben dessen Tor deutlich erkennen. Leises Gemurmel drang an ihr Ohr. Es hörte sich an, als würden sie sich unter Wasser befinden. Roandir zog sie zügig hinter sich her. Die Wachen waren jedoch so in ihr Gespräch vertieft, dass sie absolut blind und taub für das waren, was hinter ihrem Rücken geschah.

Nach wenigen Sekunden spürte Emilia, dass sie Silvjanamar nicht mehr fern waren. Die Kraft des *Magischen Waldes*, wie ihn die Elfen nannten, zog sie wie einen Magneten an. Sie hätte von hier aus mit verbundenen Augen in den Wald gefunden.

Die Sonne blendete sie, als sie das Tor in die andere Welt verlassen hatten. Wild und unberührt lag der Magische Wald vor ihnen. Alles war genauso, wie Emilia es in Erinnerung hatte. Die Wildheit der Natur raubte ihr beinahe den Atem. Sie spürte die Kraft der Pflanzen in sich pulsieren. Es war, als würden sich ihre Lebensgeister mit der Energie, die der Wald freizugeben schien, vollsaugen. Emilia atmete mehrmals tief durch und sog den urwüchsigen Atem des Waldes in sich auf. Anschließend fühlte sie sich wie neugeboren.

Auch Sera und Roandir schienen Kraft zu tanken. Emilia erinnerte sich daran, was Sera ihr damals in Andorin über die Kraft des *Heiligen Waldes* erzählt hatte. Die Elfen benötigten die Magie des Waldes, um ihre vollen Kräfte zu behalten. Da erst wurde ihr klar, dass die Monate, die sie in der Menschenwelt verbracht hatten, weit weg vom Heiligen Wald, sie alle geschwächt hatten. Silvjanamar war zwar nicht der Heilige Wald der Waldelfen, jedoch ein Wald innerhalb der magischen Welt und konnte daher sicher ebenso gut dafür sorgen, dass die Elfen, die darin wandelten, die Kraft und Magie in sich aufnehmen konnten.

„Wir waren viel zu lang in der Menschenwelt“, stellte Roandir nun fest. Sera konnte nur nicken und sah sich dabei wie gebannt um. Nur Lethan schien die ganze Kulisse kalt zu lassen. Er hatte umgehend die nähere Umgebung erkundet und kehrte nun wieder zu ihnen zurück.

„Die Luft scheint rein zu sein“, sagte er an Roandir gewandt.

Dieser nickte und blickte dann zu Emilia.

„Welchen Weg sollen wir nehmen?“, fragte er sie. Diese sah ihn verblüfft an und antwortete:

„Was fragst du mich? DU bist der Krieger mit Abenteuer-Erfahrung.“ Roandir lachte auf und schüttelte den Kopf.

„Abenteuer-Erfahrung, wie das klingt“, entgegnete er amüsiert. „Dennoch bringt mich diese Erfahrung hier kein Stück weiter. Hierbei muss man auf sein Herz hören, und da du vermutlich die wichtigste Rolle in diesem Schauspiel spielst, denke ich, wir sollten uns nach dir richten. Hör auf dein Herz“, forderte Roandir sie auf. Emilia zuckte ein bisschen zusammen. Da war er wieder, der Satz, der sie seit ihrer Ankunft in Andorin verfolgte: *Hör auf dein Herz.* Glorijana, die Königin der Waldgeister, hatte diesen Satz einst ins Spiel gebracht. Unweigerlich musste sie an das zierliche Lichtwesen denken und eine seltsame Sehnsucht ergriff sie. Sie konnte nicht sagen, woher diese Sehnsucht rührte, doch war sie sich sicher, dass sie ihr nachgeben musste. Daher schloss sie die Augen, konzentrierte sich auf ihre innere Mitte und fühlte ein paar Augenblicke nach. Sie spürte eine pulsierende Wärme in der Brust. Automatisch griff sie nach ihrem Talisman, den sie seit ihrem Abenteuer in Askja nicht mehr abnahm. Der Anhänger fühlte sich seltsam warm und lebendig an. Plötzlich fühlte Emilia ein Flattern, das von dem Stein auszugehen schien. Wie vom Blitz getroffen ließ sie ihn los und riss die Augen auf. Ein blau leuchtender Schmetterling, der aus reinem Licht zu bestehen schien, tanzte vor ihrem Gesicht auf und ab. Dann plötzlich flog er Richtung Osten davon.

„Wo kommt der Schmetterling her? Wie kann das sein?“, fragte sie mit zittriger Stimme und deutete dem blauen Lichtwesen hinterher.

„Er kam aus deiner Kette“, hauchte Sera erschrocken. Emilia griff nach ihrem Glücksstein und betrachtete ihn einen Augenblick eingehend. Roandir, Sera und Lethan starrten wortlos dem fliegenden Lichtschimmer nach.

„Ich denke, wir müssen ihm folgen“, erklärte Emilia nun weiter und zeigte gen Osten. Sie konnte sich nicht erklären, woher sie diese Sicherheit nahm, aber für sie war eindeutig klar, dass nur dies der Weg zu den blauen Zeitennebeln sein konnte, in denen die Zeitzauberer leben sollten. Der Schmetterling, der mit Sicherheit irgendetwas mit Glorijana zu tun hatte, hatte ihnen unmissverständlich den Weg vorgegeben. Roandir nickte und wandte sich, ohne eine Miene zu verziehen, in die angegebene Richtung. Sera und Lethan hielten noch einen Augenblick inne. Noch immer benommen von den Geschehnissen, lief nun auch Emilia los.

„Na, nun kommt schon. Wir haben keine Zeit“, riss Roandirs Stimme die beiden Geschwister aus ihrer Erstarrung. Leider war dieser Ausspruch, den man sonst so landläufig benutzte, bei ihnen bittere Realität. Während hier in Silvjanamar nur Minuten vergingen, zogen in der Menschenwelt Stunden, wenn nicht Tage dahin. Lethan löste sich aus seiner Erstarrung und zog Sera hinter sich her.

„Abgefahren“, murmelte diese. „Und du bist dir sicher, der Schmetterling führt uns zu den Zeitzauberern?“ Emilia nickte voller Inbrunst. Irgendetwas Seltsames war mit ihr geschehen, sie konnte es nicht in Worte fassen, aber seit der Schmetterling davongeflogen war, fühlte sie eine innere Ruhe und Zufriedenheit.

„Ich kann dir nicht sagen, wieso, aber ich war mir selten bei etwas sicherer als im Moment“, entgegnete sie und lief leichten Fußes hinter dem blauen Schimmer her. Fox hatte sie weiterhin an der Leine. Das Risiko, dass er ihr in den Tiefen des Waldes verloren gehen könnte, war ihr zu groß. Ihm machte dies jedoch nichts aus. Stolz ringelte er sein Schwänzchen auf dem Rücken und tapste artig neben seinem Frauchen her. Zu ihrer Verwunderung hatte er, seit sie das Haus verlassen hatten, nicht einmal gebellt. Roandir hatte ihn aber vor dem Aufbruch auch nochmals kräftig ins Gebet genommen. Als ausgebildeter Elf war er in der Lage, auf eine andere Weise mit Lebewesen zu kommunizieren. Wie genau das funktionierte, wusste Emilia nicht. Das würden sie, Sera und Merkur erst lernen, wenn sie ihre Ausbildung in Andorin antreten durften. Also nach Erreichen der magischen Volljährigkeit. Emilia wäre es am liebsten gewesen, sie hätte Fox zu Hause lassen können. Es war jedoch niemand da, der sich um ihn hätte kümmern können.

Sie folgten dem Schmetterling, der sie quer durch die dichten Wälder Silvjanamars führte. Das kleine Wesen wusste genau, wo es hinflog. Keine Sekunde hielt es inne, um zu überlegen. Die Elfen sahen sich aufmerksam um. Der Wald war uralt. Knorrige, aber gesunde Laubbäume säumten den bemoosten Waldweg. Die Bäume waren so hoch, dass sie weit über ihnen zu einem einheitlichen Laubdach in den unterschiedlichsten Grüntönen verschmolzen. Jedoch kam genug Sonnenlicht durch, sodass es unten auf dem Weg wunderbar hell und wohlig warm war. Der Wegrand war gesäumt von bunt schillernden, teilweise fluoreszierenden Blumen und meterhohen, leuchtenden Pilzen. Während die Elfen, Emilia und Fox dem Schmetterling folgten, zogen sie die aufmerksamen Blicke anderer Einwohner Silvjanamars auf sich. Sowohl Tiere als auch die unterschiedlichsten magischen Wesen tauchten unter den belaubten Zweigen auf und sahen ihnen aufmerksam nach. Emilia konnte Feen, Kobolde und Gnome erkennen, jedoch gab es genug andere Wesen, die sie nicht beim Namen kannte. Einmal glaubte sie, auf einer Lichtung, weit ab vom Weg, auf dem sie gingen, einen wunderschönen Pegasus gesehen zu haben. Das geflügelte Pferd hatte für einen Moment den Kopf gehoben und sie angesehen, war dann aber schnell im Dickicht verschwunden. Die neugierigen, kleinen Feen hingegen waren nicht so scheu. Nach einiger Zeit folgten ihnen mehrere dieser munteren Wesen. Ihre Flügel schillerten in allen Regenbogenfarben und alle trugen süße, kleine, bunt schimmernde Kleidchen. Eine von ihnen war besonders dreist. Sie setzte sich kurzentschlossen auf Emilias Schulter und sagte mit piepsiger Stimme:

„Ich bin Lilienne, ich bin die Herrscherin der Feen hier.“ Sie deutete auf den kleinen Schwarm, der Emilia und den anderen folgte. „Wer seid ihr?“, fragte sie nun frei heraus. Emilia war stehen geblieben und sah das kleine Wesen auf ihrer Schulter perplex an. Roandir enthob sie jedoch einer Antwort und sagte zu der kleinen Fee:

„Wir sind auf dem Weg zu den Zeitzauberern. Dies hier ist Emilijana, Prinzessin von Andorin. Lethan, Seranna und ich begleiten sie zu ihrem Schutz“, erklärte er, deutete auf seine Mitreisenden und verbeugte sich vor der Fee. „Mein

Name ist Roandir“, fügte er an. Lilienne nickte zufrieden und antwortete:

„Es freut mich, euch kennenzulernen. Dann ist es also wahr, was man munkelt? Dass die Zeitzonen nicht mehr in der Weise existieren, wie sie sollten?“, fragte die Fee weiter. Roandir nickte und antwortete:

„Ja, so ist es leider. Daher müssen wir uns auch sputen und haben eigentlich keine Zeit, uns mit langen Gesprächen aufzuhalten. Ich hoffe, ihr versteht das?“

„Aber sicher. Wir wünschen euch Glück. Und vielleicht verirrt ihr euch ja mal wieder in die Gegend. Gegen so hübsche Elfen wie euch haben meine Mädchen und ich nichts einzuwenden“, antwortete die Fee und ein glockenhelles Lachen ertönte, während sie aufreizend Lethan anzwinkerte. Danach erhob sie sich von Emilias Schulter und ließ sich, zusammen mit ihren Untertaninnen, auf einer hohen Buche nieder. Sie winkten ihnen zu und Roandir gab den Befehl, weiterzumarschieren. Lethan sah noch einen Augenblick perplex zu den Feen, die ihm Kusshändchen zuwarfen und kicherten. Dann drehte er sich abrupt um und folgte Roandir forschen Schrittes. Sera und Emilia fingen beide an zu lachen.

„Habe ich das eben richtig gesehen? Mein Bruder läuft doch tatsächlich wegen ein paar frechen Feen rot an?“, fragte Sera vergnügt. Emilia lachte und nickte.

„Scheint so“, antwortete sie. „Komm, gehen wir weiter, ich glaube, wir sind bald da“, sagte sie euphorisch und zog Sera hinter sich her.

Der Weg veränderte sich nun. Sie kamen aus dem Wald heraus in ein Gebirge. Ein schmaler, steinerner Hohlweg führte sie steil einen grauen Berg hinauf. Leider waren die Felsen des Weges um sie herum so hoch, dass sie in keine Richtung darüber blicken konnten. Die Aussicht wäre sicher grandios gewesen. Immer weiter führte sie der Weg. Die Temperaturen sanken. Emilia bereute es bereits, ihre warmen Klamotten zu Hause gelassen zu haben. Je weiter sie nach oben kamen, desto schlechter wurde die Sicht. Nebel kam auf.

„Wir sind fast da“, hörten sie Roandirs Stimme. Und tatsächlich, nach wenigen Metern den Berg hinauf färbten sich die Nebel blau. Der Schmetterling war nun kaum mehr auszumachen, da er mit dem blauen Nebel zu verschmelzen schien. Emilia stellte überrascht fest, dass sie das kleine Wesen sogar fühlen konnte. Roandir war inzwischen langsamer geworden, da er offenbar ebenfalls Probleme damit hatte, ihren kleinen Führer noch ausmachen zu können. Kurzentschlossen überholte Emilia den Elfenkrieger und folgte blind dem wohligen Gefühl, das der Schmetterling ausstrahlte. Sie war selbst überrascht, wie selbstverständlich dies alles für sie war, dass sie hier, im dichten, blau leuchtenden Nebel einem gefühlten Schmetterling folgte, der genauso aussah wie die Schmetterlinge, die die Königin der Waldgeister immer begleiteten. Während sie dem kleinen Lichtwesen folgten, überlegte Emilia, welche Rolle die Königin der Waldgeister in dieser Geschichte wirklich spielte. Bisher hatte sie immer angenommen, dass Glorijana mit dieser ganzen Sache wenig zu tun hatte, aber nachdem dieser blaue Schmetterling aus ihrem Amulett aufgetaucht war, war sie sich dessen nicht mehr so sicher. Ihre Überlegungen wurden jedoch unterbrochen, als sich der blau leuchtende Nebel lichtete.

KAPITEL 30

Plötzlich war der Nebel verschwunden und die Gruppe fand sich am Rande einer kleinen Lichtung wieder, die im sanften Licht des Vollmondes vor ihnen lag. Bevor Emilia fragen konnte, wieso es schlagartig Nacht war, trat eine blau leuchtende Gestalt aus den Bäumen. Emilia hatte sich die Zeitzauberer wie uralte Männer vorgestellt. Mit langen, weißen Bärten und langen, weißen Gewändern. Der Schemen, der nun auf sie zu schwebte, sah jedoch ganz anders aus. Er erinnerte sie eher an Glorijana, wenn diese gestaltlos durch den Wald schwebte. Weitere blau leuchtende Nebel näherten sich ihnen, und ehe sie sich versahen, waren sie von ihnen umzingelt.

Lethan griff hektisch nach seinem Schwert. Doch bevor er es ganz aus der Scheide gezogen hatte, griff Roandir nach seiner Hand und schüttelte bestimmt den Kopf. Langsam schob er seine Waffe wieder zurück. Dennoch beobachtete er die blau leuchtenden Gestalten argwöhnisch und ließ seine Hand weiterhin auf seinem Schwertknauf ruhen. Da tauchte plötzlich der kleine Schmetterling wieder auf. Er flog geradewegs zu Emilia, die ganz automatisch ihre Hand ausstreckte, auf der das kleine Lichtwesen landete. Es fühlte sich seltsam an, warm und kalt zugleich, und ein leichtes, elektrisierendes Prickeln ging von dem Tierchen aus. Während Emilia den kleinen Kerl noch verzückt betrachtete, stieg dieser wieder empor. Emilias Talisman begann zu leuchten und der Schmetterling verschmolz mit dem Licht. Anschließend wurde der Stein an Emilias Hals wieder dunkel.

„Schade“, murmelte sie und strich über die Kette. Dann richtete sie ihre volle Aufmerksamkeit auf die blauen Lichtgestalten, die sie umzingelten. Es war Bewegung in die Gruppe gekommen. Sie nahmen Form an. Männer und Frauen in langen, blau leuchtenden Gewändern erschienen nun vor ihnen. Entgegen Emilias Erwartungen waren diese jedoch nicht alt, sondern sahen allesamt recht jung aus. Als hätten sie gerade erst die Zwanzig überschritten. Ein junger Mann löste sich aus der Gruppe und kam auf sie zu. Sera packte Emilia an der Hand und raunte:

„Mensch, sieht der heiß aus.“ Emilia verdrehte die Augen, erwiderte allerdings nichts. Wobei sie Sera recht geben musste. Alle Zeitzauberer zusammen hätten eins zu eins auf einen Laufsteg gepasst. Ihre Gesichter zumindest waren makellos. Die Körper waren durch die langen, wallenden Gewänder zu verhüllt, als dass man Rückschlüsse auf die Figur darunter hätte schließen können.

Wissend kam der junge Mann zu ihnen und zwinkerte Sera zu. Diese lächelte debil zurück. Anschließend widmete er sich Emilia.

„Emilijana, Prinzessin von Andorin. Wir haben dich bereits erwartet. Mein Name ist Farijan, ich bin der Anführer der Zeitzauberer. Wir freuen uns sehr, dich hier in unserer Mitte begrüßen zu können.“ Freundlich nickte er Emilia zu und die anderen Lichtwesen taten es ihm nach. „Bitte folgt uns, wir werden euch alles erklären“, sagte er nun und bedeutete der Gruppe, ihm zu folgen. Er führte sie mitten auf die Lichtung und wies sie an, sich auf dem bemoosten Boden niederzulassen. Alle, mit Ausnahme von Sera, leisteten der Aufforderung stumm Folge.

„Ich bleib lieber stehen“, erklärte Sera unsicher und deutete auf ihre schicke, neue Hose, die sie trug. Farijan konnte sich ein Grinsen nicht verkneifen.

„Wie Ihr wünscht“, erwiderte er und ließ sich nun ebenfalls auf dem Boden nieder. Die anderen Zeitzauberer folgten seinem Beispiel. Roandir zischte Sera wütend zu:

„Nun setz dich endlich. Ich kauf dir auch eine neue Hose, sollte diese danach einen Fleck haben.“ Sera nickte und setzte sich vorsichtig ins Moos. Danach trugen ein paar weitere Lichtwesen Wasserkrüge, Becher und Schalen mit Beeren und Nüssen herbei.

„Bedient euch“, forderte Farijan sie auf.

„Bitte entschuldigt meine Ungeduld“, mischte sich nun Roandir ein. „Aber leider haben wir nicht viel Zeit. Wir wissen nicht, wie viele Tage und Wochen während unserer Abwesenheit in der Menschenwelt ins Land ziehen.“

Farijan nickte wissend und entgegnete:

„Die Nebel haben euch aus Silvjanamar herausgeführt. Ihr seid nun in unserer Welt. Hier gelten andere Gesetze. Ihr könntet so lange bleiben, wie euch beliebt, und dennoch würde niemals jemand von eurer Abwesenheit erfahren, da außerhalb unserer Welt währenddessen keine Sekunde verstreicht.“ Verblüfft sah Emilia ihn an.

„Soll das heißen, wir haben eine Weltengrenze überschritten?“, fragte sie.

Farijan nickte.

„Wie ist das möglich?“, fragte sie weiter.

„Dir wurde erklärt, dass die magische Welt aus den Welten Andorin, Askja, nun Asgard, und Silvjanamar besteht, habe ich recht?“, stellte Farijan die Gegenfrage und lächelte wissend. Emilia nickte und der junge Mann fuhr fort: „Es gibt noch sehr viel mehr Welten. Sie sind kleiner und nicht durch Elfen-Tore erreichbar. Daher wissen die meisten nicht, dass es diese Welten gibt. Selbst wenn sich ein Elf in eine solche Welt verirrt, weiß er oft nicht, dass er eine Weltengrenze passiert hat. Man erkennt es nur am Nebel. Die großen Weltengrenzen werden durch die orangenen Weltennebel getrennt. Bei den kleineren Welten ist dies anders. Manche Nebelgrenzen leuchten blau, andere violett, wieder andere sind farblos“, erklärte er und zuckte mit den Schultern. Emilia nickte und fragte:

„Wie viele Welten gibt es dann?“

„Unzählige. Manche sind sehr klein, andere unbewohnt. Manche kommen dazu, andere verschwinden. Das ist der Lauf der Dinge“, erklärte er und blickte versonnen in die Ferne. „Was uns zu eurem Anliegen führt“, wechselte er das Thema und sah Emilia, Lethan, Sera und Roandir der Reihe nach an. Fox hatte sich neben Emilia zusammengekringelt und schlief selig.

„Durch die Vernichtung Askjas wurden die Zeitenbahnen verschoben. Dies ist zum Teil unsere Schuld“, begann Farijan nun zu erklären. „Nur mit unserer Hilfe konnten die Feuerelfen damals die Zeitkuppel über ihrer Stadt errichten. Diese Kuppel war erforderlich, da die Elfen ansonsten ihre Unsterblichkeit eingebüßt hätten, da Askja seit der Zeit der großen Kriege nicht mehr zu der magischen Welt gehört hatte."

Emilia sah ihn verblüfft an.

„Früher, vor vielen, vielen tausend Jahren, gehörte auch deine Welt zur magischen Welt, musst du wissen. Aber die Menschen hörten auf, an Magie zu glauben, und spalteten sich nach und nach selbst von dieser Welt ab. Das meinte ich vorher damit, dass es immer Welten gibt, die kommen und gehen. Die Menschenwelt ist gegangen und die magischen Wesen haben ihr den Rücken gekehrt. Alle, bis auf die Feuerelfen. Sie blieben in Askja und verbargen es vor der Außenwelt. Wir Zeitzauberer haben den Feuerelfen geholfen, einen Zeitschutz zu errichten, sodass die Feuerelfen ihre Unsterblichkeit nicht verloren. Durch die Zerstörung Askjas wurde auch diese Zeitkuppel zerstört. Unter anderem durch die Freisetzung der geballten Zeitenmagie gerieten die Weltenbahnen aus den Fugen."

„Wenn es durch eure Magie geschehen ist, dann müsst ihr es doch auch wieder geradebiegen können, oder nicht?", fragte Emilia hoffnungsvoll nach. Farijan schüttelte betrübt den Kopf.

„Leider nein. Wir sind zu wenige, Emilijana", erklärte er ihr in sanftem Tonfall und seufzte tief. Er deutete auf die Zeitzauberer, die bei ihnen im Kreis saßen, und fuhr fort:

„Das sind alle, die von unserem einst mächtigen Volk noch übriggeblieben sind." Entsetzt sah Emilia ihn an.

„Aber ihr müsst etwas tun können. Irgendwas!", rief sie und sprang auf.

„Wir haben die Zeitverschiebung bereits, so gut es ging, berichtigt. Zu mehr sind wir nicht mehr in der Lage. Alles andere liegt in DEINER Hand." Er sah Emilia eindringlich an.

„In meiner Hand?", quietschte sie aufgebracht. „Was soll ich denn schon tun können?"

„Du bist die Auserwählte, Emilijana", fuhr er fort.

„Ich kann es nicht mehr hören!", rief sie verzweifelt und lief erregt vor den anderen auf und ab. „Auserwählte! Pah!", stieß sie aus. Sera wollte aufspringen, um Emilia zu beruhigen, aber Roandir hielt sie davon ab. „Außerdem heiße ich Emilia. Nicht Emilijana. Ich hasse diesen Namen!", sagte sie aufgebracht. Sie hatte sich nun richtig in Rage geredet.

„Emilia. Bitte!", versuchte Roandir, sie zu beschwichtigen. „Das führt doch zu nichts. Setz dich wieder hin und lass Farijan weitererzählen. Ich habe das Gefühl, dass er noch nicht alles gesagt hat." Er blickte den Zeitzauberer an und dieser nickte bestätigend. Wütend schnaubend setzte sich Emilia wieder hin und verschränkte die Arme vor der Brust. Dann sah sie Farijan herausfordernd an. Sie glaubte, den leichten Anflug eines Lächelns seinen Mund umspielen zu sehen, was sie noch wütender machte. Aber sie bemühte sich, die Beherrschung nicht zu verlieren, und sagte nichts.

„Dass du deinen Seelennamen nicht akzeptierst, ist schade", fuhr Farijan nun fort.

„Was soll denn ein Seelenname sein?", fragte Emilia patzig. Der Zeitzauberer atmete tief und resigniert durch und antwortete:

„Ich fürchte, ich muss weiter ausholen, dass du verstehst, worum es geht." Emilia sah ihn an wie ein bockiges Kind. Sie hatte es so satt. Anscheinend wusste alle Welt Dinge über sie, über die sie nie aufgeklärt worden war.

„Vor vielen Jahrhunderten gab es zwei Lichtwesen. Glorijana und Emilijana. Die beiden Waldgeister waren Zwillingsschwestern. Außerdem waren sie die Töchter des damaligen Königs ihres Volkes. Bei Emilijana war die Gabe des Vorhersehens deutlich stärker ausgeprägt als bei allen anderen Waldgeistern. Diese Fähigkeit war sowohl Segen als auch Fluch zugleich. Eines Tages hatte Emilijana eine Eingebung. Sie sah das Ende der Welt. Alles würde durch eine große Katastrophe ausgelöst werden. Sie sah Gestalten der Schattenwelt, Feuer, Tod und Zerstörung. Damals hatte sie alle davor gewarnt, dass der Herrscher der Unterwelt nach unserer Welt greifen würde, aber niemand hatte sie ernst genommen. Niemand außer ihrer Zwillingsschwester Glorijana. Die beiden hatten sich Jahrhunderte lang nur noch damit beschäftigt, herauszufinden, wann das Ende kommen würde, wie genau es ablaufen sollte und ob man es aufhalten könnte. Eines Tages hatte Emilijana endlich eine weitere Vision, in dem nach dem Ende wieder Licht kam. Sie erkannte die Hoffnung in einem Kind. Es war ein besonderes Kind. Ein kleines Mädchen, das die vier Blutlinien der mächtigen Völker vereinte. Der Feuerelfen, der Waldelfen, der Bergelfen und der Lichtwesen." Hier machte Farijan eine kleine Pause, um Luft zu holen. Emilias Kopf arbeitete auf Hochtouren, um alles Erzählte einordnen zu können. Noch ehe sie eine Zwischenfrage stellen konnte, erzählte Farijan weiter:

„Ich weiß, die Bergelfen haben etwas Ähnliches gesehen. Nur haben sie es falsch interpretiert. Sie glauben, dass zwei Kinder die Kluft zwischen den Welten verschließen werden. Das ist jedoch nur zum Teil richtig.“ Emilia sog scharf die Luft ein und flüsterte:

„Die Prophezeiung.“ Farijan nickte.

Emilia sagte die Prophezeiung leise auf:

„Wenn der Mond blutet am Himmelszelt, werden zwei Kinder, durch das Schicksal der Welt verbunden, den rechtmäßigen König zurück in seine Heimat führen.
Die Auserwählten werden das Blut der mächtigen vier Völker in sich tragen und diese so für immer aneinander binden und in Frieden vereinen.
Die Kluft zwischen den Welten wird durch ihre Liebe für immer verschlossen werden.
Sie und ihre Kinder werden die magische Welt in ein neues Zeitalter führen.“

Farijan nickte wieder.

„Ihr, du und Merkur, seid die Kinder, die den König zurückführen. Ihr tragt das Blut der vier Völker in euch“, erklärte der Zeitzauberer weiter. Emilia schüttelte den Kopf.

„Aber keiner von uns ist ein Lichtwesen“, erwiderte sie. Farijan lächelte wissend.

„Lichtwesen, liebe Emilijana, können sich nicht mit Menschen verbinden, wie es die Elfen können. Wir tun es auf eine andere Art und Weise. Ein Waldgeist kann seine Seele opfern, sodass sie in einem bestimmten Menschen wiedergeboren wird. Emilijana hat dies getan, als es an der Zeit war. Sie wurde in DIR wiedergeboren. Daher trägst du ihren Namen."

Emilia blieb die Sprache weg. Ihr wurde schwindelig und sie wurde blass. Schnell reichte ihr Sera einen Schluck Wasser.

„Geht's wieder?", fragte sie nach ein paar Minuten und streichelte ihr liebevoll den Arm. Emilia nickte und richtete das Wort wieder an Farijan:

„Haldur und Elandiel waren der Meinung, dass mit den vier Völkern in der Prophezeiung die Menschen und die drei Elfenvölker gemeint waren. Also ist dies falsch? Dann bin ich eine Mischung aus Mensch, Waldgeist und Elf?", fragte sie mit zittriger Stimme.

„In gewisser Weise schon", bestätigte der Zeitzauberer. „Daher warst du in der Lage, den Schmetterling zu rufen, der euch hergeführt hat. Unsere Völker sind verwandt. Die Zeitzauberer und die Waldgeister entstammen demselben Geschlecht, daher sind beide Völker Lichtwesen, wie du ja sicher schon herausgehört hast. Nur Lichtwesen sind in der Lage, unser Reich zu finden."

Emilia wurde schlecht. Schnell sprang sie auf, rannte in das nächstgelegene Gebüsch und erbrach sich zwischen den Hecken. Das war alles zu viel für sie. Sera war ihr nachgeeilt und hielt ihr die Haare. Nach ein paar Minuten richtete sich Emilia wieder auf. Ihre Freundin reichte ihr ein Taschentuch, mit dem sie sich dankbar den Mund abwischte.

„Ist es jetzt besser?", fragte Sera. Emilia nickte und ließ sich, peinlich berührt, von ihrer Freundin zurück zu den anderen geleiten.

„Bitte entschuldigt“, sagte Emilia leise und deutete auf die Hecken. „Ich glaube, das ist einfach alles zu viel für mich.“ Farijan lächelte und nickte.

„Du sagtest, dass es in meiner Hand läge, die Zeit wieder in Ordnung zu bringen. Wie? Was muss ich tun?“, fragte sie.

„Die Liebe zwischen dir und Merkur wird die Kluft zwischen den Welten für immer verschließen und die Welt retten“, erklärte Farijan ihr, als spräche er mit einem kleinen Mädchen. Emilia knirschte vor Wut mit den Zähnen und antwortete verzweifelt:

„Das bringt doch alles nichts. So weit waren wir doch schon. Das haben mir auch die Elfen gesagt, nur wussten sie wohl nichts von einem Weltuntergang.“

„Emilijana, ich dachte, es sei offensichtlich“, gab Farijan zurück. „Ihr benötigt einen Beweis eurer Liebe.“

„Aber wie soll ich unsere Liebe beweisen?“, fragte diese aufgebracht.

„Ein Kind, Emilijana. Der Beweis wahrer Liebe“, erklärte er sachlich.

„Wo soll Emilia denn ein Kind herbekommen?“, mischte sich nun Sera aufgebracht ein. „Merkur ist weg, und wenn wir nicht in wenigen Wochen eine Lösung finden, wird Mephisto an seiner statt in die Welt zwischen den Welten gehen müssen.“ Doch direkt, nachdem sie ihren letzten Satz vollendet hatte, biss sie sich auf die Lippen, sah Emilia entsetzt an und verstummte. Farijan erwiderte nichts, sondern blickte nur von Sera zu Emilia. Diese biss sich ebenfalls auf die Lippen. In ihrem Kopf tobte ein endloses Chaos. Ein Kind! Ihr wurde heiß und kalt. Sera kniete sich vor ihr nieder, griff nach ihren Schultern und sah sie eindringlich an.

„Hast du die Kräuter damals genommen?“, fragte sie beinahe panisch. Emilia starrte ins Leere. In ihrem Kopf tobte ein Wirbelsturm, der ihr die Fähigkeit raubte, klar zu denken.

„Emilia!“, fuhr Sera sie an und rüttelte sie sanft. Endlich reagierte sie und blickte Sera in die Augen. Langsam schüttelte sie den Kopf.

Sera lachte erleichtert auf und ließ sich neben Emilia auf den Boden sinken.

„Dann ist ja alles gut“, keuchte sie erleichtert.

„Könnte uns mal jemand einweihen?“, fragte Lethan genervt. Roandir schmunzelte wissend und antwortete:

„Ist das nicht sonnenklar?“ Lethans Augen weiteten sich. Bestürzt sah er Emilia an. Diese war endlich aus ihrer Starre erwacht und flüsterte zaghaft:

„Ein Kind ...“, während sie vorsichtig über ihren Bauch streichelte.

„Du trägst es bereits unter deinem Herzen. Ich dachte, das wüsstest du“, erklärte Farijan in sanftem Tonfall.

Emilia brauchte ein paar Augenblicke, bis sie verstand. Der Beweis ihrer Liebe, das Mädchen, das die Welt rettet, welches das Blut der Elfen und der Lichtwesen in sich trägt. Emilia wurde erneut übel. Nur konnte sie dieses Mal gegen den Brechreiz ankämpfen. Sie trank schnell einen Schluck Wasser und atmete tief durch. Dann erhob sie sich, murmelte eine Entschuldigung und lief zum Rand der Lichtung. Sie blickte in den Wald, in dem nun Feen und Glühwürmchen zu tanzen begonnen hatten. Eine Rehfamilie stand weiter hinten im

Dickicht und graste friedlich zwischen den Bäumen. All dies nahm Emilia nur am Rande wahr. Ein Kind. Sie sollte schwanger sein? Klar, alle Indizien sprachen dafür. Die ständige Übelkeit, die Müdigkeit und das Erbrechen, das neu hinzugekommen war. Vorsichtig streichelte sie über ihren Bauch. Ihr wurde schwindelig bei dem Gedanken, bald Mutter zu sein. Sie hatte so viel vorgehabt im Leben. Nun war alles anders. Warum hatte sie die Kräuter von Sera nur nicht genommen? Doch dann fiel ihr ein, was Farijan gesagt hatte. Das Kind war ihre Rettung. Sie schüttelte den Kopf. Nein, es hatte so sein müssen. Dieses Kind war ihr Schicksal. Aber was würde nun werden? Während sie ihren inneren Kampf focht, merkte sie nicht, wie Lethan nähergetreten war. Erst als er seine Hand auf ihre Schulter legte, erwachte sie aus ihrer Trance. Als sie sich umdrehte, war sie zwar etwas überrascht, dass sie ihm und nicht Sera gegenüberstand, aber das war ihr im Moment herzlich egal. Sie konnte die Tränen nicht mehr zurückhalten und warf sich schluchzend an seine Brust. Dieser versteifte sich einen Moment, schloss sie dann aber fest in die Arme. Sanft streichelte er ihr übers Haar und flüsterte ihr ins Ohr:

„Wir werden das alle gemeinsam durchstehen. Das verspreche ich dir. Ich werde immer an deiner Seite sein." Emilia nickte dankbar. Es dauerte noch eine Zeit, bis sie sich wieder beruhigt hatte. Erst als Sera sie sanft aus Lethans Umarmung löste und sie ebenfalls fest an sich zog, versiegten die Tränen allmählich.

„Ich werde die ganze Zeit bei dir bleiben", versprach die Elfe. „Wir lassen dich nicht allein." Sie trocknete Emilias

Tränen mit einem Taschentuch und reichte es ihr anschließend, dass sie sich die Nase schnäuzen konnte.

„Wenn du so weit bist, würden wir wieder rübergehen zu den anderen“, sagte Sera liebevoll. „Farijan hat noch etwas Wichtiges zu sagen.“ Emilia nickte und ließ sich von Sera und Lethan zurückführen. Mit rot geränderten Augen ließ sie sich wieder im Kreis der Zeitzauberer nieder. Sie vermied es, irgendjemanden direkt anzusehen. Gierig trank sie einen großen Schluck Wasser. Roandir und Farijan schienen in ihrer Abwesenheit ein heißes Thema besprochen zu haben. Roandirs Wangen glühten und auch Farijans Leuchten schien stärker geworden zu sein. Als die Gruppe wieder vollzählig war, richtete Roandir das Wort an Emilia.

„Farijan und ich haben einen Plan ausgearbeitet“, begann er zu erzählen, ohne auf Emilias emotionalen Zustand Rücksicht zu nehmen, was ihm von Sera einen wütenden Blick einbrachte. Dieser ignorierte die hübsche Elfe jedoch geflissentlich und fuhr fort:

„Wir können die Zeitverschiebung zu unseren Gunsten nutzen.“ Emilia hob nun das erste Mal den Kopf und blickte Roandir fragend an.

„So ist es“, ließ sich nun Farijan vernehmen.

„Und wie?“, fragte Sera hoffnungsvoll. „Nun erzählt schon.“ Roandir und Farijan tauschten kurz ein paar Blicke aus. Der Anführer der Zeitzauberer nickte und der Elfenkrieger begann euphorisch zu erklären:

„Es ist ein bisschen kompliziert.“ Sera und Emilia verdrehten genervt die Augen.

„Das ist es immer. Also leg los“, fiel ihm Sera ins Wort. Roandir grinste und nickte.

„Wir müssen ein genaues Zeitfenster abpassen. Das Kind darf Andorin erst betreten, wenn der dunkle Herrscher mit Merkur die Zwischenwelt verlassen hat. Sprich, am Abend des Austausches. Nicht zu früh, da sonst Merkur für immer eingesperrt wäre, und nicht zu spät, da sonst Mephisto verloren wäre. Denn sobald das Kind die magische Welt betreten hat, beginnt seine besondere Magie, die Kluft zwischen den Welten zu verschließen.“ Sera und Emilia stöhnten.

„Wie soll das denn gehen?“, fragte Emilia mit tränenerstickter Stimme. „Das Kind wird erst in mehreren Monaten auf die Welt kommen, sofern es sich an die Gesetze der Menschenwelt hält, und Merkurs Austausch in Andorin liegt nur noch ein paar Wochen entfernt.“

„Genau das ist der Punkt“, fuhr Roandir aufgeregt fort. „In der Menschenwelt werden hingegen noch genug Monate vergehen, als dass du das Kind voll austragen kannst. Wir müssen die Zeitverschiebung nutzen. Du musst so lange in der Menschenwelt bleiben, bis sich das Kind ankündigt. Dann bringen wir dich nach Andorin.“

„Aber woher sollen wir bei den extremen Zeitschwankungen wissen, wann der richtige Zeitpunkt ist, um Emilia und das Kind nach Andorin zu bringen?“, mischte sich nun Lethan skeptisch ein. Erst jetzt fiel Emilia auf, dass er die ganze Zeit ihre Hand gehalten hatte. Auch Lethan musste dies eben bewusstgeworden sein und ließ sie schnell los.

„Da kommen wir ins Spiel“, mischte sich nun Farijan in das Gespräch ein. „Emilijana muss Andorin erreichen, bevor das

Kind auf die Welt kommt. Wir werden da sein und werden über ihrem Haus, in Andorin, eine Zeitblase errichten. Die Zeit innerhalb der Blase wird identisch mit der Menschenweltzeit vergehen. Der Schutz der Blase wird die Magie des Kindes abhalten. Am Abend des Austausches muss das Kind bereits geboren sein. Sobald der Herrscher Utgards seine Welt mit Merkur verlassen hat, werden wir die Blase aufheben. Die Magie des Kindes wird die Kluft verschließen und sowohl Merkur als auch Mephisto werden gerettet sein."

Emilias Herz schlug einen Moment schneller. Allein die Vorstellung von Merkurs Rettung löste in ihr romantische Gefühle aus. In ihrem Kopfkino sah sie genau vor sich, wie sie sich in die Arme fallen und er ihr seine übergroße Liebe gestehen würde. Als sie bemerkte, dass alle sie anstarrten, schüttelte sie schnell den Kopf, um wieder klar denken zu können. Das musste wohl an den Hormonen liegen, sagte sie sich. Dann räusperte sie sich und nickte zustimmend.

„Gut", erwiderte sie mit rauer Stimme. Farijan und Roandir nickten ebenfalls und somit war der Plan besiegelt.

„Wann können wir nach Andorin aufbrechen?", fragte Emilia nun Roandir. Dieser zuckte mit den Schultern.

„Lass uns erst zurück in die Menschenwelt gehen. Da sind wir sicherer. Und das Kind braucht ja noch Zeit zum Wachsen."

„Aber könnte es nicht auch in Andorin innerhalb der Zeitblase wachsen?", fragte Emilia weiter und blickte Farijan an.

„Ja, das könnte es, allerdings wärst du dann die nächsten Monate ununterbrochen im Haus eingesperrt und von der Außenwelt abgeschlossen", entgegnete der Zeitzauberer skeptisch.

„Emilia, lass uns zurück in die Menschenwelt gehen", ließ sich Sera mit zittriger Stimme vernehmen. Erst jetzt fiel Emilia wieder ein, dass Sera in der jetzigen Situation nicht zurück nach Andorin gehen konnte. Sie müsste zuerst mit ihrem Vater reden, dass er Sera wieder zurücklassen würde. Daher nickte Emilia zustimmend.

„Okay. Dann gehen wir vorerst zurück und machen weiter wie bisher. Sofern das möglich ist", murmelte sie. Ihre Freundin atmete erleichtert auf und auch Lethan schien eine große Last vom Herzen zu fallen.

„Gut", bestätigte Farijan. „Wir sehen uns in Andorin wieder", verabschiedete er sich von ihnen. Die Elfen nickten ihm zu und erhoben sich.

Gerade als sie sich dem blauen Weltennebel zuwandten, der sich jenseits der Lichtung ausbreitete, durchdrang ein schillerndes Etwas die Weltengrenze. Wie versteinert blieben alle stehen.

Erst als Glorijana sich vor ihnen materialisierte, atmeten sie erleichtert auf.

„Ihr müsst zurück in die Menschenwelt. JETZT!", rief sie aufgebracht ohne jegliche Begrüßung.

Alle Anwesenden sahen sie entsetzt an.

„Die Jäger der Finsternis wurden ausgesandt, euch zu holen!", fuhr sie keuchend fort. „Euer Ausflug über die Weltengrenzen hinweg ist nicht unbemerkt geblieben."

„Woher weißt du das?", fuhr Farijan auf.

„Lilienne hat mich aufgesucht. Die Apokalyptischen Reiter haben den Wald Silvjanamars nur kurze Zeit nach euch passiert. Da die Fee euch nicht in die Welt der Zeit folgen konnte, hat sie mich aufgesucht, um euch zu warnen."

„Aber wie kommen wir dann wieder zurück?", jammerte Emilia.

„Wir werden euch helfen", mischte sich nun eine der Zeitzauberinnen ein. Glorijana nickte. Die Zeitzauberer und Glorijana stellten sich alle im Kreis um sie herum auf und reichten sich die Hände. Dort, wo die Lichtwesen einander berührten, leuchtete es besonders stark. Die Zeitzauberer begannen eine Beschwörung zu murmeln. Emilia kannte die Sprache nicht und wusste daher nicht, was sie sagten.

„Nehmt euch an den Händen!", befahl Glorijana. Emilia war überrascht, welche Autorität dieses kleine, schillernde Wesen ausstrahlen konnte. Die vier taten wie ihnen geheißen. Sie knieten nieder, sodass Emilia mit einem Arm Fox um den Hals fassen konnte. Lethan hielt ihn um den Bauch fest. Nachdem sie in Position waren, begann Glorijana ebenfalls, eine Beschwörung aufzusagen. Plötzlich wurde alles um sie herum hell. Dichter blau schillernder Nebel umfing sie. Emilia hatte das Gefühl, sich in Luft aufzulösen. Gebannt betrachtete sie ihren Arm, der Fox umklammerte. Sie schrie auf, als sie bemerkte, dass sie mit dem Nebel verschmolzen. Hektisch sah sie sich um, aber sie konnte niemanden mehr erkennen. Im nächsten Augenblick lichtete sich jedoch der Dunst bereits wieder. Ihre Körper nahmen Gestalt an und sie befanden sich auf der kleinen Lichtung im Park hinter Emilias Zuhause. Noch immer in derselben Position, in der sie noch eben in der *Welt der Zeit*, wie Glorijana sie genannt hatte, gekniet hatten.

KAPITEL 31

Ehe sie jedoch erleichtert aufatmen konnten, drohte neues Unheil. Noch während sie sich aufrichteten und sich orientierten, riss Fox sich von Emilia los. Er stürmte direkt auf eine Gestalt zu, die soeben das Elfen-Tor passiert hatte.

„Fox! Nicht!“, rief Emilia. Doch es war zu spät. Fox hatte den Neuankömmling bereits freudig angesprungen. Nur leider war dieser nicht in der Stimmung, sich mit dem kleinen Islandhund zu vergnügen. Daher schob er Fox bestimmt zurück auf den Boden, klopfte ihm nur kurz die Seite und sah die Gruppe mit vor Wut funkelnden Augen an.

„Kann man euch keine Woche aus den Augen lassen?“, fuhr Roman sie mit vor der Brust verschränkten Armen an. Roandir richtete sich umgehend zu seiner vollen Größe auf und schob Sera unauffällig hinter seinen Rücken. Er murmelte etwas in Elfensprache. Emilia nahm es nur am Rande wahr. Sie ignorierte auch die schlechte Stimmung ihres Vaters. Postwendend rannte sie ihm entgegen, fiel ihm um den Hals und brach in Tränen aus. Roman sah perplex von Lethan zu Roandir und legte dann stumm eine Hand auf den Rücken seiner Tochter, die beiden Elfenmänner nicht aus den Augen lassend.

„Was ist hier los?“, presste er zwischen zusammengebissenen Zähnen heraus. „Was habt ihr mit meinem kleinen Mädchen gemacht?“, fuhr er sie an. Lethan zuckte zusammen, machte einen Schritt zurück und blickte untertänig zu Boden. Roandir ließ sich jedoch nicht aus der Ruhe bringen. Er schlenderte auf seinen Freund zu und legte ihm die Hand auf die Schulter.

„Wir haben ihr nichts getan, Roman“, versuchte er, ihn zu beruhigen. „Wo denkst du hin?“, fragte er ein bisschen empört. „Ich denke, es ist das Beste, wenn wir uns auf den Weg zu mir machen. Ich weiß leider nicht, welchen Tag wir haben, und es wäre ungünstig, Claire zu überfallen, wo sie doch vermutlich noch nicht mit uns rechnet“, wandte er sich nun an Lethan und Emilia. Emilia schniefte kurz auf, löste sich dann aber von ihrem Vater. Dieser legte ihr einen Arm um die Schultern und geleitete sie aus dem Gebüsch, in welchem sich das Elfen-Tor befand.

Roandir murmelte wieder etwas in Elfensprache und Emilia fühlte ein seltsames Kribbeln, das über ihren gesamten Körper lief. Es fühlte sich an, als würde sie von einem Netz umfangen werden. Das Netz verschmolz, auf angenehme Art und Weise, mit ihrem Körper. Perplex sah Emilia ihn an. Der Krieger zuckte nur mit den Schultern und lächelte.

„Kleiner Schutzzauber. Falls Claire zu Hause wäre, würde sie uns nicht entdecken“, erklärte er ihr. Emilia nickte, und erst da wurde ihr bewusst, dass Sera nicht mehr da war. Noch ehe sie jedoch fragen konnte, bedeutete ihr Roandir, zu schweigen. Eindringlich sah er sie an und schüttelte kaum merklich den Kopf. Dann blickte er bedeutsam zu Roman. Nun verstand Emilia. Ihr Vater sollte nicht wissen, dass Sera bei ihnen war. Zumindest noch nicht.

So ging die Gruppe schweigend durch den Park, überquerte die Straße und ging geradewegs auf das kleine

Reihenhäuschen zu, in dem Roandirs Ferienapartment lag. Der Elfenkrieger vergewisserte sich kurz, dass niemand in der Nähe war, und schloss die Tür auf. Er öffnete sie nur einen kleinen Spalt breit, sodass alle hintereinander hindurchschlüpfen konnten. Als alle eingetreten waren, verschloss er die Tür leise. Emilia wunderte sich, wieso er sich so seltsam verhielt, dann fiel ihr jedoch wieder ein, dass sie ja unter einem Schutzzauber getarnt waren. Sicherlich hätte es seltsam ausgesehen, wenn die Haustür wagenweit aufgeflogen wäre und weder drinnen noch draußen jemand gestanden hätte.

Als sie die kleine Ferienwohnung betreten hatten, murmelte Roandir einige Worte und machte eine wegwerfende Bewegung in der Luft. Das wohlige Gefühl, das Emilia zuvor gehabt hatte, löste sich und sie war sich sicher, dass alles wieder normal war. Genau in diesem Moment brach die Flut an Informationen, die sie in den letzten Stunden erhalten hatte, über sie herein. Wieder wurde ihr übel. Roandir deutete geistesgegenwärtig auf eine kleine Tür. Emilia rannte in die kleine Toilette und knallte die Tür hinter sich zu. Roman sah fragend zu Roandir.

„Was ist hier los?“, fuhr er ihn an. „Ich habe dich zu ihrem Schutz abgeordert und nicht, um ihr zu schaden. Und was dich angeht ...“, richtete er sich nun an Lethan. „Warum bist du hier und nicht in Andorin? Du weißt genau, dass du im Moment einen schlechten Stand hast.“ Lethan nickte stumm und blickte auf seine Schuhspitzen. Noch bevor er etwas sagen konnte, hörten sie die Klospülung. Emilia kam heraus. Sie sah furchterregend aus. Roandir streckte ihr sofort ein

Glas Leitungswasser entgegen, das sie dankend annahm. Nachdem sie einen großen Schluck genommen hatte, richtete sie sich an ihren Vater.

„Dad, es ist alles nicht so, wie du denkst. Roandir und Lethan haben mir geholfen. Wir mussten zu den Zeitzauberern", erklärte sie matt und warf sich aufs Sofa. Sie zog ihre Beine an den Körper und lehnte sich erschöpft in die Kissen. „Erklärt ihr es ihm. Ich kann nicht mehr", bat sie die beiden Elfen. Dann schloss sie ihre Augen und atmete tief durch. Sie fühlte, dass Sera sich vorsichtig neben sie auf die Lehne setzte und sie sanft in den Arm nahm. Emilia war verblüfft, wie gut dieser Zauber wirkte. Sie konnte Sera tatsächlich nicht ausmachen. Auch ihre Gedanken schien sie komplett zu verbergen, nur so war es möglich, dass Roman noch keinen Verdacht geschöpft hatte.

Dieser sah indes, noch immer wütend, von Lethan zu Roandir.

„Nun? Würde mich vielleicht endlich jemand aufklären?", knurrte er. Roandir lächelte und setzte sich an den Esstisch. Er bedeutete Roman und Lethan, sich ebenfalls zu setzen.

„Soll ich uns einen Tee machen?", fragte er in einer Seelenruhe. Emilia war überrascht über dieses Verhalten. Sie wusste zwar, dass die beiden früher dicke Freunde gewesen waren, aber dennoch war Roman der König, und seine Aufforderung nach Antworten einfach so zu übergehen, war sonst sicherlich nicht die Art des Elfenkriegers. Zu ihrer Überraschung atmete Roman tief durch, ließ sich auf einen Stuhl sinken und nickte.

„Gut, mach uns einen Tee. Wie ich sehe, bist du noch derselbe wie früher. DU hast dich noch nie von mir einschüchtern lassen.“ Roandir nickte und ging zu der kleinen Küchenzeile. Er füllte den Wasserkocher und holte den Beutel mit Elfentee aus der Schublade. Dann füllte er schnell und geschickt vier Teeeier und goss das heiße Wasser darüber. Anschließend stellte er die vier Becher auf den Tisch.

„Emilia, kommst du? Mir wäre es lieb, du würdest an unserem Gespräch teilnehmen, da es gewisse Dinge gibt, die dein Vater besser von dir erfahren sollte.“ Roman sah Roandir skeptisch an. Emilia nickte und stand umständlich auf. Mit wackligen Beinen kam sie an den Tisch und setzte sich auf den Stuhl neben Lethan, sodass sie ihrem Vater gegenübersaß. Roandir setzte sich an den Kopf der Tafel. Nachdem er Zucker in seinen Tee gerührt hatte, räusperte er sich und sah in die Runde.

„Nun mach schon“, meldete sich Roman zu Wort. „Wo wart ihr? Was habt ihr gemacht? Und wieso geht es Emilia so schlecht?“

Roandir seufzte tief und begann die Geschichte zu erzählen:

„Nachdem du uns in der Menschenwelt zurückgelassen hattest, vergingen Tage, Wochen und Monate.“

„Roandir, ich bitte dich. Ich war gerade mal ein paar Tage weg! Jetzt übertreibst du ja wohl ein bisschen. So viel Zeit kann währenddessen ja gar nicht vergangen sein“, unterbrach Roman ihn irritiert. Roandir sah ihn ernst an und nickte.

„Doch, das ist der Kern unseres Problems. Aber bitte lass mich erzählen, dann verstehst du schneller, worum es geht." Roman wurde blass. Er trank einen Schluck Tee und bedeutete seinem Freund fortzufahren.

„Nach etlichen Wochen hat sich Emilia auf den Weg zum Elfen-Tor gemacht. Aus Sorge, sie könnte es versuchen zu öffnen, habe ich mich ihr gezeigt. Kurz darauf war Lethan zu uns gekommen. Ich hatte ihm das Versprechen abgenommen, mich über den aktuellen Stand in Andorin zu unterrichten, sobald er Luft hätte." Der Teil mit Lethan war natürlich geflunkert, aber er wollte sicherlich nur Sera schützen. Roman sah prüfend von Roandir zu Lethan. Dieser nickte bestätigend. „Da erst haben wir festgestellt, dass die Zeitverschiebung zwischen den Welten aus den Bahnen geworfen worden war. Wir mussten handeln. Wir schickten Lethan zurück, um Bücher über die Zeitzauberer zu suchen. Glorijana war ihm dabei behilflich. Währenddessen sind bei uns wieder etliche Wochen ins Land gezogen. An Emilias Geburtstag war es dann endlich so weit. Lethan war mit einem Buch aus deiner Bibliothek zurückgekehrt." Roman sah überrascht von Roandir zu Lethan. Dieser duckte sich ein bisschen. Emilia legte ihm beruhigend eine Hand auf den Arm, sodass sich der junge Elf ein bisschen entspannte.

„Bitte schimpf nicht mit ihm, Dad. Ich habe ihm erlaubt, in unseren Gemächern zu suchen", flunkerte Emilia und trank schnell einen Schluck Tee. Roman knirschte mit den Zähnen und nickte.

„Ich hätte gefragt, aber Ihr wart ununterbrochen mit der Befragung der Abtrünnigen beschäftigt. Und, na ja, ich hatte das Gefühl, dass es nicht hilfreich wäre, wenn gerade ICH in den Kerkern auftauchen würde", erklärte Lethan zerknirscht. Roman nickte und sah wieder auffordernd zu Roandir. Dieser fuhr fort:

„Das Buch konnte uns helfen, die Zeitzauberer zu finden."

„Und?", drängte Roman ihn weiter. Roandir sah unsicher zu Emilia. Diese seufzte, nickte jedoch. Obwohl ihr nicht zum Reden zumute war, begann sie die gesamte Geschichte ab Eintritt in die wundervolle Welt Silvjanamars zu erzählen. Über den Schmetterling, die Feen, die Nebel und die Zeitzauberer bis hin zu der Tatsache, dass in ihr die Seele von Glorijanas Schwester wiedergeboren worden war. Sie musterte Roman genau, als sie Emilijana erwähnte. Dieser biss die Zähne zusammen und senkte den Blick.

„Du wusstest es!", fuhr Emilia auf. „Warum kann man mir hier nicht einfach mal von Anfang bis Ende reinen Wein einschenken?"

„Ich wusste es nicht", versuchte Roman, seine Tochter zu beschwichtigen. „Zumindest nicht direkt", fuhr er fort und sah ihr in die Augen. „Glorijana kam einige Monate vor deiner Geburt zu mir und teilte mir mit, dass sie deinen wahren Namen gesehen habe und wir dich daher unbedingt Emilijana nennen müssten. Ich gebe zu, ich habe dies damals nicht hinterfragt. Der Name gefiel mir und bald konnte ich auch Claire dafür begeistern. Danach geriet die Sache irgendwie in Vergessenheit", erklärte er ihr und lächelte schief. Emilia wusste nicht, wie sie mit dieser Aussage umgehen sollte. Daher stand sie auf und lief ein paarmal im

Zimmer auf und ab. Bis sie ein seltsames Schwindelgefühl dazu zwang, sich wieder zu setzen. Die nächsten Monate konnten ja heiter werden.

„Aber nun erzählt mir doch bitte auch, was die Zeitzauberer gesagt haben?“, forderte der König sie auf. Die Elfen sahen hilfesuchend zu Emilia. Diese atmete tief durch und führte die Erzählung fort:

„Die Zeitzauberer haben bereits ihr Möglichstes getan, um die Zeitbahnen zu korrigieren, leider sind sie zu wenige und daher nicht in der Lage, mehr auszurichten. Wir wissen nicht, inwieweit sich ihr Eingreifen überhaupt bemerkbar gemacht hat.“ Sie nahm einen Schluck Tee und überlegte fieberhaft, wie sie ihrem Vater die Hiobsbotschaft am schonendsten beibringen konnte. Da ihr nichts einfiel, fiel sie einfach mit der Tür ins Haus:

„Die einzige Möglichkeit, die Zeitordnung wiederherzustellen, ist die Kluft zwischen den Welten zu schließen, und das vermag nur ein Beweis von Merkurs und meiner Liebe. Sprich unser Kind.“ Sie sah ihrem Vater fest in die Augen, dabei fühlte sie, wie ihr wieder die Tränen in die Augen schießen wollten, aber sie ließ es nicht zu. Sie reckte ihr Kinn und hielt fest seinem Blick stand. Roman nickte wissend.

„So weit sind unsere Gelehrten inzwischen auch gekommen. Dies war einer der Gründe, der mich hergeführt hat“, erwiderte Roman resigniert und trank nochmals einen Schluck von seinem Tee. „Sie sagten mir, dass nur euer Kind die Kluft schließen kann. Aber das ist ja wohl keine Option“, murmelte er. Roandir räusperte sich und Emilia erwiderte mit zittriger Stimme:

„Doch, ist es." Roman bekam einen Hustenanfall und starrte seine Tochter entsetzt an. Diese spürte, wie ihr die Hitze in die Wangen schoss und senkte rasch den Blick. Sie spürte die sanfte Berührung Seras an ihrer Schulter. Sie war froh, dass ihre Freundin an ihrer Seite war. Nachdem sich Roman wieder gefangen hatte, atmete er tief durch und sah Emilia forschend an. Diese schielte verstohlen nach oben und war überrascht, auf dem Gesicht ihres Vaters ein Lächeln zu entdecken.

„Na endlich mal gute Nachrichten!", rief er, lachte laut und sprang auf, um Emilia zu umarmen. Diese war zu perplex, als dass sie schnell genug hätte reagieren können. So kam es, wie es kommen musste. Roman prallte gegen Sera, die noch immer neben Emilia gestanden hatte. Sera hatte zwar noch versucht, dem König auszuweichen, aber leider war nicht genügend Platz da gewesen. Roman erstarrte in der Bewegung und blickte mit großen Augen an Emilia vorbei ins Leere. Alle Anwesenden hielten die Luft an. Roandir versuchte, die Situation zu retten, indem er das Gespräch weiterführte. Er klopfte Roman auf die Schulter und sagte:

„Na, das ist doch mal ein Ding. Da wirst du Großvater, noch ehe ich überhaupt Kinder zustande bringe." Er lachte laut auf. Roman lächelte milde, jedoch erreichte dieses Lächeln seine Augen nicht. Dann sah er in die betroffenen Gesichter und fragte:

„Okay Leute, was verschweigt ihr mir? Wer ist hier, den ich nicht sehen soll?" Alle sahen ihn fragend an.

„Niemand, Dad", antwortete Emilia prompt. „Wie kommst du auf die Idee, dass hier noch jemand sein könnte?", fragte sie weiter.

„Verkauft mich nicht für dumm!“, rief er aufgebracht aus. „Emilia, du konntest noch nie lügen. Also los. Wer ist bei euch? Mir war schon am Tor so, als hätte ich einen Schemen hinter Roandir verschwinden sehen. Da dachte ich noch, ich hätte es mir eingebildet vor lauter Sorge, aber eben, da habe ich definitiv jemanden berührt, und der Zauber, der ihn deckt, trägt deine Handschrift, Roandir“, antwortete der König aufgebracht. „Also bitte!“ Er stemmte die Arme in die Seite und sah seinen Freund auffordernd an. Dieser seufzte, trat einen Schritt nach vorne und murmelte dieselbe Beschwörung, die er bereits nach ihrem Eintreffen in der Wohnung benutzt hatte. Innerhalb Sekunden wurde Sera sichtbar. Roandir trat schnell neben sie und legte schützend einen Arm um ihre Taille.

„Du!“, rief Roman aus. „Wie kommt ihr dazu, dieses Mädchen hier zu verbergen?“, fuhr er auf.

„Bitte, Sir“, wandte sich nun Lethan an ihn, „ich musste Sera in Sicherheit bringen, nachdem wir erfahren hatten, dass unsere Eltern zu den Abtrünnigen gehörten. Ich wusste nicht, wo ich sie hinbringen könnte, außer zu Emilia.“ Roman kochte regelrecht vor Wut. Emilia war blass geworden. Sie hätte nicht mit solch einer Reaktion ihres Vaters gerechnet. Seine Halsschlagader war angeschwollen und pulsierte stark.

„Ihr habt dieses Mädchen all die Wochen bei Emilia gelassen? Allein? Seid ihr des Wahnes?“, schrie er außer sich. Die Elfe schrumpfte immer kleiner zusammen. Sie senkte den Kopf und Tränen rollten über ihre Wangen. Emilia stellte sich schützend vor sie und funkelte ihren Vater böse an.

„Dad!“, fuhr sie auf. „Was soll das? Sera ist meine beste Freundin. Wo, wenn nicht hier bei mir, hätte sie eine sichere Zuflucht gefunden?“

„Genau“, antwortete Roman in höhnischem Tonfall. „Hier hatte sie eine sichere Zuflucht und die Gewissheit, dass sie ungesehen ihre Mission beenden könnte, die in Andorin gescheitert war. Ist es nicht so?“, richtete er nun seine Frage direkt an Sera. Diese war noch blasser geworden, wenn das überhaupt noch möglich gewesen war. Sie sah fragend von Emilia, über Roandir zu Lethan und antwortete dann heiser:

„Ich weiß nicht, was Ihr meint, Sir. Welche Mission?“ Roman lachte bitter.

„Du willst mir allen Ernstes weismachen, dass du nicht weißt, wovon ich rede? Ganz Andorin sucht dich wegen Hochverrats und versuchten Mordes an der Prinzessin!“, schrie er sie an. Roandir trat nun ebenfalls vor Sera. Diese wusste nicht mehr, was sie sagen sollte. Sie zitterte am ganzen Körper und ließ sich von Emilia trösten.

„Nimm die Finger von ihr, Emilia!“, warnte sie ihr Vater.

„Dad, du musst dich irren. Sera und ich sind Freundinnen. Sie ist immer auf meiner Seite. Nie im Leben würde sie mir etwas antun!“, fuhr Emilia dazwischen. Roman wollte etwas antworten, aber Roandir schnitt ihm einfach das Wort ab.

„Roman, ich denke, wir sollten uns alle erst einmal beruhigen und uns wieder setzen. Ich bin mir sicher, dass alles nur ein Missverständnis ist. Sera genießt unser vollstes Vertrauen und ich glaube den beiden“, dabei deutete er auf Lethan und Sera, „dass sie nichts von den bösen Machenschaften ihrer Eltern gewusst haben.“ Roman lachte bitter auf, setzte sich jedoch wieder auf seinen Platz. Die anderen setzten sich ebenfalls.

„Dann werde ich euch mal erzählen, was wir über eure liebe, brave Sera herausfinden konnten“, begann er in resigniertem Tonfall. Sera hatte sich zwischen Emilia und Roandir gesetzt, wobei Emilia überrascht auffiel, dass der Krieger die Elfe nicht losließ.

„Nachdem du zurück in der Menschenwelt warst und wir den Aufstand niedergeschmettert hatten, haben meine Diener das Gästehaus gereinigt und eure Kleidung zum Waschen geholt“, erzählte er. Diese Einleitung machte für Emilia zwar keinen Sinn, jedoch traute sie sich nicht, ihren Vater zu unterbrechen. „Eine der Frauen hat in deinem Zimmer diese Kräuter gefunden“, fuhr er fort und zog ein ihr nur zu bekanntes Seidentaschentuch aus der Tasche, auf dem Emilia Seras Namen eingestickt sah.“ Emilia nickte und antwortete:

„Ja, die habe ich aber nicht genommen. Was ist damit?“, fragte sie überrascht.

„Diese Kräuter wirken tödlich“, fuhr er ohne Umschweife fort und sah von Emilia zu Sera. Die junge Elfe starrte ihn entsetzt an und stammelte:

„Das kann nicht sein. Er sagte, dass die Kräuter nur das Einnisten eines Kindes verhindern würden.“

„WER?“, fragte Roman streng.

„Ich habe seinen Namen vergessen ...“, entgegnete Sera und schien selbst überrascht darüber zu sein, dass sie sich an den Namen nicht mehr erinnern konnte. „Der Mann ist ein Freund meines Vaters“, erklärte sie leise. „Ein alter Schulfreund von ihm, der uns in Andoras geholfen hat.

Damals, als ich für eine Woche zu meiner Tante geschickt worden war“, erwiderte sie.

„Wie sah der Elf aus?“, mischte sich nun Roandir misstrauisch in das Gespräch ein.

„Ich weiß es nicht mehr genau ...“, stammelte Sera und war den Tränen nahe. „Es ist alles verschwommen.“

„Castor?“, fragte Roandir nun den König.

„Wir können es nicht ausschließen, zumindest ist es verdächtig, dass sie sich nicht daran erinnern kann, wie der Mann aussah und wie er hieß.“ Roandir nickte ernst.

„Was hat er dir alles erzählt?“, fragte Roman weiter nach.

„Wir haben uns abends viel über Magie und Kräuter unterhalten. Er schien weit in der Welt herumgekommen zu sein und hatte ein enormes Wissen. Eines Abends brachte er diese Kräuter mit und erzählte mir, dass er sie in der Gegend zufällig gefunden hätte und dass ich sie vielleicht eines Tages brauchen könnte. Er erklärte mir genau, wie sie wirken. Mein Vater war natürlich der Meinung, dass ich diese Kräuter keinesfalls nehmen dürfe, da ich meine Unschuld für die Ehe bewahren müsse. Daher nahm er sie an sich. Nachdem Emilia mir erzählt hatte, dass sie und Merkur im Eifer des Gefechts vergessen hatten zu verhüten, fielen mir die Kräuter wieder ein. Ich brauchte einige Zeit, bis ich ungesehen den Koffer meines Vaters durchsuchen konnte und ich die Kräuter gefunden habe, aber ich war mir sicher, dass es die richtigen waren“, erzählte sie mit tränenerstickter Stimme. „Emilia, du musst mir glauben, ich würde dir niemals schaden wollen.“ Emilia nickte und sah zu ihrem Vater.

„Ich muss dich in Gewahrsam nehmen, Sera“, sagte Roman, was ihm angesichts der Tatsache, dass sein bester Freund und seine Tochter so sehr an der jungen Elfe hingen, nicht leichtfiel. Noch ehe Emilia etwas einwerfen konnte, hob er die Hand und sprach weiter:

„Wir müssen die Sache prüfen. Solltest du die Wahrheit gesagt haben, bist du eine freie Elfe, sollte sich jedoch herausstellen, dass du über die Verschwörung im Bilde warst, nun ja, du weißt ja, was auf versuchten Mord an der Prinzessin für eine Strafe steht.“ Emilia sprang auf und schrie:

„Nein! Das darfst du nicht! Sera hat doch gesagt, dass sie nichts davon wusste. Ich glaube ihr!“ Demonstrativ stellte sie sich vor ihre Freundin. Roandir folgte ihrem Beispiel.

„Ich gebe Emilia recht“, mischte er sich nun in das Gespräch ein. „Ich glaube, es gibt kaum einen Elfen, der Sera besser kennt als ich, und ich hätte gemerkt, wenn sie ein doppeltes Spiel spielen würde.“ Trotz der angespannten Situation irritierte Emilia die Aussage Roandirs. Allerdings hatte sie keine Zeit, weiter darüber nachzudenken, da Roman betrübt den Kopf schüttelte und antwortete:

„So leid es mir tut, aber ich kann mich nicht auf euer Wort verlassen. Es geht hier nicht um einen Hühnerdieb, sondern um ein Attentat am Königshaus“, fuhr er fort. „Sera, du kommst mit mir, und Lethan, du ebenfalls. Ich möchte, dass auch du dich einer genauen Untersuchung durch Aciona unterziehst.“

„Das ist nicht dein Ernst!“, herrschte Roandir seinen Freund an und zog Sera schützend an seine Brust. Diese schlang ihre Arme um seine schmale Taille und brach in heftige Schluchzer aus. „Das lasse ich nicht zu!“, bot er dem König die Stirn.

„Roandir, du warst immer mein bester Freund, aber in diesem Falle kann ich keine Rücksicht auf deine Liebschaften nehmen. Lass sie bitte los“, redete Roman ruhig auf seinen Freund ein. Roandir schüttelte den Kopf und antwortete:

„Ich werde sie nicht allein lassen.“ Emilia trat an seine Seite, blickte ihrem Vater trotzig in die Augen und sagte:

„Und ich auch nicht.“

„Nein! Ihr bleibt hier! Emilia, du bist hier sicherer, und Roandir, dich brauche ich hier zu ihrem Schutz!“, fuhr Roman auf. Roandir und Emilia schüttelten vehement den Kopf. Der Einzige, der nicht imstande war, auch nur einen Ton über die Lippen zu bringen, war Lethan. Dieser war blass geworden und versuchte, das Zittern seiner Hände zu unterdrücken. Emilia fragte sich, was diese Untersuchung durch diesen Aciona ausmachte, dass sie Roandir, Sera und offenbar auch Lethan so aufbrachte.

„Aber das Kind ...“, jammerte Sera. „Du musst in der Menschenwelt bleiben, haben die Zeitzauberer gesagt. Ich will nicht, dass du wegen mir Merkur in Gefahr bringst, Emilia.“

„Die Zeitzauberer können mich schützen, außerdem ist die Zeitverschiebung der Welten so groß, dass es keinen Unterschied macht, ob ich einen Tag in Andorin bin“, erklärte Emilia sachlich, zog ihr Smartphone heraus und sah nach, welchen Tag sie heute hatten. Dann nickte sie bestätigend.

„Nach meiner Berechnung müsste ich bereits im dritten Monat sein. Wie viele Stunden waren wir in Silvjanamar?“, fragte sie nun die anderen. Roandir winkte ab.

„Vergiss es. Du kannst das nicht so einfach berechnen“, sagte er. „Farijan hat mir erklärt, dass der Zauber, den sie gesprochen haben, noch am Wirken ist. Das heißt, dass sich die Zeiten im Moment noch anpassen. Wie weit die Macht der noch übrigen Zeitzauberer geholfen hat, werden wir wohl erst in ein paar Tagen sehen.“ Emilia stöhnte und vergrub den Kopf in ihren Händen. Das alles bereitete ihr Kopfschmerzen.

„Nichtsdestotrotz, werden wir alle mitkommen“, bestimmte Roandir nun und sah Roman herausfordernd an. Dieser seufzte tief und nickte.

„Gut“, erwiderte er. „Ich werde euch sowieso nicht davon abhalten können. Außerdem ist es vielleicht ganz gut, wenn sich Emilia von Lianna untersuchen lässt. Mir erscheint es unklug, die Vorsorge bei einem Menschenarzt machen zu lassen.“ Emilia nickte. Sera atmete auf, klammerte sich aber nach wie vor an Roandir.

Nachdem dies geklärt war, brachen sie schnellstmöglich auf. Roandir legte wieder einen Tarnzauber über sie alle und so machten sie sich durch das nasskalte Wetter auf den Weg zum Elfen-Tor. Fox wedelte freudig. Vermutlich hatte er verstanden, wohin sie gehen würden, und hoffte auf ein baldiges Wiedersehen mit seiner Freundin Kim. Außerdem liebte er die Freiheiten, die er in Andorin hatte. Dort konnte er rennen und toben, ohne dass er auf irgendwelche Autos Rücksicht nehmen musste.

KAPITEL 32

Bereits am Tor nahm Roandir den Tarnzauber von ihnen.

„Es ist besser, die Wachen sehen frühzeitig, wer kommt“, erklärte er. Roman nickte. Sera zitterte am ganzen Körper. Emilia hielt sie fest an der Hand und streichelte mit dem Daumen sanft darüber.

„Ich lass nicht zu, dass dir etwas geschieht. Das verspreche ich dir“, flüsterte sie sanft. Sera nickte, aber Emilia sah die Tränen in ihren Augen.

Während Roman das Tor beschwor, sahen sich Lethan und Roandir aufmerksam um.

„Irgendwie hab ich ein komisches Gefühl“, murmelte Roandir. Lethan nickte nur.

Inzwischen hatte sich das Portal geöffnet und Roman wies Emilia und Sera an, es als Erste zu passieren. Gerade, als sie das Tor betreten hatten, brach das Chaos los. Emilia hörte Schreie und das Klirren von Schwertern hinter sich. Sie wollte umkehren, um zu sehen, was auf der Lichtung geschehen war, aber sie konnte nicht. Roman hatte den beiden einen festen Schubs gegeben und so waren die Mädchen regelrecht in die Elfenwelt gestolpert. Sie fielen den beiden Wachen auf der anderen Seite direkt in die Arme. Noch ehe diese realisierten, dass eine der beiden die gesuchte Sera war, befahl Emilia ihnen, schnellstmöglich in die Menschenwelt zu gehen, um ihrem Vater, Roandir und Lethan zu helfen. Das Tor war noch immer offen und sie konnten bis hierher die Schreie hören. Emilias Körper wurde von einer Gänsehaut überzogen. Fest umklammerte sie Seras Hand. Zu gern wäre sie zurück, aber sie wusste, dass sie nichts hätte ausrichten können. Im Gegenteil. An ihr hing nun das Schicksal der Welt. Sie trug nicht nur die Verantwortung für sich und das Kind, sondern für alle Wesen diesseits und jenseits des Tores.

Noch ehe die verblüfften Wachen jedoch das Tor passieren konnten, hechteten Roman, Roandir und Lethan hindurch. Kaum waren alle angekommen, verschloss Roman das Tor und murmelte noch einige Beschwörungen hinterher.

„So, das sollte reichen“, erklärte er und wischte sich Schweiß und Blut von der Stirn.

„Was ist passiert?“, wurden sie sogleich von Emilia überfallen. „Dad! Du blutest ja!“, rief sie erschrocken aus.

Roman lächelte schief und schüttelte den Kopf.

„Keine Sorge, das ist nicht mein Blut“, versuchte er sie zu beruhigen. Emilia riss die Augen auf, doch noch bevor sie fragen konnte, sprach Roman weiter: „Gerade als ihr das Tor betreten hattet, wurden wir von vier apokalyptischen Reitern angegriffen. Sie materialisierten sich auf den Rücken ihrer Höllenhunde direkt vor unseren Augen. Drei konnten wir töten, der vierte ist geflohen. Emilia schlug sich die Hände vor den Mund, um nicht laut aufzuschreien.

„Sie wollten mich töten, habe ich recht?“, fragte sie nach ein paar Augenblicken mit zittriger Stimme. Roman nickte zerknirscht und erwiderte:

„Wir gehen davon aus. Zum Reden sind die Biester gar nicht gekommen. Wir haben sie geköpft, ohne zu zögern.“

Emilia war entsetzt über die Skrupellosigkeit, die ihr Vater in diesem Moment an den Tag legte. Er wischte sein Schwert am Gras ab und schob es dann, noch immer ein wenig blutverschmiert, in die Scheide zurück. Emilia fragte sich, wo das Schwert überhaupt hergekommen war. Roman musste ihren Blick bemerkt haben, denn er grinste und antwortete:

„Du hast doch nicht gedacht, dass wir in solch turbulenten Zeiten unbewaffnet unterwegs sein würden?" Er deutete auf Lethan und Roandir, die ebenfalls ihre Schwerter wieder eingesteckt hatten.

„Wir tarnen sie in der Menschenwelt", erklärte Lethan. Es war das Erste, was er seit einer Ewigkeit gesprochen hatte. Roman klopfte ihm anerkennend auf die Schulter und sagte:

„Du hast eine gute Schwerthand. Bei diesem Kampf hast du bewiesen, dass ich dir vertrauen kann." Lethan atmete hörbar auf.

„Und Sera?", fragte er mit zittriger Stimme. Diese horchte auf und hielt den Atem an. Roman schüttelte betrübt den Kopf.

„Es tut mir leid, aber sie muss sich Aciona stellen. Erst wenn dieser mir mit Bestimmtheit sagen kann, dass Seras Geschichte stimmt und sie unschuldig gehandelt hat, wird sie freigesprochen", erklärte er bestimmt. Lethan nickte untergeben und Sera schluckte schwer.

„Wer ist denn überhaupt dieser Aciona?", fragte Emilia nun.

„Aciona ist der königliche Gedankenleser", beantwortete Roandir ihre Frage.

„Und was ist an ihm so besonders? Oder was macht ihn so furchteinflößend?“, fragte sie weiter.

Roandir und Roman tauschten kurz ein paar Blicke aus und Roman antwortete:

„Aciona vermag es als Einziger, auch die Gedanken derer zu lesen, die es nicht wünschen. Es gibt keinen Elfen in Andorin, der es vermag, seine Gedanken vor ihm zu schützen. Des Weiteren ist er in der Lage, zu erkennen, wenn Erinnerungen manipuliert worden sind.“

„Und was ist daran so schlimm?“, fragte Emilia weiter. Roman hielt einen Augenblick inne.

„Er verwendet dafür eine ganz spezielle Technik, die beim Befragten unter Umständen zu heftigen Schmerzen führen kann“, erwiderte er unsicher und sah Sera an. „Wobei ich glaube, dass es weniger schmerzhaft sein wird, wenn Sera kooperiert. Was sie sicherlich tun wird.“

Emilia war mit dieser Antwort jedoch nicht zufrieden. Sie wollte mehr über diesen Elfen erfahren, Roman ließ dies jedoch nicht zu.

„Emilia, ich denke, es ist das Beste, wenn Roandir dich ins Gästehaus bringt“, sagte er stattdessen. „Dort können dich die Wachen am besten schützen.“ Emilia sah ihn entsetzt an und entgegnete:

„Du glaubst ja nicht allen Ernstes, dass ich Sera alleine lasse? Soweit kommt es noch!“, fuhr sie auf. „Und ich glaube auch nicht, dass sich Roandir auch nur einen Schritt von Sera wegbewegen wird.“ Der König sah zu seinem Freund und dieser nickte grimmig. Resigniert seufzte er und machte sich stumm auf den Weg zum Schloss. Er wusste, dass er gegen den Sturkopf seiner Tochter nicht ankommen würde.

Schweigend betrat die Prozession nach einigen Gehminuten die Residenz des Königs. Nichts hatte sich verändert. Nur hier und dort war es Emilia, als könnte man noch ein paar Kampfspuren ausmachen.

In den Hallen angekommen, leitete sie Roman direkt in die Kerker. Sera begann erneut zu zittern. Auch in Emilias Magen breitete sich Unbehagen aus. Sie ergriff erneut Seras Hand und drückte diese fest. Die Elfe sah Emilia dankbar an. Sie stiegen eine schmale, spärlich mit Fackeln beleuchtete Treppe hinunter. Die Fackeln waren mit demselben Zauber belegt, den Emilia bereits von der Bibliothek kannte. Sie flammten auf, sobald man sich ihnen näherte, und erloschen, nachdem man sie passiert hatte. Je tiefer sie der schmalen Wendeltreppe folgten, desto kälter und muffiger wurde es. Als sie endlich unten angekommen waren, musste sich Emilia die Hand vor die Nase halten, da der Geruch bei ihr einen erneuten Würgereiz hervorrief. Es roch nach einer Mischung aus Schweiß, Blut und Exkrementen. Die Treppe endete an einem schmalen Gang. Links konnte Emilia den beginnenden Kerkertrakt erkennen. Dort konnte sie die Elfen hören, die hier eingesperrt waren, um auf ihren Prozess zu warten. Manche schrien, dass man sie endlich herauslassen solle, andere weinten. Emilia lief ein kalter Schauer über den Rücken. Ihr Herz schlug schnell und sie spürte ein seltsames Ziehen im Unterleib. Daher war sie froh, dass Roman sich nach rechts wandte. Dieser Gang stieg leicht bergan und nach kurzer Zeit wurde die Luft besser und die Schreie sowie das Wehklagen der Gefangenen ebbten ab. Nun machte der Gang einen Bogen nach rechts. Von hier führten verschiedene, offenstehende Türen in dunkle Verliese. Emilia konnte nicht richtig erkennen, was sich in den einzelnen Räumen befand, aber sie glaubte, teilweise ein bisschen was erahnen zu können. So vermutete sie, dass es sich hier um unterschiedliche Laborräume handelte. Sie sah Behälter mit irgendwelchen Flüssigkeiten und große Gläser, in denen Gegenstände schwammen. Zum Glück entdeckte sie keine Folterinstrumente.

Der Gang endete vor einer großen, alten, verschlossenen Holztür. Roman klopfte und die Tür sprang binnen Sekunden wie von Geisterhand auf. Ein alter Mann saß an einem Schreibtisch und hatte ihnen den Rücken zugekehrt. Etliche Schriftrollen waren vor ihm ausgebreitet, die er im Kerzenschein zu studieren schien. Als die fünf Elfen und der Hund den Raum betreten hatten, drehte sich der alte Mann um und sah sie, hinter seiner halbmondartigen Brille hervor, aufmerksam an. Dann erhob er sich und trat auf sie zu.

„Eure Majestät!“, begrüßte er Roman und deutete eine Verbeugung an.

„Aciona!“, erwiderte Roman und nickte ihm zu.

„Prinzessin“, richtete er nun das Wort an Emilia und betrachtete sie intensiv. Dann wanderte sein Blick weiter zu den anderen. An Sera blieb sein Blick haften.

„Wie ich sehe, habt Ihr mir Arbeit mitgebracht?“, richtete er das Wort dann erneut an den König. Seine Stimme klang alt. Ganz anders als die der anderen Elfen. Auch sonst wirkte Aciona eher wie ein alter Großvater als ein Elf, der über dermaßen starke Kräfte verfügte, dass allein die Nennung seines Namens die Elfen in Angst und Schrecken versetzen würde. Roman nickte und antwortete:

„Das ist Sera, die wir seit einigen Tagen intensiv gesucht hatten. Ich fand sie bei meiner Tochter, als ich sie besucht habe“, erklärte er. „Die Prinzessin und auch Roandir sind sich sicher, dass Sera unschuldig ist. Auch sie beteuert ihre Unschuld“, fuhr er fort. Aciona nickte wissend.

„Ihr bittet mich also, nicht zu hart mit ihr umzuspringen?“, erwiderte er und grinste ein fieses Grinsen, das so gar nicht zu Emilias erstem Eindruck von ihm passen wollte. Roman nickte.

„So ist es“, bestätigte er die Frage. „Die Kräuter, die Sera meiner Tochter gegeben hat, stammen von einer Person, die ihre Erinnerungen getrübt hat. Wir müssen davon ausgehen, dass es Castor war. Wir müssen wissen, ob die Geschichte, die Sera uns erzählt hat, stimmt und wer der mysteriöse Freund Elriels, also Seras Vater, ist.“

„Gut. Dann lasst das Mädchen hier“, erwiderte er. Emilia schüttelte empört den Kopf.

„Unter keinen Umständen bleibt sie allein hier“, erklärte sie mit fester Stimme. Schützend trat sie an Seras Seite. Roandir tat es ihr gleich und Lethan trat hinter Sera und legte ihr die Hand auf die Schulter.

„Wir bleiben alle hier“, sagte er und sah Aciona fest an. Dieser kicherte und nickte. Mit einem spöttischen Grinsen um den Mund antwortete er:

„Gut, wie ihr wollt.“ Er drehte sich um und zog eine Decke von einem Stuhl, der in der Ecke des kleinen Raumes gestanden hatte. An diesem waren schwere Eisenringe befestigt worden. Emilias Vermutung, dass er Sera damit fixieren wollte, bestätigte sich, als er die Elfe aufforderte, sich darauf zu setzen und die Arme in die geöffneten Ringe zu legen. Unsicher sah Sera zu Emilia. Panik flackerte in ihren Augen. Noch ehe Sera sich gesetzt hatte, räusperte sich Emilia und fragte:

„Geht es nicht auch ohne diese Hand- und Fußfesseln?"

„Wenn ihr sie festhalten wollt?", entgegnete Aciona leichthin und zuckte mit den Schultern. Sofort sprangen die Krieger an Seras Seite und nickten.

„Wir machen das", sagte Roandir und Lethan nickte. Sera atmete auf und setzte sich auf den Stuhl. Die beiden Elfenmänner stellten sich links und rechts neben sie und hielten sie an den Schultern fest. Emilia stellte sich neben Lethan und hielt ihre Hand. Aciona hatte sich von ihnen abgewandt und zog diverse Fläschchen und Kräuter aus einem Regal, das neben seinem Schreibtisch stand. Er mischte einige Dinge in einer Schale zusammen und reichte sie dann der verängstigten Elfe.

„Trink dies. Dann wird es nicht so schlimm", erklärte er dem Mädchen. Sera blickte fragend zu Roman und Emilia. Roman nickte ihr zustimmend zu und so setzte sie die Schale an den Mund und trank das Gebräu in einem Zug aus. Nach einem kurzen Hustenanfall schloss sie die Augen und sackte im Stuhl zusammen. Nun wurde sie nur noch durch Roandirs und Lethans festen Griff aufrecht gehalten. Emilia verfolgte mit klopfendem Herzen die Prozedur, die Aciona durchführte. Nun zog er eine Spritze aus einer der Schubladen. Es war keine der neumodischen Einwegspritzen, die Emilia aus ihrer Welt kannte, sondern eine der ganz alten Sorte. Emilia bezweifelte, dass diese überhaupt steril war. Bevor sie jedoch aufbegehren konnte, hielt sie ihr Vater am Arm zurück und schüttelte den Kopf.

„Er weiß, was er tut“, flüsterte er. Emilia kämpfte noch einige Sekunden mit sich, nickte dann aber und versuchte, sich wieder zu entspannen. Roman ließ ihren Arm los und betrachtete ebenfalls jeden Handgriff des Sehers. Dieser hatte wieder in seinem Vorrat an Fläschchen gestöbert und füllte nun die Spritze mit einer leuchtend grünen Flüssigkeit.

„Was ist das?“, keuchte Emilia entsetzt auf.

„Das ist das Serum der Erinnerungen“, erklärte ihr Aciona mit ehrfürchtiger Stimme. „Ich habe es lange nicht mehr gebraucht“, redete er weiter. „Hoffen wir mal, dass es noch seine volle Kraft entfaltet.“ Mit diesen Worten hatte er den Raum durchquert. Er band Sera, die noch immer bewusstlos im Stuhl hing, den linken Oberarm mit einem Band ab und suchte die Vene. Nachdem er diese gefunden hatte, spritzte er ihr die grüne Flüssigkeit. Emilia sog scharf die Luft ein und drehte den Kopf weg. Sie konnte es nicht mit ansehen, wie Aciona ihr diese alte Spritze in den Arm rammte. Nachdem sie leer war, löste er das Band wieder und legte das widerliche, alte Teil beiseite. Anschließend baute er sich hinter dem Stuhl, zwischen Lethan und Roandir, auf, legte seine Hände an Seras Schläfen und schloss die Augen. Hochkonzentriert atmete er ein und aus. Emilia kniete sich direkt zu Seras Füßen und hielt ihre Hand ganz fest. Aciona begann eine immer wiederkehrende Beschwörung in elfischer Sprache herunterzuleiern. Plötzlich riss Sera die Augen auf und sog scharf die Luft ein. Emilia wollte sofort beruhigend auf sie einreden, als sie jedoch Seras Augen erblickte, blieben ihr jegliche Worte im Halse stecken. Die Elfe hatte sich im Stuhl aufgerichtet und stierte stur geradeaus. Ihre Augen waren weit aufgerissen und leuchteten unnatürlich hellblau. Aciona hatte aufgehört, seinen Vers zu murmeln, und senkte nun den Kopf. Angestrengt schien er in Sera hineinzuhorchen.

Es dauerte eine gefühlte Ewigkeit, bis er den Kopf hob, die Augen öffnete und Sera losließ. Sofort schloss diese ihre Augen und sackte kraftlos in sich zusammen.

„Was habt Ihr gesehen?“, fragte Emilia schnell und sprang auf. Aciona bedachte sie mit einem tadelnden Blick, antwortete aber höflich:

„Auf den ersten Blick scheint alles so zu sein, wie sie es euch erzählt hat. Ich kann ebenfalls spüren, dass das Mädchen euch wohlgesonnen ist.“

Emilia atmete erleichtert aus.

„Allerdings scheinen ihre Gedanken durch einen sehr talentierten Elfen manipuliert worden zu sein. Um wirklich herauszufinden, was man ihr angetan hat, muss ich tiefer in sie hinein“, fuhr er fort. Emilia erstarrte.

„Wie meint Ihr das?“, fragte sie aufgebracht.

„Seras Geschichte ist nur für Sera wahr. Die wirkliche Geschichte verbirgt sich unter der Manipulation. Wir müssen alles erfahren, um wirklich sicher zu sein, dass das Mädchen keine Gefahr für Euch und uns darstellt“, erklärte er geduldig weiter. Emilia sah unsicher von ihrem Vater zu Roandir und Lethan. Roman trat neben sie und legte ihr beschwichtigend die Hände auf die Schultern.

„Lass Aciona machen", wies er sie sanft an. „Er ist der Beste und ich vertraue ihm. Er weiß, was er tut." Nochmals suchte Emilia den Blickkontakt mit Roandir. Dieser nickte nur, obwohl Emilia ihm ansehen konnte, dass es ihm genauso schwerfiel, Sera so zu sehen, wie ihr. Sie fragte sich in diesem Moment, was genau zwischen den beiden in der Menschenwelt gelaufen war und warum sie nichts davon mitbekommen hatte. Aber eins war klar, die beiden waren definitiv mehr als nur Freunde. Emilia atmete tief ein und nickte. Aciona nickte ebenfalls und machte sich wieder an seinem Giftschrank zu schaffen. Er zog eine weitere Spritze aus einer Schublade und zog sie mit einer silbernen, zähen Flüssigkeit auf. Anschließend führte er wieder dieselbe Prozedur durch und verabreichte Sera das Serum. Erneut stellte er sich hinter sie und legte die Hände an ihre Schläfen. Emilia hatte sich wieder zu Sera gekniet und hielt ihre Hand. Aciona murmelte nun eine andere Beschwörung. Emilia verstand zwar die Worte nicht, da sie noch immer nicht genug Elfisch konnte, aber der Klang war ein anderer. Dieses Mal dauerte es länger, bis etwas geschah.

Sera bäumte sich erneut auf und ein gellender Schrei entrang sich ihrer Kehle. Sie riss die Augen auf und begann, wie eine Wahnsinnige mit den Armen zu kämpfen, und versuchte, sich aus dem Griff der Männer zu lösen. Zum Glück waren Roandir und Lethan stärker und konnten sie festhalten. Doch plötzlich geschah es! Sera trat wie wild mit den Füßen nach Emilia. Mit voller Wucht flog diese nach hinten und alles um sie herum wurde schwarz.

KAPITEL 33

Als Emilia erwachte, war sie alleine. Irgendjemand musste sie ins Haus gebracht haben. Sie hatte nur einen Pyjama an und neben ihrem Bett stand ein Glas Wasser. Benommen setzte sie sich auf und versuchte sich zu erinnern, was überhaupt passiert war. Nachdem sie einen Schluck getrunken hatte, fiel es ihr wieder ein. Sera! Der Tritt in den Bauch. Das Kind. DAS KIND!!! Automatisch griff sie sich schützend an den Bauch. Es tat weh. Vorsichtig hob sie ihr Schlafshirt an und sah, dass sich ein großer, blauer Fleck von den Rippen in Richtung Bauch ausbreitete. Nackte Angst ergriff sie. Tief atmend bemühte sie sich, gegen die Panikattacke anzukämpfen. Ihr Atmen beschleunigte sich jedoch rapide. In dem Moment ging die Tür auf und Lianna lächelte ihr entgegen. Als sie Emilias Zustand erfasste, eilte sie herbei und legte beschwichtigend die Hände auf ihre Schultern. Sie sah ihr tief in die Augen und sagte eindringlich:

„Keine Sorge. Alles ist gut!“ Sofort breitete sich in Emilia ein wohliges Gefühl aus und die Panikattacke ebbte ab. Anschließend setzte sich die Heilerin lächelnd auf die Bettkante. „Emilia, wie schön, dass du wach bist“, begrüßte sie sie. Dann tastete sie vorsichtig den Bauch ab. Als sie fertig war, nickte sie zufrieden und fragte:

„Wie fühlst du dich?“

„Was ist mit meinem Kind?“, fragte Emilia ohne Umschweife.

„Wie schon gesagt, alles ist gut. Dem geht es bestens. Keine Angst. Ich vermute, du hast dich instinktiv zur Seite gedreht, als der Tritt kam. Du hast nur ein paar geprellte Rippen. Mehr nicht“, erwiderte sie und drückte aufmunternd Emilias Hand.

„Gott sei Dank“, stöhnte Emilia und ließ sich in die Kissen fallen. Eine tiefe Wärme umfing ihr Herz. Sie war für einige Sekunden einfach nur erleichtert. „Wie geht es Sera?“, fragte sie besorgt.

„Aciona und Mephisto kümmern sich um sie. Castor scheint ihr kräftig zugesetzt zu haben“, erklärte Lianna.

„Also war es wirklich Castor?“, fragte Emilia entsetzt nach.

„Ja, leider“, bestätigte Lianna. „Sie wurde so manipuliert, dass sie der festen Überzeugung war, dass die Geschichte, die sie euch erzählt hat, der Wahrheit entsprach. In Wirklichkeit hatte Castor ihr den Auftrag gegeben, dir diese Kräuter aus dem Koffer Elriels zu holen, sobald du und Merkur, na ja, du weißt schon ...“, erklärte die Elfe und atmete schwer durch. „Wir hoffen, dass er sie nicht noch mehr beeinflusst hat“, fuhr sie fort. „Mephisto hilft Aciona bei der Überprüfung, da er der Einzige ist, der über ähnliche Fähigkeiten verfügt wie Castor. Für Sera ist dies leider keine schöne Prozedur, aber es muss sein. Sollte Castor sie noch mehr manipuliert haben, sodass die Möglichkeit besteht, dass sie dir oder dem Kind schaden könnte, können wir nur hoffen, dass Mephisto genug Macht besitzt, um diese Manipulation rückgängig zu machen. Ansonsten ...“ Sie brach ab und stand auf. „Egal, darüber machen wir uns Gedanken, wenn es so weit ist.“ Sie wollte soeben die Tür öffnen, als Emilia sie zurückrief.

„Was wäre ansonsten?“, fragte sie eindringlich. Lianna wand sich sichtlich.

„Ich bin mir sicher, dass Mephisto es schaffen wird.“ Sie sah Emilia nicht an und wollte wieder die Tür öffnen, aber Emilia war hartnäckig.

„Lianna, bitte ... Ich muss es wissen. Sie ist meine Freundin“, flüsterte sie traurig. Die Heilerin sah sie an und seufzte:

„Hätte ich nur nichts gesagt.“ Dann drehte sie sich jedoch wieder um und widmete sich Emilias Frage. „Na schön. Aber bitte versprich mir, dass du dich nicht aufregst. Das wäre das Falsche in deinem Zustand“, forderte sie ihre Patientin auf und sah diese eindringlich an.

„Okay, ich versuche es“, bestätigte sie und nickte.

„Wie gesagt, ich bin mir ziemlich sicher, dass Mephisto es schaffen wird, wenn allerdings nicht, müsste Sera für immer eingesperrt bleiben“, erklärte Lianna, senkte traurig den Kopf und zupfte an der Bettdecke herum.

Emilia blieb stumm. Eigentlich leuchtete es ihr ein und eigentlich hatte sie es auch tief in ihrem Inneren schon gewusst, als sie gefragt hatte.

„Wenn sie weiter beeinflusst worden ist, was wir ja nicht mal wissen, wird er es schaffen“, murmelte Emilia und legte ihre Hand bekräftigend auf die von Lianna. „Ich bin mir sicher.“ Und aus irgendeinem seltsamen Grund war sie das auch.

„Sie wollte nach der Schule bei uns eine Ausbildung zur Heilerin machen“, fuhr Lianna fort. „Sie wäre eine Bereicherung für uns alle gewesen. Ihre fröhliche Art hätte den Kranken und Verletzten geholfen, schneller auf die Beine zu kommen. Castor hat sich ihr Interesse an Kräutern zunutze gemacht und sich so ihr Vertrauen erschlichen." Emilia sah sie verblüfft an.

„Sie hat mir nie erzählt, dass sie Heilerin werden wollte", gab sie zu. Lianna nickte.

„Niemand außer mir wusste es bisher. Sie wollte sich nicht die Blöße geben, dass die eventuell nicht die nötigen Noten für eine Ausbildung zur Heilerin erzielen könnte. Daher hat sie es lieber für sich behalten. Sie sagt, die Enttäuschung wäre kleiner, wenn es nicht klappen würde. Wenn jedoch jeder von ihrem Traum wissen würde, und sie diesen dann nicht erreichen könnte, müsste sie sich das von allen Seiten anhören und das würde es noch viel schwerer machen", erklärte Lianna und ein Lächeln schlich sich auf ihre Lippen. „So war sie schon immer. Sie hat eine harte Schale und einen weichen Kern." Emilia nickte. Dennoch überraschte sie die Tatsache, dass auch Sera mit ihren kleinen Dämonen und Ängsten zu kämpfen hatte.

„Ich muss nun leider weitermachen. Ich sehe heute Abend noch mal nach dir", sagte Lianna und stand wieder auf. Erneut ging sie zur Tür. Bevor sie hinausging, drehte sie sich nochmals um.

„Wenn du kannst, darfst du vorsichtig aufstehen. Bitte gehe noch nicht alleine die Treppe hinunter, ich habe Angst, dass dir der Kreislauf versagen könnte und du stürzt. Ansonsten darfst du alles machen, worauf du Lust hast. Nur bitte denk daran, bleib im Haus. Die Zeitblase wurde heute erschaffen. Genaueres erklärt dir dein Vater, wenn er vorbeikommt. Er hatte heute Morgen noch ein langes Gespräch mit Farijan, um über alles Notwendige unterrichtet zu sein. Bis später." Sie schloss die Tür hinter sich und war weg.

Emilia war ein bisschen überrascht, dass die Zeitzauberer so schnell nach Andorin gekommen waren. Sie fragte sich, wer sie wohl benachrichtigt hatte, wobei sie ziemlich sicher war, dass Glorijana hier wieder ihre Finger im Spiel hatte. Was wusste wohl die kleine Königin der Waldgeister noch so alles und was trieb sie hinter dem Rücken der anderen? Wenn Emilia sie das nächste Mal sehen würde, würde sie sie fragen.

Die Zeit zog sich endlos. Emilia hatte sich die Bücher in ihrem Regal angesehen, aber seltsamerweise hatte sie keine Lust zu lesen. Fox war ebenfalls nicht da. Sicher hatte ihr Vater ihn mitgenommen. Außerdem bekam sie langsam Hunger. Die Sonne stand seit einer gefühlten Ewigkeit im Zenit und brannte direkt in ihr Zimmer. Das konnte doch nicht wahr sein. Ungeduldig tigerte sie in dem Raum auf und ab. Es mussten Stunden vergangen sein, seit Lianna sich verabschiedet hatte. Nach einer weiteren Zeit konnte sie einfach nicht mehr anders, auch wenn sie versprochen hatte, es nicht zu tun, aber sie musste aufs Klo. Und das war leider einen Stock tiefer. Außerdem hatte sie einen Bärenhunger. Vorsichtig zog sie sich eine bequeme Hose und ein weites T-Shirt an und machte sich auf den Weg zur Treppe. Sie hielt sich bei jeder Stufe sorgsam am Geländer fest. Eigentlich fühlte sie sich ganz gut. Nach ein paar Stufen war sie sich sicher, dass ihr Kreislauf nicht plötzlich zusammenbrechen würde. Dennoch war sie froh, als sie das Badezimmer erreicht hatte. Nachdem sie auf der Toilette fertig war, wusch sie sich die Hände und das Gesicht. Das frische Wasser belebte ihre Lebensgeister. Als sie fertig war, fiel ihr Blick auf die schöne, große Badewanne, die mitten im Raum stand. Sie beschloss, sich nach dem Essen endlich die Zeit für ein langes Bad zu nehmen.

In der Küche angekommen, suchte sie vergebens nach einer ausgewogenen Mahlzeit. Sie fand noch Reste an Mehl und Gewürzen, aber bis auf eine angefangene Packung Kekse nichts, was sie zu etwas Essbarem hätte verwerten können. So kochte sie Wasser auf und machte sich eine Kanne leckeren Früchtetee. Dazu aß sie die leider bereits steinharten Kekse. Irgendwas stimmte hier ganz und gar nicht. Die Sonne stand noch immer im Zenit und brannte auf die Erde. Sie war sich sicher, dass sich diese, seit sie aufgewacht war, noch keinen Millimeter bewegt hatte. Was sollte sie tun, wenn nicht bald jemand kam, um nach ihr zu sehen? Rein theoretisch könnte sie das Haus sicherlich verlassen, im Notfall. Lianna war ja schließlich auch zu ihr hineingekommen. Sie beschloss, nach ihrem kargen Mahl noch eine Weile abzuwarten, und wenn bis dahin niemand zu ihr gekommen war, würde sie auf eigene Faust ihre Vorräte aufstocken. Die Zeit des Wartens nutzte sie, um ihre Einkaufsliste zu erstellen. Nachdem sie auch diese Aufgabe erledigt hatte, schaute sie erneut auf den Stand der Sonne. Keine Veränderung.

Nun gut, dann blieb ihr keine andere Wahl, als selbst auf den Markt zu gehen. Bevor sie unter die Elfen ging, benötigte sie jedoch auf jeden Fall ihr heiß ersehntes Bad. Also schleppte sie sich wieder nach oben und füllte die Wanne mit heißem Wasser. Sie öffnete eine Flasche, die neben der

Badewanne stand, und schnupperte daran. Ja, das musste wohl ein Badezusatz sein. Sie ließ ein paar Tropfen davon in das heiße Wasser fallen und sofort bildeten sich wunderschöne, schillernde Seifenblasen und das ganze Badezimmer roch wie eine exotische Blumenwiese. Emilia ließ sich vorsichtig ins warme Nass gleiten und tauchte erst einmal unter. Das Wasser schien für kurze Zeit all ihre Sorgen wegzuspülen. Sie fühlte sich das erste Mal seit Wochen oder sogar Monaten richtig entspannt. So blieb sie in der Wanne liegen und genoss das freie Gefühl, bis das Wasser kalt war. Als sie aus der Wanne stieg und nach ihrem großen Badetuch angelte, entglitt ihr ein wehmütiger Seufzer. Kaum war sie wieder draußen, kehrten ihre Ängste und Zweifel zurück. Vermutlich hatte das wohlige Gefühl irgendwas mit dem Badezusatz zu tun, überlegte sie. Sie trocknete sich ab, flocht ihre Haare zu einem Zopf und zog sich frische Kleidung an. Ihre blauen Flecken schienen bereits leicht grünlich zu werden. Seltsam, dachte sie, ob die Elfen dafür wohl auch ein spezielles Mittel hatten, welches die Flecken schneller abheilen ließ? Sie würde Lianna oder ihren Vater fragen. Das war das Stichwort. Sie hatte schon wieder einen Bärenhunger und da sich bisher noch niemand bei ihr hatte blicken lassen, würde sie sich nun wohl selbst darum kümmern müssen, dass sie etwas zu Essen bekam. Also holte sie einen Einkaufskorb mitsamt der Besorgungsliste und öffnete die Haustür. Sie erschrak, als sie von zwei bewaffneten Soldaten begrüßt wurde. Diese hatten ihre Speere vor der Tür gekreuzt, sodass für jeden von Weitem klar war, dass man hier nicht reindurfte. Emilia räusperte sich. Die Soldaten sahen sie entgeistert an.

„Würdet ihr mich bitte durchlassen?“, fragte sie die beiden höflich und versuchte, die Speere auf die Seite zu schieben.

„Ihr seid schon auf den Beinen?“, stellte der linke Soldat verblüfft eine Gegenfrage.

„Ich bin seit Stunden im Haus unterwegs und verhungere beinahe. Lianna hat mir versprochen, dass mein Vater bald kommen würde, aber auch auf ihn warte ich schon seit Ewigkeiten vergeblich.“ Die beiden Soldaten sahen sich an und schüttelten den Kopf.

„Seid Ihr sicher, dass es Euch gut geht, Eure Hoheit?“, fragte nun der zweite Soldat vorsichtig.

„Lianna ist erst vor einer knappen Stunde gegangen. Ihr könnt also gar nicht *seit Stunden* alleine sein.“ Emilia sah ihn entsetzt an.

„Das kann nicht sein“, flüsterte sie.

„Doch, das kann es“, ertönte von Weitem die Stimme ihres Vaters. Roman kam schnellen Schrittes die Straße entlang und Fox rannte bereits voraus, um sein Frauchen schnellstmöglich begrüßen zu können.

„Dad! Fox!“, rief sie freudig auf. „Bin ich froh, euch zu sehen. Und ihr habt was zu essen mitgebracht! Ich verhungere beinahe!“ Nachdem sie Fox begrüßt hatte, wollte sie ihrem Vater den Korb abnehmen, den er am Arm trug, dieser zog ihn jedoch weg.

„Nicht in deinem Zustand, junge Dame“, ermahnte er sie scherzhaft. „Schön, dass du wohlauf bist. Ich hab mir wirklich Sorgen gemacht.“ Er nahm Emilia sanft in den Arm. Als er ihre Rippen berührte, verzog sie schmerzhaft das Gesicht. Ein leises: „Au“, entfuhr ihr und sie zuckte leicht zurück.

„Bitte entschuldige“, sagte ihr Vater.

„Nichts geschehen“, erwiderte sie. „Kommst du nicht rein?“

„Doch, aber ich muss zuerst noch deine Wachen auf den neuesten Stand bringen, ich habe so die leise Vermutung, sie denken, du seist auf den Kopf gefallen, habe ich recht?“ Er schmunzelte die beiden Soldaten an. Diesen war es sichtlich peinlich, dass ihr König sie durchschaut hatte. „Es ist in der Tat so, dass Lianna erst vor Kurzem gegangen ist, allerdings dürfen wir nicht vergessen, dass das Haus sich nun unterhalb der Zeitblase befindet. Bei Emilia müssen inzwischen in der Tat Stunden vergangen sein“, erklärte er den Soldaten.

„Ach Mann, natürlich!“, entfuhr es Emilia. „Lianna hatte mir zwar gesagt, dass die Blase errichtet wurde, aber wie genau sich alles verhalten würde, das hat sie natürlich nicht erklärt. Und ich habe auch nicht richtig nachgedacht. Ich habe mich nur gewundert, dass sich der Sonnenstand nicht verändert hatte.“

„Richtig“, antwortete Roman, „und ich habe mich bemüht, so schnell es ging, den Einkauf für dich besorgen zu lassen, und bin dann sofort hergeeilt, um dir alles zu bringen. Ich hatte schon befürchtet, dass du fast am Verhungern bist. Komm, lass uns reingehen“, forderte Roman sie auf und nickte den Soldaten zu, die daraufhin sofort wieder ihre Speere vor dem Eingang kreuzten.

KAPITEL 34

Zuerst räumten sie die Einkäufe in die Schränke. Roman hatte an fast alles gedacht. Emilia hakte die Liste, die sie erstellt hatte, ab und gab sie anschließend ihrem Vater.

„Das sind die Sachen, die mir noch fehlen", stellte sie fest. Er nickte und verstaute den Zettel in seiner Jacke. Nachdem sie zusammen gekocht hatten, saßen sie gemeinsam in der kleinen Wohnküche und ließen es sich schmecken. Beinahe hätte Emilia geglaubt, es könnte alles wieder wie früher werden, aber natürlich ging das nicht. Sie würde bald ein Kind bekommen.

Als sie mit essen fertig waren, legte Emilia das Besteck beiseite und sah ihren Vater ernst an.

„Wann redest du mit Mum?", fragte sie ihn.

„Dasselbe wollte ich mit dir ebenfalls besprechen", erwiderte er und schob den Teller von sich. „Ich weiß, du möchtest ihr selber alles über deine Schwangerschaft und Merkur erzählen, aber ich glaube ehrlich gesagt nicht, dass sie einfach so, ohne von mir irgendetwas über dein Verschwinden zu erfahren, mit mir nach Andorin kommen wird", redete er weiter. Emilia nickte. Genau das hatte sie sich auch schon überlegt.

„Ist es nicht sowieso viel zu gefährlich, dass sie herkommt? Ich meine wegen der Apokalyptischen Reiter, die uns am Tor abgefangen haben", erwiderte sie. Roman nickte und fuhr sich durch das Haar.

„Wir glauben nicht, dass sie für andere eine Gefahr darstellen. Sie wollen dich und das Kind“, erklärte er weiter. Emilia nickte.

„Also bin ich nun hier im Haus gefangen, bis das Kind kommt?“, fragte Emilia traurig. Roman nickte.

„Leider ja“, antwortete er und streichelte ihr über die Hand. Eine Träne kullerte ihr über die Wange, die sie umgehend wegwischte. „Ich habe heute Vormittag mit Farijan gesprochen. Er hat mir alles berichtet, was ihr mit ihm in seinem Reich besprochen habt. Wir haben einen Plan erstellt, den wir sofort angefangen haben umzusetzen. Der erste Schritt war die sofortige Errichtung der Zeitblase um das Haus. Er und sein Volk werden bis zur Niederkunft des Kindes hier in Andorin bleiben und darauf achten, dass die Zeitblase intakt bleibt.“ Emilia nickte, schwieg einige Minuten und überlegte.

„Ich könnte ihr einen Brief schreiben, in dem ich ihr alles erkläre“, teilte sie ihrem Vater dann ihre Gedanken mit, um wieder zum Thema zurückzukommen.

„Das wäre eine Möglichkeit“, antwortete ihr Vater. „Aber dennoch bitte ich dich, nicht zu enttäuscht zu sein, sollte sie sich gegen einen Besuch in Andorin entscheiden. Sie hat auch mir nie den Gefallen getan, sich auf dieses *Abenteuer*, wie sie es immer nannte, einzulassen.“ Emilia nickte betrübt.

„Das hatte ich befürchtet“, murmelte sie. Resigniert lehnte sie sich zurück und streichelte sich sanft über den Bauch. Ansonsten war sie immer froh gewesen, wenn sie in den Ferien von ihrer Mutter und ihrer Schwester getrennt war. Irgendwie hatte sich ihre Familie nach der Geschichte mit dem Verschwinden ihres Vaters auseinandergelebt. Ihre Mutter hatte einen neuen Freund gefunden, ihre Schwester war mit ihrer Clique um die Häuser gezogen und hat wer weiß was getrieben. Nur sie war alleine zurückgeblieben. Daher war sie immer froh gewesen, wenn sie in den Ferien bei Granny wohnen durfte. Leider war diese nun auch nicht hier, und zum ersten Mal seit Jahren vermisste sie ihre Mutter.

„Am besten setzt du dich gleich an den Brief. Ich werde mich derweil persönlich auf den Markt begeben, um dir die übrigen Sachen zu kaufen. Ich befürchte, wenn ich erst einen Diener damit beauftrage, sind bei dir zwei Tage ins Land gezogen, bis du alles bekommst“, sagte er und lächelte unsicher.

„Meinst du, du könntest mir so was wie eine Uhr besorgen?“, fragte Emilia unsicher. „Ich habe meine Armbanduhr auf dem Nachttisch liegen lassen. Mein Handy hat inzwischen den Geist aufgegeben, also habe ich keine Ahnung, welchen Tag wir haben und wie spät es ist“, erklärte Emilia, zog das leere Handy aus der Tasche und legte es auf den Tisch. Ihr Vater lachte.

„Ja, natürlich, daran habe ich gar nicht gedacht. Ich denke, da müssen wir uns zusammen mit den Zeitzauberern noch etwas überlegen, wie wir es schaffen, dass wir einen Überblick erhalten, welche Zeit vergangen ist. Das Beste wird sein, ich bring dir deine Armbanduhr mit, wenn ich zu deiner Mutter gehe. Meine Güte, ist das ein Durcheinander.“ Er lachte laut auf.

„Es tut mir leid, dass ich dir so viele Umstände mache", entgegnete Emilia zerknirscht.

„Du machst mir keine Umstände, Kind. Du rettest Merkur und die Welt und schenkst mir noch dazu eine Enkeltochter. Nichts könnte mich glücklicher machen", erklärte er stolz und gab Emilia zur Bestätigung einen Kuss auf die Stirn. Dann stand er auf. Bevor er sich verabschiedete, schob er ihr Block und Stift hin.

„Solltest du müde werden, leg dich einfach schlafen. Ich weiß im Moment wirklich nicht, welche Tageszeit bei den Menschen sein müsste. Ich kann die Sachen ja einfach hereinstellen. Emilia nickte und musste sich ein Gähnen verkneifen. Sie war tatsächlich bereits wieder müde. „Ich habe mir überlegt, die Elfennächte komplett hier zu verbringen", fuhr Roman fort. „Wenn du das willst?"

„Cool, klar, gern", erwiderte Emilia sichtlich erfreut. „Ich glaube, die Nächte der Elfenwelt wären sonst recht lang für mich!" Roman nickte.

„Eben, das dachte ich mir auch." Er ging zur Tür, bevor er das Haus verließ, rief er ihr noch zu: „Schreib bitte noch eine Liste mit Dingen, die du außer der Uhr noch aus der Menschenwelt brauchst. Ich besorge dir alles, wenn ich deiner Mutter den Brief bringe." Emilia nickte dankbar. Roman war schon zur Tür draußen, als er nochmals den Kopf hereinstreckte. „Ach so, was ich noch sagen wollte. Die Zeitblase schließt den Garten mit ein." Er zwinkerte ihr zu und schloss die Tür hinter sich. Emilia lachte freudig auf, schnappte sich Block und Stift und ging, gefolgt von Fox, hinaus in den Garten. Dort ließ sie sich auf der Terrasse nieder und legte das Papier vor sich auf den Tisch. Beeilen musste sie sich ja nicht mit dem Brief, schließlich war ihr Vater nun mindestens mehrere Menschenweltstunden weg. Emilia schwirrte der Kopf, wenn sie an diese Zeitgeschichte dachte. Das war ihr nun wirklich zu viel. Fox war dagegen mal wieder völlig unbeschwert. Freudig bellend sprang er durch den Garten und jagte kleine Vögelchen, die ihm frech vor der Nase herumflatterten. Eine Weile sah sie ihrem Hund noch dabei zu, wie er seine Kapriolen auf dem Rasen drehte, und machte sich dann schweren Herzens daran, den Brief zu schreiben. Wie sollte man seiner Mutter das alles auf Papier bringen?

Zu Anfang schrieb sie einfach mal wild drauf los, zerknüllte das erste Papier jedoch bereits nach wenigen Zeilen. Sie seufzte tief, da sie einfach nicht wusste, wie sie anfangen sollte. Daher beschloss sie, erst einmal mit der Liste der Dinge zu beginnen, die ihr Vater ihr aus der Menschenwelt mitbringen sollte. Aber auch hier fiel ihr nicht allzu viel ein. Um die Uhr hatte sie ihn ja bereits gebeten, vielleicht einen Kalender? Ja, das brauchte sie hier unbedingt. Eventuell ein Buch über Schwangerschaften mit Ultraschallbildern, ja, das war auch eine gute Idee. Sie vermerkte auch dies auf ihrer Liste. Alles andere, was sie benötigte, gab es in Andorin. So grübelte sie wieder über dem Brief. Sie versuchte, ihrer Mutter alles haarklein zu erklären, aber irgendwie war das nicht so einfach. Zum Schluss entschied sie sich für die Variante kurz und schmerzlos:

Liebe Mama,

bitte sei mir nicht böse, aber ich bin schwanger. Der Vater des Kindes ist ein Elf.

Ich werde das Kind bekommen und brauche dringend deinen Beistand in Andorin.

Bitte komm!

Dad wird dir alles erklären. Ich liebe dich!

Deine Tochter Emilia

Zufrieden faltete sie den Zettel zusammen und steckte ihn in einen Briefumschlag.

Die Sonne war inzwischen ein kleines Stück gewandert. Emilia vermutete, dass es in der Elfenwelt ungefähr zwei Uhr sein müsste. Ihr Magen knurrte lautstark. Sie beschloss, sich noch eine Kleinigkeit zu Essen zu machen und sich dann eine Weile ins Bett zu legen. Sie war hundemüde. Den Zettel und den Brief legte sie auf den Küchentisch, sodass ihr Vater beides auch sicher finden würde.

KAPITEL 35

Als Emilia aufwachte, war es draußen noch immer heller Tag. Sie rieb sich die Augen und überlegte, wie lange sie wohl geschlafen hatte. Fox döste noch zufrieden. Er hatte sich unter das Bett verkrochen, vermutlich, weil es da ein bisschen dunkler war. So mussten sich die Leute in Island fühlen, dachte Emilia. Da war es im Sommer immer hell und im Winter immer dunkel, oder so ähnlich. Auf jeden Fall würde sie noch verrückt werden, wenn sie nicht bald wüsste, welchen Tag sie nun hatten und wie spät es in der Menschenwelt war.

Da sie schon wieder hungrig war, ging sie hinunter, um zu frühstücken. Sie ging einfach mal davon aus, dass es nun Morgen sein könnte. Auf dem Tisch stand ein Korb mit den Dingen, die ihr Vater noch besorgen wollte. Die Liste und der Brief waren verschwunden. Also musste er nun bei ihrer Mutter in der Menschenwelt sein. Automatisch bekam Emilia feuchte Hände und ihr Puls beschleunigte sich. Was ihre Mutter wohl tun und sagen würde? Ob sie arg böse auf sie war? Sie grübelte noch eine Weile vor sich hin und frühstückte nebenher ein bisschen Müsli und Obst. So richtig hungrig war sie nun auf einmal gar nicht mehr.

Nach dem Frühstück richtete sie sich in aller Ruhe und ging hinaus in den Garten. Sie drehte ein paar Runden und machte es sich dann auf der Terrasse gemütlich. Fox war inzwischen auch aufgestanden und hatte sein Geschäft in der hintersten Ecke des Gartens erledigt. Dafür müssten sie sich auch noch eine Lösung überlegen.

Als Emilia das Mittagessen kochte, bemerkte sie, dass die Sonne nun wieder ein bisschen weitergewandert war. Sie vermutete, dass ihr Vater nicht mehr lange auf sich warten lassen würde, da er ja in der Menschenwelt derselben Zeit unterworfen war wie sie hier in ihrem Gefängnis. Außerdem fragte sie sich, wann Lianna wieder vorbeikommen würde, um sie zu untersuchen. Der blaue Fleck wurde immer heller. In ein paar Elfenstunden war sicher nichts mehr zu sehen.

Nach dem Mittagessen langweilte sie sich weiter. Sie konnte sich nicht vorstellen, das Ganze nochmals mehrere Monate durchzuhalten. Sie bekam ja jetzt schon bald Platzangst. Vielleicht hätte sie sich doch der Gefahr einer Reise in die Menschenwelt aussetzen sollen. Da hätte sie wenigstens eine richtige medizinische Versorgung mit Ultraschall und so gehabt. Andererseits waren die Elfen mit ihren Heilkünsten den Menschen weit voraus.

Ein Klopfen an der Tür riss sie aus ihren Gedanken. Fox rannte zur Tür und bellte freudig, als ihr Vater den Kopf zur Tür hereinstreckte.

„Dad!“, rief sie. „Bin ich froh, dass du kommst.“ Sie flog ihm in die Arme. Roman drückte seine Tochter mit einem Arm fest an sich und mit dem anderen schloss er die Tür hinter sich. „Sie ist nicht mitgekommen?“, fragte Emilia traurig, als die Tür verschlossen war.

„Wer sagt das?“, fragte Roman und schmunzelte.

„Na, du wirst sie ja wohl kaum vor der Tür stehen lassen, oder?“

„Nein, das nicht, aber ich habe eine noch bessere Überraschung als nur deine Mutter. Leider ist die zweite Überraschung etwas schlecht zu Fuß, daher bin ich gleich mal vorausgerannt, um zu schauen, ob du wach bist." Roman grinste sie breit an, während er ihr dies offenbarte.

„Granny?!", rief Emilia freudig. „Du hast Mum UND Granny dabei? Echt jetzt?", fragte sie euphorisch.

„Ja, aber freu dich nicht zu früh, ich könnte mir vorstellen, dass die beiden noch ein kleines Hühnchen mit dir zu rupfen haben", erwiderte er, grinste frech und zwinkerte ihr zu.

„Na immer noch besser, als hier den ganzen Tag alleine herumzusitzen", maulte Emilia vor sich hin und ließ sich wieder auf den Stuhl in der Küche fallen.

„Ich weiß, es ist öde, aber ich verspreche dir, wir werden dich bestmöglich unterhalten. Die nächsten Wochen werden vergehen wie im Flug, das verspreche ich dir. Und ehe du dich versiehst, ist Merkur wieder bei dir." Emilia zog sich sofort der Magen zusammen bei der Erwähnung des Kindsvaters. Sie bemühte sich, so weit es ihr möglich war, jeden Gedanken an Merkur zu vermeiden, da sie Angst hatte, der Schmerz könnte sie erneut übermannen und in ein tiefes, schwarzes Loch ziehen. Schnell schüttelte sie den Kopf, um die Vorstellung von schwarzen Löchern und dunklen Orten mit Dämonen, Leid und Elend zu verdrängen. Roman zog sie nochmals in seine Arme.

„Er wird da heil rauskommen. Da bin ich mir sicher", flüsterte er ihr ins Ohr. Emilia nickte nur und wischte sich verstohlen die Träne von der Wange, die ihr entwischt war.

Sie löste sich aus Romans Umarmung und drehte sich schnell um.

„Ich mache mal Kaffee und such eine Kleinigkeit zu knabbern“, meldete sie mit gequält fröhlicher Stimme.

„Mach das“, antwortete ihr Vater, setzte sich an den Tisch und kraulte Fox’ Ohr. Emilia hätte zu gern gewusst, wie ihre Mutter reagiert hatte, aber sie hatte ein bisschen Angst davor, ihn zu fragen. Außerdem würde sie ihr ja sowieso gleich von Angesicht zu Angesicht gegenüberstehen. Emilia hatte soeben den Kaffee aufgesetzt, da klopfte es erneut an der Tür. Sie zuckte sichtlich zusammen und holte eifrig Tassen und Teller aus dem Schrank. Ihr Herz klopfte plötzlich doppelt so schnell. Ihr Vater ging derweil zur Tür.

„Na endlich! Ich dachte schon, ihr kommt nie an“, vernahm sie seine freudige Stimme aus der Diele. Emilia hörte Schritte in die Küche kommen und drehte sich langsam um. Sie wusste nicht, was sie mit ihren Händen anstellen sollte, also klammerte sie sich an einer der Tassen fest, die sie gerade aus dem Schrank geholt hatte. Unsicher lächelte sie ihrer Mutter und ihrer Großmutter entgegen. Kim war an ihr vorbeigerannt, ohne sie auch nur eines Blickes zu würdigen. Sie und Fox tobten bereits wild im Garten.

„Kind! Liebes!“, rief Granny aus und zog sie in eine Umarmung. „Lass dich ansehen!“ Sie strich ihr liebevoll über den Bauch. „Da sieht man ja schon was“, stellte sie fest und zwinkerte ihr zu. „Genieß es, so lange du noch deine Füße sehen kannst, bald ist das vorbei“, neckte sie Granny. Ein Räuspern war hinter ihrem Rücken zu vernehmen. „Oh entschuldige, Claire“, sagte Granny und ging einen Schritt zurück, sodass Claire zu ihrer Tochter durchkam. „Roman, ich denke, wir decken den Kaffeetisch im Garten. Dann haben die beiden ihre Ruhe“, forderte Granny ihren Sohn auf und nötigte ihn dazu, das Tablett mit Geschirr, welches Emilia bereits hergerichtet hatte, in den Garten zu tragen. Claire und Emilia blieben alleine in der Küche zurück. Emilia wusste nicht, wo sie hinsehen sollte, daher starrte sie auf die Tasse in ihrer Hand. Ihre Mutter trat einen Schritt näher und nahm ihr diese aus der Hand.

„Nicht, dass du sie noch zerbrichst“, sagte sie in liebevollem Tonfall. Emilia sah auf und blickte direkt in die Augen ihrer Mutter. Sie sah, dass diese ebenfalls mit ihren Emotionen zu kämpfen hatte. Claire sagte nichts, sondern zog Emilia einfach ganz fest an sich. „Ach mein Kleines!“, stieß sie aus und streichelte ihrer Tochter sanft über den Rücken.

„Ich habe Angst, Mum“, entfuhr es Emilia mit tränenerstickter Stimme.

„Ich weiß, mein Kind“, erwiderte Claire und schob sie auf Armeslänge von sich weg. „Aber du wirst das schaffen, so wie ich es auch geschafft habe. Du hast eine Familie und einen Vater zu deinem Kind. Es wird alles gut werden, da bin ich sicher.“

„Bist du denn nicht böse mit mir?“, fragte Emilia verblüfft.

„Worauf sollte ich böse sein? Emilia, wer im Glashaus sitzt ... Weißt du noch? Wie könnte ich dich für etwas verdammen, das mir selbst geschehen ist?“, fragte sie. „Wir können nun nur schauen, dass wir das Beste aus der

Situation machen. Daher haben wir auch Granny mitgebracht. Wir dachten, ein bisschen Gesellschaft in deiner Blase, oder was das hier ist, würde dir helfen, mit der Situation besser klarzukommen", erwiderte sie.

„Danke Mum", presste Emilia unter aufsteigenden Tränen hervor. Claire zog Emilia nochmals fest an sich und fuhr ihr tröstend über den Rücken, bis sie sich wieder etwas beruhigt hatte.

„Komm, lass uns zu den anderen in den Garten gehen. Ich denke, wir haben viel zu besprechen und viel Zeit habe ich nicht. Ich muss in ein paar Stunden zur Arbeit", sagte Claire. Emilia nickte und ließ sich von ihrer Mutter hinausführen.

Beim gemeinsamen Kaffee besprachen sie, wie es weitergehen würde. Granny erklärte sich gern bereit, bei Emilia zu bleiben. Diese war sowieso erst an diesem Tag aus Angorogh in die Menschenwelt zurückgekehrt, sodass ihre Tiere noch alle bei Joe waren. Sie würde ihm einen Boten schicken, dass sie zu ihrer Enkelin gereist war und dort das nächste Dreivierteljahr bleiben würde. Claire würde auf jeden Fall die Tage um die Entbindung herum frei nehmen und Emilia die ersten Tage mit dem kleinen Wurm helfen. Leider hatten sie nicht mehr Zeit, um zu reden, da Claire wieder zurück in die Menschenwelt musste.

Der Abschied fiel Emilia dieses Mal unendlich schwer. Noch vor wenigen Wochen hatte sie sich nichts sehnlicher gewünscht, als mit ihrem Dad in Andorin leben zu dürfen, und nun, da sie hier in diesem Haus eingesperrt war und auf die Geburt des Kindes warten musste, erschien ihr der

Gedanke an die triste, graue Menschenwelt viel verlockender. Wenigstens könnte sie dort weiter zur Schule gehen und hätte eine Ablenkung von all ihren Sorgen. Emilia hatte ihre Mutter darum gebeten, sie nur von der Schule zu beurlauben. Sie würde die Abschlussprüfungen nachholen. Dessen war sie sich sicher. Ihre Mutter versprach, ihr alle Schulbücher und Prüfungsvorbereitungsunterlagen zusammenzusuchen. Roman würde diese dann direkt mitbringen. So konnte Emilia die Zeit wenigstens sinnvoll zum Lernen nutzen. Außerdem würde es sie vom Grübeln abhalten. Nachdem sich ihre Mutter tränenreich verabschiedet hatte, zog sich Emilia geknickt in ihr Zimmer zurück. Granny richtete sich in der Zwischenzeit wieder häuslich ein.

Emilia war froh, nun nicht mehr alleine zu sein. Auch für Fox war die Situation nun angenehmer. Er war auch nicht mehr alleine, sondern hatte Kim zum Spielen. Außerdem konnte Granny jeden Tag mit den Tieren eine kleine Runde laufen und zeitgleich die Einkäufe erledigen.

Emilia packte die Tasche mit den Dingen aus, um die sie ihren Vater gebeten hatte. Sie war froh über den Kalender und die Armbanduhr. Diese hatte ein Datumsfeld und somit wusste sie nun endlich, welchen Tag und welche Uhrzeit sie hatten. Sie hängte den Kalender an die Wand. Einen errechneten Geburtstermin hatte sie leider noch nicht. Ihr Vater hatte ihr jedoch versichert, dass sie ihn in den nächsten Tagen erfahren würde.

KAPITEL 36

Nachdem ihre Mutter Andorin wieder verlassen und ihr Vater ihr ihre Schulunterlagen gebracht hatte, vergrub sie sich in ihre Unterlagen. Die Ablenkung tat ihr gut. Der Elfen-Tag neigte sich langsam dem Ende zu und Emilia erwartete sehnsüchtig Liannas Rückkehr. Schließlich hatte diese ja versprochen, dass sie am Abend nochmals nach ihr sehen würde. Sie musste sie unbedingt nach dem Geburtstermin ihres Kindes fragen.

Als es nach einigen Menschentagen erneut an der Haustür klopfte, machte Emilia freudig auf und erstarrte, als sie einen alten Elfen vor sich stehen sah. Der Mann hatte lange, weiße Haare, die er zu einem Zopf gebunden hatte. Er trug einen langen, weißen Mantel und lächelte sie aus leuchtend grünen Augen an. Er verneigte sich kurz und sagte:

„Prinzessin, ich grüße Euch. Euer Vater schickt mich. Ich bin Ilradil, der oberste Gelehrte der Waldelfen“, stellte er sich vor und verbeugte sich erneut. Emilia nickte perplex und öffnete die Tür, nachdem Ilradil sie erwartungsvoll angesehen hatte.

„Bitte, tretet ein“, stammelte sie überrascht. „Verzeiht mir meine Verblüffung, aber mein Vater hat mir nicht gesagt, dass er jemanden herschicken würde“, entschuldigte sie sich für ihre anfängliche Skepsis. „Es freut mich natürlich sehr, Euch kennenzulernen“, fügte sie an, nachdem sie ihn in die Küche geführt hatte.

„Granny, das ist Ilradil, der oberste Gelehrte. Dad hat ihn geschickt“, stellte Emilia den Mann ihrer Großmutter vor. Diese rieb sich die Hände an einem Geschirrtuch ab und begrüßte den Elfen freundlich.

„Was führt Euch zu uns?“, fragte Sophia, während sie drei Tassen Tee vorbereitete. Ilradil hatte inzwischen am Tisch Platz genommen und sah sich aufmerksam um. Fox und Kim hatten es sich neben ihm gemütlich gemacht und gedankenverloren streichelte er den Hunden die Köpfe, was beide sichtlich genossen. Granny stellte die Tassen auf den Tisch, sah Ilradil an und wartete auf eine Antwort. Dieser lächelte verträumt in die Ferne. Erst als Granny sich räusperte und geräuschvoll den Stuhl zurückschob, um sich zu setzen, erwachte der Elf aus seiner Trance. Er lächelte Emilia und Sophia entschuldigend an.

„Bitte verzeiht. Ich war wohl in Gedanken“, begann er. „Der Grund, warum ich eigentlich hier bin, ist folgender: Ich habe mich heute, nachdem die Zeitblase errichtet worden war, eingehend mit Farijan unterhalten. Wir denken, dass wir gemeinsam in der Lage sein sollten, die genaue Zeitkonstellation zu berechnen. Wichtig für uns ist nun, dass wir überprüfen können, ob die Niederkunft des Kindes mit dem Austausch Merkurs übereinstimmen kann. Wenn nicht, haben wir ein großes Problem.“ Emilia sah ihn erschrocken an.

„Wie meint ihr das?“, fragte sie daher. „Ich dachte, die Zeitverschiebung zwischen den Welten ist so groß, dass das Kind problemlos rechtzeitig geboren werden kann.“

„Das dachten wir anfangs auch. Unsere Studien haben aber gezeigt, dass die Magie, die bei der Zerstörung Askjas freigesetzt wurde, langsam schwindet. Der Zauber, den die Zeitzauberer gesprochen haben, um die Zeitachsen wieder ins Lot zu bringen, tut sein Übriges. Das bedeutet, dass die Verschiebung nun nicht mehr so gravierend ist wie noch zu Anfang", erklärte er ihr. „Dennoch ist sie noch viel zu groß. Daher sind wir zuversichtlich, dass die Zeit genügen wird", beruhigte er Emilia. Diese atmete auf und nickte.

„Wichtig für unsere Berechnungen ist nun der genaue Zeitpunkt der Empfängnis", erklärte er ihr in geschäftsmäßigem Tonfall. Er zog eine Rolle Pergament aus seinem Mantel und zückte eine Feder. Dann setzte er sich eine Brille mit Halbmondgläsern auf die Nase, die er an einer silbernen Kette um den Hals hängen hatte, und sah Emilia erwartungsvoll an. Diese erwiderte seinen Blick fragend.

„Na, der Zeitpunkt der Empfängnis, des Aktes", erklärte er ihr und machte eine auffordernde Handbewegung. Emilia lief rot an, da sie verstand, was Ilradil von ihr wollte. Allerdings war ihr die Sache recht unangenehm. Zeitpunkt des Aktes. Wie das klang. Sie räusperte sich und strich sich nervös eine ihrer langen, braunen Haarsträhnen hinter das Ohr.

„Es geschah in der Nacht, als wir aus Askja zurückgekehrt sind", erklärte sie leise und senkte den Blick. Ilradil nickte und notierte etwas auf seiner Pergamentrolle. Dann sah er sie wieder durch seine Brillengläser an und fragte weiter: „Uhrzeit?" Emilia sah ihn entsetzt an.

„Das weiß ich nicht", stammelte sie. „Wozu ist das denn wichtig?", fragte sie unsicher nach.

„Wir müssen den genauen Zeitpunkt eingrenzen können. Wir haben nur ein minimales Zeitfenster. Das Kind muss die

Elfenwelt betreten genau in dem Moment, wenn der Herrscher der Finsternis sein Reich mit Merkur verlassen hat. Wir haben ein Zeitfenster von wenigen Minuten. Sollte das Kind also an diesem Tag noch nicht geboren sein, haben wir ein Problem“, erklärte er ihr nüchtern. „Also“, forderte er sie erneut auf. Emilia zuckte verunsichert mit den Schultern. Granny rückte ein Stück näher und legte ihr die Hand auf den Unterarm.

„Emilia, überleg noch mal genau, was du an diesem Abend, nachdem ihr zurückgekommen wart, gemacht hast. Vielleicht kannst du so auf den Zeitpunkt schließen“, bat diese sie mit sanfter Stimme. Emilia nickte und lehnte sich zurück. Sie ging nochmals alles Schritt für Schritt durch und überlegte fieberhaft, ob sie zu irgendeinem Zeitpunkt eine Uhrzeit hatte. Dann fiel ihr ein, dass sie, bevor sie unter die Dusche geschlüpft war, kurz auf ihre Armbanduhr gesehen hatte. Es war kurz nach Mitternacht gewesen.

„Es muss so gegen ein Uhr gewesen sein. Würde ich sagen“, erklärte sie nun und blickte auf die Tischplatte. Ilradil notierte dies und nickte dann zufrieden. Emilia erwartete bereits weitere Fragen bezüglich Stellung und Dauer des *Aktes,* wie er es nannte, beantworten zu müssen, dem war aber zum Glück nicht so. Der alte Elf schob den Stuhl zurück und stand schwerfällig auf. Emilia sah auf und er lächelte ihr aufmunternd zu.

„Ich danke dir für deine Kooperation. Sobald wir mehr wissen, geben wir euch Bescheid“, sagte er zu ihr. Emilia nickte nur. „Vielen Dank für den köstlichen Tee“, wandte er sich nun an Sophia. Diese lächelte und nickte ebenfalls höflich. Dann verabschiedete sich der oberste Gelehrte und ging gemäßigten Schrittes zur Tür hinaus.

Als die Haustür ins Schloss gefallen war, atmete Emilia erleichtert aus.

„Was meinst du, wie alt er ist?“, fragte Granny und Emilia war dankbar, dass sie sofort ein anderes Thema anschlug. Die Vorstellung, dass alle über ihr Sexleben Bescheid wussten, war ihr unsagbar peinlich. Emilia zuckte mit den Schultern und antwortete:

„Er ist der älteste Elf, den ich bisher gesehen habe. Selbst Aciona ist nicht so alt. Ich vermute daher, dass Ilradil bereits mehrere Jahrtausende auf dem Buckel haben muss.“ Granny nickte zustimmend und murmelte:

„Ich weiß nicht, ob ich so alt werden wollen würde.“ Emilia entgegnete nichts, da sie nicht wusste, was sie sagen sollte. Sie hatte sich noch nie Gedanken über das Für und Wider der Unsterblichkeit der Elfen gemacht. Obwohl sie nun eine von ihnen war, war nicht klar, wie sich diese bei ihr zeigen würde. Vielleicht würde sie genauso altern wie jeder andere Mensch.

Da sie sehr erschöpft war, ging sie nach oben in ihr Zimmer und kuschelte sich in ihr Bett. Überraschend schnell schlief sie ein.

KAPITEL 37

Die nächsten Wochen und Monate zogen ins Land. Emilia wurde von Woche zu Woche rundlicher. Sie hatte Mühe, sich die Schuhe selbst anzuziehen, da hierbei der Bauch bereits im Weg war. Zudem fühlte sie sich immer öfter wie ein gestrandeter Walfisch. Lianna kam regelmäßig, um sie zu untersuchen. Sie war jedes Mal sehr zufrieden. Alles entwickelte sich so, wie es sein sollte. Emilia sehnte nun den Entbindungstermin herbei, den Ilradil und Farijan ziemlich genau berechnet hatten. Auch Lianna war sich sicher, dass sich die Entwicklung des Kindes mit dem errechneten Termin decken würde. Offenbar kamen Elfenbabys auch immer recht pünktlich. Zumindest hatten ihr das alle versichert. Emilia hingegen war diesbezüglich noch ein bisschen skeptisch. Schließlich war sie nur zu einem Viertel eine Elfe.

Jedenfalls würde es nun nur noch wenige Tage dauern. Einerseits freute sie sich ungemein darauf, das kleine Baby endlich in den Armen halten zu dürfen, andererseits hatte sie Angst davor, Mutter zu sein, und Angst vor der Geburt selbst. Sie versuchte, die Ängste beiseitezuschieben. Darin war sie inzwischen Meister. Auch die Gedanken an Merkur schob sie vehement von sich. Dennoch spürte sie die Sehnsucht tief in ihrem Inneren von Tag zu Tag wachsen. Sie fühlte sich seit seiner Entführung nur noch wie ein halber Mensch. Ein Teil von ihr war mit ihm verloren gegangen.

Ihr Vater hatte ihr erklärt, dass dies daran lag, dass sie Seelenverwandte waren.

Merkur und sie waren von Geburt an durch das Schicksal aneinander gebunden. Es war schon immer vorherbestimmt gewesen, dass sie zusammengehörten. Dies war auch der Grund dafür, dass sie sich ihm niemals hätte entziehen können. Die magische Anziehungskraft, die sie ab der ersten Begegnung mit Merkur gespürt hatte, war Teil dieses schicksalhaften Planes gewesen. Daher machte ihr auch niemand einen Vorwurf, dass sie mit Merkur das Bett geteilt hatte, obwohl sie nicht verheiratet waren. Zwar waren die Elfen in der heutigen Zeit nicht mehr so engstirnig, dass man nur innerhalb der Ehe miteinander schlafen durfte, aber bei einer Prinzessin ziemte sich so ein Verhalten leider noch heute nicht.

In den letzten Wochen und Monaten hatte sie zumindest viel über die Elfenwelt und ihre Regeln, ihre Sitten und Gebräuche erfahren. Ihr Vater verbrachte jede Elfennacht bei ihnen in der Zeitblase. Da hatten sie dann mehrere Menschentage Zeit füreinander und Roman erklärte ihr alles, was sie wissen musste. Die Geschichte mit der Zeit war noch immer verwirrend für alle Beteiligten, aber zum Glück war es fast vorbei.

Eine weitere Sorge plagte Emilia jedoch noch zusätzlich: Sera! Wie sie von ihrem Vater erfahren hatte, hatten Mephisto und Aciona sie genau überprüft und die Manipulationen, die Castor vorgenommen hatte, gelöscht. Leider hatte dies die zierliche Elfe ziemlich mitgenommen, sodass sie seit der Behandlung bewusstlos im Haus der

Heiler lag. Niemand wusste, ob sie jemals wieder aufwachen würde, geschweige denn, wie ihr Verhalten sein würde. Hatten sie alle Spuren des Bösen beseitigt? Emilia konnte sich nach wie vor nicht vorstellen, dass Sera ihr wirklich etwas antun könnte. Auch Roandir und Lethan waren sich sicher, dass Castor nur ihre Erinnerungen verschleiert hatte, sonst nichts. Wieso hätte Castor sich auch die Mühe machen sollen, Sera so stark zu manipulieren, wo doch die Sache mit den Kräutern bereits alle seine Probleme gelöst hätte? Sie und das Kind wären tot gewesen und Castor hätte freie Bahn gehabt, die Welten ins Dunkel zu stürzen. Leider sahen das die anderen anders. Die Tatsache, dass Sera sie auch noch heftigst getreten hatte, war für die meisten Beweis genug, dass Sera ihr schaden wollte. Emilia jedoch war sich sicher, dass es sich hierbei lediglich um einen blöden Unfall gehandelt hatte. Kurzum: Die Angst um Sera ließ ihr keine Ruhe. Endlich hatte sie Freunde gefunden und nun geriet einer nach dem anderen wegen ihr in Gefahr. Sie machte sich schreckliche Vorwürfe deswegen, obwohl ihr jeder versicherte, dass sie nichts hätte ändern können. Seras Vater hatte das arme Elfenmädchen zum Werkzeug des Bösen gemacht. Er allein trug die Schuld an Seras Zustand.

Drei Tage vor der Entbindung klopfte es an der Tür. Verwundert sahen sich Sophia und Emilia an. Sie hatten an diesem Tag niemanden erwartet.

„Meinst du, das ist Mum?“, rief Emilia euphorisch auf. „Vielleicht konnte sie doch schon einen Tag früher als geplant kommen.“ Emilia reckte den Hals in ihrem Sessel, als Granny die Haustüre öffnete und versuchte, einen Blick auf den Flur zu erhaschen. Leider konnte Emilia von ihrem Platz aus nichts sehen. Also erhob sie sich mühsam.

„Du?“, hörte sie Grannys entsetzten Aufschrei.

„Wer ist da?“, rief Emilia unsicher und machte sich auf den Weg zu Tür. Als sie den Besucher erkannte, blieb ihr für ein paar Sekunden die Sprache weg.

„Bitte! Hört mich an. Ich möchte mich nur bei Emilia entschuldigen. Ich wusste nicht, was ich tat. Ehrlich!“ Seras Stimme klang flehend. Tränen standen ihr in den Augen. Emilia wollte umgehend auf sie zustürmen und sie umarmen, jedoch wurde sie von Sophia bestimmt zurückgehalten.

„Weiß der König, dass du hier bist?“, herrschte Granny sie an. Sera schüttelte den Kopf und senkte den Blick.

„Er hat mir verboten, mich Emilia auch nur zu nähern“, flüsterte sie traurig. „Aber ich bin wieder gesund! Ehrlich!“, versicherte Sera zuversichtlich und sah, an Granny vorbei, Emilia tief in die Augen. „Emilia, bitte. Lass mich rein. Ich will bei dir sein. Ich will dir helfen. Ich will es wiedergutmachen!“, flüsterte sie traurig. „Ich habe dir doch versprochen, dich nicht allein zu lassen.“ Emilia überlegte keine Sekunde. Ihr Herz schlug ihr bis zum Hals. Automatisch legte sie sich die Hand schützend auf den Bauch.

„Wachen!“, rief sie laut. Sera zuckte zusammen. Die Krieger sahen Emilia an. „Könnte einer von euch Sera hereingeleiten und ihr Gepäck mitbringen?“, wies Emilia die beiden an. Sera entspannte sich sichtlich und atmete erleichtert aus. Vermutlich hatte sie damit gerechnet, dass Emilia sie direkt in den Kerker schicken ließ. Bevor Granny protestieren konnte, schob sich Emilia an ihr vorbei und zog Sera in eine feste Umarmung.

„Es gibt nichts, das du wiedergutmachen müsstest“, flüsterte Emilia. „Ich habe dich so vermisst und bin so froh, dass du wieder da bist.“ Dann hakte sie sich bei ihr unter und ging mit ihr gemeinsam ins Wohnzimmer. Dort setzte sie sich wieder in ihren gemütlichen Sessel.

„Ich möchte, dass sie einen Sicherheitsabstand von ein paar Metern einhält“, mischte sich nun Granny ein. Sera sprang sofort von Emilia weg.

„Granny, das ist Unsinn“, erklärte Emilia aufgebracht.

„Junge Dame!“, fing Sophia nun an und baute sich, mit den Armen in die Hüfte gestemmt, vor ihr auf. „Muss ich dich daran erinnern, welch große Bedeutung das Kind in deinem Bauch für uns alle hat? Ist es denn da zu viel verlangt, vorsichtig zu sein?“ Emilia seufzte tief und nickte dann.

„Gut, meinetwegen.“ Der Soldat, der Seras Gepäck dabeihatte, nickte und schon wurde Sera von ihm zur anderen Seite des Zimmers geschoben, wo sie hinter dem Küchentisch Platz nahm. Der Soldat nahm neben ihr Position ein.

„Hände bitte auf den Tisch, sodass ich sie sehen kann“, fuhr er Sera an. Anscheinend war er nicht begeistert, dass er hier mit dem Feuer spielen musste. Sicher war ihm bewusst, dass er einen Kopf kürzer werden würde, wenn das hier schieflaufen würde. Emilia jedoch war sich sicher, dass man Sera bestimmt nicht auf freien Fuß gesetzt hätte, wenn sie wirklich noch gefährlich für sie und ihr Kind sein könnte.

Unsicher rutschte die junge Elfe auf dem Stuhl hin und her. Emilia hatte schreckliches Mitleid mit dem Häufchen Elend, das sie nur noch war. Sie bemerkte erst jetzt, wie schäbig sie gekleidet war, sie war schmutzig und abgemagert. Die Fröhlichkeit, die sie ansonsten umgeben hatte, war verschwunden. Emilia versuchte vorsichtig, in Seras Gedanken einzudringen. Sie war ein bisschen aus der Übung, daher bemerkte Sera sofort, was Emilia vorhatte. Diese nickte nur und öffnete ihren Geist. Emilia zog sich jedoch sofort wieder zurück, als sie Seras traurige Gedanken wahrnahm. Sie hatte im Moment nicht die Kraft für noch mehr Negatives. Sera atmete erleichtert auf.

„Was ist passiert?", fragte Emilia. Tränen stiegen in die Augen der kleinen Elfe.

„Die letzten Wochen waren die Hölle", flüsterte sie. „Mephisto und Aciona haben mich von Kopf bis Fuß durchgecheckt und umgekrempelt. Es war grauenvoll. Meine Erinnerungen waren schnell bereinigt, allerdings wollten sie auf Nummer sicher gehen. Daher stellten sie mich täglich aufs Neue auf die Probe. Sie durchstöberten meine Gedanken Tag für Tag. Ich kam mir so nackt vor", flüsterte Sera mit vor Entsetzen geweiteten Augen. „Irgendwann hat mein Körper nicht mehr mitgemacht und ab da weiß ich nichts mehr", erzählte sie unter Tränen weiter. „Ich erwachte vor vier Tagen im Haus der Heiler. Nachdem mich Mephisto nochmals, zusammen mit Aciona, überprüft hatte, ließ man mich gehen. Allerdings wusste ich nicht, wohin. Unser Haus gehört uns nicht mehr und meine Eltern wurden inzwischen gefangen genommen." Tränen erstickten ihre Stimme. Sie hielt inne. Die Tränen liefen ihr über die Wangen.

„Wann wurdest du entlassen?“, fragte Emilia vorsichtig.

„Vor drei Tagen“, flüsterte Sera, als sie ihre Stimme wiedergefunden hatte. Sie schniefte und nahm dankbar ein Taschentuch entgegen, das Granny ihr reichte. Emilia und Granny tauschten einen vielsagenden Blick aus.

„Soll das etwas heißen, dass du seit drei Tagen alleine da draußen herumirrst ohne ein Bett, ohne Essen oder sonst was?“, fragte Granny energisch.

Sera nickte betrübt.

„Dann mache ich dir nun erst einmal was Anständiges zu Essen. Hauptmann, ich denke, Eure Dienste werden nicht mehr länger benötigt. Danke“, fuhr Granny bestimmt fort.

„Ich muss darauf bestehen hierzubleiben“, wehrte dieser ab.

„Was ist mit Lethan?“, fragte Emilia, ohne das Gekabbel von Granny und dem Krieger zu beachten.

„Nachdem klar war, dass ich tatsächlich von Castor beeinflusst worden war, hat der König jedem den Zugang zu mir verwehrt, mit Ausnahme von Mephisto und Aciona. Da unsere Familie nun als geächtet gilt, war Lethan froh, im Dienst des Königs bleiben zu dürfen. Er wohnt bei einem Kollegen der Wache“, erklärte Sera traurig. „Er sagte, er könne mich nicht auch noch dort wohnen lassen. Vermutlich hatten sie Angst, der König würde sie hochkant hinauswerfen“, erzählte sie und eine weitere Träne kullerte Sera die Wange hinunter. Verstohlen wischte sie diese weg.

„Warum gehört euch das Haus nicht mehr?“, fragte Emilia weiter. Sera antwortete:

„Das Haus, das wir bewohnten, hat uns Elandiel gestellt. Nachdem meine Eltern in Ungnade gefallen waren, hat man uns das Haus weggenommen. Ich wusste nicht mehr, wohin ich sollte“, ergänzte Sera und sah verzweifelt Emilia an. Diese war inzwischen aufgestanden und hatte sich zu ihrer Freundin an den Tisch gesetzt. Der Wächter hatte sie davon abhalten wollen, aber Emilia hatte ihn vollkommen ignoriert.

„Weiß Roandir, dass du seit drei Tagen obdachlos und schutzlos umherirrst?“, fragte sie vorsichtig weiter. Sera schüttelte betrübt den Kopf.

„Ich habe mich nicht getraut, zu ihm zu gehen. Ich schäme mich so sehr“, flüsterte Sera. „Was sollte er noch von einer wie mir wollen? Außerdem wohnt er im Schloss. Da lässt man mich nicht rein.“

„Soll ich ihm einen Boten schicken, dass er weiß, dass du hier bist? Ich bin mir sicher, dass er sich große Sorgen um dich macht. So wie ich gehört habe, war er seit deinem Zusammenbruch unausstehlich und sehr schlecht auf meinen Dad zu sprechen, da er ihm den Kontakt zu dir verwehrt hat“, entgegnete Emilia.

„Nein, bitte nicht“, flehte Sera. „Ich schäme mich so sehr, ich könnte ihm im Moment nicht unter die Augen treten. Außerdem möchte ich ihm keine Schwierigkeiten bereiten ...“

Emilia sah ihr nun fest in die Augen und erkannte darin so viel Trauer, Schmerz und Scham, dass sie nicht anders konnte, als sie nochmals fest in die Arme zu nehmen. Der Wachmann keuchte erschrocken auf. Granny hob jedoch beschwichtigend die Arme, bevor dieser sich auf Sera stürzte, um sie wegzuziehen. Sie hatte wohl ebenfalls genug gehört.

„Bitte benachrichtigt umgehend meinen Sohn darüber, dass Seranna ab sofort bei uns wohnen wird. Ich dulde keinen Widerspruch! Das arme Mädchen kann ja schließlich nichts dafür, dass es zum Werkzeug des Bösen gemacht wurde“, befahl Sophia dem Wächter. Sie hatte in solch bestimmtem Tonfall gesprochen, dass es dem Krieger für einige Augenblicke die Sprache verschlagen hatte. Er sah Emilia und Granny abwechselnd an. Emilia löste sich aus der Umarmung mit Sera und nickte dem Elfen bestätigend zu. Dieser wollte noch einen Einwand äußern, doch durch Sophias Blick blieb ihm jedes weitere Wort im Halse stecken. Er stellte sich stramm hin, nickte ergeben und marschierte mit großen Schritten zur Tür. Als die Tür ins Schloss gefallen war, atmete Sera erleichtert auf. Sie fiel zuerst Granny um den Hals und danach nochmals Emilia.

„Nicht so stürmisch!“, rief diese unter Lachen. „Du zerdrückst ja mich und das Baby.“ Verlegen ließ Sera von Emilia ab.

„Entschuldigung“, murmelte sie und sah auf den dicken Bauch, den Emilia stolz präsentierte. Emilia und Granny beobachteten das Verhalten Seras dennoch genau. Vorsichtig fragte die Elfe:

„Darf ich den Bauch mal anfassen?“ Emilia nickte freudig. Granny lag gespannt auf der Lauer. Emilia hätte schwören können, dass sie sie wie eine Wölfin verteidigen würde, sollte Sera doch noch vorhaben, ihr etwas anzutun. Vorsichtig legte die Elfe erst eine Hand auf den Bauch und dann die zweite. Gebannt stand sie da und wartete, ob das Baby sich bewegte. Emilia legte ihr die Hände an die Stellen, wo sie die Beine vermutete, da das Kind dort am häufigsten trat. Genau in diesem Moment stülpte sich eine kleine Beule nach außen und stupste Sera leicht in die Hand. Sofort trat ein Leuchten in ihre Augen. Kein boshaftes, nein, ein freudiges Leuchten. Sie strahlte Emilia an.

„Du bekommst ein Baby!“, rief sie und lachte fröhlich. In diesem Moment war sich Emilia sicher, dass sie IHRE alte Sera wieder hatte. Castor hatte sie nicht gegen sie aufgebracht. Sie zog sie erneut fest an sich und flüsterte:

„Ich bin so froh, dass du wieder da bist und dass es dir wieder gut geht!“ Sera nickte und beide Mädchen wischten sich gegenseitig die Tränen von den Wangen, welche sich mal wieder selbstständig gemacht hatten.

„So, ihr Lieben, nun ist es aber genug. Nun gibt es erst einmal etwas zu essen!“, rief Granny und klatschte in die Hände. „Emilia, du machst nichts, sondern ruhst dich aus. Sera, du hilfst mir, das Gemüse zu richten“, wies Granny an. Emilia ließ sich wie geheißen wieder in ihren gemütlichen Sessel plumpsen und schnappte sich ein Buch. Fox setzte sich zufrieden neben sie und legte den Kopf auf ihr Knie. Sera sprang freudig hinüber an die Arbeitsplatte, um Granny zu helfen. „Kommt noch jemand zum Essen?“, fragte sie, als sie die große Menge Gemüse betrachtete, die Granny angeschleppt hatte. Sophia grinste.

„Also sagen wir mal so, ich gehe stark davon aus, dass Roman, trotz der großen Zeitverschiebung, die zwischen unseren Welten liegt, ruckzuck hier sein wird, um uns den Kopf zu waschen“, erklärte sie und tätschelte Sera aufmunternd auf die Schulter. „Keine Sorge, wir werden ihm schon klarmachen können, dass du keine Gefahr darstellst.“ Sera nickte, allerdings konnte man ihr ansehen, dass es ihr alles andere als wohl bei der Vorstellung war, in wenigen Augenblicken einem wütenden Roman ins Gesicht sehen zu müssen. Da ein beklemmendes Schweigen herrschte, nachdem Sophia offenbart hatte, dass sie den König erwartete, bat diese Emilia, ihnen doch ein bisschen aus einem ihrer Bücher vorzulesen. Emilia entschied sich kurzerhand für einen Gedichtband und begann den beiden fleißigen Köchinnen daraus vorzulesen. Granny und Emilia hatten sich dies in den letzten Monaten angewöhnt, da es doch immer sehr ruhig bei ihnen zu Hause war. Sophia versuchte das Einkaufen auf ein Minimum zu reduzieren, da sie Emilia nicht so oft so lange alleine lassen wollte. Lianna kam einmal die Woche vorbei, um nach Emilia zu schauen. Das entsprach momentan in der Elfen-Welt einmal täglich. Ansonsten verirrte sich außer Roman niemand zu ihnen. Emilia hatte öfters daran gedacht, dass es schön gewesen wäre, mit Lethan zu sprechen oder auch mit Merkurs Mutter. Aber leider hatte sich bisher niemand hier sehen lassen. Eventuell war dies auch der Tatsache geschuldet, dass Emilias und Grannys Zeit in der Blase ganz anders verlief als außerhalb. Für die Elfen waren die beiden Frauen erst vor wenigen Wochen hier eingezogen. Von Merkurs

Vater jedoch wollte Emilia eigentlich nichts sehen und hören. Auch wenn er vielleicht der Einzige gewesen wäre, der gern einmal bei ihnen hereingeschaut hätte. Emilia konnte ihm nach wie vor nicht verzeihen, dass sie nur wegen ihm in dieser schrecklichen Lage waren. Merkur war ein Gefangener Utgards. Nachts träumte sie regelmäßig davon, welche Höllenqualen Merkur dort erleiden musste. Sie musste daran denken, was ihr Vater gesagt hatte, nämlich, dass sie und Merkur Seelenverwandte seien. Immer wieder holte sie die Angst ein, dass es keine Albträume sein könnten, sondern dass sie tatsächlich Nacht für Nacht miterlebte, was ihre verwandte Seele erleiden musste.

Emilias Lesung wurde durch ein lautes Knallen der auffliegenden Haustür unterbrochen.

„Wo ist sie?", schrie Roman außer sich. Granny schob Sera hinter ihren Rücken.

„Roman!", rief sie und hob abwehrend die Hand. „Setz dich und hör uns zu!" Granny hatte wieder diesen Tonfall an sich, dem nicht einmal der König Andorins wagte zu widersprechen. Emilia musste sich ein Schmunzeln verkneifen, als sie ihren Vater beobachtete, der sich nun zähneknirschend einen Stuhl schnappte, sich aber nur auf der Lehne abstützte.

„Was hat das alles zu bedeuten?", fuhr er dennoch Sera an. „Du hattest klare Anweisungen, dich von meiner Tochter und meiner gesamten Familie fernzuhalten!", rief er und funkelte Sera wütend an. Diese senkte den Kopf und Emilia sah Tränen in ihren Augen schimmern.

„Dad!“, versuchte sie nun, ihrem Vater Einhalt zu gebieten. „Lass Sera in Ruhe, sie hat schon genug mitgemacht.“ Roman fuhr herum und starrte seine Tochter entgeistert an.

„Nach allem, was sie dir antun wollte und angetan hat, nimmst du sie auch noch in Schutz?“, fragte er fassungslos. Emilia nickte und hielt seinem Blick stand. „Sera ist meine Freundin. Sie wusste nicht, dass die Kräuter tödlich waren, und das bei Aciona war ein Unfall. Da bin ich sicher. Sie war ja nicht mal bei Bewusstsein“, entgegnete Emilia trotzig. „Außerdem wurden alle veränderten Erinnerungen von Mephisto bereinigt und ihr habt selbst gesagt, dass ihr nichts Schlimmes finden konntet.“ Nun mischte sich auch noch Granny in das Gespräch ein:

„Außerdem wäre das arme Ding über kurz oder lang verhungert, wenn sie nicht zu uns gekommen wäre. Sieh sie dir doch nur mal an, Roman. Sie ist ja nur noch Haut und Knochen. Ihr Bruder schämt sich ihrer und ihre Eltern werden vermutlich bald zum Tode verurteilt. Das Haus wurde ihr genommen, ja, wohin hätte sie denn sollen? Außer uns hat sie doch nun niemanden mehr.“ Roman schüttelte den Kopf und sah die drei Frauen abwechselnd an.

„Na schön. Ich hab ja sowieso kein Stimmrecht in diesem Haus, richtig?“, lenkte er nach einer Weile versöhnlich ein. „Vermutlich habt ihr ja recht. Mephisto war sich zu hundert Prozent sicher, dass er erfolgreich Seras richtige Erinnerungen ausgraben konnte, und er hat mir versichert, dass er sonst nichts Auffälliges entdeckt hat“, gab er zerknirscht zu. „Außerdem hätte sie euch sicher schon alle abgestochen, wenn ihr danach zumute gewesen wäre“, fügte er in scherzendem Tonfall an und deutete auf Sera, die noch immer das große Kochmesser in den Händen hielt, mit dem sie gerade noch das Gemüse geschnitten hatte. Sie betrachtete das Messer in ihren Händen und wurde puterrot. Schnell legte sie es auf die Arbeitsplatte. Roman musste lachen.

„Dad. Das ist nicht komisch“, antwortet Emilia und schüttelte entrüstet den Kopf. Roman zuckte mit den Schultern und grinste.

„Habt ihr sie getestet?“, fragte er dennoch leise an Emilia gewandt. Emilia nickte.

„Sie hat mir über den Bauch gestreichelt und hat sich riesig darüber gefreut, dass das Baby sie getreten hat. Die Freude war echt, Dad, glaube mir.“ Roman nickte, setzte sich nun auf den Stuhl und sagte:

„Gut. Sera, du bekommst hiermit nochmals eine Chance. Sollten wir von dir enttäuscht werden, droht dir dasselbe Schicksal wie deinen Eltern.“ Sera nickte und machte einen dankbaren, höfischen Knicks. Dann machte sie sich eilig wieder daran, das Gemüse zu schneiden. Granny legte besänftigend eine Hand auf Seras Schultern. Man konnte der Elfe ansehen, wie aufgewühlt sie nach diesem Satz war. Sie hatte Angst. Noch vor wenigen Monaten hatte Emilia ihr versprochen, dass sie bei ihrem Vater um Gnade für ihre Eltern bitten wollte, allerdings war beiden klar gewesen, dass sich dieses Versprechen zerschlagen hatte, nachdem herauskam, dass Elriel und seine Frau mit Castor unter einer Decke gesteckt hatten. Inzwischen waren sich alle sicher, dass die beiden Castor auch mit allen Informationen versorgt hatten, die dieser in Askja vor ihnen offenbart hatte.

Sera wischte sich verstohlen mit dem Ärmel über die Augen und schnitt dann weiter das Gemüse. Roman beobachtete sie noch einen Moment genau und wandte sich dann seiner Tochter zu.

„Ich denke, du hast recht“, bestätigte er ihr. „Allerdings möchte ich trotzdem, dass du vorsichtig bist mit ihr. Beobachte sie noch eine Zeit sehr gut.“ Emilia nickte. In diesem Moment kam Sera und deckte den Tisch für vier Personen. „Habt ihr mich etwa zum Essen erwartet?“, fragte er und seine altbekannte schelmische Art kam wieder zum Vorschein. Granny lachte laut.

„Na, wir konnten uns ja denken, dass du nach meiner Nachricht keine Stunden auf dich warten lassen würdest, bis du hier auftauchst.“

„Ich habe das erstbeste Pferd geschnappt, das ich unter den Hintern bekommen habe“, erwiderte er bestätigend. „Zum Glück war es eines der besten Tiere im Stall. Schneller hätte es kein anderes bis zu euch geschafft.“ Er lächelte stolz. Granny schüttelte lachend den Kopf und stellte schon mal eine große Schüssel mit Salat auf den Tisch.

„Der Rest braucht noch eine Weile“, erklärte sie dann und ging zurück zum Herd.

„Lasst euch Zeit. Ich genieße es hier in eurer Blase. Ich kann stundenlang nichts tun, und wenn ich gehe, ist kaum Zeit vergangen“, erklärte er und lehnte sich im Stuhl zurück. Dann schnappte er sich eines von Emilias Büchern und vertiefte sich in die Lektüre.

Das Essen verlief recht schweigsam. Sera traute sich in Romans Anwesenheit nicht, zu reden. Emilia hing ihren eigenen Gedanken nach. Das tat sie in den letzten Wochen sehr häufig. Immer wieder stellte sie sich vor, wie es wohl sein würde, Mutter zu sein. Einerseits liebte sie Babys, aber andererseits war sie sich überhaupt nicht sicher, ob sie dieser großen Verantwortung bereits gewachsen war. Trotz dieser Ängste freute sie sich auf das Kind, allerdings hatte sie fürchterliche Angst vor der Geburt. Auch wenn Lianna ihr tausendmal versprochen hatte, dass es nicht schlimm werden würde. Lianna sagte, die Elfengeburten seien in der Regel sehr leicht. Emilia hatte aber die Befürchtung, dass sie zu wenig Elfe war, als dass sie in diesen Genuss der leichten Geburt kommen würde. So und so ähnlich drehte sich ihr Gedankenkarussell Tag für Tag.

„Emilia!“, rief Roman und riss sie somit aus ihren Gedanken. Sie sah verwirrt in die Augen ihres Vaters. „Hast du nicht gehört, was ich gesagt habe?“, fragte Roman. Emilia schüttelte den Kopf. „Ich kann heute Abend nicht hierbleiben. Ich habe mit Claire verabredet, sie heute Abend abzuholen. Wir werden dann auch die Babykleidung mitbringen, die du dir gewünscht hast.“ Mit diesen Worten stand Roman auf und gab seiner Tochter einen Kuss auf die Wange. „Ich möchte nicht, dass Sera in deinem Zimmer schläft und ich bitte dich außerdem, deine Zimmertür heute Nacht abzuschließen. Sicher ist sicher“, flüsterte er ihr ins Ohr. Emilia verdrehte die Augen, was ihr Vater zum Glück nicht sehen konnte, nickte jedoch. Sie wusste, dass er keine

Ruhe geben würde, bis sie ihm dies versprach. Anschließend verabschiedete sie sich von ihrem Vater.

„Sei vorsichtig!“, rief sie ihm hinterher.

„Bin ich doch immer“, antwortete er und ließ die Tür hinter sich ins Schloss fallen.

„Sagte der Mann, der fünf Jahre lang ein Gefangener der Feuerelfen war“, brummte Emilia vor sich hin und erhob sich. „Wenn ihr nichts dagegen habt, würde ich gern ins Bett gehen. Mein Rücken bringt mich um und meine Beine sind auch schon wieder ganz geschwollen. Außerdem werde ich sowieso wieder die halbe Nacht damit zubringen, auf die Toilette zu wandern.“ Granny und Sera lachten als Antwort.

„Schlaf gut!“, riefen ihr die beiden hinterher, als Emilia bereits schwerfällig die Treppe nach oben stieg. Sie fühlte sich wie ein Walross. Zum Glück würde es nur noch ein paar Tage dauern, bis das Kind zur Welt kam.

KAPITEL 38

Als Emilia im Bett lag, konnte sie natürlich nicht schlafen. Sie lag auf der Seite und sah zum Fenster hinaus. In der Elfenwelt setzte langsam die Abenddämmerung ein. Das hieß für sie, mehrere Tage in Dunkelheit zu leben. Missmutig atmete sie aus. Sie fragte sich jedes Mal wieder, wenn sie diesen Zeitzyklus erreichten, wie es wohl bei Merkur war.

Emilia stellte sich Utgard ebenfalls als einen finsteren und grusligen Ort vor. Sie hatte in den Büchern, die sie zur Verfügung hatte, versucht, darüber zu recherchieren, aber leider blieb diese Suche weitestgehend erfolglos, zumindest, was Kartenmaterial und Bilder dieser Welt anbelangten. Alles, was sie herausfinden konnte, war, dass Utgard bei jedem Volk anders beschrieben wurde und anders hieß. Manchmal war von der Außenwelt, in der Riesen und dunkle Wesen lebten, die Rede, das andere Mal fand sie die Namen *Unterwelt* und *Hölle* sowie Beschreibungen von Dämonen, Feuer, Schmerz, Leid und Finsternis. Die Elfen bezeichneten Utgard überwiegend als Welt zwischen den Welten, *Zwischenwelt* oder *Schattenwelt*. Die Kreaturen, die Utgard bewohnten, hatte Emilia ja bereits kennengelernt, daher kam für sie die Beschreibung der Hölle am nächsten. Da sie jedoch irgendwann festgestellt hatte, dass ihre Recherchen zu nichts führten, hatte sie aufgegeben.

Ihre neue Aufgabe bestand darin, für Merkur ein ganz tolles Geburtstagsfest zu planen. Leider war sie bisher nicht so recht damit vorangekommen, da sie ja das Haus nicht verlassen konnte. Ihre Granny und Roman wollte sie damit nicht belästigen, die kümmerten sich schon genug um sie. Allerdings könnte sie nun Sera fragen, ob diese ihr nicht dabei helfen wollte. Sie würde gern eine große Party bei Miralai veranstalten, wo alle Freunde Merkurs, seine Eltern und ihre Familie eingeladen wären. Emilia beschloss, Sera am nächsten Morgen zu fragen, ob sie ihr helfen würde.

Irgendwann war Emilia dann doch in einen unruhigen Schlaf gefallen.

Als sie aufwachte, musste sie zuerst auf die Uhr schauen. Es war drei Uhr morgens. Draußen war noch immer Abendstimmung. Emilia stöhnte und rollte sich aus dem Bett. Sie schnappte ihren Bademantel und ging die Treppe hinunter ins Bad. Nachdem sie auf der Toilette gewesen war, stieg sie wieder hoch in ihr Zimmer. Sie war überrascht, dass die Tür nicht zu war. Ganz sicher hatte sie diese leise hinter sich zugezogen. Vorsichtig schob sie die Tür einen Spalt weit auf und erschrak, als sie eine kleine, zierliche Gestalt vor der Balkontür stehen sah. Die Person stand mit dem Rücken zu ihr. Fox lag noch immer seelenruhig neben ihrem Bett und schlief. Vermutlich war es Sera. Emilia stieß die Tür auf und räusperte sich. Die Person schrak zusammen und drehte sich um. Emilia sah in Seras erschrockenes Gesicht. Unruhe machte sich in ihr breit. Sera sah aus, als hätte Emilia sie bei irgendetwas ertappt.

„Was tust du hier?“, fragte Emilia vorsichtig. Sicherheitshalber betrat sie das Zimmer nicht. So könnte sie, sollte Sera doch etwas im Schilde führen, eventuell noch schnell genug die Tür zuknallen und versuchen, nach unten zu kommen, wo die Wachen postiert waren. Sie pfiff Fox und befahl ihm, zu ihr zu kommen. Widerwillig leistete dieser Folge. Emilia wollte Fox nicht einer Gefahr aussetzen, außerdem wusste sie, dass er sie im Notfall verteidigen würde. Sera hob beschwichtigend die Hände.

„Ich wollte dich nicht erschrecken“, sagte sie leise. „Bitte entschuldige. Ich konnte nicht schlafen und habe gehört, dass deine Zimmertür gegangen ist. Ich wollte nachsehen, ob bei dir alles in Ordnung ist.“ Sera lief einen Schritt auf Emilia zu. Diese wich automatisch vor ihr zurück, Fox am Halsband mitziehend. Sera seufzte und ließ sich resigniert in einen der Sessel fallen. Sie zog die Beine dicht an den Körper und legte den Kopf darauf.

„Meinst du, es kann jemals wieder so werden wie früher?“, fragte sie und sah dabei zum Fenster hinaus. Emilia zuckte die Schultern. Als ihr bewusst wurde, dass Sera dies nicht sehen konnte, räusperte sie sich erneut und sagte leise:

„Ich weiß es nicht. Ich wünschte, es würde funktionieren“, antwortete sie und trat ins Zimmer. Sie setzte sich in den anderen Sessel, Sera gegenüber. Fox legte sich wieder vor das Bett auf den Teppich und schlief weiter. Mit einem traurigen Lächeln sah Sera sie an und sagte:

„Egal, wie sehr ich mir wünsche, dass alles wieder gut ist, schlussendlich liegt es an euch, mir wieder vertrauen zu können.“ Sie legte wieder ihren Kopf auf die Knie und schaute hinaus. Emilia sah, dass in ihren Augen Tränen schimmerten.

„Ich möchte dir vertrauen, Sera. Ehrlich. Aber ich denke, wir brauchen einfach ein bisschen Zeit, um darüber hinwegzukommen. Eigentlich traue ich dir ja auch. Nur diese Ermahnungen von außen machen mich ganz konfus. Ich habe im Hinterkopf immer diese kleine Stimme, die mir zuflüstert, dass die anderen doch recht haben könnten. Dennoch bin ich überglücklich, dass du wieder da bist. Und es tut mir leid, dass ich eben so komisch reagiert habe. Es sind einfach die Nerven, die im Moment blank liegen. Es hängt so viel daran, dass ich mein Kind gesund zur Welt bringen kann“, erklärte sie Sera. Diese nickte und wischte sich die Tränen weg.

„Ich verstehe das und ich möchte, dass du weißt, dass es für mich ebenso wichtig ist wie für dich. Merkur ist mein bester Freund, das weißt du ja, und du bist meine beste Freundin. Ich wünschte von Herzen, dass ich mich damals dagegen aufgelehnt hätte, mit meinem Vater nach Andoras zu fahren. Ich hätte hier bei dir bleiben sollen, dann wäre alles anders gekommen“, flüsterte sie leise. Emilia nickte und strich ihr zärtlich über den Arm. Sera hob ihren Blick und sah Emilia an. Diese erschrak, als sie den tiefen Schmerz in Seras Augen lesen konnte. Was musste die arme Elfe doch alles ertragen? Kurzentschlossen stand Emilia auf und zog sie in eine feste Umarmung.

„Ich bin so froh, dass du da bist. Gemeinsam schaffen wir das. Ich weiß es. Es sagen doch immer alle, dass ich auf mein Herz hören soll, und mein Herz sagt mir ganz klar, dass du an meine Seite gehörst“, erklärte Emilia feierlich. Sera schluchzte auf und flüsterte unter Tränen:

„Ich danke dir.“ Dann gab sie ihr einen Kuss auf die Wange und wischte sich die Tränen ab.

„Erzählst du mir, was in den letzten Menschenmonaten alles bei dir passiert ist? Oder soll ich gehen, damit du schlafen kannst?“, fragte Sera. Emilia lachte auf und antwortete:

„Schlafen kann ich schon lange nicht mehr richtig. Entweder habe ich Albträume, Sodbrennen, der Bauch ist im Weg oder ich muss zur Toilette.“ Beide Mädchen lachten und das Eis war gebrochen. Emilia machte es sich in ihrem Sessel wieder bequem und Sera setzte sich im Schneidersitz in ihren. Leider konnte Emilia ihr nicht viel Spannendes berichten. Bis auf die Besuche Liannas und Romans hatte sie im Haus ja keinen Besuch gehabt. Den Besuch von Ilradil allerdings erzählte sie in den schillerndsten Farben. Sera brach in helles Kichern aus und biss dabei in ein Kissen, dass sie Sophia nicht weckte, als Emilia ihr erzählte, welche Details Ilradil über den *Akt* wissen wollte und wie peinlich Emilia das Ganze gewesen war. Die beiden Mädchen quatschten die ganze Nacht durch. Auch Sera erzählte Emilia alles, was sie erlebt hatte, ganz genau. Besonders für den Teil, wie Mephisto sie behandelt hatte, interessierte sich Emilia. Sie hatte sich in ihrer Vorstellung ganz bizarre Vorgehensweisen ausgemalt, wie Mephisto sie in die Mangel genommen haben könnte. Sera versicherte ihr jedoch, dass Mephisto sich sehr bemüht hatte, die Prozedur so behutsam wie möglich durchzuführen. Nur die Anstrengung des täglichen Angriffs in ihre Erinnerungen hatte ihren Körper an den Rand des Belastbaren gebracht. Emilia war sehr froh darüber, nun Bescheid zu wissen. Sera erzählte ihr auch, dass Mephisto ein sehr netter Mann sei und dass er sie immer sehr gut behandelt habe, was man von Aciona nicht sagen könne. Ihm war Sera egal gewesen.

Vielleicht konnte Emilia doch noch ein paar positive Seiten an Mephisto entdecken. Leider war ihr Kennenlernen bisher unter keinem guten Stern gestanden. Mephisto hatte, aus Machtgier, die Seele seines erstgeborenen Sohnes verkauft. Man musste ihm natürlich zu Gute halten, dass er zu diesem Zeitpunkt nicht gewusst hatte, dass er überhaupt einen Sohn hat, dennoch konnte Emilia ihm dieses Verhalten nicht verzeihen. Sie hatte Merkur dafür immer bewundert. Ihm war dies alles egal gewesen. Er hatte seinen Vater vom ersten gemeinsamen Treffen, außerhalb Askjas, geliebt. Emilia hoffte insgeheim, dass Merkur sein Kind ebenfalls sofort und bedingungslos lieben könnte. Wusste er doch im Moment noch nicht einmal, dass er bald Vater werden würde.

„Sollen wir das Frühstück machen?", riss Sera sie aus ihren trüben Gedanken. „Ich würde ja sagen, es wird gleich hell, aber ich befürchte, uns steht eine lange Dunkelperiode bevor", fügte sie lachend an und stand auf. Emilia nickte und tat es ihr gleich. Mit dem kleinen Unterschied, dass Sera ihr aus dem Sessel helfen musste. Gerade als sie das Zimmer verlassen wollten, wurde die Tür aufgerissen und eine völlig zerzauste Granny stand darin.

„Gott sei Dank", hauchte sie, lehnte sich an den Türrahmen und griff sich ans Herz.

„Granny, geht's dir gut?", fragte Emilia und trat besorgt zu ihr, um sie am Arm zu stützen. Diese nickte und richtete sich auf.

„Ich dachte ... Ich habe ein Poltern gehört ... und unten war niemand ... und ..." Granny tat sich schwer damit, die richtigen Worte zu finden.

„Und da dachtest du, dass ich Emilia und dem Kind etwas angetan habe?“, hauchte Sera enttäuscht.

„Nein, nicht direkt. Ich ... Es tut mir leid, mein Kind“, sagte Granny und zog Sera in eine innige Umarmung.

„Granny, Sera und ich haben die halbe Nacht geredet“, erklärte Emilia. „Es war genauso wie früher“, ergänzte sie und strahlte ihre Freundin an. Diese löste sich von Granny und lächelte zurück.

„Auf, kommt!“, rief Emilia übermütig. „Macht mir Frühstück. So wie ich euch kenne, darf ich sowieso keinen Finger rühren.“ Mit diesen Worten ging Emilia nach unten. Granny und Sera lachten. Sophia hakte sich bei Sera unter und beide folgten Emilia hinunter in die Küche.

Nach dem Frühstück machte sich Sera auf den Weg in die Stadt, um die Geburtstagsvorbereitungen für Merkur zu treffen. Auch diesen Punkt hatten sie in der Nacht besprochen und Sera war Feuer und Flamme gewesen. Sie war außerdem fest entschlossen gewesen, Lethan um Hilfe zu bitten. Nachdem nun der König so gnädig gewesen war, sie quasi wieder in die Familie aufzunehmen, musste sich ihr Bruder auch nicht mehr ihrer schämen. Des Weiteren hatte sie Emilia versprochen, ein bisschen Süßkram einzukaufen. Emilia wurde zwar in den letzten Monaten von vorne bis hinten verwöhnt, aber leider nur mit überaus gesundem Essen. Dabei hatte sie schon seit Monaten eine unbändige Lust auf Süßigkeiten. Leider stieß sie bei Granny da auf taube Ohren, wenn sie darum bettelte, einmal etwas Ungesundes essen zu dürfen.

KAPITEL 39

Sera verabschiedete sich also nach dem Frühstück und ging in die Abenddämmerung hinaus. Inzwischen war es noch ein bisschen dunkler geworden, als noch am gestrigen Abend. Sera versprach, sich zu beeilen. Aber Emilia rechnete nicht damit, dass sie die Elfe in den nächsten Stunden wiedersehen würde. Die Zeit in der Menschenwelt verging einfach zu schnell. Kaum war Sera weg, klopfte es wieder an der Tür. Freudig sprang Emilia auf und öffnete. Sie hatte eigentlich mit ihrer Mutter und Roman gerechnet. Stattdessen blickte sie nun in die Gesichter von Ainema und Mephisto. Unsicher lächelte Merkurs Mutter sie an.

„Dürfen wir hereinkommen?", fragte sie. Emilia trat einen Schritt zurück und öffnete die Tür so weit, dass die beiden eintreten konnten. Beide nickten dankbar und folgten Emilia in die Küche.

„Granny, wir haben Besuch", sagte Emilia. Sophia, die gerade mit Spülen beschäftigt war, trocknete ihre Hände ab und begrüßte beide freundlich. Irgendwie hatte Emilia das Gefühl, dass ihre Großmutter nicht sonderlich überrascht war über den Besuch.

„Schön, dass ihr es endlich geschafft habt, unserer Einladung zu folgen. Wie ich gehört habe, wart ihr die letzte Zeit in Asgard?", fragte Granny und bot den beiden einen Platz an. Emilia sah verblüfft von ihrer Großmutter zu den beiden Gästen. Ainema und Mephisto nahmen unsicher Platz. Granny erklärte derweil Emilia:

„Ich habe schon direkt nach unserer Ankunft einen Boten zu Mephisto schicken lassen. Mir war es wichtig, dass sich die Familie ein bisschen näher kommt, bevor das Kind geboren wird.“ Diese nickte.

„Schön“, sagte sie und nahm ebenfalls am Tisch Platz. Der Bauch war inzwischen schon so im Weg, dass sie Schwierigkeiten hatte, gerade zu sitzen. Gedankenverloren streichelte sie über die Rundung und überlegte, was sie nun mit den beiden reden sollte. Zum Glück war Granny nicht um Worte verlegen.

„Wie es der Zufall so will, ist Roman gerade unterwegs in die Menschenwelt, um meine Schwiegertochter Claire zu holen. Sie wird bei der Geburt und in den ersten Wochen hier in Andorin bleiben, um Emilia zu unterstützen. Die beiden müssten bald eintreffen.“ Ainema und Mephisto nickten.

„Es freut mich sehr, endlich deine Mutter kennenzulernen“, sagte Ainema an Emilia gewandt. Emilia nickte.

„Wie geht es in Asgard voran?“, fragte sie, anstatt auf die Aussage von Ainema einzugehen. Ainema sah zu Mephisto. Dieser räusperte sich. Emilia war verblüfft, welche Unsicherheit der einstige Herrscher der Feuerelfen ihr gegenüber an den Tag legte.

„Wir kommen sehr gut voran“, begann er seine Ausführungen. „Die meisten Elfen meines Volkes konnten Askja zum Glück noch rechtzeitig verlassen. Leider konnte niemand sein Hab und Gut retten, das heißt, alle müssen wieder von vorne beginnen. In Asgard ist noch einiges zu tun. Die Schlösser müssen wieder aufgebaut werden, und es gibt viel zu putzen und zu säubern. Zum Glück sind die Schlösser in einem besseren Zustand, als man allgemein angenommen hatte. Wir haben das erste bereits bewohnbar machen können, sodass mein Volk nun eine neue Heimat hat. Wir haben, deinem Vater sei Dank, neue Bande knüpfen können. Die Völker der magischen Welt helfen uns mit vereinten Kräften. Asgard soll die neue Zufluchtsstätte der magischen Welt werden. Alle Völker sind uns gleichermaßen willkommen. Es schweben sogar Planungen in der Luft, dass in Asgard in Zukunft eine allgemeine Ausbildungsstätte errichtet werden soll."

„Eine allgemeine Ausbildungsstätte?", fragte Emilia nach. „Wie soll ich das verstehen?"

„Wir planen eine Schule, in der alle Elfenvölker zusammen unterrichtet werden können. Vielleicht sogar alle Völker der magischen Welt. Dies würde uns wieder zusammenwachsen lassen, so wie es früher einmal war", beantwortete Ainema Emilias Frage. „Selbstverständlich würde jedes Volk grundlegend von seinen eigenen Leuten unterrichtet werden, jedoch würde es auch Fächer geben, die alle Völker gemeinsam lehren. Wie beispielsweise Kräuterkunde, Geschichte der Magie, Geschichte der magischen Welt, Menschenkunde und so weiter." Ainema blühte regelrecht auf, während sie Emilia von ihren Visionen erzählte. Diese war überrascht darüber, dass sie heute zum ersten Mal von dieser Idee hörte.

„Weiß mein Vater von eurer Vision?“, fragte sie daher verblüfft nach. Ainema nickte.

„Wir haben ihn heute, vor seiner Abreise, noch darüber informiert. Wir sind erst vor einigen Stunden aus Asgard zurückgekehrt, musst du wissen. Daher haben wir es auch erst jetzt geschafft, uns nach dir zu erkundigen. Aber wie ich sehe, geht es dir sehr gut?“, fragte Ainema. Emilia nickte.

„Ja, es geht mir so weit ganz gut“, bestätigte sie. Zwischen den Zeilen schwang jedoch auch ihre Angst vor der Geburt und der ganzen Situation mit. Ainema nickte wissend.

„Ich bin mir sicher, dass alles gut werden wird, Emilia. Die Prophezeiung ist dabei, sich zu erfüllen. Du und Merkur seid der wesentliche Teil davon. Es wird sich alles so wenden, dass es ein gutes Ende nehmen wird. Da sind wir uns sicher. Stimmt's, Mephisto?“, erwiderte sie und sah zu ihrem Partner. Dieser nickte nur. Emilia betrachtete die beiden genau, während Granny den Tisch deckte und den Kaffee brachte. Sie überlegte, was Ainema wohl für Ängste ausgestanden hatte, als sie damals, mutterseelenallein, in den Bergen ihr Kind zur Welt bringen musste. Unweigerlich fiel ihr Blick auf Mephisto. Sie fragte sich, wie sich die Geschichte wohl entwickelt hätte, hätte Ainema ihm damals die Wahrheit gesagt. Würde Elandiel noch leben? Sie schüttelte den Kopf, da ihr klar war, dass diese Gedanken zu nichts führen würden. Erneut blickte sie von Mephisto zu Ainema. Er war hager geworden. Seine Haut wies einen gräulichen Schimmer auf. Auch an Ainema war die Situation der vergangenen Wochen nicht spurlos vorbeigegangen.

Ihre Haut war blass, tiefe Augenringe zeugten von wenig Schlaf und ihr Haar war stumpf und kraftlos. Auch sie verzehrten sich vor Angst um Merkur. Allerdings konnten sie sich, im Gegensatz zu Emilia, mit ihrer Arbeit in Asgard einigermaßen von ihren Sorgen ablenken. Mephisto knetete nervös seine Hände.

Das Schweigen wurde jäh unterbrochen, als es an der Tür erneut klopfte.

„Ah, das müssen sie sein. Emilia, bitte bleib du bei den Gästen, ich mach auf“, sagte Granny und lief eiligen Schrittes zur Tür. Emilia war überrascht darüber, was für ein Tempo ihre Granny an den Tag legen konnte. Beinahe erschien es ihr, als würde sie vor etwas flüchten. Emilia lächelte die beiden Gäste unsicher an.

„Ist sicher meine Mutter“, sagte sie und reckte den Hals, um etwas sehen zu können.

„Emilia, wir würden später gern noch etwas Wichtiges mit dir besprechen“, sagte Ainema und sah Emilia intensiv an.

„Worum geht es?“, fragte diese alarmiert und richtete ihre Aufmerksamkeit ganz auf Ainema. In diesem Moment kamen jedoch Granny, Roman und Claire in die Küche. Claire stürzte sich auf Emilia und zog sie liebevoll von ihrem Stuhl hoch in eine feste Umarmung. Perplex erwiderte Emilia diese. Sie sah jedoch nochmals zu Ainema, die unsicher auf der Unterlippe herumkaute. Emilia hatte das ungute Gefühl, dass es nichts Positives war, das Ainema mit ihr bereden wollte. Leider kam sie in den nächsten Stunden nicht dazu, das Gespräch mit Ainema zu suchen. Roman und Claire erzählten den ganzen Abend Geschichten aus Emilias Kindheit, und wenn den beiden nichts mehr einfallen wollte, legte Granny noch eins obendrauf. Ainema und Mephisto hörten höflich zu, allerdings wollte die lockere Atmosphäre nicht auf die beiden übergreifen. Es war bereits später Abend, als Granny sich aus der Runde löste, um ins Bett zu gehen. Mephisto und Ainema sprangen schnell auf und verabschiedeten sich. Sie wollten nicht aufdringlich sein. Sie würden im Schloss übernachten. Emilia brachte die beiden zur Tür.

„Was war so wichtig, das du vorher mit mir bereden wolltest?", fragte Emilia, als sie im Hausflur standen. Roman und Claire räumten in der Küche auf und hörten daher nicht, dass sich die drei draußen im Flur noch unterhielten. Ainema sah Mephisto einen Augenblick an. Dieser rührte keine Miene.

„Ach, es war nichts Wichtiges", sagte Ainema in einem beiläufigen Tonfall. „Ich wollte eigentlich nur sagen, dass wir uns freuen würden, wenn ihr, wenn das Kind da ist, uns einmal in Asgard besuchen kommt." Verwundert hob Emilia eine Augenbraue.

„Ähm, ja klar. Ihr seid ja die Großeltern, klar kommen wir euch regelmäßig besuchen", antwortete Emilia. Ainema nickte dankbar und Mephisto schob sie zur Tür hinaus. Emilia machte die Tür wieder zu und lehnte sich erschöpft dagegen. Irgendwie glaubte sie nicht, dass das alles gewesen war, was die beiden mit ihr hatten besprechen wollen.

KAPITEL 40

Gerade als sie ins Wohnzimmer zurückkehren wollte, um ihren Eltern gute Nacht zu sagen, rührte sich etwas heftig in ihrem Bauch. Sie hatte das Gefühl, als wäre ein Luftballon darin geplatzt. Im nächsten Augenblick spürte sie, wie ihr eine warme Flüssigkeit die Beine hinunterlief.

„MAMA!!!", rief sie entsetzt. Da rollte auch schon die erste Wehe über sie hinweg. Ihre Eltern rannten sogleich herbei. Emilia atmete tief ein und aus. Nach wenigen Augenblicken war der Spuk jedoch schon wieder vorbei.

„Was ist los?", fragten beiden wie aus einem Mund.

„Es geht los", sagte Emilia, als die Wehe vorüber war.

„Das kann nicht sein", erklärte Roman bestimmt. „Es ist erst in drei Tagen so weit." Emilia deutete auf das Rinnsal, das ihre Beine hinunterlief und auf dem Boden eine kleine Pfütze bildete.

„Meine Fruchtblase ist geplatzt", erwiderte sie und in diesem Moment kam bereits die nächste Wehe. Diesmal heftiger. Emilia krallte sich mit aller Kraft am Türrahmen fest. Ihre Eltern griffen ihr unter die Arme und hielten sie fest. Als sich Emilias Atmung normalisierte, gab Claire klare Anweisungen:

„Roman, hilf mir, Emilia zurück ins Wohnzimmer zu bringen. Dann lauf, so schnell du kannst, und hol Hilfe. Wir haben nicht viel Zeit!" Emilia wunderte sich darüber, wie klar ihre Mutter in dieser Situation denken konnte. Sie selbst konnte keinen klaren Gedanken fassen. Sie war so aufgeregt, dass sie am ganzen Körper zitterte. Roman und Claire halfen ihr ins Wohnzimmer. Jetzt, da keine Wehe da war, konnte Emilia jedoch gut wieder selbst laufen. Roman rannte sofort zur Haustür und schlug diese laut hinter sich zu.

„Wie lang wird er brauchen, bis er bei den Heilerinnen ist?“, fragte Claire. Emilia zuckte mit den Schultern und antwortete: „Wenn er rennt, vielleicht fünf Minuten, Elfenzeit.“

„Hoffentlich ist das nicht zu viel Zeit“, murmelte Claire und setzte Emilia in ihren Sessel. Vorher hatte sie einen dicken Teppich auf das Polster gelegt. Emilia hörte, dass Sophia die Treppe hinunterpolterte.

„Was ist denn los?“, fragte sie irritiert. „Ich habe Schreie gehört und eine Tür knallen hören“, sie sah ihre Schwiegertochter vorwurfsvoll an. „Hattet ihr Streit?“, fragte sie weiter.

„Nein!“, sagte Claire. „Emilia ist die Fruchtblase geplatzt“, erklärte sie sachlich. „Roman holt gerade Hilfe. Könntest du mir bitte schnell zur Hand gehen, Sophia? Saubere Handtücher holen und so.“ Sie sah Sophia beschwörend an. „Emilia, ruh dich aus. Ich bring dir gleich ein Glas Wasser und eine Decke zum Zudecken. Es wird alles gut. Dein Dad ist sicher gleich zurück“, versuchte sie, ihre Tochter zu beruhigen, und wandte sich dann rasch von ihr ab. Zusammen mit Sophia ging sie in die Küche. Emilia hörte, dass die beiden aufgeregt tuschelten. Nur was sie sagten, konnte sie leider nicht verstehen. Unruhe machte sich in ihr breit.

„Sophia. Die ersten beiden Wehen kamen in einem Abstand von unter einer Minute. Seit da keine mehr. Ich weiß nicht, wie viel Zeit uns bleibt und wann Roman mit der Heilerin zurück sein wird. Ich denke, wir müssen uns darauf einstellen, dass wir das Kind holen müssen“, erklärte Claire und bemühte sich, nicht zu laut zu reden. Sophia nickte.

„Ich hole alles, was ich denke, dass wir brauchen können. Du gehst zu Emilia und hältst sie ruhig. Ich bin mir sicher, dass Roman rechtzeitig genug mit Lianna da sein wird.“

In diesem Moment konnten sie hören, wie Emilia tief die Luft einsog. Eine weitere Wehe brachte die Geburt des Kindes unweigerlich näher.

KAPITEL 41

Roman rannte und rannte, er rannte so schnell, wie ihn seine Beine tragen konnten. Jedoch rannte er gegen die Zeit und er hatte das dumme Gefühl, dass er dieses Rennen verlieren würde. Er wusste, er würde nur wenige Minuten zum Haus der Heiler benötigen, dennoch war ihm klar, dass in dieser Zeit, in Emilias Zeitblase, die Minuten zu Stunden wurden. Die Zeitrechnung wurde seit einiger Zeit mit dem Faktor sieben beschleunigt. Er ging davon aus, dass es noch immer so sein würde. Nach wenigen Minuten kam das Haus der Heiler in Sicht. Roman konnte nur schätzen, dass er ungefähr fünf Minuten gebraucht hatte. Das entsprach bei Emilia bereits einer Zeitspanne von fünfunddreißig Minuten. Er stürzte zur Tür hinein und schrie aus Leibeskräften nach Hilfe. Eine Schwesternschülerin steckte irritiert den Kopf aus der Tür und sah Roman fragend an. Als sie erkannte, wer vor ihr stand, begann sie zu zittern. Roman wischte sich den Schweiß von der Stirn und fragte aufgeregt:

„Wo ist Lianna?" Dem Mädchen hatte es offensichtlich die Sprache verschlagen, denn sie brachte kein Wort über die Lippen. Roman stürzte auf sie zu und schüttelte sie. „Sag mir sofort, wo ich eine der Heilerinnen finde!", fuhr er sie an. Jedoch führte dies auch nicht zum gewünschten Ergebnis. Das Mädchen brach in Tränen aus und Roman ließ von ihr ab. Panisch rannte er den Flur hinunter. Er öffnete jedes Zimmer und rief nach einer der Heilerinnen. Gerade als er nach der dritten Türklinke greifen wollte, wurde die Tür von innen aufgerissen und eine wütende Heilerin trat heraus. Die Hände in die Hüften gestützt.

„Was, um alles in der Welt, ist hier los? Sie können doch nicht einfach ...“, fuhr diese auf, weiter kam sie jedoch nicht. Sie riss die Augen auf und starrte den König entsetzt an, als ihr bewusst wurde, wen sie eben angeschrien hatte. „Eure Hoheit. Ich wusste ja nicht ...“, stotterte sie.

„Dafür haben wir keine Zeit!“, fuhr Roman sie an, schnappte sie am Arm und zog sie mit sich. „Meine Tochter bekommt das Kind. JETZT!“, erklärte er ihr im Laufen und schob sie in den Behandlungsraum. „Nimm alles mit, was du brauchst und dann folge mir“, wies er sie an. Verwirrt sah die Heilerin ihn an.

„Aber Lianna betreut doch Ihre Tochter. Ich kann sie rufen lassen. Sie ist nur ein paar Minuten von hier entfernt bei einem anderen Patienten“, versuchte sich die Heilerin aus der Affäre zu ziehen.

„Wir haben keine Zeit!“, rief Roman. Die Frau hielt noch einige Sekunden inne. Roman fuhr sich gestresst durch das Haar. „Pack deine Sachen und dann los! Das ist ein Befehl deines Königs!“, schrie er die Frau an. Diese schluckte erschrocken, raffte jedoch eilig ein paar Dinge zusammen. Sie stopfte alles in eine Tasche und ehe sie sich versah, zog Roman sie hinter sich her zum Ausgang. Er vermutete, dass die ganze Aktion weitere fünf Minuten Zeit in Anspruch genommen hatte. Das waren siebzig Minuten. Er schickte ein Stoßgebet gen Himmel, dass Emilia noch ein bisschen Zeit blieb. Erneut trieb er die Heilerin zur Eile an. Diese war leider nicht die schlankeste Elfe und daher nicht so schnell, wie Roman es sich gewünscht hätte. Der König war sich inzwischen ziemlich sicher, dass er den Lauf gegen die Zeit verlieren würde, wenn nicht noch ein Wunder geschehen würde.

KAPITEL 42

Sophia hatte in der Zwischenzeit ein paar saubere Handtücher bereitgelegt. Auch eine Schere hatte sie gefunden, die sie nun notdürftig desinfizierte.

„Wofür ist die Schere?“, fragte Emilia beinahe hysterisch. „Die brauchen wir, um die Nabelschnur zu durchtrennen, mein Kind“, erklärte Granny in beruhigendem Tonfall und strich Emilia liebevoll über die Stirn. „Du glühst ja regelrecht. Hier, trink einen Schluck!“, sagte sie besorgt und reichte Emilia ein Glas mit Wasser, welches diese dankbar entgegennahm. Während sie trank, tupfte ihr Granny den Schweiß von der Stirn. Die Wehen kamen inzwischen in kurzen, regelmäßigen Abständen. Roman war bereits eine Dreiviertelstunde weg. Sophia und Claire wurden zusehends nervöser.

„Bist du dir sicher, dass wir das zur Not alleine schaffen können?“, fragte Claire unsicher im Flüsterton an Sophia gewandt, sodass Emilia nichts mitbekam. Diese zuckte mit den Schultern und antwortete:

„Was haben wir für eine Wahl?“

„Wir könnten sie selbst in die Klinik bringen. Es sind ja nur fünf Minuten“, überlegte Claire ein bisschen zu laut. Emilia, die gerade eine weitere Wehe hinter sich gebracht hatte, drehte sich zu den beiden flüsternden Frauen um und sagte in einem Tonfall, der keine Widerworte duldete:

„Wehe euch, wenn ihr mich hier wegbringt. Ich habe all dies auf mich genommen, um Merkur zu retten. Wenn ich das

Kind in der Elfenwelt zur Welt bringe, wird sich die Zwischenwelt sofort verschließen und Merkur kann nie mehr zurückkehren." Emilia schrie auf vor Schmerzen. „Es kommt!", stieß sie zwischen zusammengepressten Zähnen hervor. Sophia ließ sich beherzt bei Emilia nieder und untersuchte sie vorsichtig. Sie nickte.

„Es ist zu spät, uns umzuentscheiden, selbst wenn nicht so viel auf dem Spiel stehen würde. Das Kind kommt JETZT! Bei der nächsten Wehe presst du, wenn ich es sage. Hast du mich verstanden?", fragte Sophia an Emilia gewandt. Diese nickte nur und versuchte, die abklingende Wehe wegzuatmen. Claire fragte:

„Was kann ich tun?"

„Sag den Wachen Bescheid, dass sie Roman und Lianna direkt reinbringen sollen. Wir werden keine Zeit haben, die Tür zu öffnen. Dann setzt du dich hinter Emilia und hilfst ihr, so gut es geht", wies Granny sie an. Claire nickte. Umgehend rannte sie zur Tür und tat wie ihr geheißen. Anschließend kam sie zurück, setzte sich hinter Emilia, griff ihr unter die Arme und lehnte sie gegen ihren Körper. In diesem Moment kam bereits die nächste Wehe. An ihrem Höhepunkt rief Granny laut:

„Pressen!" Emilia kniff die Augen zusammen und presste. Sie schrie auf vor Schmerzen, aber nichts rührte sich.

„Okay, noch mal pressen!", befahl Granny. Wieder nichts.

„Was ist los?", fragte Claire aufgebracht.

„Das Baby steckt fest", sagte Sophia tonlos.

„Was heißt das?", fragte Emilia hysterisch.

„Ganz ruhig, mein Kind. Wir schaffen das. Wir finden einen Weg", versuchte Sophia sie zu beruhigen.

„Bitte, seid ehrlich zu mir“, bat Emilia verzweifelt. Claire und Sophia sahen sich an.

„Wenn wir nicht bald Hilfe bekommen, kann es sein, dass das Kind stirbt“, erklärte Sophia mit rauer Stimme. Sie war bleich geworden.

„Nein!“, schrie Emilia unter Tränen. „Das kann nicht sein, das darf nicht sein. Ihr müsst was tun.“ Emilia flehte die beiden an.

„Emilia, wir haben nicht die Ausbildung. Wir wissen nicht, was wir tun müssen“, versuchte ihre Mutter verzweifelt, sie zu besänftigen.

„Aber sicher ist Roman gleich mit Lianna da“, ergänzte Sophia und streichelte ihr sanft über die Arme. „Bei der nächsten Wehe darfst du nicht pressen, hörst du?“, sagte sie ernst. Emilia nickte und die Tränen liefen ihr über das Gesicht. Gerade als die nächste Wehe anrollte, knallte die Haustür auf und Lianna rannte in den Raum.

„Du liebe Güte, Emilia, was ist passiert? Es war doch noch nicht an der Zeit!“, rief sie. Sie schob Granny zur Seite, desinfizierte sich die Hände mit einem Kräutersud, den sie aus der Tasche gezogen hatte, und tastete nach dem Kind.

„Es steckt fest“, belehrte Granny die Heilerin. Lianna nickte nur und versuchte vorsichtig, das Kind in die richtige Position zu schieben. Emilia schrie vor Schmerzen auf. Ihre Mutter hielt sie ganz fest und redete ihr gut zu:

„Alles wird gut. Hilfe ist da. Sie weiß, was sie tut.“ Lianna hingegen sah hochkonzentriert über Emilia hinweg ins Leere. Die Schmerzen ließen nach. Und Emilia sackte in den Armen ihrer Mutter zusammen. Sie hatte das Bewusstsein verloren.

„Ich konnte es in die richtige Position schieben. Noch eine Wehe und es ist geschafft“, erklärte Lianna. Sie klopfte Emilia leicht gegen die Wangen, sodass diese wieder zu Bewusstsein kam. „Bei der nächsten Wehe musst du noch einmal pressen und dann hast du es geschafft, Emilia. Okay?“, forderte die Heilerin sie auf. Emilia nickte schwach. Die nächste Wehe ließ nicht lange auf sich warten.

„Pressen, Emilia!“, befahl Lianna.

„Ich kann nicht mehr!“, schrie diese, presste jedoch instinktiv. Ein letzter Aufschrei und Emilia verlor erneut das Bewusstsein. Im selben Moment ertönte der Schrei des Babys.

„Lasst Emilia kurz in Ruhe!“, befahl sie den beiden Frauen, die bereits versucht hatten, Emilia aufzuwecken. Sofort ließen beide von ihr ab und beobachteten stattdessen jeden Handgriff der Heilerin. Gekonnt klemmte diese die Nabelschnur ab, schnitt sie durch und wischte das kleine, schreiende Bündel mit einem der Tücher, die Sophia bereitgelegt hatte, ein bisschen sauber. Anschließend wickelte sie es in ein weiteres Handtuch und legte es liebevoll auf Emilias Brust. Bei der ersten Berührung des kleinen Wesens zuckte Emilia zusammen und schlug die Augen auf. Mit glasigem Blick sah sie das kleine Würmchen an.

„Herzlichen Glückwunsch, Emilia, du hast ein kleines, gesundes Mädchen“, sagte Lianna und richtete sich auf.

„Es ist tatsächlich ein Mädchen“, hauchte die junge Mutter verzückt. Ihre Gefühle fuhren auf einmal Achterbahn. Auf einmal wurde ihr von der Liebe, die dieses kleine Wesen in ihr hervorrief, beinahe schwindelig. „Hallo, kleines Mädchen“, sagte sie und hielt ihrem Baby den Finger hin. Sofort schloss sich die kleine Hand darum. „In dieser kleinen Hand hältst du mein Herz!“, flüsterte sie und gab der Kleinen einen Kuss auf die noch feuchten Haare. „Sie hat Merkurs Haare“, stellte sie entzückt fest. Lianna nickte.

„Die Farbe kann sich aber noch ändern.“ Emilia nickte, sie hatte davon gelesen, jedoch nicht gewusst, ob das bei Elfenkindern auch der Fall war. Nun endlich durften auch die Großmutter und die Urgroßmutter einen Blick auf das kleine Wunder werfen.

„Danke!“, flüsterte Sophia Lianna zu. Diese nickte zufrieden.

„Ist ja alles noch mal gut gegangen. Wie gut, dass die Wachen mich abgefangen haben. Wer weiß, was sonst passiert wäre.“ Die drei Frauen sahen Lianna verblüfft an.

„Ich dachte, Roman hat dich geschickt?“, entgegnete Granny, die als Erste ihre Sprache wiedergefunden hatte.

„Roman? Nein! Ich war auf dem Rückweg in die Klinik. Ich hatte einen Hausbesuch gemacht. Der König ist mir nicht begegnet.“

In diesem Moment krachte die Haustür ein weiteres Mal auf.

„Emilia! Wir kommen!“, schrie ihr Vater von Weitem. Der Schweiß lief ihm in Rinnsalen über das Gesicht. Die Heilerin folgte ihm. Sie war jedoch so außer Atem, dass sie kein Wort herausbringen konnte. Als Roman in die glücklichen Gesichter der Frauen sah, blieb er abrupt stehen.

„Komm ich etwa zu spät?“, fragte er und ließ sich neben Emilia auf den Boden sinken. Emilia nickte und sagte:

„Darf ich vorstellen? Deine Enkeltochter.“ Stolz präsentierte sie ihm das Kind. Roman stieß einen lauten Lacher aus.

„Dem Himmel sei Dank, dass alles gut gegangen ist.“ Er fragte nicht einmal nach, wie Lianna so schnell herkommen konnte. Er war nur glücklich, dass alles gut gegangen war. Lianna half der armen Heilerin auf die Beine und schickte diese wieder zurück in die Klinik, schließlich wurde sie hier ja nicht mehr benötigt. Schwerfällig machte diese sich auf den Rückweg. Lianna bat Roman, ihr zu helfen, Emilia ins Bett hochzubringen. Schließlich brauchte die junge Mutter Ruhe. Anschließend scheuchte sie alle anderen aus Emilias Zimmer und half ihr dabei, ihr Kind das erste Mal zu stillen. Gierig suchte das kleine Mädchen nach der Brust. Als sie sie gefunden hatte, nuckelte sie fest, bis sie irgendwann einschlief. Auch Emilia war todmüde, jedoch war sie auch so aufgeregt darüber, dass ihr Kind endlich da war, dass sie einfach nicht einschlafen konnte. So betrachtete sie ihre kleine Tochter noch eine Ewigkeit, bis auch ihr endlich die Augen zufielen.

Lianna hatte es sich in einem der Sessel bequem gemacht. Sie hatte beschlossen, die nächsten Tage hierzubleiben, falls etwas nicht stimmen sollte. In der Elfenwelt würde derweil sowieso nicht viel passieren. Sie konnte ja sehen, dass es draußen nun finstere Nacht war.

KAPITEL 43

Am nächsten Morgen stürmte Sera übermütig in Emilias Zimmer. Das Baby zuckte erschrocken zusammen. Lianna fuhr aus dem Sessel hoch und sah Sera böse an. Sofort sprang sie auf und stellte sich zwischen Sera und das Kind.

„Was tust du hier und warum platzt du hier einfach herein?“, fragte Lianna streng. „Nicht nur, dass Emilia und das Kind Ruhe benötigen, ich glaube, DU bist die letzte Person, die Emilia sehen will.“ Betreten hielt Sera inne.

„Es tut mir leid, ich wollte sicher nicht stören. Aber ich bin doch so aufgeregt und will doch auch sehen, dass es Emilia und dem Baby gut geht“, flüsterte sie bescheiden. Skeptisch zog Lianna eine Augenbraue hoch und musterte die junge Elfe. Emilia war inzwischen aufgewacht, räusperte sich und sagte:

„Es ist gut, Lianna. Sera wohnt seit Kurzem bei uns. Sie stellt keine Gefahr mehr für uns dar.“ Lianna zögerte noch einen Moment, trat dann jedoch widerwillig zur Seite.

„Gut, aber ich werde hierbleiben!“, bestimmte die Heilerin. Emilia und Sera nickten. Dann gab es kein Halten mehr. Sera stürzte zu Emilia und umarmte sie liebevoll. Dann sah sie verzückt das kleine Bündel an, das, noch immer in ein Handtuch gewickelt, in Emilias Armen lag. Inzwischen war sie wieder eingeschlafen und nuckelte zufrieden an ihrem Daumen.

„Darf ich sie einmal halten?“, fragte Sera vorsichtig. Emilia nickte und legte ihr vorsichtig die Kleine in den Arm.

„Pass auf den Kopf auf", sagte Emilia. Sera nickte. Hochkonzentriert und übervorsichtig nahm sie die Kleine in die Arme und strahlte.

„Sie ist ja so winzig! Und sie hat Merkurs Haare", flüsterte sie. „Emilia, ich kann dir die Kleine leider nicht mehr zurückgeben!", flüsterte sie weiter. Emilia und Lianna spannten sich beide an. „Ich bin hoffnungslos verliebt, fürchte ich", ergänzte Sera und gab Emilia leise lachend das Baby zurück. Diese machte kurz die Augen auf und kuschelte sich dann wieder zufrieden an ihre Mama.

„Hast du schon einen Namen für sie?", fragte Sera und setzte sich zu Emilia aufs Bett.

„Nein, leider nicht. Ich würde gern warten, bis Merkur wieder da ist ...", antwortete Emilia.

„Aber du hast doch sicher schon einen Namen in der engeren Wahl, oder?", fragte ihre Freundin weiter. Emilia nickte unsicher.

„Ich habe ein bisschen recherchiert", sagte sie und nestelte nervös an ihrer Bettdecke herum. „Ich hätte gern einen Namen, der zu ihr passt, der elfisch, aber auch menschlich ist", redete Emilia weiter. Dann machte sie eine kurze Pause und sah zu Lianna. Diese war so feinfühlig und stand unter einem Vorwand auf.

„Ich hol dir mal was zum Frühstück", sagte sie und verließ leise das Zimmer.

„Du machst es ja geheimnisvoll. Nun sag schon", drängte Sera sie, weiterzusprechen.

„Okay", sagte Emilia und setzte sich aufrecht hin. „Ich würde sie gern Elenjana nennen. Soweit ich weiß, bedeutet

Elena bei euch *von den Sternen* und den Zusatz *Jana* möchte ich ihr in Gedenken an meine Waldgeisterseele geben. Früher habe ich meinen Namen gehasst, aber heute bin ich stolz darauf, da ich nun weiß, dass ich und dieser Name etwas ganz Besonderes sind. Mein Kind soll mit dem Wissen aufwachsen, dass es einzigartig ist", erklärte sie ehrfürchtig.

„Das Kind der Sternenprophezeiung. Emilia, das ist genial. Merkur wird sicher ebenso begeistert sein von diesem Namen", erwiderte Sera freudig und klatschte in die Hände.

Emilia atmete erleichtert auf.

„Ich war mir nicht sicher, ob ich das richtig übersetzt habe und ob der Name nicht seltsam ist", gab Emilia leicht verlegen zu.

„Quatsch!", entgegnete Sera im Brustton der Überzeugung. „Der Name ist perfekt." Emilia lächelte dankbar.

„Danke", flüsterte sie.

„Ich lasse euch nun eine Weile alleine. Die kleine Elenjana hat sicher bald Hunger und du solltest auch frühstücken, wenn Lianna zurückkommt. Ich würde ja gern auf die Kleine aufpassen, aber unten tigern bereits eine Großmutter, ein Großvater und eine Urgroßmutter herum, die es nicht erwarten können, dass du aufstehst. Ich hab mich hochgeschlichen, als ich auf die Toilette bin!", gab Sera zu und grinste frech. In diesem Moment konnte Emilia ihre alte, unbeschwerte Freundin Sera erkennen, die sie so liebgewonnen hatte.

„Na, dann sieh zu, dass du nun nicht den Zorn der drei zu spüren bekommst", lachte Emilia laut. Sie konnte sich nur zu gut vorstellen, wie ihre Familie sehnsüchtig auf die Enkeltochter wartete. Sera zog spielerisch den Kopf ein und stand auf.

„Vielleicht können wir ja später einmal in den Garten gehen? Nur sofern du dich stark genug fühlst. Ich habe dir noch eine Menge zu erzählen“, mit diesen Worten verließ Sera das Zimmer. Selig vor Glück lehnte sich Emilia wieder zurück und stillte ihr kleines, süßes Mädchen, das inzwischen aufgewacht war. ELENJANA.

KAPITEL 44

Am Nachmittag ging Emilia das erste Mal hinunter zu den anderen. Draußen war noch immer tiefe, dunkle Nacht.

„Mit in den Garten gehen wird es wohl nichts“, sagte Emilia zu Sera und zwinkerte ihr zu. Sera lachte und antwortete seufzend:

„Nein, ich habe die Zeitumstellung einfach noch nicht im Griff.“ Sie zuckte mit den Schultern und verdrehte theatralisch die Augen. Roman nahm Emilia liebevoll die kleine Elenjana aus dem Arm und betrachtete seine Enkeltochter voller Stolz. Emilia ging ans Fenster, sah hinaus und fragte:

„Das wird die letzte lange Nacht sein, habe ich recht?“ Roman trat neben sie und antwortete:

„Ja, der nächste Tagesanbruch wird alles verändern.“ Emilia sah ihn an.

„Wie wird es ablaufen?“, fragte sie mit belegter Stimme. Sie nahm ihrem Vater die kleine Elfe aus dem Arm und drückte sie fest an sich. „Wird sie einer Gefahr ausgesetzt sein?“ Roman lächelte sanft und strich seiner Enkelin über die dunklen Haare.

„Nein. Das würde ich niemals zulassen. Du und die Kleine bleibt hier im Haus. Farijan und seine Zeitzauberer werden uns begleiten. Sie werden aus der Ferne den Schutz über dem Haus abbrechen, sobald der Fürst der Finsternis mit Merkur in Andorin erscheint.“

„Können sie das aus dieser Entfernung denn überhaupt?“, fragte Emilia skeptisch. Roman nickte und sagte:

„Sie haben die letzten Wochen nichts anderes getan, als diesen Zauber zu perfektionieren. Inzwischen sind sie in der Lage, eine Zeitblase am anderen Ende Andorins zu erschaffen. Wir sind also absolut sicher, dass es klappt.“ Emilia nickte beruhigt.

„Wird er nicht merken, dass sich irgendwo im Wald Zeitzauberer verbergen?“, fragte sie weiter. Roman zuckte mit den Schultern.

„Das Risiko müssen wir leider eingehen. Wir hoffen, dass er nichts von der Zeitblase mitbekommen hat. Ganz sicher können wir leider nicht sein, da wir nicht wissen, ob er noch andere Spione, neben Elriel, hatte.“ Besorgt schaute Emilia wieder zum Fenster hinaus. Nach einiger Zeit fragte sie leise, sodass es Sera nicht hören konnte:

„Was wird mit ihren Eltern geschehen?“ Roman sah verstohlen zu Sera. Sie und Claire waren dabei, die neuen Babysachen zusammenzulegen.

„Seras Eltern werden ihrer Kräfte beraubt werden und in die Menschenwelt verbannt. Ihre Erinnerungen werden gelöscht. Mephisto ist darin sehr talentiert. Sie werden nicht mehr in der Lage sein, ein Tor in irgendeine Welt zu öffnen. Mir erschien dies weit weniger barbarisch, als sie zum Tode zu verurteilen“, erklärte er. Emilia nickte.

„Können sie sich noch an ihre Kinder erinnern?“, fragte sie. Roman schüttelte den Kopf. „Das ist grausam“, flüsterte Emilia. Roman nickte und sagte:

„Das ist es, aber mir erschien es kaltherziger, Sera und Lethan an der Hinrichtung ihrer Eltern beiwohnen zu lassen. Denn dies ist leider so Brauch in Andorin“, erklärte er ihr und Emilia konnte sein Unbehagen hinsichtlich dieses Rituals deutlich heraushören.

„Hätte man sie nicht wieder auf die gute Seite zurückholen können?“, fragte Emilia weiter. „Haben sie denn keine zweite Chance verdient?“ Roman strich sich müde durch sein braunes Haar und seufzte.

„Glaube mir, Emilia, ich war froh, dass ich den Großen Rat dazu bewegen konnte, von der Todesstrafe abzusehen. Aciona ist ein überzeugter Verfechter der Hinrichtungen und der Große Rat hält große Stücke auf seine Meinung. Es ist nur Lethans Treue zu verdanken, dass sich die knappe Mehrheit gegen die Todesstrafe ausgesprochen hat“, erwiderte er.

„Aber du bist der König. Ich dachte, was du sagst, ist Gesetz?“, fragte Emilia verblüfft. Roman lachte bitter.

„Nein, mein Kind, ganz so ist es nicht. Meine Meinung hat zwar mehr Gewicht, aber wichtige Dinge werden immer gemeinsam mit dem Großen Rat der Ältesten gefällt“, fuhr er fort. Emilia nickte.

„Dennoch finde ich es barbarisch, sie aller Erinnerungen zu berauben“, murrte sie. Roman legte einen Arm um seine Tochter und seufzte.

„Glaub mir, Emilia, mir geht es gleich. Elriel war der beste Freund deines Großvaters. Sie waren alle eng befreundet. Dein Grandpa, Castor, Elriel, Roandir und Elandiel. Als ich in die Elfenwelt kam, wurden Roandir, Elriel und seine Frau Ava ebenso meine Freunde. Nur Castor habe ich erst später kennengelernt." Den letzten Teil knurrte er regelrecht zwischen zusammengebissenen Zähnen hervor. „Du weißt ja, er wollte deine Tante heiraten, aber als sie Königin wurde, ging das nicht mehr, da er von zu niederem Stand war." Emilia nickte.

„Ich weiß. Elandiel hat mir noch vor unserem Treffen mit ihm in Askja davon erzählt. Castor muss ihre große Liebe gewesen sein. Ihre einzige Liebe", sagte sie mit belegter Stimme. Unweigerlich glitten ihre Gedanken hinaus in die Dunkelheit zu Merkur. Roman nickte und fuhr fort:

„Niemals hätten Roandir, Elandiel und ich gedacht, dass Elriel und Ava uns so verraten würden. Ava und ich haben gemeinsam die Ausbildung gemacht nach unserer Volljährigkeit. Wir waren die besten Freunde. Unzertrennlich. So lange, bis sie sich Hals über Kopf in Elriel verliebt hatte und ich kurze Zeit später deiner Mutter über den Weg gelaufen bin. Daher wurden dir auch Sera und Lethan als Begleiter zugeteilt. Elandiel dachte, dass ihr genauso Freunde werden würdet, wie wir es damals waren." Roman seufzte tief.

„Woher weißt du das?", fragte Emilia überrascht.

„Roandir hat es mir erzählt. Er und Elandiel waren, trotz des Standesunterschiedes, hinter verschlossenen Türen noch immer gute Freunde." Emilia nickte. „Roandir und ich vermuten, dass Castor verrückt wurde, da er seine große Liebe nicht heiraten konnte. Du weißt noch, was ich dir erzählt habe über die Seelenverwandten? Castor war der Richtige für Elandiel, da waren sich alle sicher. Der dunkle

Fürst hat Castors Trauer ausgenutzt und ihm alles versprochen, was er sich so sehnlichst gewünscht hatte. Leider war ihm nicht bewusst gewesen, dass er nicht mehr Elandiels Seelenverwandter sein konnte, wenn er keine Seele mehr hatte. Aber ich bin mir sicher, er hat ihm den Schmerz genommen."

„Und Elriel und Ava?", fragte Emilia.

„Elriel war einfach ein zu gutmütiger Kerl. Er hat Castor vertraut und wollte ihm helfen, seine große Liebe zurückzubekommen. Er hatte Castor schon immer angehimmelt. Und Ava ist Elriel regelrecht hörig. Liebe macht manchmal einfach blind. Und das werden die beiden nun mit dem Leben bezahlen." Er atmete schwer durch. Emilia sah ihn erstaunt an.

„Aber warum mit dem Leben bezahlen?", fragte sie entsetzt.

„Weil sie bei den Menschen nicht zurechtkommen werden, Kind. Sie haben keine Papiere, kein Geld, kein Obdach. Sie kennen die Gebräuche nicht und wissen auch sonst nicht viel von der Menschenwelt. Mit viel Glück werden sie es schaffen, sich außerhalb, in der Einöde, ein Leben aufzubauen. Aber auch dies wird nicht von langer Dauer sein, da sie ihre Unsterblichkeit einbüßen werden in der Menschenwelt." Roman sah traurig aus. „Ich bin sehr unglücklich, dass es so gekommen ist. Es ist schlimm, zu erfahren, dass die besten Freunde einen verraten haben", murmelte er. Emilia nickte traurig.

„Das hab ich beinahe vergessen, dass sie auch ihre Unsterblichkeit verlieren werden", murmelte sie und sah mitleidig zu Sera, die in diesem Moment vor Entzücken laut quietschte, als sie einen zuckersüßen, rosaroten Strampler aus den Babykleidern herauszog.

„Aber Großvater hat der Elfenwelt doch auch den Rücken gekehrt und ist zurechtgekommen.“ Roman sah sie traurig an.

„Das ist nicht dasselbe, mein Kind. Mein Vater wurde durch die Liebe an die Menschenwelt gebunden. Er hatte Freunde und Familie um sich und er hätte jederzeit wieder zurück in die Elfenwelt kommen können. Was er in späteren Jahren ja auch tat. Außerdem war er immer im Vollbesitz seiner Kräfte.“ Emilia nickte.

„Warum war es für Großvaters Unsterblichkeit eigentlich zu spät gewesen, als er viele Jahre später wieder regelmäßig nach Andorin gekommen ist?“, fragte sie weiter. Dieses Thema beschäftigte sie seit geraumer Zeit, da sie ja ebenfalls zwischen den Welten tingelte. Roman seufzte tief. Emilia schien es, als würde es ihm nicht behagen, heute Abend dieses Gespräch zu führen, aber dennoch setzte er sich in einen der Sessel und bedeutete ihr, ihm gegenüber Platz zu nehmen.

„Es ist so, dass den Elfen, als Volk der magischen Welt, eine gewisse Unsterblichkeit geschenkt wurde. Das heißt, sollten wir nicht durch einen Unfall oder einen Kampf den Tod finden, können wir mehrere tausend Jahre alt werden. Allerdings altern auch Elfen, wie dir sicher schon aufgefallen ist.“ Emilia nickte und entgegnete:

„Aciona und Ilradil zum Beispiel.“

„Genau“, antwortete Roman. „Ilradil ist mit Sicherheit einer der Ältesten im Ältesten Rat. Wie alt er ist, das weiß niemand so genau. Aber zurück zu deinem Großvater. Dadurch, dass er der Elfenwelt über viele Jahre komplett den Rücken gekehrt hatte, verlor er die Magie, die seine Unsterblichkeit ausmachte."

„Hätte er nicht wieder zurückkehren können, als er alt war und dann wieder den Schutz der magischen Welt nutzen können? Granny und er waren doch in späteren Jahren oft hier gewesen, hat sie mir erzählt." Roman nickte.

„Ja, aber da war es bereits zu spät. Er hatte sein Herz an die Menschenwelt gebunden und war dadurch nicht mehr in der Lage gewesen, die Magie der Unsterblichkeit zu empfangen."

Emilia sah ihren Vater entsetzt an.

„Und was ist mit uns?", fragte sie nun ganz offen. Sie stellte sich gerade vor, wie sie in den nächsten siebzig Jahren vor sich hinwelken würde und Merkur noch immer aussehen würde wie ein Dreißigjähriger, so wie die meisten Elfen in Andorin eben aussahen.

„Mach dir keine Sorgen. Unsere Zeitrechnung begann erst mit dem ersten Eintritt in die magische Welt. So lange wir ihr niemals komplett den Rücken kehren, genießen auch wir eine gewisse Unsterblichkeit. Jedoch werden es bei uns vermutlich ein-, zweihundert Jahre weniger sein", erklärte er ihr und zwinkerte ihr verschwörerisch zu. Emilia atmete auf. Damit konnte sie leben. Es war verrückt. Bis vor ein paar Monaten war ein Leben mit achtzig Jahren für Emilia eine lange Zeit gewesen. Seit sie jedoch wusste, dass sie eine Elfe war und diese beinahe unsterblich waren, hatte sich ihre Sicht auf die Dinge drastisch geändert.

„Aber durch Krankheiten können Elfen auch sterben, oder? Sonst bräuchte man ja keine Heiler“, fragte Emilia weiter. Es gab noch immer so vieles, was sie nicht von dieser Welt wusste.

„Elfen können genauso krank werden wie Menschen, allerdings leben wir gesünder. Wir leben im Einklang mit der Natur und achten auf die Signale, die uns unser Körper sendet. Das bewahrt uns vor dem meisten Übel, welches die Menschen krank macht. Aber ich denke, wir schweifen gerade ein bisschen vom Thema ab. Vielleicht verschieben wir dieses Gespräch auf ein anderes Mal, außerdem glaube ich, dass es bald Essen gibt“, wechselte Roman nun das Thema und hielt die Nase in die Höhe. Er schnüffelte wie ein Hund, was Emilia zum Lachen brachte.

„Okay, aber aufgeschoben ist nicht aufgehoben, das waren immer deine Worte, habe ich recht?“, hakte sie nach.

„Versprochen“, gab er zurück.

„Eins will ich noch wissen“, ergänzte sie.

„Okay, eins noch“, antwortete er.

„Kannst du Elriel und Ava nicht irgendwie helfen?“ Betrübt schüttelte Roman den Kopf.

„Elriel und Ava werden als Verräter und Feinde der Krone verbannt. Würde ich sie zurückholen, würde ich meinen Kopf für weitere Anschläge preisgeben.“

Emilia nickte traurig, hatte aber eigentlich bereits mit dieser Antwort gerechnet.

„Warum beschäftigt dich das Wohl der beiden eigentlich so?“, hakte Roman nun interessiert nach. „Du kennst sie doch gar nicht, oder? Und sie wollten sowohl dir als auch deinem Kind schaden“, fügte er an. Emilia nickte und sah wieder zu Sera.

„Das stimmt. Allerdings verdanke ich Sera und Lethan so viel, dass ich es niemals wiedergutmachen kann. Ich habe Sera versprochen, bei dir ein gutes Wort für ihre Eltern einzulegen. Wobei das zugegebenermaßen noch war, bevor wir wussten, dass sie mit Castor gemeinsame Sache gemacht hatten. Sera hat es auch nie wieder angesprochen, aber ich hatte das dringende Bedürfnis, dennoch mit dir zu sprechen.“ Roman nickte.

„Du bist einfach ein gutes Kind. Du hattest schon immer einen großen Sinn für Gerechtigkeit.“ Er nahm Emilia in den Arm und drückte ihr einen Kuss auf das Haar.

„Was macht ihr denn für Gesichter?“, wurden sie von Granny aus ihrem Gespräch gerissen. Diese hatte gerade das Essen auf den Tisch gestellt.

„Hm, das duftet aber lecker“, antwortete Roman, anstatt auf die Frage seiner Mutter einzugehen. So ließen sie den Abend bei einem gemütlichen Mahl ausklingen.

KAPITEL 45

Die Menschentage innerhalb der Zeitblase zogen ins Land und draußen wurde es langsam heller. Der Tag der Wahrheit brach an. Emilia und Sera nutzten es aus, dass sie nun wieder in den Garten konnten, und saßen stundenlang mit Elenjana im Schatten der Bäume und sprachen über alles Mögliche. Sera erzählte Emilia, was sie alles für Merkurs Geburtstag organisiert hatte, und dass Lethan sich ihrer nicht mehr schämte. Außerdem erzählte sie ihr nun endlich von sich und Roandir, wie sie zusammengekommen waren, und dass sie die Zeit, als Emilia gelernt hatte, in Wahrheit mit Roandir verbracht hatte und nicht mit wildfremden Typen. Es tat ihr unendlich leid, dass sie ihrer Freundin nichts davon erzählen durfte, aber Roandir wollte ihre Beziehung anfangs nicht an die große Glocke hängen, hauptsächlich aufgrund des Altersunterschiedes. Emilia war überrascht darüber, dass dies bei den Elfen wirklich eine Rolle spielte, wo diese doch beinahe ewig lebten, aber anscheinend war es so. Außerdem erzählte Sera ihr auch, dass sie ihre Scham überwunden hatte und sie inzwischen bei ihm gewesen war, um mit ihm zu reden. Erstaunlicherweise hatte Roandir sogar auf einen Vortrag darüber, dass sie nicht gleich bei ihm Hilfe gesucht hatte, verzichtet und war einfach nur froh darüber gewesen, seine Geliebte wohlauf in die Arme schließen zu können. Zum Schluss musste die ganze Geschichte in einer grandiosen *Versöhnung* geendet haben und die beiden galten nun offiziell als Paar. Nun sprühte die junge Elfe wieder vor Lebensfreude und blühte regelrecht auf. Emilia tat diese seichte Ablenkung sehr gut. Sie hatte Angst vor dem Abend und so war sie über jede Zerstreuung froh und dankbar.

Elenjana entwickelte sich prächtig, als Elfenkind war sie der Entwicklung eines Menschenkindes gegenüber um Welten voraus. Obwohl Emilia Merkur gern in die Namensgebung mit eingebunden hätte, hatte sich der von ihr ausgewählte Name inzwischen eingebürgert. Auch Emilia hatte sich von den Strapazen der Geburt bereits vollständig erholt. Es war tatsächlich so, dass die Wundheilung bei Elfen deutlich schneller vonstattenging als bei Menschen. Zum Glück kam sie auch als Halbelfe in diesen Genuss der schnellen Genesung.

Da es allen Patienten so gut ging und das Stillen sehr gut funktionierte, sah Lianna keinen Grund mehr, Tag und Nacht im Haus verbringen zu müssen. Sie zog wieder zurück in die Klinik, versprach jedoch, einmal am Menschentag vorbeizukommen. Emilia war froh, dass die Tage der Einöde bald vorbei sein würden. Jedoch wuchs die Anspannung in ihrem Inneren stetig an. Sie ertrug die Vorstellung nicht, im Haus sitzen zu müssen, während sich das Schicksal Merkurs und vielleicht der gesamten Welt vor ihrer Haustür entscheiden sollte. Sie wusste, dass Elenjana auf keinen Fall den Schutz der Zeitblase verlassen durfte, bevor Merkur nicht in Sicherheit war. Allerdings galt das ja nicht für sie. Sie wusste, wenn sie ihren Vater um Erlaubnis bitten würde, sie zu begleiten, würde er ihr eine Gardinenpredigt halten, die sich gewaschen hätte. Vermutlich würde dann noch eine heftigere Predigt von Granny und Claire hinterherkommen. Daher brütete sie, sobald sie alleine war, über das Für und Wider, sich einfach aus dem Haus zu schleichen und den anderen in sicherem Abstand zu folgen. Wenn ihr Blick jedoch die Wiege ihrer kleinen, schlafenden Elenjana streifte, wurde ihr das Herz schwer und sie konnte die Vorstellung nicht ertragen, ihre kleine Maus alleine hier zurückzulassen. Was, wenn ihr etwas passieren würde und Elenjana ihre Eltern nie kennenlernen durfte? Emilia war selbst überrascht über ihre Ängste und Gedanken. Aber das Muttersein hatte sie komplett verändert.

Als der letzte Menschentag anbrach und die Abenddämmerung in der Elfenwelt bereits begann, war Emilia mit ihrer Entscheidung noch keinen Schritt weitergekommen. Sie saß fertig angezogen mit den anderen am Frühstückstisch, bekam jedoch keinen Bissen hinunter.

„Kind, bitte iss ein bisschen, du musst doch auch an Elenjana denken, nur wenn du richtig isst und trinkst, bekommt sie genug Milch“, bat Granny sie zum wiederholten Male an diesem Morgen. Emilia nickte und biss lustlos in ihr Brot. Sie trank einen Schluck von ihrem Tee und war dann froh darüber, dass sich Elenjana zum zweiten Stillen an diesem Morgen meldete. So konnte sie vom Tisch aufstehen und es sich in einer ruhigen Ecke auf der Veranda gemütlich machen. Das Stillen war ein Fulltime-Job. Alle zwei bis drei Stunden wollte Elenjana tagsüber etwas zu essen. Emilia genoss jedoch die gemeinsame Zeit mit ihrer Tochter. Als Elenjana getrunken hatte und friedlich dabei eingeschlafen war, betrachtete Emilia, wie so oft, die zufriedenen Gesichtszüge ihres schlafenden Kindes. Sanft streichelte sie ihr über das rabenschwarze Haar, als Sera zu ihr auf die Veranda trat.

„Ich weiß, was du vorhast, und ich bitte dich, es nicht zu tun“, sagte sie leise und sah sie ernst an. Emilia seufzte tief.

„Ich weiß selbst nicht, was ich tun soll. Ich fühle mich nur so hilflos. Was ist, wenn etwas schiefläuft und sie kommen, um uns zu holen? Wir säßen hier doch in der Falle.“ Emilia hatte sich in den letzten Tagen die schlimmsten Horrorszenarien ausgemalt. Wieder einmal stand ihr ihre blühende Fantasie im Wege. Dieses Problem begleitete sie bereits seit ihrer Kindheit. In ihrem Kopfkino hatte sie immer schon unzählige Möglichkeiten durchgespielt, wie sich eine eventuelle Situation entwickeln könnte, sodass sie bereits völlig durch den Wind war, wenn die Situation dann wirklich eintraf. Und meistens lief alles ganz glimpflich ab, sodass alle Sorgen umsonst gewesen waren. Emilia hoffte, dass es dieses Mal wieder so sein würde. Sera setzte sich zu ihr.

„Ich gehe“, bestimmte diese. Sie bemühte sich zwar, dass ihre Stimme fest klang, aber Emilia hörte das leichte Zittern.

„Nein, das kann ich nicht zulassen“, sagte Emilia.

„Ich bitte dich nicht um Erlaubnis, Emilia“, erklärte die Elfe fest. „Du kannst hier nicht weg. Du weißt nicht, wie lang du warten musst, bis sie kommen werden. Die Zeit wird gegen dich spielen, so lange die Blase noch aktiv ist. Elenjana könnte stundenlang Hunger leiden müssen, bis du wieder da bist. Hast du dir das mal überlegt?“, warf Sera ernst ein. Erschüttert sah Emilia sie an.

„Das habe ich nicht berücksichtigt", gab diese kleinlaut zu. „Aber ich kann dich nicht bitten, dieses Risiko einzugehen!", konterte Emilia.

„Wie gesagt, es ist meine Entscheidung, nicht deine. Ich bin der Ansicht, dass ich das dir und der kleinen Maus schulde." Emilia überlegte einen Moment:

„Es ist wichtig für dich, um mit deiner Schuld klarzukommen, hab ich recht?", fragte Emilia leise. Sera schluckte schwer und nickte. Emilia sah Tränen in ihren Augen glitzern. Schnell drehte sie den Kopf weg und sah in die Ferne. „Und wenn ich dir sage, dass dich keine Schuld trifft?", entgegnete Emilia sanft. Sera schüttelte vehement den Kopf. Emilia sagte nichts mehr. Die Sache war beschlossen. Sie konnte nicht gehen und Sera wollte gehen. Nun mussten sie nur schauen, dass niemand von ihren Plänen Wind bekam.

KAPITEL 46

Der Tag ging schneller zur Neige, als allen lieb war. Nach dem gemeinsamen Abendessen, das sehr schweigsam verlaufen war, verabschiedete sich Roman von der Familie. Es war ein tränenreicher Abschied, was Emilia verwunderte, denn es war Claire, die nicht mehr an sich halten konnte. Die beiden waren sich in den letzten Tagen merklich nähergekommen. Nun musste Roman jedoch in ein weiteres Abenteuer ziehen, bei dem sie ihn nicht begleiten konnte.

„Hört mir zu", sagte er eindringlich, nachdem Claire sich von seinem Hals lösen konnte und sich heftig schnäuzte. „Ihr müsst mir versprechen, dass ihr unter allen Umständen hier im Haus bleibt, hört ihr mich? Hier seid ihr sicher. Wir wissen nicht, wen oder was der Fürst der Finsternis mitbringen wird, um Mephisto zu holen. Wir müssen davon ausgehen, dass er uns genauso in eine Falle locken wird wie wir ihn. Hier im Haus seid ihr von den Wachen geschützt. Und noch etwas." Er sah Emilia und Sera an. „Wehe, eine von euch widersetzt sich meinem Befehl. Sollte ich auch nur eine Haarsträhne im Wald von euch entdecken, dann gnade euch Gott!" Seine Worte waren so scharf gesprochen, dass Emilia ihren Vater nicht wiedererkannte. Sie vermied es, einen Blick mit Sera auszutauschen. Stattdessen versuchte sie, dem Blick ihres Vaters standzuhalten.

„Nie im Leben würde ich heute Abend hinausgehen", erwiderte sie wahrheitsgemäß. Roman nickte und sah noch ein paar Sekunden zwischen den Freundinnen hin und her. Auch Sera schüttelte vehement den Kopf.

„Und denkt daran, wenn Elenjana das Haus verlässt, bevor die Zeitblase aufgelöst wurde, ist alles verloren." Emilia schluckte schwer.

„Ja, Dad, das ist uns bewusst. Keine Panik. Wir bleiben hier und warten", antwortete sie ihm auf die Predigt.

Sera räusperte sich. Roman sah sie streng an. Mit piepsiger Stimme fragte sie:

„Wann dürfen wir denn dann das Haus verlassen?"

„Nicht bevor ich wieder zurück bin. Verstanden?", herrschte er sie an. Missmutig nickte sie.

„Darf ich dann jetzt noch schnell aus dem Haus? Ich muss mit Lethan reden. Es ist wichtig", bat sie dringlich. Roman stöhnte.

„Du hast eine halbe Stunde. Danach bist du wieder hier. Ich verlasse mich auf dich." Sera nickte, sprang auf, gab Emilia und Elenjana je ein Küsschen auf die Wange und rannte zur Tür hinaus. Diese ließ sie mit einem lauten Knall ins Schloss fallen. Roman schüttelte den Kopf und ging ebenfalls zum Ausgang. Emilia begleitete ihn.

„Sei vorsichtig", flüsterte sie mit tränenerstickter Stimme. Sie war in den letzten Tagen sehr nahe am Wasser gebaut. Ihre Mutter und Großmutter hatten ihr versprochen, dass das bald wieder besser werden würde. Es musste unter anderem etwas mit den Hormonen zu tun haben. Roman nickte. Er strich ihr sanft die Haare aus dem Gesicht und küsste sie auf die Wange.

„Wir werden bald wieder da sein. Versprochen. Wenn alles gut läuft, wird die Blase in ein paar Stunden aufgehoben. Dann vergeht die Zeit wieder normal. Und ich verspreche dir, dass ich alles tun werde, dass Merkur gesund zu euch zurückkehren kann."

Emilia nickte und drückte ihren Vater fest an sich.

KAPITEL 47

Sera kam bereits nach zwei Menschenstunden zurück. Sie musste Lethan schnell gefunden haben. Emilia war die ganze Zeit aufgeregt hin und her getigert.

„Er macht es“, flüsterte Sera ihr zu, als sie diese zur Tür hereingelassen hatte.

„Was macht er?“, fragte Emilia leise. Sie sahen sich um. Granny und Claire waren zu sehr mit ihren Ängsten und Sorgen beschäftigt, als dass sie ihnen große Beachtung geschenkt hätten.

„Komm mit“, flüsterte Sera geheimnisvoll und zog Emilia mit in den Garten.

„Lethan ist für den Einsatz nicht eingeteilt worden. Vermutlich wegen der Geschichte mit unseren Eltern. Auf jeden Fall hat er mir versprochen, dass er dem Trupp nachschleichen wird und uns über Craban Nachrichten zukommen lässt.“

„Wer ist Craban?“, fragte Emilia überrascht und daher so laut, dass Elenjana, die selig in ihren Armen geschlafen hatte, merklich zusammengezuckt war.

„Craban ist Lethans zahmer Rabe. Er ist so was wie seine Brieftaube“, erklärte Sera. Emilia hob skeptisch eine Augenbraue.

„Hoffen wir, dass es klappt“, erwiderte sie argwöhnisch. Sera nickte eifrig.

„Das wird es, da bin ich mir sicher. Am besten bleiben wir draußen und warten hier. Dann findet er uns am schnellsten.“ Emilia nickte.

„Ich hole eine Decke für Elenjana. Ich möchte sie nicht aus dem Arm geben heute Abend. Sie gibt mir irgendwie Halt.“ Emilia ging hinein, um eine warme Babydecke zu holen. Währenddessen hatte Sera noch warme Decken für sich und Emilia organisiert.

So saßen sie nun draußen und warteten und warteten. Die Sonne war inzwischen kurz vor dem Untergang. Nun konnte es nicht mehr lange dauern. Der Austausch war auf Sonnenuntergang datiert. Emilia spürte, wie ihr, trotz der kühlen Abendluft, der Schweiß ausbrach. Sera saß auf dem feuchten Boden und betrachtete den Himmel in Richtung Nord-Tor. Emilia dagegen ging ihrer neuen Lieblingsbeschäftigung nach. Sie tigerte im Garten auf und ab. Elenjana schien dies zu genießen, sie schlief selig und süß.

„Nur gut, dass du nichts von all dem Chaos mitbekommst, in das du hier hineingeboren wurdest“, flüsterte Emilia liebevoll und zog die Decke noch ein bisschen fester um das schlafende Baby.

„Da!“, rief Sera in dem Moment. „Da kommt etwas angeflogen.“ Emilia drehte sich herum und sah tatsächlich einen schwarzen Punkt, der zielstrebig auf sie zugeflogen kam.

„Bist du sicher, dass es der Rabe ist und nicht irgendeine Ausgeburt der Hölle?“, fragte Emilia unsicher. Sera kniff die Augen zusammen und schüttelte den Kopf.

„Nein, ich kann es noch nicht genau erkennen.“

„Vielleicht sollten wir doch besser reingehen?“, fragte Emilia unsicher und sah auf ihr schlafendes Kind. Vehement schüttelte Sera den Kopf.

„Ich bleibe hier. Ihr geht besser ins Haus. Ich rufe dich, wenn ich was weiß.“ Emilia blieb noch einen Augenblick unentschlossen stehen, lief dann aber doch in Richtung Haus. Sera hatte ihr den Rücken gekehrt und starrte mit zusammengekniffenen Augen an den dunkel werdenden Abendhimmel. Gerade als Emilia die Tür der Veranda verschlossen hatte, schrie Sera auf. Erschrocken sprangen alle ans Fenster, um hinauszuschauen. Sera lag rücklings im Gras und ein großer, schwarzer Vogel saß direkt auf ihrem Bauch. Gerade wollten sie ihr zu Hilfe eilen, als sie Sera lachen hörten. Sie schob den Vogel von sich hinunter und nahm ihm einen Zettel aus dem Schnabel. Dann setzte sie sich auf und winkte Emilia und die anderen zu sich heraus. Emilia riss die Tür auf und stürmte über den Rasen. Sera entfaltete währenddessen den kleinen, zerkauten Zettel, auf dem stand:

Er lebt.

Sie drehte und wendete das Stück Pergament in alle Richtungen, aber sonst stand nichts drauf.

„Er lebt!“, rief Emilia freudig. Sera war mit dieser kurzen Nachricht jedoch alles andere als zufrieden. Noch während Sera sich wütend einer Schimpftirade über ihren schreibfaulen Bruder hingab, begann die Luft um sie herum zu vibrieren. Der Rabe flog erschrocken auf und suchte das

Weite. Plötzlich flimmerte alles rund um das Haus und den Garten. Es sah aus, als würde sich eine regenbogenfarbene Seifenblase über ihrem Haus befinden. Die Blase schillerte noch einen Moment in ihrer ganzen Pracht und begann dann langsam sich aufzulösen. Innerhalb weniger Sekunden war das Schauspiel vorbei und die Luft hörte auf zu vibrieren. Stattdessen begann der Boden unter ihren Füßen zu beben. Ein Sturm brach los und der Himmel verdunkelte sich in rasender Geschwindigkeit.

„Schnell ins Haus!“, rief Granny und schob Emilia mit der kleinen Elenjana vor sich her. Der Sturm hatte bereits Orkanstärke angenommen, bis sie den Schutz des Hauses erreicht hatten. Mit viel Mühe warfen sich Sera, Granny und Claire gegen die Tür zur Veranda, um diese gegen den Wind zuzuschlagen.

„Was passiert da?“, fragte Emilia panisch.

„Es geht los“, antwortete Sera tonlos und starrte hinaus in die dunkle Nacht.

„Komm vom Fenster weg!“, befahl Granny und zog Sera zurück. Nur widerwillig ließ diese sich in den Wohnraum führen. Granny hatte recht. Weg von den Fenstern war es sicherer als direkt vor der Scheibe. Draußen flogen bereits Kleidungsstücke vorbei, die von den Wäscheleinen gerissen worden waren, und noch allerlei Krimskrams, den die Elfen um die Häuser hatten liegen lassen. Emilia war sich sicher, dass es bei den Elfen sonst nie stürmte. Sie verkroch sich tief in ihren Sessel und war froh, dass Elenjana so friedlich schlief. Sie machte sich jedoch Sorgen, wie es den anderen da draußen im Sturm wohl ergehen würde. Nicht auszudenken, was hätte passieren können, wären sie oder Sera nun da draußen.

Plötzlich flog die Haustür auf und knallte lautstark gegen die Wand im Flur. Alle Frauen fuhren schreiend zusammen. Elenjana fing vor Schreck jämmerlich an zu weinen. Starr vor Entsetzen sahen sie zur offenstehenden Haustür. Sie konnten gegen das grelle Licht des eben heruntergekommenen Blitzes nur zwei Schemen in der Tür stehen sehen. Emilia presste Elenjana fest an sich. Dann fiel die Tür ins Schloss und im Flur ging das Licht an. Alle atmeten erleichtert auf, als sie die beiden Wachen erkannten, die heute Abend Dienst hatten.

„Bitte entschuldigt, aber wir konnten nicht draußen bleiben“, sagte einer der beiden untertänigst. „Wir werden euch nicht stören und unsere Posten drinnen an den Eingängen beziehen.“ Emilia nickte und die beiden Soldaten nahmen ihre Posten ein. Einer an der Haustür und der andere an der Verandatür. Emilia versuchte Elenjana wieder zu beruhigen, aber ohne Erfolg. Sie hatte vermutlich Hunger. Es erschien ihr grotesk, sich nun einfach hier niederzulassen und in aller Seelenruhe ihr Kind zu stillen, während ihr Vater und der Vater ihres Kindes dort draußen vielleicht mit dem Leben kämpften, jedoch ließ Elenjanas Wimmern keine andere Möglichkeit zu. So versuchte sie, die Umgebung, die Wachen und den Sturm auszublenden, und fütterte ihre hungrige Tochter. Erstaunlicherweise wurde auch sie dadurch ruhiger. Sie konnte im Nachhinein nicht sagen, wie lang der Sturm gewütet hatte, aber von der einen auf die andere Sekunde war er vorbei.

KAPITEL 48

Als Roman das Haus und seine Familie verließ, hatte er ein ungutes Gefühl in der Magengegend. Hoffentlich würden sie sich an seine Anordnung halten und unter der Blase bleiben. Schnellen Schrittes machte er sich auf den Weg zum Schloss. Die Truppen hatten sich bereits, unter Roandirs Befehl, im Schlosshof versammelt. Roandir führte soeben einen wunderschönen, weißen Hengst am Zügel, welche er Roman reichte. Dieser nickte ihm dankbar zu und klopfte Roandir auf die Schulter.

„Auf in den Kampf“, knurrte er und Roandir nickte finster. Roman bestieg seinen Hengst und ritt an der Spitze des Zuges den Schlossberg hinunter in Richtung Nord-Tor. Anders als sonst war keine Menschenseele mehr auf den Straßen unterwegs. Die Fensterläden und Türen der Häuser waren verschlossen. Es war alles wie ausgestorben. Roandir ritt mit seinem Fuchs neben Roman.

„Wo werden wir auf Mephisto treffen?“, fragte dieser.

„Wir treffen uns an der Weggabelung, kurz vor dem Tor“, gab Roman zur Antwort.

„Ich hoffe, er kommt“, sagte Roandir. Roman nickte. Auch er hatte so seine Befürchtungen, ob Mephisto tatsächlich auftauchen würde. Zwar hatte er sich am Tag von Merkurs Entführung direkt und ohne mit der Wimper zu zucken im Austausch gegen Merkur angeboten, aber dieses Verhalten war aus der Not und dem Leid heraus entstanden.

Nun waren jedoch mehrere Wochen vergangen und Mephisto hatte viel Zeit gehabt, sich auszumalen, was passieren könnte, würde der Plan, den sie hatten, fehlschlagen. Sie ritten in die Abenddämmerung und folgten dem Weg, der sie zum Nord-Tor bringen würde. Schon von Weitem konnten Roman und Roandir zwei Gestalten ausmachen die, hoch zu Ross, an der Gabelung auf sie warteten. Roman atmete erleichtert aus. Er war gekommen. Als sie bei den Wartenden ankamen, nickten Roman und Roandir Mephisto zu. Dieser nickte zurück, jedoch konnte man ihm die Anspannung deutlich ansehen.

„Ainema, ich denke, es ist besser, wenn du hierbleibst", sagte er mit fester Stimme. Ainema widersprach Mephisto nicht, sondern trat mit ihrem Hengst einen Schritt beiseite und ließ die Armee passieren. Mephisto nahm sie fest in den Arm und hauchte ihr einen Abschiedskuss auf die Schläfe.

„Ich bringe ihn dir zurück", flüsterte er in ihr Haar. Ainema nickte und schluckte die Tränen, die in ihr brodelten, hinunter. Mephisto schloss sich Roman und Roandir an und zu dritt ritten sie auf das noch verschlossene Tor zu. Die Armee folgte ihnen.

Ainema nahm ihr Pferd an den Zügeln und ging mit ihm in den Schutz des Waldes hinein. Sie suchte sich einen Platz, von dem aus sie, zumindest zum Teil, sehen konnte, was geschah, sie aber für Feinde im Schutz des dunklen Waldes unsichtbar sein würde.

Lethan, der denselben Gedanken gehabt hatte wie Ainema, saß nur wenige Bäume von ihr entfernt. Er fluchte leise, als er sah, dass die Prinzessin von Angorogh ausgerechnet auf ihn zugelaufen kam. Zum Glück blieb sie knapp zwanzig Meter früher stehen und verschanzte sich hinter einer großen Buche. Er setzte sich nun so hinter seinen Baum, dass er für Ainema ebenfalls nicht zu sehen war. Dadurch litt zwar seine Sicht auf das Geschehen ein bisschen, aber was sollte er machen? Der Rabe saß auf seiner Schulter und wartete mindestens genauso angespannt wie er selbst. Er knirschte mit den Zähnen, als er sah, dass Taurin direkt hinter Roandir Stellung bezogen hatte. So lange hatte er bereits in der Königsgarde gedient, und nur, weil sein Vater die falschen Freunde hatte, musste er sich nun hier im dunklen Wald verstecken, und dieser unnütze Elf nahm einfach so seinen Posten als zweite Leibwache des Königs ein. Es war einfach nicht fair, dass er deswegen von dieser wichtigen Mission ausgeschlossen worden war. Er sei persönlich befangen.

„Pff, von wegen persönlich befangen, ich hätte Castor nur zu gern in den Arsch getreten, für das, was er meiner Familie angetan hat", knurrte er leise. Craban flatterte erschrocken auf, ließ sich aber sofort wieder auf Lethans Schulter nieder. Ainema war durch das Flattern des Raben ebenfalls aufgeschreckt worden. Lethan biss sich auf die Lippen und versuchte, Craban wieder zu beruhigen. Während er das schwarze Gefieder des Vogels streichelte, fiel ihm ein, wie sein Vater ihm diesen geschenkt hatte. Ein Geschenk zu seiner Beförderung zur Königswache, hatte er ihm erklärt. Ein Freund habe ihm diesen Prachtkerl aus Island mitgebracht. Lethan knirschte mit den Zähnen. Nach allem, was er heute wusste, war er sich sicher, dass Castor dieser Freund gewesen war. Er fragte sich unweigerlich, wie oft sein Vater seinen Raben wohl dazu missbraucht hatte, Nachrichten zu Castor zu fliegen. Bei dem Gedanken daran, was mit ihm hätte geschehen können, hätte man den Vogel abgefangen und herausgefunden, dass SEIN Rabe den Feind mit Informationen beliefert hatte, wurde ihm heiß und kalt. Sein Vater und Castor hatten ihn so in ein gefährliches Spiel mit hineingezogen, ohne dass er davon gewusst hatte. Er schüttelte die Gedanken ab und richtete seine Aufmerksamkeit wieder auf das Tor.

In dem Moment begann es über der Steinplatte, die das Tor markierte, zu flimmern. Plötzlich wurde der Schein feuerrot und das Tor schien in Flammen zu stehen. Lethan hielt die Luft an. Der König, Roandir und Mephisto traten einen Schritt zurück. Ainema japste nach Luft. Wieder verkniff sich Lethan das Fluchen. Diese Frau würde ihm noch alles verderben, wenn sie nicht endlich still wäre. Alle warteten nun darauf, wer oder was aus dem Tor treten würde. Die Zeit schien still zu stehen. Lethan blickte zu dem Boten, der damit beauftragt worden war, umgehend die Zeitzauberer zu benachrichtigen, sobald Merkur wieder in Andorin war. Er zitterte am ganzen Leib. Lethan befürchtete, dass er seiner Aufgabe nicht gewachsen sein könnte. Der Bote stand ein bisschen abseits, nicht weit von ihm entfernt.

In dem Moment geschah etwas. Die Flammen veränderten sich, sie leuchteten blau auf und zwei Gestalten wurden sichtbar. Sie schritten auf den Ausgang des Tors zu. Die Wachen, die hinter Roman Stellung bezogen hatten, richteten die Speere in Richtung Tor. Plötzlich erloschen die Flammen des Tores und alles wurde dunkel.

„Verdammt", murmelte Lethan. Durch die Wache ging ein erschrockenes Raunen. Es dauerte ein paar Sekunden, bis sich die magischen Fackeln entzündet hatten, die die Wachen bei sich trugen.

Da stand er! Castor! Oder vielmehr seine durch den Herrn der Finsternis in Beschlag genommene Hülle. Mit einem fiesen Grinsen im Gesicht stand er vor ihnen und hielt Merkur am Kragen. Dieser schien kaum bei Bewusstsein zu sein. Schnell schrieb Lethan einen Zettel mit den Worten: *Er lebt*, klemmte ihn Craban in den Schnabel und schickte den Raben auf den Weg. Dann beobachtete er weiter, was geschah. Castor ließ Merkur nicht los.

„Da ist ja mein neues Spielzeug", begrüßte er Mephisto, und in seinen flammenden Augen loderte die Gier nach einer neuen Seele auf. „Aber warum hast du ein ganzes Heer zu meiner Begrüßung mitgebracht? Dachtest du, ich halte mein Wort nicht?", fragte er. Lethan wusste, dass es nun an der Zeit war, dass der Bote die Zeitzauberer informieren musste. Dieser stand jedoch stocksteif da und rührte sich nicht vom Fleck. Niemand rührte sich.

„Nimm den Zauber von uns", befahl der König. Auch er war nicht in der Lage, sich zu bewegen. Castor lachte laut auf und antwortete:

„Damit du mir meinen schönen Deal zunichtemachen kannst? So weit kommt es noch. Du hast hier nichts zu suchen, Roman von Andorin. Die Sache betrifft mich und Mephisto und vielleicht noch ein kleines bisschen diesen armen Jungen hier, oder zumindest den Teil, der von ihm übriggeblieben ist", erwiderte er mit kalt klirrender Stimme. Er schubste Merkur auf den Boden, wo dieser regungslos liegen blieb. Lethan wusste, dass er handeln musste. Es war ihm egal, ob Ainema ihn sehen würde, er musste die Sache selbst in die Hand nehmen. Daher rannte er los. Keine Sekunde zu früh. Als er auf Ainema zu rannte, wurde ihm klar, dass diese auf dem Weg war, eine große Dummheit zu begehen. Er schoss durch die Dunkelheit und packte die Prinzessin, die soeben auf dem Sprung war, zu Merkur zu eilen. Er zog sie zurück und hielt ihr den Mund zu.

„Bleibt, wo Ihr seid. Ihr könnt ihm nicht helfen. Ich hole Hilfe!", flüsterte er und rannte in die Dunkelheit. Zum Glück wusste er genau, wo sich die Zeitzauberer aufhielten. Er musste keine zwei Minuten Weg zurücklegen, bis er ihr blaues Leuchten durch die Bäume erkennen konnte. Er holte die letzten Reserven aus sich heraus und rannte noch ein bisschen schneller. Völlig außer Atem erreichte er schließlich die überraschten Zauberer.

„Legt los!", stieß Lethan aus und hielt sich die Seite. Farijan, der Anführer der Zauberer, sah ihn verblüfft an.

„Wir haben strikte Anweisung, nur auf die Nachricht von Singor zu reagieren", erklärte er verblüfft.

„Singor ist derzeit ein bisschen gebannt, würde ich sagen! Castor hat alle in einen Lähm-Zauber versetzt. Bitte, glaubt mir, wir haben nicht viel Zeit." Eine gemurmelte Diskussion begann unter den Zauberern.

„Es tut mir leid, aber wir können uns auf dein Wort nicht verlassen", sagte nun ein anderer.

„Verdammt!“, schrie Lethan und drehte sich verzweifelt im Kreis. Wo sollte er Hilfe finden? Da trat eine weitere Gestalt aus der Dunkelheit und rief:

„Tut, was der Junge sagt! Er spricht die Wahrheit.“ Lethan war so froh, Ainemas Stimme zu hören. Er rannte ihr entgegen.

„Dankeschön“, keuchte er.

Die Zauberer sahen sich an und nickten. Dann begannen sie einen leisen Singsang, der den Zauber um die Zeitblase brechen sollte.

In dem Moment, als die Zeitzauberer den Bann aufgehoben hatten, passierte es. Ein markerschütternder Schrei drang an ihre Ohren. Lethan war sich nicht sicher, ob er von Castor oder einem wilden Tier stammte. Dann brach der Sturm los. Ein Sturm, wie ihn Andorin noch nie gesehen hatte.

„Es hat geklappt“, keuchte einer der Zeitzauberer.

„Schnell, bringt euch in Sicherheit!“, rief Ainema. Die Zauberer flüchteten in Richtung Stadt, während sie und Lethan wieder zurück zum Tor eilten. Was sie dort erblickten, ließ ihnen den Atem stocken.

KAPITEL 49

Castor stand auf der Lichtung, umgeben von einem Meer aus Flammen. Merkur lag am Rand des Flammenmeeres und rührte sich nicht. Die Soldaten erwachten gerade aus ihrer Lähmung, offenbar hatte der Herr der Finsternis tatsächlich bereits einen Teil seiner Stärke eingebüßt, allein dadurch, dass das Tor zur Zwischenwelt nun verschlossen war.

Er schrie noch immer wie ein wildes Tier. Aus seinem Mund stoben weitere Flammen hervor. Roman, Roandir und Mephisto mussten einige Schritte zurückweichen, um nicht vom Höllenfeuer verschlungen zu werden. Das Feuer trennte das Heer und die Herrscher von Merkur ab. Aus ihrer Position hatten sie nun keine Möglichkeit mehr, an Merkur heranzukommen. Die Feuerwand jedoch raste unweigerlich auf seinen leblosen Körper zu. Es würde nur noch wenige Augenblicke dauern, bis die Flammen Merkur verschlingen würden, und dieses Feuer konnte sicher auch kein Feuerelf überleben, da war sich Lethan sicher. Er blickte zu Ainema, die nur wenige Meter von ihm entfernt stand und mit panischem Blick zu ihrem Sohn starrte. Lethan war überzeugt, dass sie fieberhaft überlegte, wie sie Merkur retten könnte. Noch ehe er sich dazu entschließen konnte, ihr beizustehen, brach auf der Lichtung ein erbitterter Kampf aus.

Das Heer, das nun wieder voll einsatzfähig war, griff Castor nun von allen Seiten mit Armbrüsten und Pfeil und

Bogen an. Leider richteten diese Waffen keinen großen Schaden bei ihm an. Der Herrscher der Finsternis schrie die wildesten Flüche und Beschwörungen. Funken sprühten, Blitze zuckten durch die Dunkelheit und die Bäume um sie herum knarzten verdächtig unter dem Sturm, den der dunkle Herrscher heraufbeschworen hatte. Die Elfen, die nicht für den Nahkampf ausgebildet waren, schlossen sich zusammen und sprachen einen Schutzzauber. Sie hielten sich im Hintergrund, in der Hoffnung, so nicht ins Visier des Feindes zu geraten, der inzwischen blindlings mit Magie um sich warf. Roman, Mephisto und Roandir hatten alle Hände voll zu tun, die Zauber abzuwehren.

KAPITEL 50

Ainema sah die Feuerwand immer näher an Merkur heranrücken. Ihr war klar, dass sie jetzt handeln musste, wenn sie ihn nicht verlieren wollte. So riss sie ihren Blick vom Kampfgeschehen los und verschwand zielstrebig im Wald. Sie würde versuchen, Merkur von hinten zu erreichen, so lange die Aufmerksamkeit des Feindes in eine andere Richtung, nämlich gegen das Heer, gerichtet war. Die Dornenhecken zerrissen ihr Kleider und Hände. Aber es war ihr egal. Wie in Trance wankte sie über den unebenen Waldboden, ihr Ziel nicht aus den Augen lassend. In dem Moment, als sie auf die Lichtung treten wollte, hielt sie eine dunkle Gestalt fest und legte ihr die Hand über den Mund. Ainema blieb das Herz stehen. Jetzt war es vorbei. Sicherlich hatte der Dunkle Herrscher seine Schergen hier im Wald versteckt. Natürlich war er nicht allein gekommen. Sie strampelte und kämpfte gegen ihren Widersacher an, hatte jedoch keine Chance. Mühelos zog dieser sie zurück in den Schutz der Bäume.

„Wir müssen den richtigen Moment abwarten", flüsterte Lethan ihr ins Ohr. „Sonst sind wir tot, ehe wir den Wald hinter uns gelassen haben." Als sie die bekannte Stimme des jungen Mannes vernahm, entspannte sich Ainema. Lethan ließ von ihr ab, und wie um seine Worte zu bekräftigen, schlug in eben diesem Moment ein Blitz direkt an der Stelle ein, wo Ainema eben noch den Wald verlassen wollte. Sie wimmerte leise vor Schreck.

KAPITEL 51

Lethan beobachtete das Geschehen aufmerksam. Mephisto, Roman und Roandir hielten Castor zu dritt in Schach. Die Truppen wurden jedoch von einem unsichtbaren Schutzschild zurückgehalten. Castor hatte an alles gedacht, zum Glück war er allerdings so geschwächt, dass das Schild bereits zu bröckeln begann. Das war ihre Chance. Sie mussten auf den Augenblick warten, an dem das Schild brechen würde. Dies würde für ein paar Sekunden Castors ganze Aufmerksamkeit in Anspruch nehmen. Lethan weihte Ainema in seinen Plan ein. Zitternd nickte diese, den Blick nicht von Merkur lassend. Zum Glück hatte sich die Feuerwand in den letzten Minuten nicht weiter ausgebreitet. Lethan glaubte sogar, dass sie sich leicht zurückgezogen hatte.

„Seine Kraft nimmt ab“, flüsterte er. „Wenn ich JETZT sage, stürmen wir hinaus, Ihr schnappt euch Merkur und zieht ihn in den Schutz des Waldes, ich werde Castor töten“, knurrte er. Hass loderte in seinen Augen auf. „Er soll büßen für all das Leid, das er meiner Familie und meinen Freunden angetan hat“, ergänzte er. Ainema riss die Augen weit auf. Doch bevor sie Lethan von seinem Vorhaben abbringen konnte, passierte es. Es gab einen lauten Knall, das Schild zerbarst und die Truppe stürmte ihrem König zu Hilfe.

„JETZT!“, schrie Lethan, zog sein Schwert und rannte aus seiner Deckung. Ainema stolperte aus dem Wald, schnappte

Merkur unter den Armen und zog ihn, so vorsichtig es ging, zurück in den Schutz des Waldes.

Castor hatte nicht mit einem Angriff aus dem Hinterhalt gerechnet. Er drehte sich um, als Lethan wild schreiend auf ihn zugestürmt kam. Seine Augen weiteten sich.

„Lethan? Nein!“, schrie er. Lethan hielt einen kurzen Moment inne. Verblüfft darüber, dass er seinen Namen kannte. Anscheinend war noch immer ein kleiner Funken des früheren Castors in seinem Körper zurückgeblieben, der ihn irgendwie als den Sohn Elriels erkannt haben musste. Doch schon sah Lethan wieder das irre Flackern in seinen Augen und da tat er es. Er stieß zu. Das Heft seines Schwertes bohrte sich tief in Castors Brust.

„DAS ist dafür, dass du meine Familie zerstört hast“, stieß er zwischen zusammengebissenen Zähnen hervor. Castor sank auf die Knie. Ungläubig starrte er auf das Heft des Schwertes, das aus seiner Brust ragte. Dann wurde es still. Der Sturm hörte so schnell auf, wie er begonnen hatte. Die glühenden Augen des Herrn der Finsternis erloschen. Lethan zog mit einem Ruck sein Schwert aus dessen Brust. Castors Körper fiel vornüber und blieb reglos liegen. Roman, Mephisto und Roandir starrten ihn ein paar Sekunden lang gebannt an. Roandir fand als Erster seine Worte wieder.

„Das hätte ich dir gar nicht zugetraut“, sagte er und klopfte dem jungen Elfen anerkennend auf die Schulter. Dieser starrte noch immer auf Castors leblosen Körper zu seinen Füßen. Es war vorbei.

KAPITEL 52

„Du hast uns alle gerettet, mein Junge“, sprach nun auch Roman anerkennend sein Lob aus und verbeugte sich leicht vor Lethan. Dieser kam in diesem Moment wieder zu sich und rief:

„Schnell, jemand muss nach Merkur sehen. Er liegt dort hinten im Wald.“ Bei all der Aufregung hatten die Soldaten das Wesentliche, nämlich die Rettung Merkurs, ganz aus den Augen verloren. Roman schickte sofort einen Trupp los, um Merkur zu holen, Erstversorgung zu leisten und ihn dann umgehend ins Haus der Heiler zu bringen. Einen anderen Trupp kommandierte er ab, um Castors Leichnam in ein spezielles, magisch geschütztes Tuch zu wickeln. Dieses sollte bewirken, dass der Geist des dunklen Herrschers den Körper Castors nicht mehr verlassen konnte, auch wenn er den tödlichen Stoß überlebt hätte. Sicher war sicher. Zwar hatten die Sterne den Bergelfen gesagt, dass der Dunkle Herrscher im Körper eines Elfen getötet werden konnte, sobald das Tor zu seiner Welt verschlossen war, aber sie wollten kein Risiko eingehen.

Die restlichen Truppen zogen sich schnell zurück und Roman, Lethan, Roandir und Mephisto eilten ebenfalls zu Merkur in den Wald. Dort wurden sie von einem Anblick überrascht, mit dem sie nicht gerechnet hatten. Die Waldgeister waren ihnen zu Hilfe geeilt. Merkur wurde soeben von einem sanften, in allen Regenbogenfarben schillernden Licht hochgehoben und schwebte über den Waldboden in Richtung Stadt. Glorijana ging neben ihm her und sprach ihm beruhigende Worte zu. Ainema schloss sich tränenüberströmt dem Trupp an. Sie sahen, dass Merkur kurz die Augen aufschlug, Glorijana ihn aber mit einer sanften Berührung wieder zum Einschlafen brachte. Schweigend folgten sie der Prozession bis zum Haus der Heiler. Unterwegs mussten sie über allerhand Unrat hinwegsteigen, den der Sturm davongetragen hatte. Aber so wie es aussah, waren keine Gebäude zerstört worden, daher würde sich auch die Zahl der Verletzten in Grenzen halten.

„Lethan", sprach Roman ihn nach einer Weile des Schweigens an. Der Angesprochene zuckte, aus seinen Gedanken gerissen, zusammen und sah zum König hinauf. „Ich denke, die Ehre gebührt dir, meine Tochter und deine Schwester über das Geschehene zu unterrichten und schnellstmöglich ins Haus der Heiler zu bringen. So wie ich die beiden kenne, werden sie sowieso schon über einen *Ausbruch* nachdenken", erklärte Roman und lachte befreit auf. Selbst Lethan konnte sich ein Schmunzeln nicht verkneifen und nickte. Ja, er konnte es sich bereits bildhaft vorstellen, wie die beiden Mädchen im Haus hin und her tigerten. Eilig löste er sich aus der Truppe und blieb am Straßenrand stehen. Als der Zug an ihm vorübergezogen war, nahm er die Beine in die Hand und rannte zum Haus. Er schob sich an den verblüfften Wachen vorbei, die kurz zuvor wieder ihre Stellung an der Haustür eingenommen hatten, und stürmte in den Flur.

„Er lebt!“, rief er. „Sie tragen ihn ins Haus der Heiler.“ Alle Anwesenden waren zu Tode erschrocken. Emilia fasste sich als Erste wieder. Sie nahm Elenjana, die in der Wiege schlummerte, wickelte eine warme Decke um sie und rannte aus dem Haus, ohne eine weitere Frage zu stellen. Sera rannte hinterher. Sie schnappte Lethan an der Hand und zog ihn mit sich.

„Was ist mit meinem Sohn?“, schrie Sophia Lethan hinterher. Dieser konnte gerade noch antworten:

„Ihm geht es gut.“ Und schon waren sie in der Dunkelheit verschwunden. Erleichtert machten es sich Sophia und Claire im Haus gemütlich. Sie hatten beschlossen, zu Hause zu bleiben und auf Roman zu warten, der sicherlich bald erscheinen würde, um sie auf den neuesten Stand der Dinge zu bringen. Schließlich konnte nicht jeder sofort Merkur besuchen.

KAPITEL 53

Emilia hatte bereits einen guten Vorsprung vor den Geschwistern. Eine unbändige Freude durchflutete sie. Sie war wieder frei, konnte gehen, wohin sie wollte, und Merkur war zurück. Sie würden eine gemeinsame Zukunft haben können. Sie hatten das Böse besiegt.

Je näher sie jedoch dem Haus der Heiler kam, desto langsamer wurde sie. Das lag nicht daran, dass sie einfach noch nicht wieder in Form war, sondern auch ein bisschen an der Angst vor dem baldigen Wiedersehen. Was würde er sagen? Was würde sie sagen? Wie würde es ihm überhaupt gehen? Würde er sie überhaupt sehen wollen? All die Fragen verlangsamten ihre Schritte zusehends. Schließlich blieb sie an der Tür stehen, drückte Elenjana fest an sich und atmete tief durch. Die Truppe, die Merkur hergebracht hatte, war bereits wieder am Abrücken. Sie nickten ihr zu und gingen geschlossen zurück in Richtung Schloss. Emilia hielt verzweifelt Ausschau nach ihrem Vater, mit ihm zusammen wäre es ihr leichter gefallen, das Haus zu betreten.

Da hörte sie hinter sich schnell näherkommende Schritte.

„Dachtest wohl, du könntest uns abhängen, was? Pustekuchen. Wir wollen unseren Freund ebenfalls willkommen heißen", rief Sera übermütig. Emilia lachte laut auf und war froh darüber, nicht mehr allein zu sein. Sera stürmte sofort ins Haus. Es war ihr egal, dass die Elfen, die im Wartebereich saßen, ihr böse Blicke zuwarfen. Sie ging direkt zur Anmeldung und fragte nach Merkur. Die Elfe an der Anmeldung schien etwas unsicher zu sein, was sie sagen sollte. Während sie noch überlegte, wie sie sich am besten ausdrücken sollte, kam Ainema um die Ecke.

„Merkur wurde in einen Heilschlaf versetzt. Es darf niemand zu ihm", erklärte sie. „Auch uns lassen sie nicht durch", fuhr sie fort. Sie deutete auf Mephisto, der neben ihr stand, und nach all den Strapazen um Jahre gealtert wirkte. „Ich denke, es wird das Beste sein, wenn ihr morgen wiederkommt", sagte Ainema nun an die drei gerichtet. „Mephisto und ich werden noch unsere Wunden verarzten lassen und dann auch ins Schloss zurückkehren." Emilia nickte enttäuscht. In dem Moment kam Lianna mit besorgtem Blick um die Ecke und steuerte auf sie zu.

„Wie geht es ihm?", fragte Emilia vorsichtig.

„Den Umständen entsprechend", entgegnete Lianna. „Er wird es überstehen", ergänzte sie in einem beruhigenden Tonfall. „Aber leider könnt ihr hier nichts weiter ausrichten, und ich denke, du und die kleine Elenjana seid zu Hause am besten aufgehoben", richtete sie ihre Worte nun direkt an Emilia. Wie zur Bestätigung wachte Elenjana in diesem Moment auf und gab leise Schmatz-Geräusche von sich.

„Sie hat Hunger", murmelte Emilia. „Vielleicht gehen wir wirklich besser nach Hause", wandte sie sich an Sera und Lethan.

„Lethan, ich möchte dich noch untersuchen", forderte Lianna ihn auf. „Du bist mit sehr böser Magie in Kontakt gekommen und wir müssen sichergehen, dass du keinen

Schaden davongetragen hast.“ Lethan seufzte tief und antwortete:

„Ich komme nicht drumherum, auch wenn ich dir versichere, dass es mir gutgeht, richtig?“, antwortete er. Lianna nickte bestimmt und schickte ihn in eines der Behandlungszimmer. Er sah entschuldigend zu den Mädchen, zuckte mit den Schultern und leistete Liannas Anweisung Folge.

„Lass uns gehen“, flüsterte Sera Emilia zu und zog sie sanft am Ärmel.

„Lässt du uns rufen, wenn Merkur wach ist?“, fragte Emilia nun noch an Lianna gerichtet. Diese nickte und schob die drei dann freundlich, aber bestimmt zur Tür hinaus.

Irgendwie hatte Emilia das ungute Gefühl, als wären alle froh darüber, sie so schnell wie möglich loszuwerden. Irgendwas stimmte hier ganz und gar nicht. Sie fühlte es. Ob man sie bezüglich Merkurs Zustand belogen hatte?

„Kommt dir das Ganze nicht auch seltsam vor?“, fragte sie Sera, als sie sich in der Morgendämmerung auf den Weg nach Hause machten. Sera zuckte mit den Schultern.

Zu Hause waren Claire und Sophia bereits dabei, das Frühstück herzurichten. Roman saß zufrieden am Tisch und begrüßte die drei herzlich. Er war so vergnügt wie noch nie. Alle Last schien von ihm abgefallen zu sein. Als er dann auch noch Claire einen neckischen Kuss in den Nacken gab, während er ihr von der Arbeitsplatte eine Scheibe Schinken stibitzte, den sie gerade schön anrichtete, überlegte sich Emilia wirklich, ob sie hier im falschen Film war. So zog sie sich zurück und fütterte Elenjana.

KAPITEL 54

Sehnsüchtig wartete sie auf eine Nachricht von Merkur. Seit sie wusste, dass er wieder in unmittelbarer Nähe zu ihr war, vermisste sie ihn nur umso mehr. Den ganzen Tag wartete sie ungeduldig auf einen Boten aus der Klinik, aber niemand kam. Eigentlich hatte sie sich so darauf gefreut, endlich wieder das Haus verlassen zu dürfen, und nun hatte sie Angst, dass der Bote sie dann nicht finden würde. Lethan war gegen Mittag zu ihnen gestoßen. Lianna hatte ihn auf Herz und Nieren überprüft und ihn dann guten Gewissens laufen lassen. Von Merkur hatte er leider auch nichts weiter erfahren.

Emilias Laune sank in den Keller. Die Anwesenheit ihrer turtelnden Eltern machte dies nicht gerade besser.

„Nehmt euch ein Zimmer“, knurrte sie die beiden an, als sie sich liebevoll neckten, während sie gemeinsam das Geschirr vom Abendessen spülten. Der Tag war vorübergegangen, ohne dass sie etwas von Merkur gehört hatten.

Heute wäre eigentlich Merkurs Geburtstag gewesen. Die Feier hatten sie kurzfristig abgesagt, machte ja wenig Sinn zu feiern, wenn das Geburtstagskind nicht anwesend war. Sera saß gelangweilt in einem Sessel und las, während Emilia schmollte. Da klopfte es an der Haustür. Alle fuhren hoch. Ein Bote stand davor.

„Merkur schickt mich“, begann er unsicher und sah auf den Boden. Emilia sprang auf, ihre Augen leuchteten. „Er bittet mich, Lethan zu sich zu rufen.“ Emilia klappte den Mund auf und wieder zu.

„Nur Lethan?“, fragte sie ungläubig. Der Bote sah sie verlegen an und nickte. „Er hat ausdrücklich nur nach Lethan gefragt“, sagte er leise. Lethan stand unsicher auf und folgte dem Boten.

„Ich rede mit ihm und erzähl dir dann alles“, flüsterte er Emilia ins Ohr und drückte sie kurz an sich. Als die beiden das Haus verlassen hatten, hielt sie es nicht mehr länger aus. Sie rannte nach oben in ihr Zimmer und warf sich weinend auf ihr Bett. Zum Glück schlief Elenjana unten friedlich in ihrer Wiege.

Emilia weinte bittere Tränen. SO hatte sie sich das alles sicher nicht vorgestellt.

Nach einer Weile klopfte es leise an der Tür. Wütend warf sie ein Kissen dagegen. Konnte man hier in diesem Haus nicht einmal seine Ruhe haben! Die Tür öffnete sich dennoch.

„Bitte entschuldige“, ertönte Seras Stimme. Sie setzte sich neben Emilia und streichelte ihr sanft den Rücken. „Ich hätte dich gern in Ruhe gelassen, aber Elenjana hat Hunger.“ Emilia richtete sich im Bett auf, nickte kurz und wischte sich die Tränen von den Augen.

„Ich komme sofort“, bestätigte sie verschnupft. Sera nickte, stand auf und ging wieder hinunter. Emilia atmete dreimal tief durch und ging noch kurz ins Badezimmer, sich das Gesicht mit kaltem Wasser abwaschen. Anschließend lief sie schleunigst hinunter, um ihre kleine Prinzessin zu stillen. Inzwischen war diese schon unruhig geworden und suchte hektisch nach Mamas Brust. Schnell und geschickt legte Emilia sie an und machte es sich in einem der Sessel gemütlich. Zufrieden nuckelte das kleine Mädchen, bis sie satt war. Emilia betrachtete sie währenddessen und streichelte ihr das dunkle Haar.

„Wir beide schaffen das auch alleine“, flüsterte sie ihrer Tochter zu.

„Du bist nicht alleine“, hörte sie ihren Vater hinter sich sagen. „Wir sind alle für dich da, egal, was passieren wird.“ Emilia nickte und wischte die Träne von der Wange, die sich davongestohlen hatte.

Lethan kam an diesem Abend nicht mehr zurück. Vermutlich war er in seine Wohnung gegangen, um erst einmal zu schlafen. Emilia wusste nicht, ob sie überhaupt wissen wollte, was Merkur zu ihm gesagt hatte.

KAPITEL 55

Lethan kam am nächsten Morgen in aller Frühe zu ihnen. Er wirkte ein bisschen geknickt und wollte zuerst mit Emilia alleine sprechen.

„Können wir ein paar Meter laufen?“, fragte er. Emilia nickte und holte ihr Tragetuch, um Elenjana besser mitnehmen zu können. Sie legte sich das meterlange Tuch so um, wie Lianna es ihr gezeigt hatte. Zufrieden kuschelte sich die kleine Maus an ihre Brust. Dann rief sie Fox und folgte Lethan vors Haus. Lethan steuerte den Weg entlang des Waldes an. Die ersten hundert Meter gingen sie schweigend nebeneinander her. Irgendwann räusperte er sich und fing an zu erzählen.

„Er wollte mir danken, dass ich ihm das Leben gerettet habe“, sprudelte es aus ihm heraus. „Das war der Grund, warum er mich sehen wollte. Offenbar hatte man ihm erzählt, was geschehen war.“

Emilia nickte und fragte:

„Wie geht es ihm?“

„Körperlich wird er keinen Schaden davontragen, aber seelisch bin ich mir nicht sicher“, antwortete er ihr.

Wieder nickte Emilia. Tränen traten in ihre Augen, das Sprechen fiel ihr schwer. Daher schwiegen sie die nächsten hundert Meter wieder. Als sie sich wieder im Griff hatte, fragte sie weiter:

„Was hat er sonst noch gesagt? Hat er nach mir gefragt?“ Lethan schüttelte den Kopf.

„Weiß er überhaupt, dass ich hier bin?“ Lethan zuckte mit den Schultern. „Weiß er von Elenjana?“ Sie sah ihre Tochter an, die inzwischen eingeschlafen war.

Unsicher kratzte er sich am Nacken und nickte. Entsetzt blieb sie stehen.

„Und dennoch will er uns nicht sehen?“, fragte sie weiter.

„Okay, Emilia, ich sag dir jetzt was, das ich dir eigentlich nicht sagen darf. Ich hab es ihm versprochen und das war auch der Grund, warum ich gestern Abend nicht mehr zu euch gekommen bin. Ich musste mir überlegen, was ich tun sollte. Ihr seid beide meine Freunde, aber ich denke, er tut das Falsche, und daher sage ich es dir.“

Emilia sah ihn ernst an.

„Was ist es?“

„Er hat vor, Andorin zu verlassen. Er möchte noch heute nach Asgard aufbrechen und nicht mehr zurückkehren.“

„Aber was wird aus uns?“, fragte Emilia verzweifelt. Tränen standen ihr in den Augen. Lethan blickte zu Boden und zögerte einige Sekunden.

„Da ist noch etwas, das du wissen solltest“, fuhr er endlich nervös fort. „Vielleicht setzen wir uns kurz?“, fragte er aus Angst, Emilia könnte umfallen. Diese schüttelte vehement den Kopf.

„Nun sag mir bitte endlich, was los ist!“, brauste sie auf und Tränen rannen über ihr Gesicht. Lethan fuhr sich unsicher durch die Haare.

„Verdammt, warum muss ich es sein, der dir das sagen muss!“, rief er und warf verzweifelt die Arme in die Luft. Dann atmete er tief durch und hielt Emilia an beiden Schultern fest. Er sah ihr tief in die Augen. Emilias Herz schlug so schnell, dass sie sicher war, es würde sofort herausspringen. „Ich möchte, dass du weißt, dass ich immer zu dir halten werde, egal, was passiert. Du bedeutest mir sehr viel“, begann er dann stockend. Emilia fragte sich, was das nun werden sollte, brachte jedoch kein Wort über die Lippen. Erneut atmete er tief durch. „Okay, ich sag es dir jetzt“, fuhr er fort. „Merkur kann sich an nichts erinnern“, stieß er aus. Emilia sah ihn einen Augenblick überrascht an und erwiderte dann unsicher:

„Aber das ist doch gut, dass er sich nicht an die Zeit in Utgard erinnern kann, oder?“ Lethan schüttelte den Kopf und sprach weiter: „Das meinte ich nicht. An Utgard kann er sich leider nur zu gut erinnern. Er kann sich nicht mehr an DICH erinnern. An gar nichts. Weder an euer Kennenlernen noch an Askja noch an eure gemeinsame Nacht.“

In Emilia begann sich alles zu drehen. Hätte Lethan sie nicht so festgehalten, wäre sie sicher zu Boden gestürzt. Alles um sie herum rückte in weite Ferne. Blicklos starrte sie in die Wälder. Die Worte, die der Dunkle Herrscher ihr zugerufen hatte, nachdem er sich Merkur geholt hatte, fielen ihr wieder ein.

„Dieses ... Dieses Scheusal!“, schrie Emilia auf und ballte die Fäuste. Elenjana zuckte zusammen und hob verwirrt den Kopf. „Er hatte das von Anfang an geplant gehabt“, stieß sie aus und brach in Tränen aus. Irritiert sah Lethan sie an und fragte:

„Wen meinst du?“

„Castor, oder wie du ihn auch immer nennen willst“, erklärte sie ihm. „Nachdem er sich Merkur geholt hatte und wir am Tor auf ihn getroffen sind, sagte er zu mir folgende Worte:*Keine Angst, Prinzessin. Du bekommst deinen Geliebten wieder, sofern sich Mephisto an unsere Abmachung hält. Und ich verspreche dir eins: Er wird sich an nichts erinnern.*“

„Er wusste, dass er so die Prophezeiung endgültig daran hindern würde, sich zu erfüllen. Nur hat er nicht damit gerechnet, dass er es selbst nicht überleben würde“, entgegnete Lethan tonlos. Emilia schluchzte.

„Was soll ich jetzt tun?“, fragte sie unter Tränen.

„Wenn du ihn aufhalten willst, bleibt dir nur ein Versuch. Wir sind bereits auf dem halben Weg zum Tor. Wenn wir uns beeilen, können wir ihn vielleicht noch erreichen.“

„Aber was soll das bringen?“, fragte Emilia verzweifelt. „Er weiß doch nicht mal, wer ich bin.“

„Ich hatte gedacht, dass du ihn vielleicht umstimmen kannst, wenn er dich und die Kleine sieht“, entgegnete Lethan und streichelte Elenjana liebevoll über das schwarze Haar. Emilia nickte entschlossen.

„Wir werden es versuchen“, bestätigte sie, und so beeilten sie sich, um schnellstmöglich zum Tor zu kommen. Sie hatte eine geringe Hoffnung, dass sich alles zum Guten wenden würde. Er würde sie erkennen. Da war sie sich sicher. Sie war seine Seelenverwandte und er ihre. Er musste sie einfach wiedererkennen und dann würde alles gut werden. Den gesamten Weg über hielt sie sich an diesem Gedanken fest.

Als sie am Tor ankamen, war weit und breit niemand zu sehen.

„Ist er schon weg?“, fragte Emilia panisch. Lethan sah sich suchend um.

„Ich bin mir nicht sicher“, murmelte er. Hier sind so viele Spuren von vorletzter Nacht, dass ich unmöglich sagen kann, ob hier heute schon jemand entlanggekommen ist“, erklärte er.

„Wir warten“, bestimmte Emilia und setzte sich auf einen Baumstamm, der am Waldrand lag. Elenjana schlief wieder tief und fest. Lethan lief nochmals zurück zum Weg und hielt Ausschau, ob er jemanden sehen konnte. Nach einer Weile kam er zurück.

„Nichts zu sehen“, sagte er enttäuscht. „Ich denke, wir sollten zurückgehen. Er ist weg“, meinte er geknickt. „Es tut mir leid, dass ich dich nicht früher informiert habe.“ Emilia stand auf und brach in Tränen aus.

„Nein, das kann nicht sein. Dann müssen wir ihm folgen. Lethan, bitte. Ich kann nicht ohne ihn leben.“ Lethan schloss sie fest in seine Arme und versuchte, sie zu trösten.

„Er wird zurückkommen, da bin ich mir sicher.“ Er streichelte sanft über ihre Haare und drückte sie fest an sich. Sie hörten daher nicht, dass sich jemand der Lichtung näherte. Die Person räusperte sich.

„Was tust du hier?“, fragte Merkur mit kalter Stimme. Emilia und Lethan fuhren auseinander, als hätten sie etwas Verbotenes getan. Emilia wischte sich schnell die Tränen vom Gesicht. Ihr Herzschlag beschleunigte sich allein beim Anblick ihrer großen Liebe.

„Merkur! Gott sei Dank, du bist noch nicht fort!“, stieß sie aus.

Merkur betrachtete sie aufmerksam von oben bis unten. Emilia erwartete jeden Moment, in seinen silbergrauen Augen sehen zu können, wie die Erinnerungen an sie zurückkehren würden. Aber nichts geschah.

„Ist sie das?“, fragte er nun an Lethan gewandt. Dieser nickte.

„Ja, das ist Emilia. Erkennst du sie wirklich nicht?“, fragte er eindringlich. Merkur schüttelte den Kopf.

„Warum hast du sie hergebracht?“, fuhr er Lethan an. „Du hattest versprochen, nichts zu sagen“, knurrte er. Emilia, die gerade auf Merkur zueilen wollte, blieb abrupt stehen und machte dann, angesichts des Hasses, der in seinen Augen aufflammte, wieder einen Schritt zurück.

„Ich hatte gehofft, dass der Anblick deiner großen Liebe und deiner kleinen Tochter dich zur Vernunft bringen würde“, sagte Lethan kalt. „Merkur, ich habe es dir schon gestern gesagt. Das bist nicht du, der so handelt. Du, der immer nach seiner Familie gesucht hat, der sich immer eine Familie gewünscht hat. Du lässt doch nicht dein Kind im Stich. Merkur, ich bitte dich. Versuch dich zu erinnern. Gib dir Zeit. Vielleicht liegt das alles noch am Schock und deine Erinnerungen kommen bald wieder“, redete Lethan auf ihn ein.

Emilia war überrascht, dass Lethan derart für sie kämpfte. Merkur hingegen zuckte nur abwertend mit den Schultern.

„Liebe!“, spie er aus. „Was ist die Liebe denn wert?“, fragte er Lethan. „Sie bringt einem nichts als Kummer und Schmerz. Glaub mir, ohne Liebe ist man besser dran. Das habe ich die letzten Wochen gelernt.“ Schmerz flackerte in seinen silbergrauen Augen auf. Schnell drehte er ihnen den Rücken zu und atmete schwer. Emilia trat einen beherzten Schritt vor und legte ihre Hand auf seine Schulter. Er zuckte zusammen, entzog sich ihr jedoch nicht. Er sah sie aber auch nicht an, sondern fixierte irgendetwas im Wald.

„Merkur, ich weiß nicht, was dir alles widerfahren ist, da, wo du warst“, begann sie mit belegter Stimme zu sprechen. Sie schluckte schwer und musste sich bemühen, dass ihre Stimme nicht kippte. „Aber ich glaube daran, dass wir zusammengehören und zusammen können wir das überstehen. Ich helfe dir. Du wirst dich wieder an mich erinnern. Da bin ich mir sicher. Alle werden dir helfen.“ Sie streichelte liebevoll den Kopf ihrer kleinen Tochter. Merkur erwiderte nichts. Emilia konnte jedoch erkennen, dass seine Kieferknochen malmten. „Merkur“, versuchte sie es erneut. „Willst du dir deine Tochter nicht wenigstens ansehen?“, fragte sie und trat noch einen Schritt vor. Sie stand nun so dicht hinter ihm, dass er ihren Atem an seinem Ohr spüren musste. Er drehte sich nicht um. Emilia sah, dass er die Hände zu Fäusten ballte. Der Kampf, der in seinem Inneren tobte, musste furchtbar sein.

„Merkur!“, sagte sie erneut und griff nach seiner Hand. Wütend entriss er sie ihr. Dann drehte er sich um und funkelte sie wütend an. „Sie hat deine Haare“, ergänzte Emilia unsicher. Merkur starrte sie nur an. Sie konnte sehen, dass er mit aller Macht versuchte, das Kind nicht zu beachten, was ihr unendlich wehtat. Sie schluckte schwer gegen die aufkommenden Tränen an. Wie auf Kommando wachte

Elenjana auf, hob den Kopf und musterte Merkur aufmerksam. Dann begann sie fröhlich zu glucksen.

„Ich habe sie Elenjana genannt", flüsterte Emilia. „Das Kind der Sternenprophezeiung", fügte sie leise an.

Sie sah, wie er sich anspannte und dann tief ausatmete. Sein Zorn war verraucht. Er trat wieder einen Schritt näher an Emilia heran und wandte seinen Blick dem Kind zu. Emilia war, als müsste er gegen einen Widerstand ankämpfen, bis sein Blick den des Kindes traf. Sofort streckte Elenjana eine Hand nach Merkur aus. Erschrocken sprang Merkur einen Schritt zurück und wandte sich erneut ab. Emilia legte ihm beschwichtigend eine Hand auf die Schulter.

„Es ist gut, Merkur. Sie ist deine Tochter", flüsterte sie und Tränen erstickten ihre Stimme.

„Geh!", forderte Merkur sie auf, wieder in diesem kalten, schneidenden Tonfall.

„Aber Merkur! Sie ist DEIN Kind!", stieß Emilia unter Tränen aus.

„Willst du, dass das Kind ebenfalls ohne Vater aufwachsen muss, so wie du?", brach es aus Lethan heraus. „Sag mir, Merkur, wie oft hast du als Kind davon geträumt, eine Familie zu haben, Mutter und Vater und ein paar Geschwister? Wie oft hast du mich um meine Familie beneidet? Warum machst du denselben Fehler und verlässt dein Kind, noch bevor es eine Chance hat, sich überhaupt an dich zu erinnern?" Emilia war dankbar, dass Lethan sich nun einbrachte. Er trat an ihre Seite und legte tröstend einen Arm um ihre Schultern.

„Was wisst ihr schon?", brüllte Merkur los und drehte sich zu den beiden um. „Das Kind wird ohne mich besser dran sein.

Was für ein Vater kann ich denn sein? Welche Liebe könnte ich dem Kind schenken? Wo ich doch selbst nie wirkliche Liebe erfahren habe." Emilia sah den Schmerz, der in seinen Augen zu lesen war.

„Aber Merkur, wir lieben dich doch. Deine Eltern lieben dich, deine Freunde und dein König", entgegnete Emilia perplex.

„Was ist das für eine Liebe, wenn man sein wehrloses Kind einfach seinem Schicksal überlässt und aussetzt? Was ist es für eine Liebe, wenn man die Seele seines Kindes an den Teufel persönlich verkauft? Emilia, was ist das für eine Liebe?", schrie er sie an. „Ich habe nie gelernt, wie ein liebevoller Vater sein muss. Was kann ich da für sie für ein Vater sein?", fragte er und drehte ihnen erneut den Rücken zu. Plötzlich erklang hinter ihnen die Stimme des Königs:

„Ein liebevoller Vater muss kein leiblicher Vater sein, Merkur. Ich dachte, das wüsstest du. Ich dachte immer, ich wäre dir ein Vater geworden, in all den Jahren, die wir zusammen verbracht haben und in denen wir jede freie Minute miteinander geteilt haben. DU bist wie ein Sohn für mich, und das weißt du. Elandiel war dir immer wie eine Mutter. Es sind nicht immer die leiblichen Eltern, die uns die Liebe schenken, die wir verdienen, aber das ist auch egal. Viel wichtiger ist, dass du diese Liebe erfahren durftest, und ich bin mir sicher, dass du das tief in deinem Inneren auch weißt. Merkur, du musst dagegen ankämpfen. Kämpfe gegen deine Wut an. Gegen deinen Frust. Das ist alles nicht echt. ER hat dir das eingetrichtert. ER hat dich vergiftet. Aber ER ist tot. Nichts von ihm ist übrig, außer die Wut in dir. Lass ihn nicht die

Oberhand gewinnen.“ Roman stand am Eingang der Lichtung und trat näher. Er ging an Emilia vorbei und baute sich vor Merkur auf. Er legte ihm beide Hände auf die Schultern und sah ihm tief in die Augen. „Lass mich dir helfen, mein Sohn. Gemeinsam schaffen wir das. Selbst wenn du deine Erinnerungen an Emilia nicht wiederfinden wirst, so könnt ihr doch neue sammeln. Sie ist deine Seelengefährtin und wird dies auch immer bleiben. Ihr seid füreinander bestimmt“, fuhr Roman fort. Merkur schüttelte nur müde den Kopf. Er sah Emilia an und sagte:

„Ihr werdet ohne mich besser dran sein.“ Dann streifte er Romans Hände von seinen Schultern, öffnete das Tor und ging zielstrebig darauf zu. Kurz bevor ihn das Schillern des Portals verschluckte, drehte er sich noch einmal um, sah Emilia an und formte mit den Lippen die Worte: *Es tut mir so leid.*

Dann ging er weiter.

Das Leuchten des Durchgangs erlosch.

Er war weg.

Ende

Band 2

NACHWORT

Auch dieses Mal hatte ich wieder viel Spaß dabei, Emilia und ihre Freunde durch ihre Abenteuer zu begleiten, und wartete teilweise ebenso gespannt darauf wie ihr, was wohl als Nächstes passieren würde. Meine Charaktere entwickeln gern ein Eigenleben, wodurch auch für mich das Schreiben immer spannend bleibt.

Ich hoffe, „Emilijana – Magie der Zeitzauberer“ hat euch ebenso gut gefallen wie „Emilijana – Magie der Elfen“.

Über euer Feedback, sowohl persönlich als auch als Bewertung bei Amazon, freue ich mich wie immer sehr.

Ihr wollt wissen, wann es mit Emilijana weitergeht? Dann besucht meine Homepage und abonniert meinen Newsletter.

Alle Infos rund um meine Bücher erhaltet ihr natürlich auch auf meiner Facebook-Seite *Romantasy by Nina C. Charleston*. Einfach liken und schon seid ihr dabei.

Seit Kurzem findet ihr mich übrigens auch auf Instagram.

Leider kann ich euch im Moment noch nicht sagen, wann Band 3 erscheinen wird. Ich verspreche euch jedoch, dass ich jede freie Sekunde fürs Schreiben verwenden werde.

Eure Nina

nina@nina-c-charleston.de

www.nina-c-charleston.de

www.facebook.com/Nina.C.Charleston

www.instagram.com/nina_c.charleston

Über die Autorin

Nina C. Charleston wurde 1985 in Baden-Württemberg geboren. Sie wuchs in einer ländlichen Kleinstadt auf, wo sie noch heute mit Mann und Kind lebt.
Schon in früher Jugend fand sie Gefallen an Fantasy-Romanen. Mit den Jahren wurde der Wunsch, irgendwann einen eigenen Fantasy-Roman zu schreiben und diesen auch zu veröffentlichen, immer größer. Hierbei war für sie schon immer klar gewesen, dass Elfen in ihrer Geschichte die Hauptrolle spielen sollten.
Während des zweiten Jahres ihrer Elternzeit fand sie endlich die Zeit und die Ruhe, solange ihr Sohn friedlich schlief, sich diesen Traum zu erfüllen und ihren ersten Roman fertigzustellen. *„Emilijana – Magie der Elfen"* wurde im Juli 2017 veröffentlicht und kletterte direkt auf Platz 1 der Amazon Bestseller-Liste in der Kategorie *Märchen, Sagen & Legenden*.
Mit diesem 1. Band nahm *„Die Chronik der Elfenprinzessin"* ihren Lauf. Angetrieben von ihrem Erfolg schrieb Nina C. Charleston bereits fleißig an Band 2, der nun, wie geplant, noch in 2017 veröffentlicht werden konnte.

BÜCHER VON NINA C. CHARLESTON

Emilijana – Magie der Elfen

(Die Chronik der Elfenprinzessin, Band 1)

Emilijana – Magie der Zeitzauberer

(Die Chronik der Elfenprinzessin, Band 2)

DANKSAGUNG

Ich möchte mich ganz herzlich bei all meinen Leserinnen und Lesern bedanken. Ihr habt mir durch eure wundervollen Zuschriften und guten Bewertungen bei Amazon Mut gemacht, weiter zu schreiben.

Genauso viel Dank gebührt meiner Familie und meinen Freunden, die immer an mich glauben und mir immer zur Seite stehen.

Danke!

25136194R00249

Printed in Poland
by Amazon Fulfillment
Poland Sp. z o.o., Wrocław